荣誉主编 申 丹

U0783591

叙事研究

主　　编　傅修延
执行主编　唐伟胜
书名题字　宁一中

Narrative Studies

第1辑

上海外语教育出版社
外教社 SHANGHAI FOREIGN LANGUAGE EDUCATION PRESS

图书在版编目(CIP)数据

叙事研究. 第1辑／傅修延主编. —上海：上海外语教育出版社,2017
ISBN 978-7-5446-5001-4

Ⅰ. ①叙… Ⅱ. ①傅… Ⅲ. ①叙述学一文集 Ⅳ. ①I045 - 53

中国版本图书馆 CIP 数据核字(2017)第 209607 号

出版发行：上海外语教育出版社
    （上海外国语大学内） 邮编：200083
电 话：021-65425300（总机）
电子邮箱：bookinfo@sflep.com.cn
网 址：http://www.sflep.com
责任编辑：蒋浚浚

印 刷：常熟高专印刷有限公司
开 本：635×965 1/16 印张 17.75 字数 288千字
版 次：2018年12月第1版 2018年12月第1次印刷
印 数：1 100 册

书 号：ISBN 978-7-5446-5001-4 / I
定 价：56.00 元

  本版图书如有印装质量问题,可向本社调换

  质量服务热线：4008-213-263 电子邮箱：editorial@sflep.com

本书由中国中外文艺理论学会叙事学分会编辑

专家寄语

欣闻《叙事研究》第一辑即将
问世，谨致以衷心的祝贺！
同时希望中国的叙事研究在
国际学界发出独立强劲的
声音！

王宁

2018年2月11日

清华大学王宁教授, 长江学者

"文章合为时而著，歌诗合为事而作。"
录白居易语 贺《叙事研究》发刊
　　　　傅修延　2018年9月8日

江西师范大学傅修延教授

拓展国际视野和建构中国话语的先行者。

热烈祝贺《叙事研究》创刊！

李维屏
2018年9月8日

上海外国语大学李维屏教授、《英美文学研究论丛》主编

叙事随人类诞生而诞生，它伴随每一个体生命的始终。这足以说明叙事研究之重要。

宁一中
二〇一八年九月

北京语言大学宁一中教授

《叙事研究》刊将为中国叙事学研究的发展、促进中外学术交流贡献力量。谨此热烈祝贺！

谭君强

2018年9月6日

云南大学谭君强教授

热烈祝贺"叙事研究"杂志创刊

探索叙事之幽，展示叙事之美

弘扬叙事之魂，功莫大焉

东北师范大学 刘建军

东北师范大学刘建军教授

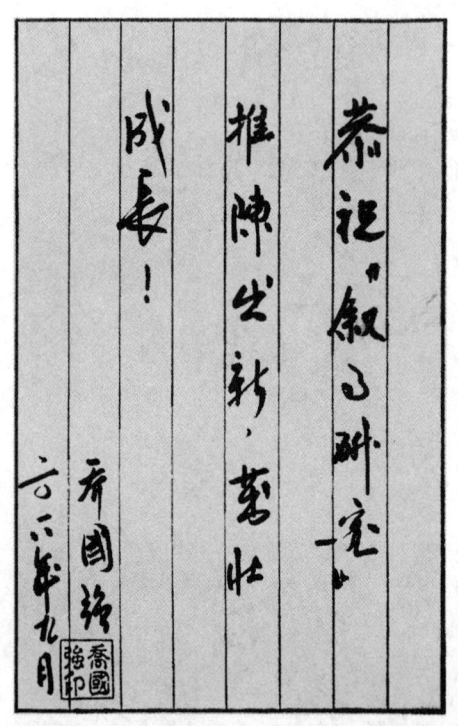

恭记"叙事研究"

推陈出新、茁壮

成长！

乔国强

二〇一二年九月

上海外国语大学乔国强教授，长江学者

祝学术新蕾《叙事研究》集刊越办越好！

——杨金才

南京大学杨金才教授，《当代外国文学》主编

搭建学术平台
深化叙事研究

热烈祝贺《叙事研究》面世
祝愿《叙事研究》越办越好！
北京外国语大学 郭棲庆
2018.9.10.

北京外国语大学郭棲庆教授

热烈祝贺《叙事研究》创刊！

董洪川（四川外国语大学教授、
《外国语文》主编）

二〇一八年九月十日

四川外国语大学董洪川教授、《外国语文》主编

立足中西叙事传统
引领叙事理论潮流
——贺《叙事研究》创刊并越办越好！

龙迪勇
2018年9月6日

东南大学龙迪勇教授

"探中西叙事之学，
究古今叙述之术。"
——贺《叙事研究》创刊！
尚必武 2018-09-10

上海交通大学尚必武教授

编委会

目　录

理论综述与前沿

叙事文本解读

书评与视角

特 稿

积跬步，至千里

第五届叙事学国际会议暨
第七届全国叙事学研讨会述评

舒凌鸿

　　为促进我国叙事学研究的发展，加强国内外叙事学界的交流，由中国中外文艺理论学会叙事学分会主办，云南大学人文学院、曲靖师范学院人文学院和云南大学叙事学研究中心共同承办的"第五届叙事学国际会议暨第七届全国叙事学研讨会"于 2015 年 11 月 12 日至 14 日在云南大学举行。参加此次盛会的正式代表近 200 人，其中既有来自美国、荷兰、德国等国外叙事学界的著名专家，也有来自国内 80 多个高校及研究机构的叙事学研究领域的专家和研究者。

　　在我国叙事学研究的发展中，2014 年是一个有意义的年头。因为自2004 年中外文艺理论学会叙事学分会成立至 2014 年，恰好走过了十个春秋。从更多地从域外引入西方叙事学理论到中国本土叙事学理论与学科的构建，是无数中外叙事学研究者共同努力的结果。叙事学研究特别关注文本的"微观世界"，从细节入手，常被人认为是"小学"。荀子有云："不积跬步，无以致千里；不积小流，无以成江海。"从一步之遥，到千里之行，从涓涓细流到无垠江海，只要有叙事学研究者的每一步坚持，"细流"必成"江海"，"小学"总会抵达"大学"。

　　当下，叙事学研究日益成为国内外学术研究关注的热点之一。叙事学研究领域的学者孜孜不倦，刻苦钻研，对叙事理论的深入探索持续不断，对中外叙事作品的分析新意迭出，语境叙事学、认知叙事学、跨文类叙事学与跨媒介叙事学等叙事学研究领域不断扩大，新的研究成果在国内外不断涌现。本次会议适逢中国中外文艺理论学会叙事学分会成立十周年。中国的叙事学研究在最近十年以来的成果尤其引人瞩目,也备受国外叙事学界的关注。

本次会议盛况空前,成果斐然。有十位国内外专家学者作了大会发言,与代表们分享了叙事学研究的最新动态以及目前叙事学界具有代表性的研究成果。小组讨论有五个议题:① 叙事理论研究;② 跨媒介叙事研究、跨学科、跨文类叙事研究;③ 空间叙事与性别叙事研究;④ 中国叙事传统与叙事作品研究;⑤ 外国作家作品叙事研究。小组成员就各自感兴趣的领域进行了热烈而深入地交流。从议题看,叙事学在中国已不断向多元、纵深方向发展。在纵向上,叙事学会议常规的议题——叙事学前沿理论、中国叙事学、叙事作品分析——内容继续深入,既关注理论的细微之处,理论概念的规范性,同时也对理论本身进行反思。在横向上,既进行多学科、多媒介的理论渗透,也注意突出热点问题研究,呈现新学科研究领域的大量成果。大量论文都涉及跨媒介、跨学科研究和空间叙事学、女性主义叙事学,这表明叙事学理论不仅已经向多个学科、多个研究领域渗透,甚至已经成为这些学科的重要研究武器,并取得了丰硕的成果。此次会议不仅聚集了大批国内外著名学者,也吸引了不少年轻才俊参与,表现出叙事学领域的研究蓬勃发展、后继有人的强劲发展态势。

一、经典叙事学理论和叙事学前沿理论研究

叙事学研究既不断拓展后经典叙事学研究的广泛性,又不脱离经典叙事学理论的经典性,已经成为目前叙事学界及中国叙事学研究的有效范式。因此,对叙事理论进一步的拓展就包含了两方面的内容:一是对既往叙事学研究的相关概念进行厘清和辨析,以期能够对叙事理论的有效性进行检视;二是探讨现有叙事理论对新的研究对象和领域的适应性,并找寻更为严谨而恰当的理论表述。对此,国外和国内专家学者对既有的叙事理论及相关概念进行了深入拓展,并提出了新的看法。其中就有美国俄亥俄州立大学杰出教授、修辞叙事学的领军人物詹姆斯·费伦的精彩发言:《可靠、不可靠与不充分叙述——一种修辞诗学》。他从描述性叙事诗学角度提出了一些新的术语和概念。他认为这些术语和概念既能帮助叙事学研究者深入理解叙事的重要特征,同时还可以服务于其他理论,以及对文本的解读。具体来说,就是以费伦教授过去所提出的不

可靠和不充分叙述的概念为基础,将这些概念纳入对虚构与非虚构叙事文本中人物的叙述中,进行更广泛、更复杂的描述。这种描述本身就更为宏大,并且是正在发展的叙事修辞理论的一项新内容,同时也兼顾了解释的力度和阐释的灵活性。费伦教授提出的核心问题是:"修辞理论如何看待虚构和非虚构作品中人物叙述的本质和功能?"

四川大学赵毅衡教授的《叙述文本内的"横向真实"》探讨了真实文本与虚构文本的"横向真实"的问题。他认为读者对不包含真实性的叙事文本是不能接受的,这是交流活动的底线。意义的真实性,必须到文本外的经验世界求得证实,但是读者也可以接受满足内部真实性要求的文本,因为文本内部的各成分具有"横向真实"品格。他将文本内真实性分成二种,即狭义的叙述文本真实性,以及文本与伴随文本结合而成的"全文本"包含的真实性。这两种真实性,都是融贯原则的产物,即文本各成分逻辑上一致,或是与此叙述文本的"关联意义体系"一致。至于虚构叙述文本,由于其区隔也是一种虚构,其横向真实性可以溢出到文本之外。

北京大学申丹教授带来了她的研究成果:《一种被忽略的叙事表意现象:文字的不同"叙述运动中的意义"》。她认为,长期以来,情节发展是中外叙事学界最为关注的问题,但是在很多叙事作品中,在情节发展的背后,还存在着一种叙事的隐形进程。浅层的情节发展和深层的隐形进程之间还有可能存在包含两者的并列前行的分支。她选取四部带有不同特点的叙事作品,从四个不同角度探讨文字在文本叙事运动中所具有的作用,揭示文字在叙事运动中产生意义的过程。这些不同的叙事运动构成不同的表意轨道,文字在其中可能会表达两种或多种字面、隐含和象征意义。她将其称之为"叙事运动中的意义"。文字在不同"叙事运动中的意义"相互冲突、相互制衡又相互补充,产生文学作品特有的矛盾张力和语义密度,联手表达出作品丰富的主题内涵,塑造出双重其或多重人物形象,邀请读者做出复杂的反应。她认为必须注意这种被前人忽略的文学表意现象,并指出这种现象对文体学的挑战,提出相关的应对措施。

广东外语外贸大学唐伟胜教授带来了《文本世界、话语世界与第一人称叙事的阐释空间》一文。他以雷蒙·卡佛的《孩子,这是为什么?》、尤多拉·威尔蒂的《我为什么住邮局》及爱伦·坡的《一桶白葡萄酒》三个文本为例,分析第一人称叙事读者所建构的三个不同世界:首先,读者将零参照点投射到两个层次的文本世界,即作为行动者(enactor)的"我"的世界

（enactor-I world）以及作为叙事者（narrator）的"我"的世界（narrator-I world），最后读者将零参照点转移回到"此时此地"的话语世界。这三个世界既可以被表征为统一体，也可以被表征为各自分离，从而形成丰富多彩的第一人称叙事。这三个第一人称叙事文本都（或明或暗地）鼓励读者将零参照点投射到"叙事者——我"的世界，并让读者识别出该世界与"行动者——我"及话语世界之间的各种反讽距离，这就极大提升了这些短篇叙事的阐释空间，这也是构成了这些作品成为经典短篇的原因之一。

北京语言大学宁一中教授对"Overhearing"这一术语的分类及对其叙事情境和叙事功能的阐述。宁一中教授认为在叙事研究中，关于正常语境里的叙述者（narrator）和接受者（narratee）的关系虽然已经有很多研究，但叙述中的另一种情形，即：叙述者和不/希望被听到却实在存在的接受者之间的关系却鲜有涉及。这种在英文中被称为"overhearing"的现象，是叙事中不可缺少的部分。因此很有必要进行专门研究。"overhearing"的情况比较复杂，在中文中不好用一个义项表达。概括起来，从说话者的角度看，"overhearing"大致可以分为无意被听的听话者（unintended hearer）和有意被听的听话者（intended hearer）。前者指说话时无意被人听到的那种听话者，后者则是指说话时有意让人偷听到听话者（比如"计中计"和"将计就计"）。宁一中教授的文章在集中分析中英文文本中"overhearing"现象的基础上，对其进行了分类，并对其叙事情境和叙事功能进行了研究。这是对巴赫金所提出的"overhearing poetics"概念做了较为细致的基础性研究工作。

山东大学王汶成教授的《论文学叙事话语中的对话关系》、安徽师范大学江守义教授的《20 世纪 80 年代叙事学研究的回顾与反思》、东北师范大学徐强的《为故事立法——杰拉德普林斯〈故事的语法〉》等，都从不同角度对叙事学理论问题进行了探讨。总体而言，学者们不仅对经典叙事理论所涉及的术语予以厘清和深入拓展，同时，也不忘吸收新的叙事学研究成果，表现出对诸如后现代叙事理论、非自然叙事学理论的关注，以及对空间叙事研究和性别叙事研究的重视。

二、跨学科、跨文类叙事学研究

在大会发言中，学者们特别关注叙事学与其他相关学科领域之间的关联,如荷兰乌特列支大学安·瑞格蕾教授的《故事的生产性:叙事与文化记忆》一文,集中于讨论超越方法论文本主义。她认为叙事学的历史以20世纪80年代晚期的急剧转向为特征——从寻找普遍的叙事性模式,转向从世界制造(world-making)的视角批判性地关注特定文本。这一情况为人熟知,并且说起这一转向的时候,一般都将其描述为从结构主义到后结构主义的转向,从形式主义到以语境和文化为导向、并关注具体叙述事例的研究途径的转向。这一转向具有充分的理由。结构主义叙事学已经走进了死胡同,众多基本的叙事性和叙述结构原则模式的存在,已经不仅令人困惑,而且也完全适得其反,并且证明了叙事学过于强调科学抱负的不当,对图表和专业术语的信赖看来是武断的,无助于范式的建构。更为问题重重的是,就文学研究的英美传统而言,建立一个普遍模式的尝试愈发表现出从根本上就是受到误导的。一方面,根据后殖民主义对全球差异的反思,它声称的"普遍性",以及它对文化特异性的兴趣不足,看来有些落伍了。另一方面,叙事的概括方法被视为没有区别地对待复杂文本和不复杂的文本,与此相关,它也未能给智力参与特定故事的批评潜能留下空间,而这一参与长期以来被视为作为人文担当的文学研究的核心。

德国汉堡大学沃尔夫·施密德教授的《认知叙事学的前景与局限——以心灵呈现为例》则聚焦于从认知叙事学的角度谈论人类心灵与阅读的关系。他认为心灵阅读和思维理论是基于所观察对象人物的口头和实际行为,以及对他或她的外表、动作和面部表情的解释。事实上,它们并不是"阅读"或"理论",而是假设,甚或是对他人思维的猜想。认知叙事学家往往高估心灵阅读的认知功能,并以减少理解真实和虚构心灵、并倾向于缩减对真实和虚构心灵的理解之间的差异。认知主义取消真实心理和虚构心灵之间的根本差异,这就相当于反驳了文学批评中的一条公理。在叙事学经典理论中(E. M. Forster, Käte Hamburger, Dorrit Cohn),一般认为虚构叙事与真实叙事之间的不同,在于前者可以如实地呈现人物的内心世界,而在现实生活中,要呈现他人的思想就必须靠猜测。并且,虚构叙事被视为是可以在无须证实的情况下,无条件地对心灵加以呈现的唯一的文学体裁。这种"特殊性论点"被认知叙事学家们(大卫·赫尔曼、帕尔默)大加批评。但作为虚构叙事的一个显著特点,另一个内心世界呈现的观点并没有被认知叙事学家们的论辩所撼动。思维呈现所描述的大部分是行动——心理活动。在文学叙事中,那些心理活动往往表现为事件。事件是所发生的特殊事情,它并不是日常生活的一个部分。所以我们应该对帕尔默关于"小说阅读就是心理阅读"的说法加以纠正,应该说"小说阅读就是事件阅读",或者更准确地说,"小说阅读就是心理事件阅读"。人物的意识是每一个叙事文本的核心因素之一。叙事通常被定义为某种状态变化的呈现。自从 18 世纪末以来,文学中所刻画的事件在本质上都是精神活动。任何外部的或内部的行为都与某种特定的内部运动有关,不论是有意识还是无意识的。行为与意识之间的关系的确存在,不论它是否明确地被叙述者所提及,或被读者所推断而获得。意识可能会以两种方式存在于叙事文本中:或者是通过叙述者或人物直接呈现出来,或者是某些事件被暗示激发了人物行为,并且读者得出有关于此的自己的结论。在这两种情况下,人物的意识对叙述都具有构建作用。

云南大学谭君强教授近年来将审美文化叙事学研究拓展到抒情诗叙事研究领域,他的《论抒情诗的叙事动力:以中国古典抒情诗为例》一文认为抒情诗作为作者与读者交流的产物,与叙事文本一样,有其推进叙事进程的叙事动力。他提出在抒情文本中,存在着三类叙事动力,分别为时间、逻辑与空间叙事动力。这三类动力在叙事文本事件的组合与情节发展中依然存在,但在抒情文本中以不同的方式表现出来。抒情诗中的这三类叙事动力可以其各自独特的方式表现出来,也可以结合在一起而起作用。它们所形成的叙事动力与读者动力相结合,共同推进抒情诗的叙事进程,达到作者与读者交流的目的。这篇论文还结合中国古典抒情诗的例子,对抒情诗的叙事进程及叙事动力与读者动力的结合作了具体的分析与阐释。

上海外国语大学乔国强教授则侧重于文学史的叙事学研究,他的论文《论文学史的三重世界及叙述——对文学史内部构建的一种探讨》探讨了文学史虚构性的问题。他认为与一般意义上的历史相比,文学史除了真实性以外,它还存在着一个虚构性问题。这就决定了文学史的构成内容与叙说方法与一般的历史不同。这种差异性赋予了文学史更为丰富、复杂的内涵。为了把文学史这种独特的构成内涵挖掘出来,该文借用了西方的"可能世界"理论的基本理念,即从文学史的"虚构世界""真实世界"以及"交叉世界"三个方面来讨论文学史的性质、构成及与这三个世界相关的叙述问题,在把文学史的基本架构揭示出来的同时,也把"可能世界"理论拓展到文学史的研究中来。

一直专注于系列叙事研究——特别是美国电视剧研究领域——的专家,美国俄亥俄州立大学的学者肖恩·奥沙利文带来了他最新的研究成果:《系列叙事的六要素》。这篇文章重点探讨影响系列叙事结构和策略的六个要素。他认为对漫画、电影、电视剧的研究日益引起叙事学界的研究兴趣,但对这个特殊系统的具体实践,还是没有得到充分研究。他认为电视剧等系列叙事像诗歌一样,通过对段落的组织和分布进行操作。他总结了系列叙事的六个构成要素:"重述""多样性""惯性""世界构造""人员"和"设计"。对构成系列叙事的具体方法进行了讨论,并借助海量的美剧样本进行了深入分析。这对系列叙事研究、电影叙事研究和电视剧研究,都提供一个很好的研究视角。

与此同时,中国许多学者也非常关注跨媒介和跨学科的叙事研究,如东南大学龙迪勇教授的《世系、宗庙与文本——建筑空间与中国历史叙事传统》一文,就结合多个学科对中国历史叙事传统进行了研究。在龙迪勇教授看来,中国历史叙事中的世系叙事,其结构性特征与中国古代一种特殊的建筑——宗庙有关,而归根结底,中国历史叙事传统又可追溯到中国古代的祭祀传统与世系结构。中国历史的世系叙事研究不仅植根于中国叙事学的研究,拓展了叙事学研究的视野,并且还将过去主要研究范畴的文学叙事学与建筑学、文化学联系起来思考,眼界开阔,观点新颖。四川大学唐小林教授的《媒介:作为符号叙述学的基础》、四川大学陆正兰教授的《论当代歌词的叙述转向》、湖州师范学院刘方的《图像、媒介与语境——睒子本生故事的多重图像叙事模式与演化》、湖州师范学院马明奎的《少数民族文学意象的叙事性——以张泽忠〈蜂巢界〉为例》、苏永旭的《试论戏剧叙事的四种基本方式》等,都将叙事学研究拓展到了其他相关学科的研究领域中。

三、中国叙事学理论研究

叙事学理论作为"舶来品",全盘吸收必然会带来"消化不良"的后果。中国学者深知这一点,既不固步自封,也不人云亦云。在学习西方叙事的过程中,不仅视野开阔,同时也立足中国自身特色,不断拓展新的叙事理论。他们致力于叙事学理论的中西结合,多元共生。不仅将研究对象聚焦于中国古典文学文本和现当代文学文本,同时,在理论运用上力求中西方理论融会贯通,孜孜以求找寻中国自身的叙事传统,阐释其特点及本质。

　　江西师范大学傅修延教授的《为什么麦克卢汉说中国人是"听觉人"——中西文化的视听倚重及其对叙事的影响》一文。他认为:人类主要通过叙事来传递自己对外部世界的感知,而故事的讲述方式又会受到感知媒介与途径的影响。视觉固然是人类最重要的感知方式,但中国传统文化对听觉情有独钟,"听"在汉语中往往指包括各种感觉在内的全身心反应,"闻声知情"更被认为是一种圣贤境界的认知能力。听觉传统作用下中国古代叙事的表述特征,可以概括为"尚简""贵无""趋晦"和"从散",而"简""无""晦""散"对应的恰好就是听觉传播的模糊、断续等非线性特征。"缀段性"是西方汉学家和胡适等中国学者对明清小说结构的讥评,导致这一讥评的是亚里士多德重视外显联系的有机结构观,批评者没有注意到明清小说中其实存在着"草蛇灰线"般的隐性脉络。中西结构观念的差异表现在前者讲究有"连"有"断",以或隐或显、错落有致的组织形式为美,后者则专注于"连",以"头身尾"一以贯之的有机整体为美,而结构观念的差异又与感官倚重不无关系,这一认识有助于我们更有穿透力地去观察一些文化现象。

　　对外经济贸易大学许德金教授的《类文本文本化:附录在〈我们仨〉中的功能分析》一文以热奈特的类文本理论为切入点,首先指出其理论存在不足之处,随后对类文本及类文本叙事的定义进行了修正,重新确定了分类标准,并系统地提出了类文本叙事及其批评框架。在此基础上,他以中国女作家杨绛的自传《我们仨》为例,聚焦其中作为类文本的附录,将附录的叙事与正文叙事加以对比研究,指出前者的内容及风格在某种意义上颠覆了后者中的相关叙事,并实质上取代了后者中的某些叙事而成为真正的文本叙事,堪称"类文本文本化"。文章指出,《我们仨》的三个附录具有三种功能:即叙事、补充信息和比照。通过对《我们仨》作为类文本的附录的具体功能分析,他认为类文本批评作为一种视角,具有传统批评所不具有的独特作用,也从一个侧面为我们打开了阅读的一扇门。

　　吉林大学胡铁生教授的《〈酒国〉对域外元小说的接受与创新》、暨南大学张世君教授的《先秦典籍方位符号域建构的方位文化模式》、曲靖师范学院代云红教授的《华夏神话天文学与中国叙事学》、江西省社会科学院倪爱珍的《史传与中国文学叙事传统——作为纪实型体裁的史传》等,都在中国叙事学的研究方面进行了有益的探讨。

　　中国叙事学的研究对象虽然主要集中于中国古典文学、中国现当代文学的叙事学研究，但参会学者们所带来的论文，其理论视点已从在中国文学传统中寻找对西方叙事学的相互参照、印证、补充，转移到更为深广的研究领域：寻找和构建属于中国文学自身的叙事理论体系，并以此解决西方叙事学对中国文学作品分析"水土不服"的问题。世界上的三大文学理论体系为西方文学理论、印度文学理论和中国文学理论。作为世界上影响深远、极具特点的中国文学理论，仅仅用西方叙事理论阐释中国文学，以及深受中国文化影响的"汉字文化圈"的东亚文学进行研究分析，显然是难以胜任的。这些参会学者的文章视野开阔，积淀深厚，并且运用了综合性思维，将中国文学叙事学研究深入到整个中国文学传统，甚至到中国文化精髓当中去。这种研究态势将继续加强中国叙事学研究，甚至将影响整个世界文学中的叙事学研究，为其注入新的活力。

四、外国文学叙事文本阐释

　　叙事学理论的拓展离不开对文本阐释的实践，学者们运用不同的叙事理论对外国文学经典文本进行了新的解读。加利福尼亚大学圣塔·芭芭拉分校的波特·阿伯特教授的《〈达洛维夫人〉与小说的重塑》就是一篇较为代表性的文章。该文以小说《达洛维夫人》为例，探讨了伍尔夫的"小说和生活本身"的问题。他分析了伍尔夫对其他作家创作的看法，谈到弗吉尼亚·伍尔夫在 1919 年的一篇激昂的评论文章中认为当时的小说已经成为没有生活的东西。一方面，她所研究的作家们——H·G·威尔斯、约翰·高尔斯华绥和阿诺德·本涅特——都是"物质主义者"，因为他们笔下的人物只有外在表现而没有本质内涵，可想而知都是些物质的化身。这些人物在物质需求的驱使下生活在这个堆满物质的世界上。另一方面，小说本身已经成为了一个物体，一个预先正式包装好的物体。伍尔夫评论说，如果这些作家们只凭感受写作而无视创作传统，"人们熟知的创作风格中就再也没有诸如情节、喜剧、爱情趣味、灾难等内容了"。伍尔夫所批评的这两个层面相互交织，阿伯特教授将重点放在其第二个观点之上，他认为第二点带有更加深层的含义，即伍尔夫对小说本身的看法：编织情结的必要性——特别是当其涉及对人的理解和再现等问题的时候。

云南大学学者王浩带来了他的《面具之下：〈洛丽塔〉的隐含作者分析》一文。其中谈到隐含作者是叙事学研究中的一个重要概念，对不可靠叙述的判断和文本的阐释都具有重要影响。他以《洛丽塔》中隐含作者作为例子，说明隐含作者的建构不仅依赖于对叙述者可靠性的判断，也依赖于作者本人的说明。他进一步论证隐含作者不仅仅是读者从文本中推导出来的，也是作者隐藏在文本之内的一个化身。

需要强调的是，此次会议共收到有关外国文学作品的文本阐释研究的论文共66篇，涉及的外国作家作品范围较广，研究深入，异彩纷呈，如四川大学程锡麟教授的《〈夜色温柔〉中的语象叙事》。《夜色温柔》是F·斯科特·菲茨杰拉德的重要作品，语象叙事与《夜色温柔》的创作有着密切关系。程锡麟教授结合作品《夜色温柔》的社会历史背景，通过文本细读，分析菲茨杰拉德运用的语象叙事手法，指出他采用这种手法描绘出一幅幅色调各异的生动场景并刻画出了一个个立体饱满、性格各异的人物，为人物的活动、情节的发展、象征的表现和主题的表达提供了适当的氛围和条件。此外还有云南大学骆洪教授的《莫里森小说〈爱〉中的隐含作者与黑人身份认同探析》、江西师范大学卢普玲的《英美早期叙事学中人物研究及意义》、杭州师范大学陈礼珍的《〈菲利斯表妹〉中的叙事欲望与道德正义》等。

随着国际交流的步伐越来越快，世界越来越像一个地球村，彼此息息相关，而中国文学与世界文学的联系自然也越来越紧密，大量的外来文学作品也被积极引入和翻译。对外国文学作品的叙事学阐释一直是中国叙事学研究的重要组成部分。这样的研究不仅丰富了外国文学研究领域的成果，实际上也实现了从叙事学理论到阐释实践，再从阐释实践到叙事学理论的良性循环，为叙事学研究领域的深入发展提供坚实的基础。此次会议上涌现了大量运用叙事学方法对外国文学作品进行阐释的文章，正说明了叙事学研究已经成为中国文学研究者以他者的眼光，在一个异质的语境中分析外来文学的重要工具和手段。

本次会议正值中国中外文艺理论学会叙事学分会成立十周年，叙事学分会副会长傅修延教授对分会十年的工作进行了总结与回顾。叙事学研究十年是叙事学研究者辛勤耕耘的十年，也是硕果累累的十年。会议期间，还举办了"中国叙事学研究十年展"，共展出了近十年来出版的叙事学研究专著和译著百多部。这些成果汇集了致力于叙事学研究的学者们十年的努力和心血，促进了我国文艺学理论及叙事学研究的进步和发展。

正所谓:"骐骥一跃,不能十步;驽马十驾,功在不舍。"学人们深知"路漫漫其修远兮,吾将上下而求索",仍会不懈努力,继续前行!

此次会议确定,"第六届叙事学国际会议暨第八届全国叙事学研讨会"将由上海外国语大学承办,于 2017 年 10 月在上海举行。

作者简介: 舒凌鸿,云南大学文学院副教授。

学会十年（2005—2015）工作的回顾

傅修延

　　2004 年 12 月 9 日，"全国首届叙事学学术研讨会"在漳州师范学院（现闽南师范大学）举行，学会的筹备工作由此起步。2005 年 11 月 10 日，中外文艺理论协会叙事学分会（以下简称学会）在华中师范大学正式成立，对于我们叙事学界的同人来说，这是个值得纪念的日子。学会成立至今已逾十年，受会长申丹教授委托，我从叙事学会议的举办情况、发表论文与出版论著（包括译著）的质量与数量、叙事学研究所取得的成绩和反响等三方面，对学会十年工作及十年间中国叙事学发展历程做一简要回顾，最后再谈点自己的思考。

一、会议

1. 大会

表 1　学会历届会议一览表

名　称	时　间	主办方地点
首届叙事学学术研讨会	2004 年 12 月	漳州师范学院 福建省漳州市
第二届全国叙事学研讨会 暨中国中外文艺理论学会叙事学分会成立大会	2005 年 11 月	华中师范大学 湖北省武汉市
首届叙事学国际会议暨第三届全国叙事学研讨会	2007 年 10 月	江西省社科院 江西省南昌市

名　　称	时　间	主办方地点
第二届叙事学国际会议暨第四届全国叙事学研讨会	2009 年 10 月	四川外语学院（现更名为四川外国语大学）重庆市
第三届叙事学国际会议暨第五届全国叙事学研讨会	2011 年 10 月	湖南师范大学湖南省长沙市
第四届叙事学国际会议暨第六届全国叙事学研讨会	2013 年 11 月	南方医科大学广东省广州市

从表 1 可见，包括本次会议，学会已成功举办七次大会。为了给中西叙事学者的对话与交流搭建平台，从第三届在南昌举办的会议开始，学会开始邀请国外叙事学专家参加，会长申丹为此付出许多努力。我参加了学会举办的每一届大会，每次我都有不少收获，对此我深感荣幸。实际上，除大会之外，这段时间我们还举办了一些地区性的叙事学会议，这些会议在规模上虽相对较小，但也取得了不错的反响，限于篇幅，在此不一一列出。

2. 报道与综述（如表 2 所示）

表 2　会议与报道

历 届 会 议	报 道 与 综 述
首届叙事学学术研讨会	申丹等：《叙事学的中国之路——全国首届叙事学学术研讨会发言摘要》，《漳州师范学院学报》（哲社版）2005 年第 1 期
第二届全国叙事学研讨会暨中国中外文艺理论学会叙事学分会成立大会	乔国强：《编后》，载《叙事学研究：第二届全国叙事学研讨会暨中国中外文艺理论学会叙事学分会成立大会论文集》（乔国强主编），武汉出版社，2006 年。
首届叙事学国际会议暨第三届全国叙事学研讨会	龙迪勇：《叙事学研究的中西交流与对话——"首届叙事学国际会议暨第三届全国叙事学研讨会"会议综述》，《江西社会科学》2007 年第 10 期。
第二届叙事学国际会议暨第四届全国叙事学研讨会	《第二届叙事学国际会议暨第四届全国叙事学研讨会简讯》，《英语研究》2009 年第 4 期。

续　表

历 届 会 议	报 道 与 综 述
第三届叙事学国际会议暨第五届全国叙事学研讨会	http://wyxy. hunnu. edu. cn/news/html/2011/20111020175506. html
第四届叙事学国际会议暨第六届全国叙事学研讨会	周凌敏、金敏娜:《第四届叙事学国际会议暨第六届全国叙事学研讨会综述》,《当代外国文学》2014年第 1 期。

3. 参加会议的外国学者名单

表3　历届会议外国学者参会名单

历 届 会 议	与 会 外 国 学 者
首届叙事学学术研讨会	
第二届全国叙事学研讨会暨中国中外文艺理论学会叙事学分会成立大会	
首届叙事学国际会议暨第三届全国叙事学研讨会	罗宾·沃霍尔、彼得·J·拉比诺维茨、布赖恩·麦克黑尔、布赖恩·理查森、萨吉塔·雷,等等
第二届叙事学国际会议暨第四届全国叙事学研讨会	苏珊·S·兰瑟、雅各布·罗斯、梅尔巴·卡迪-基恩、里克特,等等
第三届叙事学国际会议暨第五届全国叙事学研讨	詹姆斯·费伦、杰拉尔德·普林斯、约翰·皮尔、简·贝特恩斯、尼可拉斯·康士林、莫妮卡·弗卢德尼克,等等
第四届叙事学国际会议暨第六届全国叙事学研讨会	布赖恩·麦克黑尔、玛丽-罗尔·瑞恩、梅尔·斯腾伯格、塔马·雅可比、露斯·佩基,等等

　　表 3 列出上述外国学者名单,是为了证明学会举办的是名副其实的国际学术研讨会,国外许多著名的叙事学家,如詹姆斯·费伦、杰拉德·普林斯、彼得·J·拉比诺维茨、苏珊·S·兰瑟、布赖恩·麦克黑尔和玛丽-罗尔·瑞恩等均曾不远万里来中国参会,这说明学会已经具备了一定的国际影响力。但从历届会议的发言及会上会下的交流来看,中西方学者的对话还不够充分,随着中国学者英语听说水平的进一步提高,我相

信,在不久的将来,中西学者的交流将会在质量上有较大提升。

4. 参加会议的中国学者

从历届会议的规模来看,与会人数大多维持在 200 人左右。限于篇幅,在此不一一提及与会学者的大名。参会人员多一方面说明会议的规模大、声势高;另一方面,随着学成归来的学者及有国际交往经验者在与会人员中所占比重的逐年提升,与会中国学者的外语能力及叙事学修养都有显著提高,这也说明我们的后劲雄厚,从这一点来说,学会未来的前景会更加美好。

二、出版发表

以下介绍的主要是会员的成果出版与发表情况。因为种种原因,列表中不可能囊括所有成员的鸿文,沧海遗珠,在所难免,敬请各位海涵。

1. 专著

表 4　2005—2015 叙事学领域著作一览表
（以出版年限为序）

著　者	标　题	出版社	时　间
申丹、韩加明、王丽亚	《英美小说叙事理论研究》	北京大学出版社	2005 年
傅修延	《文本学——文本主义文论系统研究》	北京大学出版社	2005 年再版
刘俐俐	《中国现代经典短篇小说文本分析》	北京大学出版社	2006 年
张世君	《明清小说评点叙事概念研究》	中国社会科学出版社	2007 年
傅修延	《先秦叙事研究——关于中国叙事传统的形成》	东方出版社	2007 年再版
谭君强	《叙事学导论:从经典叙事学到后经典叙事学》	高等教育出版社	2008 年

续 表

著 者	标 题	出版社	时 间
董小英	《超语言学：叙事学的学理及理解的原理》	百花文艺出版社	2008 年
申丹	《叙事、文本与潜文本——重读英美经典短篇小说》	北京大学出版社	2009 年
杨义	《中国叙事学》（图文版）	人民出版社	2009 年
彭刚	《叙事的转向》	北京大学出版社	2009 年
申丹、王丽亚	《西方叙事学：经典与后经典》	北京大学出版社	2010 年
谭君强、降红燕、陈芳等	《审美文化叙事学：理论与实践》	中国社会科学出版社	2011 年
赵炎秋（主编）	《中国古代叙事思想研究》（三卷）	湖南师范大学出版社	2011 年
唐伟胜	《体验终结：雷蒙·卡佛短篇小说结尾研究》	世界图书出版公司	2011 年
董乃斌（主编）	《中国文学叙事传统研究》	中华书局	2012 年
张世君	《世界文化视域中的红楼梦》	华中科技大学出版社	2012 年
张泽兵	《谶纬叙事研究》	社会科学文献出版社	2013 年
赵毅衡	《广义叙述学》	四川大学出版社	2013 年
尚必武	《当代西方后经典叙事学研究》	人民文学出版社	2013 年
唐伟胜	《文本 语境 读者：当代美国叙事理论研究》	世界图书出版公司	2013 年
龙迪勇	《空间叙事研究》（2015 年再版时更名为《空间叙事学》）	生活·读书·新知三联书店	2014 年
刘俐俐	《小说艺术十二章》	上海教育出版社	2014 年
倪爱珍	《史传与中国文学叙事传统》	中国社会科学出版社	2015 年
傅修延	《中国叙事学》	北京大学出版社	2015 年

2. 译著

表5　2005—2015 叙事学领域译著一览表
（以出版年限为序）

译　者	标题原作者	出版社	时　间
贾放	《故事形态学》 （弗拉基米尔·雅科夫列维奇·普罗普）	中华书局	2006 年
申丹等	《当代叙事理论指南》 （詹姆斯·费伦、彼得·J·拉比诺维茨主编）	北京大学出版社	2007 年
刘云舟	《什么是电影叙事学》 安德烈·戈德罗、弗朗索瓦·若斯特	商务印书馆	2007 年
穆雷等	修辞的复兴——韦恩·布斯精粹	译林出版社	2009 年
史忠义	《热奈特论文选·批评译文选》 （热奈特等）	河南大学出版社	2009 年
乔国强	《叙述学词典》（修订版） （杰拉德·普林斯）	上海译文出版社	2011 年
徐强	《小说与电影中的叙事》 （雅各布·卢特）	北京大学出版社	2011 年
侯应花	《散文诗学：叙事研究论文集》 （茨维坦·托多罗夫）	百花文艺出版社	2011 年
刘震等	《叙事和图画》 （迪特·施林洛甫）	兰州大学出版社	2013 年
吴康茹	《转喻——从修辞格到虚构》	漓江出版社	2013 年
徐强	《叙事学：叙事的形式与功能》 （杰拉德·普林斯）	中国人民大学出版社	2013 年
徐强	《故事与话语：小说与电影的叙事结构》 （西摩·查特曼）	中国人民大学出版社	2013 年
张新军	《故事的变身》 （玛丽—劳尔·瑞安）	译林出版社	2014 年

续　表

译　者	标　题　原　作　者	出　版　社	时　间
于雷	《叙事的本质》 罗伯特·斯科尔斯、詹姆斯·费伦等	南京大学出版社	2015 年
徐强	《故事的语法》 （杰拉德·普林斯）	中国人民大学出版社	2015 年

3. 期刊

表 6　专业期刊信息

刊　名	编　者	出　版　社	期　数
《叙事》（中国版）	唐伟胜、尚必武等	暨南大学出版社	出版 5 辑
《叙事》丛刊	傅修延、叶青、龙迪勇	中国社会科学出版社	出版 4 辑
《叙事研究前沿》	尚必武等	外语教学与研究出版社	出版 1 辑

4. 论文

　　在中国知网数据库中，将检索条件设定为发表日期从 2005 年 1 月 1 日至 2015 年 10 月 16 日及篇名中包含"叙事"一词，共检索到学术论文 29,347 篇，年均量为 2,934.7 篇；为了更全面地掌握整体发文境况，我们再将检索条件设定为发表日期从 2005 年 1 月 1 日到 2015 年 10 月 16 日和篇名中包含"叙述"一词，在 CNKI 数据库中共检索到学术论文 5,571 篇，年均量为 557.1 篇。

　　从以上结果可知，近十年来，国内每年公开发表的叙事学论文数量相当庞大，这还不包括在国外相关刊物上发表的论文。从国外发文情况来看，学会的中青年学者尤为勤奋，有的学者一年有 10 多篇外文论文见刊。此外，与叙事学相关的硕士与博士学位论文每年成批涌现。虽然数量不代表质量，但这至少说明了中国叙事学研究领域的同仁一直在努力，以及我们这个学科本身所具有的魅力。

　　顺便说说，中国作家莫言在 2012 年诺贝尔文学奖颁奖会上所做的题为《讲故事的人》的演讲，在一定程度上体现了国人对叙事艺术的重视。

令人遗憾的是,在电影这个影响最大、传播也最广的讲故事领域,我们的编剧导演还没有充分认识到讲好故事为电影的立身之本,有些导演完全无视观众对故事的期待,其主要精力只用于光影和声音的处理,这显然是一种本末倒置的做法。好莱坞导演斯皮尔伯格敏锐地觉察到了中国当代电影的这一不足,曾经委婉地提出了劝诫,但他的劝诫未产生应有的效果。

三、成绩与反响

1. 对西方叙事学以及相关问题的探讨

20 世纪 80 年代,西方的形式主义文论诸流派开始引起国内学界的注意,其中与叙事学关系密切的结构主义文论对中国学者触动尤深,西方叙事学就是在这样的背景下进入我们的视野。嗣后,西方经典叙事学向后经典叙事学的转型轨迹又吸引了人们的眼球。目前这种关注主要聚焦于西方叙事学的一些最新动态,如认知叙事学、修辞叙事学、女性主义叙事学等后经典叙事学流派在国内都有介绍与述评,一些相关概念如隐含的作者、不可靠叙述等引起了广泛的讨论,对经典叙事学的重新评价也被提上研究台面。学会会长申丹近十年发表的相关英文论文代表了这种趋势:

（1）"Implied Author, Authorial Audience, and Context: Form and History in Neo-Aristotelian Rhetorical Theory" *Narrative* Vol. 21, No. 2 （2013）: 140–158.

（2）"Covert Progression Behind Plot Development: Katherine Mansfield's 'The Fly'." *Poetics Today* Vol. 34, No. 1–2（2013）: 147–175.

（3）"Stylistics in China in the New Century." *Language and Literature* Vol. 21, No. 1（2012,创刊 20 周年纪念刊）: 93–105.

（4）"Language Peculiarities and Challenges to Universal Narrative Poetics." In *Analyzing World Fiction: New Horizons in Narrative Theory*, edited by Frederick Luis Aldama. Austin: University of Texas Press, 2011, 17–32.

（5）"Neo-Aristotelian Rhetorical Narrative Study: Need for Integrating Style, Context and Intertext." *Style* Vol. 45, No. 4（2011）: 576–597.

（6）"What is the Implied Author?" *Style* Vol. 45, No. 1（2011）: 80–98.

（7）"Unreliability. " *Living Handbook of Narratology*, edited by Peter Huhn et. al. Hamburg: Hamburg University Press, 2010.

（8）"Implied Author, Overall Consideration, and Subtext of 'Desiree's Baby'. " *Poetics Today* Vo. 31, No. 2(2010): 285 – 311.

（9）"The Stylistics of Narrative Fiction. " In *Language and Style*, edited by Dan McIntyre and Beatrix Busse. Hampshire and New York: Palgrave MacMillian, 2010, 225 – 249.

（10）"'Overall-Extended Close Reading' and Subtexts of Short Stories. " *English Studies: A Journal of English Language and Literature* Vol. 91, No. 2(2010): 150 – 169.

（11）"Non-ironic Turning Ironic Contextually: Multiple Context-Determined Irony in 'The Story of an Hour'. " JLS: *Journal of Literary Semantics* Vol. 38, No. 2(2009): 115 – 130.

（12）"Edgar Allan Poe's Aesthetic Theory, The Insanity Debate, and Ethically-Oriented Dynamics of 'The Tell-Tale Heart. '" *Nineteenth-Century Literature* Vo. 63, No. 3(2008): 321 – 345.

（13）"Review: Text World Theory: An Introduction. " *Journal of Literary Semantics* Vol. 37, No. 1(2008): 91 – 95.

（14）Dan Shen and Dejin Xu, "Intratextuality, Intertextuality, and Extratextuality: Unreliability in Autobiography versus Fiction. " *Poetics Today* Vo. 28, No. 1(2007): 43 – 87.

（15）"Internal Contrast and Double Decoding: Transitivity in Hughes's 'On the Road. '" JLS: *Journal of Literary Semantics* Vol. 36, No. 1(2007): 53 – 70.

（16）"Booth's *The Rhetoric of Fiction* and China's Critical Context. " *Narrative* Vol. 15, No. 2(2007): 167 – 186.

（17）"Subverting Surface and Doubling Irony: Subtexts of Mansfield's 'Revelations' and Others. " *English Studies: A Journal of English Language and Literature* Vol. 87, No. 2(2006): 191 – 209.

（18）Dan Shen and Xiaoyi Zhou, "Western Literary Theories in China: Reception, Influence and Resistance. " *Comparative Critical Studies* Vol. 3, No. 1 – 2(2006): 139 – 155.

（19）"How Stylisticians Draw on Narratology: Approaches,

Advantages, and Disadvantages." *Style* Vol. 39, No. 4(2005): 381 - 395.

（20） "Story-Discourse Distinction." *Routledge Encyclopedia of Narrative Theory*. Ed. David Herman et. al. London & New York, Routldege, 2005, 566 - 567.

（21） "Why Contextual and Formal Narratologies Need Each Other." JNT: *Journal of Narrative Theory* Vol. 35, No. 2(2005): 141 - 171.

（22） "What Narratology and Stylistics Can Do for Each Other." In*A Companion to Narrative Theory*, edited by James Phelan and Peter J. Rabinowitz. Oxford: Blackwell, 2005, 136 - 149.

（23） "Broadening the Horizon: On J. Hillis Miller's Ananarratology." *Provocations to Reading*, edited by Barbara Cohen and Dragan Kujundzic. New York: Fordham University Press, 2005, 14 - 29.

（24） Yinglin Ji and Shen Dan "Transitivity, Indirection, and Redemption in Sheila Watson's The Double Hook", Style Vol. 39, No. 3 (2005): 348 - 362.

申丹的成果说明中国学者开始以一种平等的身份,加入对叙事学前沿问题的国际讨论之中。除了申丹之外,在中国学者进入西方主流学术话语圈的过程中,乔国强、尚必武、唐伟胜等中青年学者也做出了重要的贡献。西方著名学者米勒、费伦等对他们所取得的学术成就评价甚高,2015 年,爱思唯尔(Elsevier)发布了 2014 年中国学者高被引用率榜单,艺术和人文类仅有四位学者上榜,申丹之名赫然在列。有人甚至发出这样的感叹:"我国文学教授千千万,为什么国际学术界引用最多的是申丹?"这从一个侧面反映出在全国人文社科领域的学者中,像申丹这样能与西方主流学界频繁交往的并不太多,而能与西方顶尖学者平等对话的更属凤毛麟角。

2. 对中国叙事学以及相关问题的研究

除了关注西方叙事学界的前沿动态之外,国内学者还有不少人正致力于发掘中国叙事传统、构建中国叙事学、梳理中国叙事思想、探索中国诗歌的叙事性以及从叙事学角度研究中国经典叙事作品等,这些方面已奉献出一批丰硕成果。值得注意的是,董乃斌主持的"中国诗歌叙事传统研究"获批为 2015 年国家社科基金重大招标项目,赵炎秋、张世君等在中国叙事思想、《红楼梦》叙事等方面的研究成果引发了较大反响;同时,许多过去主要研究西方叙事学的学者,如谭君强、乔国强等,也在不同程度上开始关注中国叙事学的相关问题。有的学者如王瑛甚至开始对叙事学的本土化作系统梳理,这种学术史性质的工作标志着国内的叙事学研究本身也已成了研究的对象。我本人则从20世纪80年代末以来一直在探讨与中国叙事传统相关的问题,可谓念兹在兹从未停止过思考。

上述成果的取得,反映的是一个重大的历史转变与进步。老一辈学者如胡适、陈寅恪等人对中国叙事传统有点不以为然,如胡适曾说:"《儒林外史》虽开一种新体,但仍是没有结构的;从山东汶上县说到南京,从夏总甲说到丁言志;说到杜慎卿,已忘了娄公子;说到凤四老爹,已忘了张铁臂了。后来这一派的小说,也没有一部有结构布置的。所以这一千年的小说里,差不多都是没有布局的。内中比较出色的,如《金瓶梅》,如《红楼梦》,虽然拿一家的历史做布局,不致十分散漫。但结构仍旧是很松的;今年偷一个潘五儿,明年偷一个王六儿;这里开一个菊花诗社,那里开一个秋海棠诗社;今回老太太做生日,下回薛姑娘做生日,……翻来覆去,实在有点讨厌。"陈寅恪在比较中西小说的异同时,对中国古典小说流露出鄙夷之色,他说,"至于吾国之小说,则其结构远不如西洋小说之精密。在欧洲小说未经翻译为中文以前,凡吾国著名之小说,如水浒传、石头记与儒林外史等书,其结构皆甚可议。"产生这种评价的原因,在于他们以西方小说的标准,特别是以亚里士多德的有机结构观来评判中国传统小说。现在时易境迁,学界开始以一种全新的眼光来审视中国叙事传统。从历史发展的眼光来看,一时代有一时代之学术,没有走向全面复兴的时代大潮,就没有历史创伤的痊愈和文化自信的恢复,也不会有今天中国叙事学的登堂入室。

3. 对叙事学基本理论的重大开拓与突破

国内这方面的成果目前还不多见,除申丹、胡亚敏、谭君强等人的理论开拓外,赵毅衡的《广义叙述学》一书特别值得一提,他在该书中所提出的广义叙述体系点具有理论原创的意义。赵著最大的贡献在于,提出了涵盖多学科多领域的广义叙事学理论,将许多看似不相关的符号传播纳入到叙事学研究的领域之内。尽管学界对《广义叙述学》一书有不同声音,但这种富有原创性的理论,在当下中国是一种极度稀缺的物质。它不是一个点上的发明,而是提出一个包罗万象的理论体系,这个体系不仅覆盖范围相当广阔,在逻辑上也做到了基本自洽。我大胆地说一句,如果每个学术领域都能涌现出如此富有创新性的理论著作，中国学者的研究水平或许就提升到了一个新的高度。纵览学界已有的成果，我们会注意到有些研究只是用拿来主义的方法"接着讲""学着讲"或"变着讲"，或者充其量是"对着讲"，真正跳出西方窠臼的创新思想并不多见。赵毅衡为什么能做到这一点？这是基于他多年全方位的学术积累：一是他对文学理论领域中的重大问题有深入思考，长期在形式论、符号学与叙事学领域辛勤耕耘；二是他于西学浸润甚深，在英美求学与执教的经历使他非常熟悉西方话语与学术规范；三是他有扎实厚重的中国文学功底，不像一些专治西学者那样对本土文学存在隔阂；四是他有相对丰富的创作体验，在诗歌和小说创作方面都曾试过身手，因此他的研究不会像那些不会武功的武侠小说作者那样给人隔靴搔痒的感觉；五是他涉猎的领域相当广泛，因为有符号学研究的学术基础，他对广告、游戏、新闻、书法、电影、歌词创作和新传媒等领域的动态了然在胸。

值得一提的是，龙迪勇的《空间叙事学》也展现了这方面的胆识与创新。

4. 跨学科趋势与"叙事帝国主义"

受全球学术气候影响，一股势头强劲的叙事学热潮如今正席卷中国。翻开人文社会科学领域的报刊与书目辑览，以叙事为标题或关键词的著述俯拾皆是；高等学校每年成批生产与叙事学有关的硕士、博士学位论文，其数量近年来呈节节攀升之势。除了使用频率大幅提高之外，叙事一词的所指泛化也已达到令人叹为观止的地步，在一些人笔下它已与"创作""历史"，甚至"文化"同义。不管对这一现象评价如何，叙事学在我们这里受到高度关注已是不争之事实。近十年来的叙事研究还呈现出跨学科趋势，不同学科的联谊促使中国叙事学研究领域开始出现新的分支，如谭君强的审美文化叙事学和诗歌叙事学、胡亚敏的意识形态叙事理论、赵宪章的图像叙事研究、龙迪勇的空间叙事研究、张世君的感官叙事与红楼梦研究、刘俐俐的人类学视野下的叙事研究、赵炎秋的中国叙事思想研究、张开焱的神话叙事学研究，以及电影叙事、符号叙事、广告叙事学和听觉叙事等。这似乎印证了罗兰·巴特的观点，"叙事遍存于一切时代、一切地方、一切社会。"詹姆斯·费伦将叙事的扩张称为"叙事帝国主义"，这种现象的产生一方面说明叙事学开辟出了新的领域，呈现旺盛的生命力，另一方面我们对此仍需保持警惕之心，力求避免大而无当，如果有一天叙事学研究的"越界"演变成"越位"，最终我们将得不偿失。

5. 讨论与争鸣

讨论与争鸣

焦点	作者	题　　目	发表刊物	发表时间
"叙事"还是"叙述"?	赵毅衡	"叙事"还是"叙述"?——一个不能再"权宜"下去的术语混乱	《外国文学评论》	2009 年第 2 期
	申　丹	也谈"叙事"还是"叙述"	《外国文学评论》	2009 年第 3 期
隐含作者	申　丹	何为"隐含作者"?	《北京大学学报》（哲学社会科学版）	2008 年第 2 期
	申　丹	再论隐含作者	《江西社会科学》	2009 年第 2 期
	赵毅衡	"全文本"与普遍隐含作者	《甘肃社会科学》	2012 年第 6 期
	乔国强	"隐含作者"新解	《江西社会科学》	2008 年第 6 期
	尚必武	隐含作者研究五十年：概念的接受、争论与衍生	《学术论坛》	2011 年第 2 期
	尚必武	解构·辩护·修正·拓展——新世纪国外"隐含作者"研究述评	《国外文学》	2013 年第 3 期
	刘亚律	论韦恩·布斯"隐含作者"概念的无效性	《江西社会科学》	2008 年第 2 期
经典与后经典	申　丹	经典叙事学究竟是否已经过时?	《外国文学评论》	2003 年第 2 期
	谭君强	发展与共存：经典叙事学与后经典叙事学	《江西社会科学》	2007 年第 2 期
	唐伟胜	阐释还是诗学,借鉴还是超越——再论后经典叙事学与经典叙事学的共存关系	《外国语》	2008 年第 6 期
	尚必武 胡全生	经典、后经典、后经典之后——试论叙事学的范畴与走向	《当代外国文学》	2007 年第 3 期

近十年来,学界对"叙述"还是"叙事"、中国文学的抒情传统与叙事传统、经典叙事学与后经典叙事学之间的关系等问题,都曾发生过或大或小的争鸣。韦恩·布斯等西方学者在提出隐含作者、不可靠叙述、潜隐结构等概念时,并没有给出清晰明确的定义,因此自提出之初便引发了热烈的讨论,几乎每年都有学者卷入其中,相关研究成果几近恒河沙数。还须指出,近年来对上述问题和概念的探讨已超出叙事学领域,甚至涉及身份、主体性等一系列复杂的命题。

6. 响应与推动

学会会员的叙事学研究与译介成果,在全国范围内不断产生较大反响,每年都有新的学者加入我们的队伍,在叙事学领域内寻找自己感兴趣的话题。其他领域的学者对叙事学的了解也日益加深,学界对叙事学的评价逐年提升。如果说过去人们对叙事学还存在一些误解,还有人提出过"有叙事学是否有抒情学"之类的疑问,那么时至今日这类误解和疑问已经消释殆尽。高校的中国语言文学和外国语言文学这两个一级学科,还有传播学等相近学科,每年都在培养与叙事学相关的研究生,这种新鲜血液的补充使我们的队伍逐年壮大。最近还有一个动向是一些高校的叙事学团队开始互动,如南开大学刘俐俐的叙事学团队与江西的叙事学团队就开展了相互走访与共同研讨。江西叙事学团队长期坚持对叙事学理论著作的系统学习,不时举办讲座、论坛与研讨,团队成员感到受益甚多。

四、几点思考

1. 从倾听到发声

前面提到学会举办过几次叙事学国际会议,这样的会议本应成为中国东道主展示自家之长的绝好机会。然而由于语言方面的障碍,更由于我们对自己的传统研究不够和认识不深(从根源上说是信心不足),大多数中国学者在会上扮演的还是聆听者的角色。中国叙事学研究发展到今天,我们要倾听但也要交流,要引进更要创新,不能总处在"失语"阶段。即便是对叙事学基本理论的研究,也要走出对他人亦步亦趋的摹仿与学习阶段。需要特别声明,我这里并不是主张中国的叙事研究一定得是中国叙事学。恰恰相反,本人一贯认为,叙事学不应是独属于西方的学问,经典叙事学和后经典叙事学的理论成果应当为全人类共享,中国学者完全可以参加到对其发扬光大的行列中来。但是也要看到,像许多兴起于西方的学科一样,西方叙事学家创立的叙事学主要植根于西方的叙事实践,他们引以为据的具体材料很少越出西欧与北美的范围。这种情况当然可以理解,但若长此以往,叙事学就会真的成为缺乏普适性的西方叙事学,无法做到"置之四海而皆准"。所以中国学者在探索普遍的叙事规律时,不能像西方学者那样只盯着西方的叙事作品,而应同时"兼顾"或者说更着重于自己身边的本土资源。这种融会中西的理论归纳与后经典叙事学兼容并蓄的精神一脉相承,有利于西方诞生的叙事学接上东方的"地气",成长为更具广泛基础、更有"世界文学"意味的学科。

2. 从借鉴到创新

中国的叙事学或叙事研究不等于中国叙事学。就其荦荦大端而言,迄今为止国内叙事学研究仍未完全摆脱对西方叙事学的学习和模仿。先行者大多由翻译和介绍起步,其初试啼声之作或难脱出西方窠臼,这是可以理解的。但目前除少数能与西方同行作平等对话的大家外,一些人满足于继续运用别人的观点与方法,等而下之者更是连人家的研究对象也一并拿来——此类用西方叙事理论来研究西方叙事作品的例子多如过江之鲫,人们有理由质疑这种重复性"研究"的学术价值,因为这明显构成对人家研究的模仿与重复。需要注意的是,在我们统计的论文中,有不少停留在这种近乎抄袭的层次。这是值得警惕的一种不良倾向。

3. 发扬自身优势

近代以来"西风压倒东风"局面产生的一大文化落差,是谢天振称之为"语言差"的现象:操汉语的国人在掌握西语并理解相关文化方面,比母语为西语的人掌握汉语和理解中国文化要来得容易,这种"语言差"使得中国拥有一大批精通西语并理解相关文化的专家学者,而在西方则没有同样多的精通汉语并能理解博大精深中国文化的同行。与"语言差"一道产生的还有谢天振所说的"时间差":国人全面深入地认识西方、了解西方已有一百多年历史,而西方人开始迫切地想要了解中国,也就是最近这短短的二十来年的时间。"语言差"与"时间差"使得"彼知我"远远不如"我知彼",诚然,在中华国力急剧腾升的当下,大多数西方学者现在并不是不想了解中国,而是他们尚不具备跨越语言鸿沟的能力。可以设想,如果韦勒克、热奈特等西方学者也能够轻松阅读和理解中国的叙事作品，相信其旁征博引之中一定会有许多东方材料。相形之下，如今风华正茂的中国学者大多受过系统的西语训练，许多人还有长期在欧美学习与工作的经历，这就使得我们这边的学术研究具有一种左右逢源的比较优势。

（相关资料数据由萧惠荣、周志高、刘碧珍、桑迪欢、易丽君、刘勇、陈茜、曾斌、涂年根等青年才俊提供，深表感谢）

作者简介：傅修延，中国中外文艺理论学会叙事学分会会长。

海外专家来稿

Embodied Cognition and the Nature of Narrative

Paul Armstrong

Distinguished Professor,

English Department, Brown University

The ability to tell and follow a story requires cognitive capacities that are basic to the neurobiology of mental functioning. Neuroscience cannot of course tell us everything we might want to know about stories, but it is also true that our species would probably not produce narratives so prolifically if they weren't somehow good for our brains and our embodied interactions with the world. How plots order events in time, how stories imitate actions, and how narratives relate us to other lives, whether in pity or in fear — these central concerns of narratological theorists from Aristotle to Paul Ricoeur are perhaps surprisingly aligned with a variety of "hot topics" in contemporary neuroscience: temporal synchrony and the "binding problem," the action-perception circuit in cognition, and the mirroring processes of embodied intersubjectivity.

Narratology and neuroscience have much to say to each other across the "explanatory gap" that divides the two fields. This term refers to the disjunction between the levels of analysis at which neuroscience and the humanities approach cognitive issues. Their discourses are not completely reducible to each other because no one has yet solved the so-called "hard problem" of how electro-chemical activity at the neuronal level gives rise to consciousness and embodied experience. As the neuro-philosopher Evan Thompson explains: "Although neuroscientists have supplied neural models of various aspects of consciousness, and have uncovered evidence about the neural correlates of consciousness (or NCCs), there nonetheless remains an 'explanatory gap' in our understanding of how to relate neurobiological and phenomenological features of consciousness" (40). The processes by which experience emerges from the electro-chemical activity of the brain are ultimately opaque, and perhaps necessarily so. This gap is an obstacle to "consilience" between science and the humanities — the goal of unifying the field of knowledge famously advocated by E. O. Wilson. But that is not necessarily a bad thing because differences and disjunctions make communication possible. In everyday conversation, after all, it is not only what we share but also what separates us that provides the basis for interaction — for the meaningful exchange of ideas, opinions, and perspectives. By the same token, the explanatory gap enables meaningful exchange between neuroscience and the humanities from positions of distinctive disciplinary difference.

Stories help the brain negotiate the never-ending conflict between its need for pattern, synthesis, and constancy and its need for flexibility, adaptability, and openness to change. The brain's remarkable, paradoxical ability to play in a to-and-fro manner between these competing imperatives is a consequence of its decentered organization as a parallel-processing network consisting of reciprocal top-down, bottom-up connections among its interacting parts. Narrative theorist Seymour Chatman attributes plot-formation to "the disposition of our minds to hook things together"; as he notes, "our minds inveterately seek structure" (47, 45). This is, indeed, a basic axiom of contemporary neuroscience. Against the cognitive need for consistency, however, the psychologist William James describes the brain as "an organ whose natural state is one of unstable equilibrium," constantly fluctuating in ways that enable its "possessor to adapt his conduct to the minutest alterations in the environing circumstances" (1: 139). The brain knows the world by forming and dissolving assemblies of neurons, establishing the patterns that through repeated firing become our habitual ways of interacting with the environment, even as ongoing fluctuations in these syntheses combat their tendency to rigidify and promote the possibility of new cortical connections. The brain's ceaseless balancing act between the formation and dissolution of patterns makes possible the exploratory play between past equilibria and the indeterminacies of the future that is essential for successful mental functioning and the survival of our species.

Stories contribute to this balancing act by playing with consonance and dissonance. Borrowing Frank Kermode's well-known terms, Ricoeur describes emplotment as "concordant discordance" — "a synthesis of the heterogeneous" that configures parts into a whole by transforming the "diversity of events or incidents" into a coherent story (65 - 66). According to Ricoeur, the act of "composing plots" converts "the existential burden of discordance" (31) into narrative syntheses that give meaning to life's imbalances by constructing patterns of action. Even in the simplest narratives that approach what Gérard Genette calls the hypothetical "zero degree" of difference between the order of events in the telling and their order in the told (see 35 - 36), the conjunctions that join together the elements of the plot are invariably disrupted by twists and turns on the way to resolution. The temporal "anachronies," as Genette terms them, that may further complicate the relation between the discourse and the story — the flash-forwards and flash-backs, the "prolepses" and "analepses" (in his vocabulary) that disrupt the temporal correspondence between the telling and the told — these disjunctions play further with the competing impulses toward concord and discord that are basic to narrative. The productive imbalances between pattern-formation and dissolution in the brain make possible this narrative play between concord and discord, even as the construction and disruption of patterns in the stories we tell each other play with the tensions in the brain between the competing imperatives of order and flexibility. The neuroscience of these interactions is part of the explanation of how stories give shape to our lives even as our lives give rise to stories.

Stories can draw on experience, transform it into plots, and then reshape the lives of listeners and readers because different processes of figuration traverse the circuit of interactions and exchanges that constitute narrative activity. First, the neural underpinnings of narration start with the peculiarly decentered temporality of cognitive processes across the brain and the body — disjunctions in the timing of intra-cortical and brain-body interactions that not only make possible but also actually require the kind of retrospective and prospective pattern-formation entailed in the narrative ordering of beginnings, middles, and ends. Next, the strangely pervasive involvement of processes of motor cognition not only in the understanding of action and gesture but also in other modalities of perception suggests why the work of creating plots that simulate structures of action can have such a profound effect on our patterns of configuring the world in areas that might seem remote from problems of motor control. Finally, if stories can promote empathy and otherwise facilitate the co-intentionality required for the collaborative activity unique to our species, the power and the limits of their capacity to transform social life ultimately depend on embodied processes of doubling self and other through mirroring, simulation, and identification, processes whose constraints, imperfections, and limitations are reflected in the strengths and weaknesses of narratives as ethical and political instruments. In each of these areas, narratives configure lived experience by invoking brain-based processes of pattern-formation that are fundamental to the neurobiology of mental functioning.

The concordant discordance of emplotment is based on the decentered, asynchronous temporality of the brain. One of the many ways in which the brain differs from a computer is that its temporal processes are not instantaneous and perfectly synchronized (see Armstrong 91 – 130). Unlike electrical signals that discharge simultaneously at nearly the speed of light, action potentials at the neuronal level take more than a millisecond to fire, and different regions of the cortex respond at varying rates. For example, as neuroscientist Semir Zeki observes, in the visual cortex "colour is perceived before motion by ~ 80 ms [milliseconds]," and "locations are perceived before colours, which are perceived before orientations" (215). The integration of neuronal processes through which conscious awareness emerges may require up to half a second. As Zeki points out, however, this "binding" (as it is called) is itself not perfectly homogeneous: "the binding of colour to motion occurs after the binding of colour to colour or motion to motion" because "binding between attributes takes longer than binding within

叙
事
研
究

第
1
辑

attributes" (216, 217). More time is needed to integrate inputs from vision and hearing, for example, than to synthesize visual signals alone. Although we typically don't notice these disjunctions, the non-simultaneity of the brain's cognitive processes means that consciousness is inherently out of balance and always catching up with itself. As the neuroscientist Antonio Damasio puts it, "we are probably late for consciousness by about 500 milliseconds" (127).

This imbalance is not a bad thing because it allows the brain to play in the ever-changing horizonal space between past patterns and the indeterminacies of the future, the space that plots organize into beginnings, middles, and ends. Concord with no trace of discord would be disabling. As neuroscientist Gerald Edelman explains, "if a large number of neurons in the brain start firing in the same way, reducing the diversity of the brain's neuronal repertoires, as is the case in deep sleep and epilepsy, consciousness disappears" (36). Whereas "synchronized brain rhythms allow widely separated regions of the brain to work together," cognitive scientists Bernard Baars and Nicole Gage point out that "global hypersynchrony" as in an epileptic seizure can "disrupt ordinary brain functions"; "normal cognition requires selective, local synchrony among brain regions," "highly patterned and differentiated" oscillatory patterns in which "synchrony, desynchrony, and aperiodic 'one-shot' waveforms constantly appear and disappear" (246). In contrast to sleep and epilepsy, "consciousness requires not just neural activity," Edelman points out, "but neural activity that changes continually and is thus spatially and temporally differentiated"—"distributed, integrated, but continuously changing patterns of neural activity ... whose rich functioning actually *requires* variability" (73, 74 – 75; original emphasis). The ability of a plot to join concord and discord through temporal structures that order events while holding them open to surprise, variation, and refiguration is one instance of this necessary tension between pattern and change, synchrony and fluctuation, coordination and differentiation.

The temporality of the decentered brain makes mimesis possible because imitation is not a static correspondence of sign to thing but a dynamic configuration of an action. Aristotle famously claims that "tragedy is an imitation not of men but of *action*" and, further, that "performers *act* not in order to imitate character; they take on character for the sake of [imitating] actions" (7). Narration is a kind of action (a linguistic making) that produces an organization of events (an emplotment of actions) that the reader or listener follows and reconstructs (the activity of comprehension).

Contemporary neuroscience suggests that the biological basis of these connections is an "action-perception circuit" that makes action fundamental to many cognitive processes that might seem remote from motor control (see Jeannerod, Noë). Plots can play a central role in structuring our understanding of the world because action is thoroughly implicated in perception and cognition. Recent experimental evidence on the responsiveness of the brain to imagined action and even to action words suggests that the brain is primed to respond to linguistically staged configurations of action, and these can have a profound effect on our cognitive processes because perception in many different modalities (vision, hearing, smell, touch) depends on embodied action. Action seems to perform a fundamental role in coordinating different modalities of cognition, and this organizing role is crucial not only for language but also for narrative and our ability to construct and follow plots. The anatomical region of the brain central to these interactions is Broca's area, a region of the inferior frontal cortex adjacent to the sections of the motor cortex that control the mouth and the lips: "studies have shown this area to be active in human action observation, action imagery and language understanding" (Pulvermüller 351). Impairments in Broca's area have long been known to result in difficulties producing and comprehending grammatical sentences. Patients with lesions in this part of the brain can understand and pronounce single words, "but they have great difficulty in aligning scrambled words into a sentence or in understanding complex sentences," and these deficiencies are "paralleled in non-linguistic modalities" (Pulvermüller 357). A number of brain-imaging studies have shown, for example, that musical syntax is processed in Broca's area and that listening to musical rhythms activates the motor cortex (see Maess, Chen).

This region of the brain is also apparently crucial for narrative. A recent experiment by Patrick Fazio revealed that "a lesion affecting Broca's area impairs the ability to sequence actions in a task with no explicit linguistic requirements" (1987). His group showed patients with Broca's aphasia "short movies of human actions or of physical events," and they were then asked to order, "in a temporal sequence, four pictures taken from each movie and randomly presented on the computer screen" (1980). Curiously, although these patients could still recognize before-after relations between physical events, they had a harder time reconstructing the order of human actions. Their ability to remember and compose a sequence of represented actions was impaired. This result suggests that the patients in Fazio's study suffered a deficiency in the capacity for emplotment, the ability to produce and follow configurations of action. Such an inference is consistent with Fazio's claim that "the complex pattern of abilities associated with Broca's area might have evolved from its premotor function of assembling individual motor acts into goal-directed actions" (1987). This capacity for organizing action into meaningful sequences makes the brain ready for language, but it also prepares the brain for narrative.

Our intuitive, bodily-based ability to understand the actions of other people is fundamental to social relations, including the relation between story-teller, story, and audience, and it undergirds the circuit between the representation of a configured action emplotted in a narrative and the reader's or listener's activity of following the story as we assimilate its patterns into the figures that shape our worlds. In an illuminating analysis of the "kinematics" of narrative, cognitive literary theorist Guillemette Bolens distinguishes between "kinesic intelligence" and "kinesthetic sensations" — "our human capacity to discern and interpret body movements" (1) as opposed to the "motor sensations" we may have of our own actions, whether voluntary or involuntary: "kinesthetic sensations cannot be directly shared, whereas kinesic information may be communicated. I cannot feel the kinesthetic sensations in another person's arm. Yet I may infer his kinesthetic sensations on the basis of the kinesic signals I perceive in his movements. In an act of kinesthetic empathy, I may internally simulate what these inferred sensations possibly feel like via my own kinesthetic memory and knowledge"

(2 - 3). The ability to understand the actions represented in a story (what is told) as well as to follow the movements of the narration (the telling) requires both kinds of cognitive competence — the hermeneutic capacity to configure signals into meaningful patterns (kinesic intelligence) and the intuitive sense of how the structures emplotting the actions and the forms deployed in the narration fit with my own unreflective, habitual modes of figuring the world (embodied in my kinesthetic sensations).

The kinesic intelligence and kinesthetic empathy that we use to understand stories entail a kind of " doubling" between self and other that, according to Maurice Merleau-Ponty, makes the alter ego fundamentally paradoxical. As Merleau-Ponty explains, " the social is already there when we come to know or judge it" because the intersubjectivity of experience is primordially given with our perception of a common world — and yet, he continues, " there is ... a solipsism rooted in living experience and quite insurmountable" because I am destined never to experience the presence of another person to herself (362, 358). The " kinesthetic empathy" Bolens describes is paradoxically both intersubjective and solipsistic, for example, inasmuch as I " internally simulate" what the other must be feeling " as if" her sensations were mine which, of course, they are not (otherwise I wouldn't need to " infer" them on the basis of my own). Following a story is similarly a paradoxical process, with both intersubjective and solipsistic dimensions, whereby my own resources for configuring the world are put to work to make sense of another, fictive, narrated world that may seem both familiar and strange and that may either reinforce or disrupt my sense of the world's patterns because its figurations both are and are not analogous to mine (see Armstrong 131 - 174).

The doubling of self and other in the exchange of stories can consequently have a variety of beneficial or potentially noxious social consequences. Following a story is a fundamentally collaborative transaction that can promote the " shared intentionality" that Michael Tomasello and other neurobiologically oriented cultural anthropologists identify as a unique human ability that other primates seem to lack. What Tomasello calls " ' we' intentionality" is the capacity for " participating in collaborative activities involving shared goals and socially coordinated action plans (joint intentions)" (676). The fundamental " skills of cultural cognition" made possible by shared intentionality begin with parent-infant " proto-conversations" that involve " turn-taking " and " exchange of emotions "- activities also entailed, of course, in telling and following stories — and such collaborative interactions culminate in what is known as the " ratchet effect" of cumulative cultural evolution. This ability to engage in coordinated activity is analogous to what neuroscientists of music observe in the predisposition of infants " to attend to the melodic contour and rhythmic patterning of sound sequences" and their attunement "to consonant patterns, melodic as well as harmonic, and to metric rhythms" (Trehub 13 ‒ 14).

The comparison to music is instructive because rhythmically coordinated action beneath conscious awareness can be both enabling and disabling. The sensation of boundaries dissolving in experiences of rhythmic interaction and harmonic unification — what Nietzsche famously attributed to the Dionysian powers of music to overwhelm Apollonian line and form — may miraculously, even sublimely transport us outside of ourselves, but they can also result in well-documented contagion effects (the shared thrills of an audience response at a concert, for example, or the collective enthusiasm of a crowd at a sports event or a political rally) that disable cognitive capacities for criticism and evaluation (see Garrels, Lawtoo). Although perhaps less sweepingly powerful, the experience of being carried away by a narrative may similarly transport the listener and seem to erase boundaries between worlds, and such an erasure of self-other differences may facilitate the inculcation of patterns of feeling and perceiving and have a more powerful impact on habitual pattern-formation than cooler, less absorbing, less transportive exchanges of signs and information. The ideological workings of narrative — its ability to inculcate, perpetuate, and naturalize embodied habits of cognition and emotion — are optimized as the " not " in the doubling of self and other disappears. The capacity of stories to facilitate beneficial social collaboration and to habitualize ideological mystification are two sides of the some coin.

Understanding these interactions adequately, in all of their complexity, requires the combined resources of neuroscience and narrative theory.

Neuroscience could use the help of narrative theory, for example, in framing hypotheses about how the reciprocal processes of top-down, bottom-up interaction in the brain bind and unbind the so-called "connectome" (see Sporns). Brain-imaging studies based on fMRI technology have mapped the anatomy of the cortex with increasingly powerful precision, but these maps are largely static because the temporal resolution of the scanning technology is sluggish (tracking changes in blood-flow to different parts of the brain that are much slower than the timing of neuronal interactions). For example, a recent, much-publicized study by Alexander Huth and Jack Gallant that mapped in exquisite detail how the brains of seven subjects responded to 10,470 words they heard in two hours of stories from the "Moth Radio Hour" revealed far-flung semantic networks firing across the entire cortex (and not just a single location for story-processing). How these areas interact over the time of a story's reception is invisible to the technology, however; nor could their maps show how these semantic networks interact with and may change other cognitive configurations in the brain (the action-perception circuit, for example, or the brain-body connections activated by emotions). These questions about how configurative patterns assemble and disassemble in the brain and in stories are concerns that neuroscience should care about not only because stories are important phenomena in our species' cognitive life but also because narratives are instances of binding through which conscious experiences emerge.

What, if anything, does narrative theory stand to gain from neuroscience? The scientists probably need us more than we need them, but questions of concern to narrative theory do stand to benefit by comparing our hypotheses to the findings of neuroscience. If these correlations match up, that is illuminating for both sides, and if they don't, the failure to fit is potentially falsifying. Contemporary cognitive narratology is not always informed by the best science. Some aspects of cognitive narratology are scientifically sound, but others are dubious and need to be abandoned or revised. Its model correctly assumes that configurative processes of categorization and pattern-formation link embodied cognition and narrative, but it often errs by reifying these processes into mental modules like "scripts" or "frames" that bear no relation to the anatomy of the brain and by positing linear models of decision-making ("preference rules") that do not correspond to the reciprocal, to-and-fro movements of neuronal assembly — formation or to the back-and-forth interactions between brain, body, and world (see Herman, Jahn). The formalist goal of identifying orderly, universal structures of mind, language, and narrative that still guides cognitive narratology does not match up well with the unstable equilibrium of the temporally decentered brain or the probabilistic processes through which cognitive connections develop and dissolve. There is a growing scientific consensus that the formalist model of innate, orderly, rule-governed structures for language should be cast aside because it does not fit with what we know about how the brain works ("universal grammar is dead," as one leading neuroscientist recently declared [Tomasello; see Nadeau]). Narratology needs to adjust its theories accordingly.

A narrative taxonomy is not an end in itself but a means to understanding how stories work and why they matter. What difference does a construct in narrative theory make in practice for understanding the effects of stories on embodied cognitive processes? Exploring the neuroscience of narrative is not the only way to apply this pragmatic test, but it is one way, and it should not be dismissed out of hand because of fears of reductionism or mechanical causality. Why do we tell each other stories? Neuroscience cannot answer that question alone, but neither can narrative theory, and it is a question worth asking if we want to understand who we are as human beings.

Works Cited

Aristotle. *Aristotle's Poetics*. 355 BCE. Trans. Hippocrates Apostle, Elizabeth A. Dobbs, and Morris A. Parslow. Grinnell, IA: Peripatetic Press, 1990.

Armstrong, Paul B. *How Literature Plays with the Brain: The Neuroscience of Reading and Art*. Baltimore: Johns Hopkins UP, 2013.

Baars, Bernard J., and Nicole M. Gage. *Cognition, Brain, and Consciousness: Introduction to Cognitive Neuroscience*. Amsterdam: Elsevier, 2010.

Bolens, Guillemette. *The Style of Gestures: Embodiment and Cognition in Literary Narrative*. Baltimore: Johns Hopkins UP, 2012.

Chatman, Seymour. *Story and Discourse: Narrative Structure in Fiction and Film*. Ithaca, NY: Cornell UP, 1978.

Chen, Joyce L. , Virginia B. Penhune, and Robert J. Zatorre. "Listening to Musical Rhythms Recruits Motor Regions of the Brain." *Cerebral Cortex* 18. 12 (2008): 2844 – 2854.

Damasio, Antonio R. *The Feeling of What Happens: Body and Emotion in the Making of Consciousness*. New York: Houghton Mifflin Harcourt, 1999.

Edelman, Gerald M. , and Giulio Tononi. *A Universe of Consciousness: How Matter Becomes Imagination*. New York: Basic Books, 2000.

Fazio, Patrik, Anna Cantagallo, Laila Craighero, Alessandro D'Ausilio, Alice C. Roy, Thierry Pozzo, Ferdinando Calzolari, Enrico Granieri, and Luciano Fadiga. "Encoding of Human Action in Broca's Area." *Brain* 132. 7 (2009): 1980 – 1988.

Garrels, Scott R. , ed. *Mimesis and Science: Empirical Research on Imitation and the Mimetic Theory of Culture and Religion*. East Lansing: Michigan State UP, 2011.

Genette, Gérard. *Narrative Discourse: An Essay in Method*. Trans. Jane E. Lewin. Ithaca, NY: Cornell UP, 1980.

Herman, David. *Storytelling and the Sciences of Mind*. Cambridge, MA: MIT P, 2013.

Huth, Alexander G. , Wendy A. de Heer, Thomas L. Griffiths, Frédéric E. Theunissen, and Jack L. Gallant. "Natural Speech Reveals the Semantic Maps that Tile Human Cerebral Cortex," *Nature* 532. 7600 (2016): 453 – 458.

Jahn, Manfred. "Cognitive Narratology." *Routledge Encyclopedia of Narrative Theory*. Ed. David Herman, Manfred Jahn, and Marie-Laure Ryan. London: Routledge, 2010.

James, William. *Principles of Psychology*. 2 vols. 1890. New York: Dover, 1950.

Jeannerod, Marc. *Motor Cognition: What Actions Tell the Self*. Oxford: Oxford UP, 2006.

Kermode, Frank. *The Sense of an Ending*. New York: Oxford UP, 1967.

Lawtoo, Nidesh. The Phantom of the Ego: Modernism and the Mimetic Unconscious. East Lansing: Michigan State UP, 2013.

Maess, Burkhard, Stefan Koelsch, Thomas C. Gunter, and Angela D. Friederici. "Musical Syntax is Processed in Broca's Area: An MEG Study." *Nature Neuroscience* 4. 5 (2001): 540 – 545.

Merleau-Ponty, Maurice. *Phenomenology of Perception*. 1945. Trans. Colin Smith. London: Routledge & Kegan Paul, 1962.

Nadeau, Stephen E. *The Neural Architecture of Grammar*. Cambridge, MA: MIT P, 2012.

Nietzsche, Friedrich. *The Birth of Tragedy Out of the Spirit of Music*. 1872. Trans. Shaun Whiteside. New York: Penguin, 1994.

Noë, Alva. *Action in Perception*. Cambridge, MA: MIT P, 2004.

叙事研究 第 1 辑

Pulvermüller, Friedemann, and Luciano Fadiga. "Active Perception: Sensorimotor Circuits as a Cortical Basis for Language." *Nature Reviews Neuroscience* 11. 5 (2010): 351 - 360.

Ricoeur, Paul. *Time and Narrative*. Trans. Kathleen McLaughlin and David Pellauer. Vol. 1. Chicago: U of Chicago P, 1984.

Sporns, Olaf, and Giulio Tononi, Rolf Kötter. "The Human Connectome: A Structural Description of the Human Brain." *PLoS: Computational Biology* 1. 4 (2005): e42.

Thompson, Evan, and Antoine Lutz, and Diego Cosmelli. "Neurophenomenology: An Introduction for Neurophilosophers." *Cognition and the Brain: The Philosophy and Neuroscience Movement*. Ed. Andrew Brook and Kathleen Akins. Cambridge: Cambridge UP, 2005. 40 - 97.

Tomasello, Michael. "Universal grammar is dead." *Behavioral and Brain Sciences* 32. 05 (2009): 470 - 471.

Tomasello, Michael, Malinda Carpenter, Josep Call, Tanya Behne, and Henrike Moll. "Understanding and Sharing Intentions: The Origins of Cultural Cognition." *Behavioral and Brain Sciences* 28. 5 (2005): 675 - 691.

Trehub, Sandra E. "Musical Predisposition in Infancy: An Update." *The Cognitive Neuroscience of Music*. Ed. Isabelle Peretz, and Robert Zatorre. Oxford: Oxford UP, 2003. 3 - 20.

Wilson, E. O. *Consilience: The Unity of Knowledge*. New York: Vintage, 1998.

Zeki, Semir. "The Disunity of Consciousness." *Trends in Cognitive Sciences* 7. 5 (2003): 214 - 218.

A Commotion of Souls[①]

叙
事
研
究

第
1
辑

Lisa Zunshine

Professor

Department of English, University of Kentucky

First, a couple of emotional dilemmas:

I love bringing my six-year-old to the Metropolitan Museum of Art when we are in New York in the summer. On Thursdays, they have a special hour for children. A curator first talks with them about an artwork and then encourages them to draw pictures inspired by it. My son seems to enjoy it. Yet every time I tell him that we are about to go to the MET, he says that he doesn't want to. Don't you remember, I plead with him, that you liked it last time? No, he says, he didn't. I cajole and bribe, and keep hoping that a day will come when he will remember how he felt about it last week.

During a dissertation defense, I ask a question, and, as the candidate begins to answer, I realize that she must have misunderstood me. What she is saying is interesting, though. Should I just go with it, or should I restate my original query in different terms? I wonder, too, if other committee members think that she misunderstood the question or that she did understand it but didn't know how to answer it and so decided to talk about something else.

A thought within a thought. A feeling within a feeling. A feeling within a thought within a feeling. I *hope* that my son *will remember* next week how he *feels* about the MET this week. I *wonder* if the other committee members

---

① Reprinted, with changes, from *SubStance* #140, Vol. 45, NO. 2, 2016.

think that the candidate *intentionally chose* not to answer a difficult question. I am sure that if I ask you to think about your day, you, too, may recall an occasion on which you "embedded" (or "nested") thoughts and feelings in this recursive fashion. Or: I am *sure* you *will recall* an occasion on which you *were thinking* about other people's *thinking*.

It's difficult to say how often we do this, that is, how often we embed mental states within each other, especially since we don't usually stop and think about it. On the one hand, many complex social situations seem to depend on this kind of cognitive construction. On the other hand, our days are not always chock-full of complex social situations, which means that we end up thinking about people's thinking about people's thinking relatively infrequently.

Fiction is where it gets interesting. Embedded mental states — a thought within a thought within a thought, or a feeling within a thought within a feeling — are everywhere in fiction. That is, they are everywhere in our *experience* of reading — as opposed to just being there in the text, immanent, intrinsic, unchanged by who opens the book and when. (The cognitive approach, as Ralf Schneider reminds us, "points to the utter variety of the cognitive and emotional activities triggered in readers who encounter beings in fictional worlds. [1])

For instance, a reader not attuned to Jane Austen's use of free indirect discourse may accept as a given a particular novel's unflattering view of a character's feelings, while a different reader may recognize, with delight and amusement, the implied author's intention to foreground another character's unselfconscious bias toward the first character. But while the content of mental states may thus differ from one reader to another, what remains constant is the underlying structure: to make sense of what we read, we embed mental states.

How far can we take this claim? For the time being and until proven demonstrably wrong, I will take it as far as possible and say that without

---

[1] "The Cognitive Theory," 130. See also Schneider's "Toward a Cognitive Theory" for a discussion of differences in perception between "expert and nonexpert readers" (612 – 613).

mental states embedded on at least the third level, there is no fiction. That is, no novels, no short stories, no drama, no narrative poetry, and no memoirs concerned with imagination and consciousness, such as Vladimir Nabokov's *Speak, Memory* or Maxine Hong Kingston's *The Woman Warrior*.

Pick a book from your shelf and read one paragraph. Think of how you would tell your friend, who has not read it, about what's going on in this paragraph. There is a good chance that as you do, you'll find yourself explaining to your friend what a particular character wants other characters to think or feel. Or what an author wants her readers to think or feel: embedded mental states can be associated with characters, narrators, implied readers, and implied authors in an infinite variety of combinations. Although this is not an absolute rule, it seems that more often than not, embedded mental states in fiction start accumulating on the level of paragraphs.

They can also structure entire chapters or acts. For instance, Iago *wants* Othello *to think* that Desdemona *is in love* with Cassio. Romeo *doesn't know* that Juliet merely *wanted* some people to *think* that she is dead. Odysseus *wants* the Trojans to *think* that the Greeks left behind the wooden horse because they *hope* to propitiate Athena for the desecration of her temple. Diao Chan *wants* Lü Bu to *think* that she *loves* him and not Dong Zhuo (to whom she was given as a concubine by Wang Yun, who wants to use her to sow discord between Dong Zhuo and Lü Bu). Tom Sawyer *doesn't want* his friends to *realize* that he *hates* whitewashing the fence. Grushnitzki *doesn't know* that Pechorin *knows* about his *intention* to humiliate him during their duel, by leaving Pechorin's gun unloaded.

Sometimes individual sentences contain complex embedments. Here's one from Stephenie Meyer's *The Twilight Saga*: "I tried very hard not to be aware of him for the rest of the hour, and, since that was impossible, at least not to let him know that I was aware of him" (74).

Here's another, from the Old English poem "The Wanderer," dated somewhere between the late sixth and the early tenth century:

> Indeed I cannot think
> why my spirit
> does not darken

> when I ponder on the whole
> life of men
> throughout the world,
> How they suddenly
> left the floor (hall),
> the proud thanes.

I *wonder* why I am not *depressed* when I *think* about death. In this example, and elsewhere, observe how difficult it is to separate "emotion" from "thought" when it comes to complex mental states, in poetry or one's personal life. The term "mental state" encompasses both cognition and affect. [1]

I quoted from *The Twilight Saga* and "The Wanderer" to give you examples of explicitly spelled-out mental states. Here is an example in which they are not mentioned at all, and the reader has to deduce *implied* thoughts and feelings to make sense of what's going on. The first sentence of Zadie Smith's *On Beauty*, "One may as well begin with Jerome's emails to his father" (3), overflows with recursive intentions. The implied author *wants* her readers *to know* that the action will be filtered through the *consciousness* of a reflective narrator.

And there is more, of course. Those familiar with the opening of E. M. Forster's *Howards End*, "One may as well begin with Helen's letters to her sister" (3), will sense yet another set of intentions in Smith's first sentence. The author wants her reader to know that the action will be filtered through the consciousness of a reflective narrator — *and* that she meant her novel to be a meditation on Forster's novel. There are no direct references to mental states in the sentence about Jerome's emails to his father, yet its impact on the reader is directly bound to its embedded intentionality.

I don't think we notice it, though. Were I to articulate my feelings upon first opening Smith's novel, I'd say that I experienced a pleasing jolt of recognition and something that could be expressed in words as, "Oh, so it's that kind of book!" It is when I try to really slow down and figure out what

---

[1] For a discussion of narrative empathy as "an aspect of literary cognitivism's project," see Keen, 347. See also Hogan, *Affective Narratology*.

kind of mental work goes into "Oh, so it's that kind of book!" that I end up considering the embedded intentions of the author.

In this respect, fictional embedments are similar to those in our daily life. We are no more aware of nesting thoughts and feelings while reading a novel than we are aware of nesting thoughts and feelings while dealing with an actual social situation. That is, sometimes we articulate our feelings to ourselves and others, as in, "I was wondering if you thought that she didn't know how to answer that question," but, quite often, we just act on them without bringing them to our conscious awareness.

So as I sit there, feeling a twinge of worry about the candidate's performance and wondering if the other committee members are thinking that she has decided to sidestep a difficult question, I may be noticing that one of them just stopped looking at her iPad and is now facing the candidate directly and that another is tapping the desk with her fingers. Without being aware of doing so, I see their body language as indicative of their conjectures about the candidate's intentions. I could be wrong — in fact, I am almost certainly wrong — but go tell that to my cognitive adaptations that evolved to read people's bodies in terms of their mental states and that are, moreover, subject to egocentric bias (i. e. , when one's perspective is used as default in figuring other people's perspectives)! Thus my next question to the candidate may be dictated by my intention to show my colleagues that they don't need to assume that she didn't know how to answer the earlier one, even though I've never explicitly spelled out to myself my concern about their assumptions.

Just so, when reading Michail Lermontov's *A Hero of Our Time*, I am not perplexed when, in the middle of his duel with Grushnitzki, Pechorin asks their seconds to reload his gun. Nor am I bewildered by Pechorin's cruelty, when after giving Grushnitzki another chance to recant (which he doesn't take), Pechorin proceeds to kill him. I may have never explicitly articulated to myself the triply-embedded "Grushnitzki *doesn't know* that Pechorin *knows* about his *intention* to humiliate him during their duel, by leaving Pechorin's gun unloaded," but it is this embedment (or one very close to it) that makes my current understanding possible.

I have more examples to offer, along with a discussion of patterns of embedment in fiction, but here is an important question that we must consider first. Do metaphors such as "embedding" and "nesting" actually reflect what's going on in people's brains? They are certainly visually compelling — bringing to mind an image of concentric circles, or, perhaps, of *matryoshka* dolls (套娃) fit snugly within each other — yet the view of the brain/ mind that they imply should give us pause. Human social cognition is too messy and distributed to be accurately captured by these neatly spatial images. It is thus worth inquiring into the work of cognitive scientists to see if their research bears out our speculations about "nested" mental states.

The View from the Cognitive Sciences

1. Cognitive, Evolutionary, and Developmental Psychology

A starting point for talking about embedded mental states in fiction is, of course, research in cognitive psychology that deals with "theory of mind," a. k. a. "mindreading" — that is, our evolved cognitive tendency to see observable behavior as caused by unobservable mental states, such as thoughts, desires, feelings, and intentions. Mindreading is as fundamental a feature of our social life as it is flawed: we can't help interpreting behavior in terms of mental states (e. g. , "Is he frowning because he *doesn't like* what I am saying?") even though we have had myriad opportunities to learn that we are often wrong in our mindreading attributions (e. g. , the person might be frowning because he just realized that he forgot his phone at home).

Our daily mindreadings (and misreadings) happen mostly below the level of conscious awareness. They are endlessly nuanced, fuelled by cultural stereotypes, power dynamics, and personal histories. Moreover, they are so profoundly context-dependent that any essentialist claim that some people are "better" at it than others makes no sense. For instance, studies have shown that people in weaker social positions may engage in more active and perceptive mindreading than people in stronger social positions. Interestingly, "when one is given the role of subordinate in an experimental situation, one becomes better at assessing the feeling of others, and conversely, when the same person is attributed the role of leader, one becomes less good." [1]

A prime example of essentialist thinking spurred by work on theory of mind is the view, still prevalent in some quarters, that autistics "lack" mindreading abilities. This view reveals more about neurotypicals' own mindreading biases — that is, their assumption that theory of mind must manifest itself in a particular, familiar, socially sanctioned way — than it does about the actual cognition of autistics. [2] In other words, precisely because we begin to appreciate the explanatory power of the concept of theory of mind, we must be cautious about the results of our mind-readings. The unreflective speed and readiness with which we attribute mental states are likely to be consequences of the adaptive function of mindreading, but "adaptive" doesn't translate into "accurate," and the speed masks deep problems inherent in the process.

Fiction exploits the fact that on some level we don't attend too closely to the difference between mental states of real and imaginary people: we interpret and misinterpret the behavior of fictional characters using the same cognitive adaptations for mindreading that we do when we interpret and misinterpret the behavior of people around us. Fiction builds on and experiments with our keen interest in social minds: in novels that we read and plays that we watch, mindreading patterns present in our everyday interactions are intensified and enhanced. [3]

(From here on, the discussion of the view from the cognitive sciences will become somewhat technical. Readers not interested in details are advised to skip this section as well as the next one and go directly to the third, "What's in a Name?")

When it comes to embedded mental states, we have research of evolutionary psychologists, such as Robin Dunbar, who, in their work with adult subjects, have explored what they call "levels of intentionality" (which is equivalent to levels of embedment, or nesting), suggesting that

---

① Snodgrass, 49; quoted in de Vignemont.
② See Savarese and Zunshine.
③ See Zunshine, *Why We Read Fiction* and *Getting Inside Your Head*.

"fifth-order intentionality," as in, "I suppose that you believe that I want you to think that I intend," represents "a real upper limit for most people,"[1] that is, the level after which their understanding of the situation drops drastically.

Then there is also research in developmental psychology, which focuses on "doubly embedded representations" in children, that is, their "awareness not just that people have beliefs (and false beliefs) about the world, but that they also have beliefs about the content of others' minds (i. e., about others' beliefs), and similarly, these too may be different or wrong."[2] This ability arguably matures between five and seven years of age (in contrast, the ability to appreciate false beliefs matures around four years of age,[3] or even earlier[4]), and it is "fundamental to children's … understanding of the epistemic concepts of evidence, inference, and truth" (Astington et al, 133, 142).

Interestingly, in experiments involving kindergarteners and first-graders writing letters to hypothetical friends who have never experienced some of the things familiar to the authors of letters (such as, for instance, snow), the "recursive understanding of embedded mental states" was shown to be implicated with children's growing awareness of a reader's knowledge as distinct from that of the writer. Around seven years of age, children realize that "an effective writer represents how their reader will interpret their textual meaning (authorial intention) in the light of that reader's experience" (Peskin et al). Presumably, it is this maturing capacity for knowing that the other person may not know something that you know, which enables a broad range of literary experiences, including, but not limited to dramatic irony, both in books for young children (represented, for instance, by a variety of trickster stories) and for older readers.

2. Cognitive Neuroscience

The neuroscience of mindreading is a large, thriving area, but because I

---

[1] *How many*, 180. See also Whalen et al, "Increases" and Whalen et al, "Validating."
[2] Astington et al, "Theory of mind," 133.
[3] For a review, see Apperly, 11 – 34. See also Miligan et al.
[4] See Saxe, "The New Puzzle."

am interested in embedded mental states, I will focus here on research that explores brain regions involved in "thinking about thoughts."① As one recent review of brain connectivity methods has pointed out, "understanding complex social interactions among people who are presumed to be social, interactive, and emotive always involves the processing of self-reflective thoughts and judgments" (Li et al). For instance, handling communicative intentions is "a more complex process than simply thinking about intentions, since we have to recognize that the communicator is also thinking about our mental state. This involves a second-order representation of mental state. We have to represent the communicator's representation of our mental state" (Frith). Brain areas involved in this kind of "social understanding of others" are associated with the medial prefrontal cortex, its various sub-regions contributing differently to this function (Li et al).

One influential early study, Rebecca Saxe's "People Thinking About Thinking People," has identified a region of the temporo-parietal junction "selectively involved in representation of other peoples' mental states," that is, a region showing "increased response to tasks/stimuli that invite theory of mind reasoning (about true or false beliefs) compared with logically similar non-social controls" (1836). Since then, other studies have addressed questions ranging from whether the same brain region supports thinking about people's "appearance, social background, or personality traits" (it seems that it doesn't)② to what neural populations may underwrite the "representations underlying human emotion inference."③

Then there is also the puzzling divergence between "recent advances in developmental psychology [which] suggest that children have some understanding of false beliefs much *earlier* than age 3 years, and initial neuroimaging studies of children's brains [which] suggest that key maturational changes in the [right temporo-parietal junction] occur much *later* than age 5 years."④

---

① Saxe, http://saxelab.mit.edu/resources/papers/in_press/Saxe_RTPJChapter.pdf.
② See Saxe and Powell.
③ Skerry and Saxe, 7.
④ Saxe, "The New Puzzle," 108.

To account for this divergence, some scientists now propose a two-systems model of mindreading. [1] It would consist of "'low-level' processes that are cognitively efficient but inflexible, and 'high-level' processes that are highly flexible but cognitively demanding" (Apperly 143). In this view, when we "make explicit judgments about what others think or want" (or want us to think), we rely on the "high-level" processes, but what "gets us through our social day" is a "combination of low-level mindreading processes and the rich endowment of social knowledge that we gain through development" (Apperly 155). The "two-system" proposal is likely to be vigorously debated in the coming years, but then so is everything else that we currently know about the attribution of "cognitive and affective mental states," both to real people and to fictional characters.

3. What's in a Name?

To sum up, what can we say about the cognitive underpinnings of recursively embedded mental states? According to the research from cognitive, evolutionary, and developmental psychology, as well as from cognitive neuroscience, the phenomenon under consideration matures in development, presents enough of a cognitive burden to have something resembling an upper limit set to it, and is supported by specific brain regions.

To return to my earlier question, which started the present excursion into the cognitive sciences — namely, whether the terms "embedment" and "nesting" capture any of the actual structures in the mind/brain — it seems that the answer should be no. In fact, the proliferation of terms — such as recursive embedment, perspective embedment, nesting, level-two perspective taking, second-order theory of mind, second-order false-belief understanding, levels of intentionality, multiple-order intentionality, and so forth — suggests that there is no particular need to put too much ontological stock into any of them.

It is worth noting that all these names converge on the image of layered, or leveled, structure, with some implication of hierarchical relationship

---

[1] See Saxe, "The New Puzzle," 110, and Apperly, 108 – 181.

among those layers. But that image may reflect the long cultural history of visualization[1] as well as cognitive biases that shape our thinking, not any inherent properties of the brain's structure. And so with embedment and nesting — my personal terms of choice — one has to remember that while the phenomenon that they attempt to describe is likely to be real, the descriptions themselves are likely to remain metaphorical.

But let's say we keep firmly in mind Johanna Drucker's warning that "visualizations are always interpretations" (7) and resist the interpretive potential of the image of layered hierarchical structure. We are still faced with another difficult question. To show that works of fiction rely on nested mental states for their meaning, I map out those mental states, and to do that, I reduce and amplify a sentence, a paragraph, or a scene under consideration. How, then, can I claim to observe and report a certain underlying cognitive dynamic of our engagement with fictional texts, when my observation is clearly an act of interpretation, and thus must impact that dynamic?

I do not have a fully satisfying answer to this question. I can say that cognitive literary studies is not the worst nor only offender in this respect; that cognitive scientists who research "thinking about thoughts" are subject to similar pressures; that any attempt to explore a complex system with the tools supplied solely by that system will impact the results; that cognition itself is interpretation, and that our best hope is to be aware of it and regard what seems to be an "objective" observation with a healthy dose of skepticism. For, it seems that for cognitive literary analysis (no less so than for other, more traditional forms of literary criticism), the pleasures of interpretation are also its dangers.

Case Studies and Close Readings

I now offer you a series of embedments culled from novels spanning two

---

[1]　See Drucker, 64 – 137.

thousand years: from ancient Rome and Greece and eleventh-century Japan, to eighteenth-century England, nineteenth-century France, and twentieth-century U. S. I chose each excerpt to demonstrate a particular feature of fictional embedment. Here is the brief rundown of these features:

· We can't reduce a high-level embedment to a low-level one and still get an accurate sense of the meaning of the passage.

· The number of embedded mental states does not have to correspond to the number of characters.

· Although a story may seem to focus on "flesh-and-blood" characters, the mental states that we embed to make sense of what we read may belong to "disembodied" entities such as its narrator, fate, God, the implied author, and the implied readers, as well as the characters.

· A work of fiction may be conspicuously presented as *not* dealing with thoughts and feelings. The characters may be shown to lack "psychology," "interiority," "depth," etc. , or live in a society that eschews any discussion of emotional life. This does not change the fact that the only way in which readers can make sense of what's going on is by embedding mental states.

· Mappings of embedded mental states aren't pretty.

As you follow my case studies, you will recognize some of them as instances of close reading: a foundational technique of literary analysis and teaching. The reason that an inquiry into embedded mental states may end up as a close reading is that *any* close reading is an explication of mental states — those of characters, implied readers, and/or implied authors. [1] We don't think about it in these terms, but it's worth considering. Next time you are developing a close reading, pause and take a closer look at all the embedment of mental states you perform along the way.

1. We can't reduce a high-level embedment to a low-level one and still get an accurate sense of the meaning of the passage

In Apuleius's *The Golden Ass* (second century A. D.), a young widow learns that her beloved husband was treacherously murdered during a boar-hunt by the man who had long wanted her himself. Unaware that she knows

---

[1] Zunshine, "Cognitive Alternatives," 151.

about his perfidy, that man is now pressing the widow for marriage. She "pretend[s] to be won over" and suggests that they have a clandestine affair, "just until the year travels the full length of its remaining days," at which point they would wed. She wants him to believe that she is eager to sleep with him yet is ashamed that people would think it unseemly for a new widow. So he agrees to come to her house late at night, muffled "from head to foot and bereft of [his] escort" (167), thus leaving himself vulnerable to her gory revenge.

Note that you can't reduce third-level embedment to first- or second-level and still get the full meaning of the situation described by Apuleius. "The widow is *eager* to sleep with the man who killed her husband" is plain wrong. "The man *thinks* that the widow is *eager* to sleep with him" reflects only the limited perspective of the doomed character. "The widow *wants* the man *to think* that she *wants* to sleep with him," or, "The widow *wants* the man *to think* that she *is afraid* of what people will say if she becomes his mistress so early into her bereavement" begin to get there.

To follow this revenge plot, readers have to embed mental states of its protagonists. But *The Golden Ass* also contains plenty of situations in which, in addition to the mental states of characters, we also have to embed mental states of the implied author and the implied reader. For instance, when the goddess Venus learns that her son, Cupid, has ignored her order to humiliate and destroy Psyche (of whose beauty Venus was jealous), and has instead married Psyche, and that they are now expecting a baby, she rushes into the bedroom where Cupid lies and begins "roaring with all the strength in her":

> Pretty classy goings-on, huh? A nice way to make your family look good!... I was in a fight to the finish with a girl, and now I have to put up with her as my daughter-in-law? And what's more, you worthless, disgusting hound, you assume that you're the only one fit to breed, as if I'm too old to have a baby. This is just to let you know: I am going to have another son, much better than you, and to humiliate you even more I'm going to adopt one of the slaves born in my house, sign everything over to him: those wings and that torch, and that bow, and your actual arrows — all the tools of my trade, which I didn't give you to use like this. It's totally up to me, because there was no money set aside from your father's estate

to buy you this equipment. (112)

Venus wants Cupid to know that she is extremely angry. What Venus doesn't know, however, is that just now Cupid has abandoned Psyche for not trusting him and following the advice of her envious sisters, and that Psyche is desperate to win back Cupid's love. (Were Venus to know all this, she might try attacking Psyche while the girl is lonely and vulnerable, instead of simply venting her anger at her son.) Those are straightforward enough third-level embedments, but they are not what make the passage hilarious.

What makes it hilarious is the interplay of mental states of the implied author and the implied reader. As the novel's recent translator, Sarah Ruden, puts it, Apuleius "exquisitely [manages] the tension between the high and low, the inside and outside points of view" (xv). The goddess of love, beauty, fertility, and prosperity comes across as garrulous, jealous, feeling her age, and penny-pinching. Apuleius knows that we don't expect Venus to sound like this, and we *know* that he *knows* that we *didn't expect* this. The comic effect of Venus' speech stems from this nested awareness.

When embedment is driven by style (here, parody) as opposed to content (see the earlier example from *The Twilight Saga*), there are often several ways to map it out. I just suggested, "we know that Apuleius knows that we didn't expect Venus to sound like this," but a different mapping is also possible. Readers may or may not remember that, within the novel, the story of Cupid and Psyche is narrated by an old crone who keeps house for pirates and who wants to soothe and entertain a young woman kidnapped by those pirates. So if we do remember it, we can say that "Apuleius uses the old crone as his framing device because he *wants* a narrator *incapable of imagining* a Venus who would *feel* differently from herself under these circumstances."

Either way, your interpretation and hence mapping may differ drastically from mine. But to be plausible and non-reductive — that is, to reflect as accurately as possible what you perceive as this passage's meaning — it has to embed mental states on at least the third level. First- or second-level embedments simply will not do justice to the complexity of Apuleius's writing.

In Heliodorus' *An Ethiopian Romance* (third century A. D.), an Egyptian priest, Calasiris, tells to his acquaintance, Cnemon, the story of the first meeting of the protagonists, Chariclea and Theagenes. During a public celebration at the altar of Apollo, Theagenes is supposed to receive a torch from a priestess (i. e. , Chariclea) with which to light the altar piled with animal sacrifices. The surrounding crowd includes Chariclea's adopted father, Charicles, who is, however, too busy right now, to observe his daughter closely:

> At first they stood in silent amazement, and then, very slowly, she handed him the torch. He received it, and they fixed each other with a rigid gaze, as if they had sometime known one another or had seen each other before and were now calling each other to mind. Then they gave each other a slight, and furtive smile, marked only by the spreading of the eyes. Then, as if ashamed of what they had done, they blushed, and again, when the passion, as I think, suffused their hearts, they turned pale. In a single moment ... their countenances betrayed a thousand shades of feeling; their various changes of color and expression revealed the commotion of their souls. These emotions escaped the crowd, as was natural, for each was preoccupied with his own duties; they escaped Charicles also, who was busy reciting the traditional prayer and invocation. But I occupied myself with nothing else than observing these young people ... (73)

Calasiris *knows* that Charicles *doesn't know* that Chariclea and Theagenes are *falling in love* with each other. We may not articulate this to ourselves as we read the novel. But later, when Calasiris hatches a plot to help the young people elope together, the plot makes sense to us because it hinges on Calasiris's knowing that Charicles doesn't know that Chariclea loves Theagenes.

An Ethiopian Romance is full of stratagems aimed at deceiving people who are not aware of the true motives of others. A stepmother wants to punish a stepson who rejected her amorous advances. She tells his father that the young man has attacked her and that, prior to this, she has long admonished him about his intemperate behavior, without telling his father, because she *didn't want* her husband to *think* that she *disliked* his stepson, as stepmothers are assumed to do: "I knew what his behavior was, but would not tell you, lest I be suspected of talking like a stepmother" (10). Although the lecherous woman succeeds in implicating her stepson, she herself is later set up by her servant who wants to "procure her own safety by ensnaring her mistress" (15). And so it goes, subplot after subplot involving characters manipulating other characters into believing that they know others' true intentions.

In Murasaki Shikibu's *The Tale of Genji* (1008), shortly after Genji's mother's death, the Emperor sends a messenger, a gentlewoman named Yugei no Myobu, to the boy's grandmother, inviting her and Genji to the palace. Upon receiving the grieving Emperor's letter, the grandmother talks to Myobu about what it means for her to have outlived her only daughter:

> 'Now that I know how painful it is to live long,' she said, 'I am ashamed to imagine what that pine must think of me, and for that reason especially I would not dare to frequent his Majesty's Seat. It's very good indeed of him to favor me with these repeated invitations, but I am afraid that I could not possibly bring myself to go. His son, on the other hand, seems eager to do so, although I am not sure just how much he understands, and while it saddens me that he should feel that way, I cannot blame him. Please let his Majesty know these, my inmost thoughts.' (8)

There are plenty of explicit third-level embedments in this passage, but for me, the most interesting one is the one that is simultaneously explicit and implied. While declining the Emperor's invitation, Genji's grandmother quotes from *Kokin rokujo* 3057, in which, as the translator, Royall Tyler, explains, "the poet laments feeling even older than the pine of Takasago, a common poetic exemplar of longevity: 'No, I shall let no one know that I live on: I am ashamed to imagine what the Takasago pine must think of me'" (8). [1] The bereaved mother knows that the Emperor will be pained by her refusal to visit him, and she *wants* him to *understand* that her *feelings of depression and hopelessness* make it impossible for her to grant his request.

These are implied embedded mental states, but the poem that she evokes

---

[1] Compare to other translations, e. g. , Seidensticker's: "Ashamed before the Takasago pines, /I would not have it known that I still live" (9), or Waley's: "Though I know that long life means only bitterness, I have stayed so long in the world that even before the Pine Tree of Takasago I should hide my head in shame" (9).

to convey them also contains an explicit embedment, "I am *ashamed* to *imagine* what that pine must *think* of me." As in other works of fiction that integrate references to poetry with characters' motivations, such as Sei Shonagon's *The Pillow Book* and Cao Xueqin's *The Story of the Stone*,[①]the effect is cascading. As they process these passages, some readers may end up constructing additional embedments, which may involve the intentions of the implied author who speaks to a more exclusive group of readers who can appreciate the nuances of classic poetry and the sensibility of characters evoking it.

2. The number of embedded mental states does not have to correspond to the number of characters

There is, perhaps, no better text than Daniel Defoe's *Robinson Crusoe* (1719) to illustrate the claim that a single character can nest enough mental states to sustain a three-hundred-page novel. Crusoe spends twenty-three years on a desert island with nobody to talk to (Friday joins him at the tail end of his confinement). His loneliness does not prevent him, however, from engaging in introspective musings such as this one:

> From this moment I began to conclude in my mind that it was possible for me to be more happy in this forsaken, solitary condition than it was probable I should ever have been in any other particular state in the world; and with this thought I was going to give thanks to God for bringing me to this place.
>
> I know not what it was, but something shocked my mind at that thought, and I durst not speak the words. 'How canst thou become such a hypocrite,' said I, even audibly, 'to pretend to be thankful for a condition which, however thou mayest endeavour to be contented with, thou wouldst rather pray heartily to be delivered from?' (97)

Crusoe is *shocked* that he *would pretend* to be *grateful* for the condition that he would, in fact, *prefer* to escape. This passage is quite typical for Defoe's novel, which demonstrates on every page ample narrative possibilities of the embedded consciousness of a solitary protagonist.

---

① See Zunshine, "From the Social."

But if a single character can be a source of mental states nested on the third and fourth levels, the opposite is also true. A large group of characters can share a single mental state (thus forming what Alan Palmer calls an "intermental unit"[①]), which then can be embedded the same way as the mental state of just one character. Here is another, typically self-reflexive sentiment of Crusoe, who begins by contemplating his own feelings and then turns to the thoughts of "all considering men":

> Upon these and many like reflections I afterwards made it a certain rule with me, that whenever I found those secret hints or pressings of mind to doing or not doing anything that presented, or going this way or that way, I never failed to obey the secret dictate; though I knew no other reason for it than such a pressure or such a hint hung upon my mind. I could give many examples of the success of this conduct in the course of my life, but more especially in the latter part of my inhabiting this unhappy island; besides many occasions which it is very likely I might have taken notice of, if I had seen with the same eyes then that I see with now. But it is never too late to be wise; and I cannot but advise all considering men, whose lives are attended with such extraordinary incidents as mine, or even though not so extraordinary, not to slight such secret intimations of Providence, let them come from what invisible intelligence they will. (115)

Crusoe is thinking about the thoughts of, if not the whole of humankind, then a large part of it. He *wants* "all considering men" to *pay attention* to the *intentions* of Providence, whatever their perception of the source of those intentions may be. This is as large a group of people as they come — a massive "intermental unit" — all sharing one (embedded) mental state, which is embedded, in its turn, by our protagonist.

3. Although a story may seem to focus on "flesh-and-blood" characters, some of the mental states that we nest to make sense of what we read may belong to "disembodied" entities such as fate, Providence, God, and karma

Crusoe is not alone among fictional characters in pondering the thought

---

① Palmer, "Storyworlds."

processes of the "invisible intelligence." Other characters have grappled with the "secret intimations" of such "intelligences," ranging in form from the karmic destiny of Cao's *The Story of the Stone* to "Aubrey McFate" of Nabokov's *Lolita*. What such nebulous entities have in common is their apparent capacity for intentions and attitudes, which characters and readers try to fathom, with varying degrees of success, all the while generating nested mental states.

Here is a brief example from Edith Wharton's short story "Xingu" (1916), in which a well-heeled provincial lady, Mrs. Plinth, feels keenly that the heavenly power which has made her rich intended for her the honor of hosting distinguished visitors, an honor currently usurped by another, less worthy lady, Mrs. Ballinger:

> An all-round sense of duty, roughly adaptable to various ends, was, in her opinion, all that Providence exacted of the more humbly stationed; but the power which had predestined Mrs. Plinth to keep footmen clearly intended her to maintain an equally specialized staff of responsibilities. It was the more to be regretted that Mrs. Ballinger, whose obligations to society were bounded by the narrow scope of two parlour-maids, should have been so tenacious of the right to entertain [the current special guest]. (25)

Having explored nested mental states in "Xingu" elsewhere,[①] I offer here only one brief possible mapping of this passage: Mrs. Plinth *resents* that Mrs. Ballinger *refuses* to acknowledge the *intention* of Providence, who *wanted* Mrs. Plinth to host distinguished visitors. "Providence," apparently, is as invested in Mrs. Plinth's social success as the "invisible intelligence" of Defoe's novel was invested in teaching Crusoe a lesson. We may have come a long way from Venus and Cupid: divine entities that guide fictional characters have, nowadays, shed their bodies. But their social minds are as keen and active as ever: plotting, hoping, and picking favorites among mortals.

4. A work of fiction may seem not to feature any thoughts and feelings

Some novels are conventionally thought not to contain *any* mental

---

① See Zunshine, "Theory of Mind."

states — all the more so the embedded ones — novels whose characters are considered to lack "psychology," "interiority," "depth," etc. , or living in a society that eschews any discussion of emotional life. One such novel is Yevgeny Zamyatin's novel *We* (1921). It has apparently fooled enough readers in several languages, because when I give talks, it is almost inevitably brought up during the question-and-answer period as an example of a work of fiction that contains no nested mental states. Yet as I have demonstrated elsewhere,[①]*We* prompts us to construct embedded mental states to make sense of what is going on as much as any other novel. The fact that we are not aware of those mental states testifies, once again, to the unreflective speed with which we attribute thoughts and feelings when we encounter behavior.

Just as Zamyatin's novel, Cormac McCarthy's *Blood Meridian: Or the Evening Redness in the West* (1985) was offered up to me as a text that does not nest mental states. The colleague who brought it up felt that in eighteenth-and nineteenth-century England, writers had to rely on nesting — what with all those thick courtship novels focused on characters' feelings! — but, surely, the later-day authors, such as McCarthy, bred on modernism and postmodernism, have outgrown such a reliance.

To see if they have, we turn to the opening of *Blood Meridian*, the story of a nameless teenager, "the Kid," who joins a gang of scalp-hunters terrorizing the border between the United States and Mexico in 1849 — 1850:

> See the child. He is pale and thin, he wears a thin and ragged linen shirt. He stokes the scullery fire. Outside lie dark turned fields with rags of snow and darker woods beyond that harbor yet a few last wolves. His folks are known for hewers of wood and drawers of water but in truth his father has been a schoolmaster. He lies in drink, he quotes from poets whose names are now lost. The boy crouches by the fire and watches him.
>
> Night of your birth. Thirty-three. The Leonids they were called. God how the stars did fall. I looked for blackness, holes in the heavens. The Dipper stove.

---

① See Zunshine，虚构作品的秘密生活.

The mother dead these fourteen years did incubate in her own bosom the creature who would carry her off. The father never speaks her name, the child does not know it. He has a sister in the world that he will not see again. He watches, pale and unwashed. He can neither read nor write and in him broods already a taste for mindless violence. All history present in that visage, the child the father of the man. (3)

Let's look at these three paragraphs the way a first-time reader would. (To approximate this experience, I only read the first two pages of the novel before starting to analyze its opening.) On the one hand, you can see why this novel may strike some as not nesting any thoughts and feelings. This is a far cry from, say, Proust's *Remembrance of Things Past*, in which a typical sentence nests explicit mental states, as in, "Sometimes when, after kissing me, she opened the door to go, I longed to call her back and say to her 'Kiss me just once more,' but I knew that then she would at once look displeased, for the concession which she made to my wretchedness and agitation in coming up to give me this kiss of peace always annoyed my father, who thought such rituals absurd ... " (34)

On the other hand, even though McCarthy's "Kid" doesn't seem to be able — in stark contrast to the little boy in Proust — to consider other people's feelings, McCarthy's prose achieves its uncanny effect by nesting mental states of the mysterious narrator and the implied author.

There is a very peculiar narratorial consciousness at work in these early paragraphs. McCarthy's narrator inserts himself in the story ("I looked for blackness, holes in the heaven") and starts making the case, as it were, against the Kid. By being born, the Kid murdered his own mother, though, admittedly, she was complicit in the crime. She "did," after all, "incubate in her own bosom the creature who would carry her off. " There is another victim, too. The mother's death destroyed her husband, a former schoolteacher, a weak soul, who now "lies in drink," quoting from poets "whose names are now lost. " The child "watches" his father — the word "watches" is repeated twice. He even "crouches" as he "watches": a little predator, in whom there "broods already a taste for mindless violence. " The puzzling opening sentence now makes sense, too. "See the child," ladies and gentlemen of the jury, see the defendant on the stand.

He has known all along how it would turn out — the narrator who watched the heaven on the night the Kid was born. God-like he is, but also accomplished, in ways that only certain sophisticated readers would appreciate. He wants those readers to know that, unlike other riff-raff populating the story, *he* recognizes the unintelligible sounds issuing from the drunk father as bits of forgotten poems. He also can cite from the poet whose name has not been forgotten — Wordsworth — and he does so, very appropriately, to support his point:"the child the father of the man. "

Thus already in the first paragraphs of his novel, McCarthy *wants* his readers to *know* that the story will be told by a narrator who *is determined* to aggrandize himself and to condemn the Kid. Of course, we don't put it this way to ourselves, but to the extent to which we are aware of the strange tone of the opening, starting with "See the child," we are nesting the implied author's intentions.

What it all adds up to is that *Blood Meridian* embeds mental states as much as *Remembrance of Things Past* does, even if, in direct contrast to it, *Blood Meridian* contains almost no explicit references to mental states. We embed implied intentions of the narrator and the author to make sense of the novel's *tone* — the crucial component of McCarthy's poetic prose.

5. Mappings aren't pretty

Here's something odd. I mapped the first sentence of Zadie Smith's *On Beauty* as follows:"The author wants her readers to know that the action will be filtered through the consciousness of a reflective narrator. " I can map the three first paragraphs of *Blood Meridian* in almost the same way:"The author wants his readers to know that the action will be filtered through the consciousness of a very peculiarly minded narrator. " What does it mean that the openings of novels as drastically different as Smith's and McCarthy's seem to share the same underlying structure when it comes to their embedded mental states?

It means that the map is not the territory and should not be treated as such. Mapping nested mental states is an important critical exercise because it alerts us to the underlying structure of fiction and opens a productive conversation about similarities and differences between the real-life and fictional attribution of mental states. But there is nothing appealing about the mappings themselves. They are boring, repetitive, almost grotesque, and sometimes hard to follow.

叙
事
研
究

第
1
辑

For instance, as Max Van Duijin, Ineke Sluiter, and Arie Verhagen have shown, by the end of Act II of Shakespeare's *Othello*, "the audience has to understand that Iago *intends* that Cassio *believes* that Desdemona *intends* that Othello *believes* that Cassio *did not intend* to disturb the peace" (148; italics in the original). However, if this representation of embedded mental states relied on such sentences, it would soon become "hard or even impossible for a reader or hearer to make the right inferences" about the characters' intentions (151). ①

Instead, in Van Duijin, Sluiter, and Verhagen's elegant formulation, "narrative takes over," that is, readers have at their disposal a number of "strategies characteristic of (literary) narrative discourse that support [their] ability to keep track of the [mental states] of characters" (149). These strategies supply "support and scaffolding for readers' abilities to process [embedded mental states] by providing cues that prompt them to construct a fictional social network using mainly the same socio-cognitive skills as in real-life interaction" (153). ②

In our analysis, we strip off this vital scaffolding. While in their natural environment nested mental states are often implied and distributed over the text, we spell them out and force them into sentence-like propositions: "He thinks that she thinks that he wants X"; "she remembers that she used to think that were X to happen, she would feel Y" ... But who in her right mind would enjoy reading that kind of stuff? If a work of fiction is a living, breathing body, then a map of embedded mental states is a skeleton, with all the appeal and charm of a skeleton.

---

① Note that Van Duijin, Sluiter, and Verhagen use the term "multiple-order intentionality" (149) rather than "embedded mental states."

② Compare to Schneider's useful description of various sources of information involved in constructing a mental model of a character ("The Cognitive Theory," 122 – 123).

There is thus a good reason why writers themselves don't let those bones stick out. "She knows that he knows that she knows" may be what's going on, but they do not put it that way. If they do, then, more often than not, it's a joke, a parody, or a comment on someone's lack of interest in social subtleties. For instance, Forster's *Howards End* contains the following bare-bones sentiment: "Ought Margaret to know what Helen knew the Basts to know?", but the character who is spouting this crude nesting is Tibby, a young man, who, the narrator hastens to inform us, is bored by "personal relations" (254).

Here is an interesting case of the difference between the skeleton and the body. When the idea for a novel about a passionate love affair between a gorgeous older woman and a young woman struggling to make it on her own in New York occurred to Patricia Highsmith, she jotted in her diary the following description of the first meeting between the protagonists:

> I see her the same instant she sees me, and instantly, I love her. Instantly, I am terrified, because I know she knows I am terrified and that I love her. Though there are seven girls between us, I know, she knows, she will come to me and have me wait on her. (quoted in Schenkar 270)

I *know* she *knows* I am *terrified*. I *know* she *knows* I *love* her. This is good enough for a map, so that the writer herself knows what's going on in the scene, but it won't do for an actual novel. Here is how this scene looks in Highsmith's *The Price of Salt* (1952):

> Their eyes met at the same instant, Therese glancing up from a box she was opening, and the woman just turning her head so she looked directly at Therese. She was tall and fair, her long figure graceful in the loose fur coat that she held open with a hand on her waist. Her eyes were gray, colorless, yet dominant as light or fire, and caught by them, Therese could not look away. She heard the customer in front of her repeat a question, and Therese stood there, mute. The woman was looking at Therese, too, with a preoccupied expression as if half her mind were on whatever it was she meant to buy here, and though there were a number of salesgirls between them, Therese felt sure the woman would come to her. Then Therese saw her walk slowly toward the counter, heard her heart stumble to catch up with the moment it had let pass, and felt her face grow hot as the woman came nearer and

nearer. (27)

If we map out this paragraph, we may come up with several third-level embedments. Some of them may even be similar to "I know she knows I love her" from Highsmith's diary. But unlike those explicit embedments, the ones in *The Price of Salt* are implied. That is, they may still supply the underlying bone structure for the first encounter between Carol and Therese, but they are not anymore visible to the naked eye.

Meanwhile, something else happened in the process of building up from the bare bones of "I know she knows I love her." Other embedments came into being, those involving not just the main characters, but the implied author and the implied reader. For instance, does Highsmith *want* her readers to *think* that while Therese *feels* helplessly "caught" by the "light or fire" of Carol's eyes, Carol, too, is powerfully *compelled* to come "nearer and nearer"? Moreover, I catch myself *wondering* whether, to someone reading in 1952, this dance of fatally attracted butterflies might have indicated that Highsmith *wanted* her audience to *fear* that her story would fall into the predictable 1950s pattern of depicting a lesbian love relationship as doomed.

The gossamer thread of such thoughts reminds us again why embedded mental states in fiction are emergent rather than immanent. Because fictional embedments are generated by style, genre, and ideology, but also by the history of reading and the individual perspective, the tension between the text and its map will never be resolved.

Conclusion: What Is Truly Exciting?

When I talk about embedded mental states with my colleagues in literary studies, they sometimes wonder about my focus on the third level, as opposed to higher and thus more challenging and presumably more exciting levels. As one anonymous reader has put it, "even if one agrees that triply-nested mental states are pervasive in fiction, pervasive-ness and importance are very different things. It is perhaps what fiction does rarely, intermittently, and unexpectedly that defines its cognitive potential — not what it does all the time. " This is a fair objection, so let's consider it in some detail.

First of all, one can certainly make a fruitful study of higher levels of embedment in fiction. I have done so myself on several occasions, looking at the fifth level of embedment in the prose of Virginia Woolf as well as at even more spectacular — perhaps sixth! — level of embedment in Restoration Comedy. [1]The latter case is particularly interesting because it appears that on stage, to adapt Van Duijin, Sluiter, and Verhagen's phrasing, bodies "take over. " That is, the body language of actors may contribute to the narrative scaffolding, facilitating viewers' comprehension of high-level nestings.

Second, I don't want to be misunderstood as saying that fiction relies *only* on third-level embedments. In fact, many of my examples, here and elsewhere, would be better described as functioning on the third-to-fourth level. What I propose instead is that the third-level embedment constitutes a crucial threshold for fiction, *below which* fiction can hardly survive anymore. (In contrast, a newspaper article can do very well with just second-level embedment; a chemistry textbook, with first-level embedment; a dishwasher manual, with no embedded mental states at all.) In this context, occasional fifth- and sixth-level embedments in fiction do not represent a break with or an exception to the third-level "rule. " On the contrary, they prove this rule, for each of them embeds mental states on *at least the third level.*

This said, I believe that fifth- and sixth-level embedments are not, on their own, indicative of a greater literary sophistication. The quality of embedment — that is, stylistic devices used to generate implied mental states — trumps the quantity. Even for such authors as Henry James — who, people assume, soars freely in the fifth-level empyrean — there is plenty to do on the third level. Shakespeare, Austen, Muriel Spark, and Penelope Fitzgerald; Pushkin, Dostoyevsky, Lev Tolstoy, and Tatiana Tolstaya; Apuleius and Heliodorus, Cao Xueqin and Murasaki Shikibu, all ply their unhumble trade largely on the seemingly humble third level. If we are in the mood for a narrative of progress or teleology, we can say that, rather than

---

[1] See Zunshine, *Why We Read Fiction* and "Why Jane Austen," 287 – 289.

finding ways to jump to a higher level, fiction is always on the lookout for new ways to nest mental states on the third, or third-to-fourth level.

And, moreover, is it even true that "pervasiveness and importance are very different things"? It's certainly not true in the case of many other cognitive endowments. For instance, our ability to see is pervasive; but isn't the visual system an amazing feat of evolutionary engineering, endlessly important, and appearing more impressive as we keep learning new things about it?

Just so, a third-level nesting is not a cognitive commonplace. We don't construct it at the drop of a hat if a first-level nesting will suffice. To quote Apperly again, what "gets us through our social day" is a "combination of *low-level mindreading processes* and the rich endowment of social knowledge that we gain through development" (155; emphasis added). The triply embedded emotional dilemmas that I described in the beginning of this essay rather stand out amidst the majority of my daily social experiences, which rely on low-level nesting, "social scripts and schemas, and the normative principles" (Apperly 129).

And yet we have tremendous cultural repositories of information requiring "pervasive" third-level embedment, which would not be assimilated otherwise. It's really quite incredible if you think about it. A work of fiction will not lodge itself into our consciousness unless we spend hours awash in implied and explicit third-level embedments. To me, what "defines" fiction's "cognitive potential" is that, immersed in it, we can spend hours on end embedding mental states on the third level *and enjoy it*, and not that once in a while we also process a sixth-level embedment. Just because the "rare" is possible, there is no reason to take what fiction "does all the time" for granted.

One can't help wondering whether sustained exposure to the intensified mindreading offered by fiction has any long-term impact on our social life. [1] For instance, if we read a lot of novels, do we become more attuned to triply embedded mental states in our immediate social environment and begin to

---

[1] See Kidd and Castano for a discussion of the possible short-term impact.

seek situations that would allow us to experience them at a greater frequency?

It seems to me that we don't, unless you count as such an impact the desire to read more novels or the decision to go to a graduate program to study literature. To put it starkly, it's quite possible that the main effect of reading fiction is that it makes one a better reader of fiction. As a side effect, it may improve one's vocabulary, which has its own cascading benefits,[1] but it does not translate into superior mindreading skills in daily social interactions.

Nor should it, if you think about it. While building on our evolved cognitive adaptations for mindreading, fiction has also run away with these adaptations, having amassed a repertoire of extremely nuanced stylistic tools for embedding mental states. We don't just push aside those stylistic trimmings to get to the real meat of social mindreading. Literary mindreading is thus its own unique phenomenon, and recognizing the embedment of mental states on at least the third level as one of its key features is an important step toward understanding it.

Works Cited

Anonymous. "The Wanderer." *Anglo-Saxons. net.* Sean Miller, n. d. Web. 4 Feb 2016.

Apperly, Ian. *Mindreaders: The Cognitive Basis of "Theory of Mind."* New York: Psychology Press, 2011.

Apuleius. *The Golden Ass.* Trans. Sara Ruden. New Haven and London: Yale University Press, 2011.

Astington, Janet Wilde and Margaret J. Edward. "The Development of Theory of Mind in Early Childhood" (Aug. 2010). E*ncyclopedia of Early Childhood Development*: http://www. child-encyclopedia. com/social-cognition/according-experts/development-theory-mind-early-childhood Web. 30 May 2016.

Astington, Janet Wilde, Janette Pelletier, and Bruce Homer. "Theory of mind and epistemological development: the relation between children's second-order false-belief understanding and their ability to reason about evidence." *New Ideas in Psychology* 20 (2002): 131 – 144.

Defoe, Daniel. *Robinson Crusoe.* New York: Oxford University Press, 2007.

---

① See Zunshine, 虚构作品的秘密生活.

Drucker, Johanna. *Graphesis: Visual Forms of Knowledge Production.* Cambridge: Harvard UP, 2014.

Dunbar, Robin. *How Many Friends Does One Person Need: Dunbar's Number and other evolutionary quirks.* London: Faber and Faber, 2010.

—. "Mind the gap or why humans aren't just great apes." *Proceedings of the British Academy* 154 (2008): 403 – 423.

Frith, Christopher D. "The Social Mind?" (29 April 2007). *Philosophical Transactions of the Royal Society B.* The Royal Society Publishing, n. d. Web. 30 May 2016.

Forster, E. M. *Howards End.* New York: Vintage, 1921.

Heliodorus, *An Ethiopian Romance.* Trans. Moses Hadas. Philadelphia: University of Pennsylvania Press, 1957.

Hogan, Patrick Colm. *Affective Narratology: The Emotional Structure of Stories.* Lincoln: University of Nebraska Press, 2011.

Keen, Suzanne. "Human Rights Discourse and Universals of Cognition and Emotion." *The Oxford Handbook of Cognitive Literary Studies.* Ed. Lisa Zunshine. New York: Oxford University Press, 2015. 347 – 365.

Highsmith, Patricia. *The Price of Salt.* New York: Dover, 2015.

Kidd, David Comer and Emanuele Castano. "Reading Literary Fiction Improves Theory of Mind." *Science* 342 1(8 October 2013): 377 – 380.

Lermontov, Michail, *Geroi Nashego Vremeni.* Moskva: Eksmo, 2008.

Li, Wanqing, Xiaoqin Mai, and Chao Liu. "The default mode network and social understanding of others: what do brain connectivity studies tell us." *Frontiers in Human Neuroscience* 8: 74 (2014). National Center for Biotechnology Information (NCBI), 24 Feb 2010. Web. 30 May 2016.

McCarthy, Cormac. *Blood Meridian or The Evening Redness in the West.* New York: Vintage International, 1985.

Meyer, Stephenie. *The Twilight Saga*, Book 1. New York: Little, Brown, 2006.

Milligan K, Astington J A and Dack L. A. "Language and theory of mind: Meta-analysis of the relation between language ability and false-belief understanding." *Child Development* 78. 2 (2007): 622 – 646.

Shikibu, Murasaki. *The Tale of Genji.* Trans. Royall Tyler. New York: Penguin 2002.

—. Trans. Edward G. Seidensticker. New York: Alfred Knopf, 1980.

—. Trans. Arthur Waley. North Clarendon, Vermont: Tuttle Publishing, 2010.

Palmer, Alan. "Storyworlds and Groups." *Introduction to Cognitive Cultural Studies.* Ed. Lisa Zunshine. Baltimore: The Johns Hopkins University Press, 2010. 176 – 192.

Peskin, Joan and Janet Wilde Astington. "The Effects of Adding Metacognitive Language to Story Texts." *Cognitive Development* 19 (2004): 253 – 273.

Peskin, Joan, Julie Comay, Carly Prusky, and Xi Chen. "Does Theory of Mind in Prekindergarten Predict the Ability to Think about a Reader's Mind in Elementary

School Compositions? A Longitudinal Study." *The Journal of Cognition and Development* (in press).

Proust, Marcel. *Remembrance of Things Past. Volume One.* Trans. C. K. Scott Moncrieff. Hertfordshire, UK: Wordsworth Editions Limited, 2006.

Savarese, Ralph James and Lisa Zunshine. "The Critic as Neurocosmopolite; Or, What Cognitive Approaches to Literature Can Learn from Disability Studies: Lisa Zunshine in Conversation with Ralph James Savarese." *Narrative* 22. 1 (January 2014): 17 – 44.

Ruden, Sara. "Translator's Preface." In Apuleius, *The Golden Ass.* Trans. Sara Ruden. New Haven and London: Yale University Press, 2011. ix – xvi.

Saxe, Rebecca. "The right temporo-parietal junction: a specific brain region for thinking about thoughts." *Handbook of Theory of Mind.* Eds. Alan Leslie and Tamsin German. Psychology Press, 2010. Online: http://saxelab.mit.edu/resources/papers/in_press/ Saxe_RTPJChapter.pdf.

—. "The New Puzzle of Theory of Mind Development." *Navigating the Social World: What Infants, Children, and Other Species Can Teach Us.* Eds. Mahzarin R. Banaji and Susan A. Gelman. New York: Oxford UP, 2013. 107 – 112.

Saxe, Rebecca and Nancy Kanwisher. "People thinking about thinking people: The role of the temporo-parietal junction in 'theory of mind.'" *NeuroImage* 19 (2003): 1835 – 1842.

Saxe, Rebecca and L. J. Powell. "It's the thought that counts: Specific brain regions for one component of theory of mind." *Psychology Science* 17 (2006): 692 – 699.

Schenkar, Joan. *The Talented Miss Highsmith: The Secret Life and Serious Art of Patricia Highsmith.* New York: Picador, 2011.

Schneider, Ralf. "Toward a Cognitive Theory of Literary Character: The Dynamics of Mental-Model Construction." *Style* 35. 4 (2001): 607 – 640.

—. "The Cognitive Theory of Character Reception: An Updated Proposal." *Anglistik* 24. 2 (2013): 117 – 134.

Skerry, A. E. , and R. Saxe. "Neural Representations of Emotion Are Organized around Abstract Event Features." *Current Biology* 25. 15 (3 Aug 2015): 1945 – 1954.

Smith, Zadie. *On Beauty.* New York: Penguin, 2005.

Snodgrass, S. E. "Women's Intuition: The Effect of Subordinate Role on Interpersonal Sensitivity." *Journal of Personality and Social Psychology* 49 (1985): 146 – 155.

Van Duijn Max J. , Ineke Sluiter, and Arie Verhagen. "When narrative takes over: The representation of embedded mindstates in Shakespeare's Othello." *Language and Literature* 24. 2 (2015): 148 – 166.

Vignemont, Frédérique de. "Frames of Reference in Social Cognition." *Quarterly Journal of Experimental Psychology* (2007): 1 – 27.

Whalen, D. H. , Lisa Zunshine, and Michael Holquist. "Increases in Perspective

Embedding Increase Reading Time Even with Typical Text Presentation: Implications for the Reading of Literature." *Frontiers in Psychology* 6 (2015): 1778. PMC. Web. 30 May 2016.

Whalen, D. H., Lisa Zunshine, Evelyne Ender, Jason Tougaw, Robert F. Barsky, Peter Steiner, Eugenia Kelbert, and Michael Holquist. "Validating judgments of perspective embedding: Further explorations of a new tool for literary analysis." *Scientific Study of Literature*, in press.

Wharton, Edith. "Xingu." *Roman Fever and Other Stories*. Ed. Cynthia Griffin Wolff. New York: Scribner, 1997.

Zamiatin, Evgenij. *Мы* [We]. Moscow: ACT, 2008.

Zunshine, Lisa. "Cognitive Alternatives to Interiority." *Cambridge History of the English Novel*. Eds. Robert L. Caserio and Clement C. Hawes. Cambridge University Press, 2011. 147 – 162.

—. "From the Social to the Literary: Approaching Cao Xueqin's The Story of the Stone (Honglou meng) from a Cognitive Perspective." *The Oxford Handbook of Cognitive Literary Studies*. Ed. Lisa Zunshine. New York: Oxford UP, 2015: 176 – 196.

—. 虚构作品的秘密生活, *Journal of Guangdong University of Foreign Studies* 27. 4 (July 2016): 5 – 11.

—. "Theory of Mind as a Pedagogical Tool." *Interdisciplinary Literary Studies* 16. 1 (2014): 89 – 109.

—. "Why Jane Austen Was Different, And Why We May Need Cognitive Science to See It." *Style* 41. 3 (2007): 273 – 297.

—. *Why We Read Fiction: Theory of Mind and the Novel*. Columbus: The Ohio State University Press, 2006.

—. *Getting Inside Your Head: What Cognitive Science Can Tell Us about Popular Culture*. Baltimore: Johns Hopkins University Press, 2012.

《达洛维夫人》与小说的重塑

H·波特·阿伯特/文

加利福尼亚大学圣塔芭芭拉分校

骆　洪/译

引言：小说和生活本身

　　弗吉尼亚·伍尔夫在 1919 年的一篇激昂的评论文章中写到,小说已经成为没有生活的东西(《现代小说》184—195)。对此评论可以从两个方面来看。一方面,伍尔夫所研究的作家们——H·G·威尔斯、约翰·高尔斯华绥和阿诺德·本涅特——都是"物质主义者",因为他们笔下的人物只有外在表现而没有本质内涵,可想而知都是些物质的化身。这些人物在物质需求的驱使下生活在这个堆满物质的世界上。另一方面,小说本身已经成为一个物体,一个预先正式包装好的物体。伍尔夫评论说,如果这些作家们只凭感受写作而无视创作传统,"人们普遍接受的创作风格中就再也没有诸如情节、喜剧、悲剧、爱情趣味、灾难等内容了"(《普通读者》189)。伍尔夫所批评的这两个层面相互交织,但我将重点放在其第二个观点之上,因为第二个观点带有更加深层的含义,即伍尔夫对小说本身的看法:编织情结的必要性——特别是当其涉及对人的理解和再现等问题之时。①

----

　　①　"情节编织",用海登·怀特(Hayden White)的话来说,指的是一种叙事创作的基本运行方式,它提供的仅仅是一系列的材料,"是只有故事才具有的形式连贯"(海登·怀特,"现实再现中的叙事性之价值",载于《叙事研究》(*On Narrative*),W·J·T·米歇尔(W. J. T. Mitchell)编[芝加哥大学出版社,1981 年],第 19 页)。我在本文中使用的"情节"一词具有不同的含义,而且不同的含义之间差异很大。关于情节的简述,参见希拉里·丹嫩贝格(Hilary Dannenberg)的(转下页)

然而,放弃情节编织就意味着扔掉了一个形式上十分重要的优势。伍尔夫所探讨的作家们可能机械地编织了其小说的情节,但这些情节仍然很有市场。换言之,威尔斯,高尔斯华绥和本涅特讲述的仍然是"好的故事",即这些故事具有较强的叙事性,其叙事性将读者紧紧地扣在好奇、悬疑、惊奇的链条之上,使读者愿意继续读下去。①作为一个优秀的读者和多产的评论家,伍尔夫当然知道什么是"好的故事",而且,其第一部小说《远航》(1915)也能证明伍尔夫是撰写好故事的能手。不过,就其第三部小说《雅各布的房间》(1922)而言,伍尔夫在评论中提倡的创作要旨明显改变了她的小说风格,而且还影响着图书业中行之有效、强势有力的叙事性。伍尔夫的创作方法变化之大乃至一位评论者特别提醒说,纵观伍尔夫的第四部小说《达洛维夫人》(1925),"只有智力超凡的读者才能发现其故事具有连贯性"(Woolf 1925:21,24)。

伍尔夫为什么要这样做? 最为常见的描述来自伍尔夫本人:在于抓住她所言的"生活本身"(192)。伍尔夫认为,"生活不是对称的马车车灯"②(189),换句话说,生活不是局限在因果链上呈线性的一连串事件,而是生活在当下是种什么样的感觉,体验"五花八门的事情——这些琐碎的、奇异的、渐渐消失的各种印象"在某个平凡的日子里发生在"某个平凡的人身上、进入其脑海中"(189)。此外,对"生活本身"的体验不仅是她创作的目标,也是——如伍尔夫所言——创作的源泉。威尔斯、高尔斯华

(接上页)《巧合与违实:叙事虚构中的时空情节编织》(*Coincidence and Counterfactuality: Plotting Time and Space in Narrative Fiction*)(伦敦:内布拉斯加大学出版社,2008年,第6—10页。)关于情节,我将采用其普通意义上作为故事层面的用法,比如悲剧情节、喜剧情节、婚姻情节、复仇情节、探寻、朝圣等。这个意义上的情节是一种涵盖意义较广的叙事模式,一旦有所暗示,这样的情节模式就能满足读者对叙事如何展开的期望。

① "叙事性"又是一个较有争议的术语(参见H·波特·阿伯特(H. Porter Abbott)的文章《叙事性》("Narrativity"),载于《叙事学指南》(*Handbook of Narratology*)修订版,彼特·胡恩(Peter Hühn)等编(柏林/纽约:沃尔特·德·格鲁伊特(Walter de Gruyter),2014,第587—607页)。本文采用大卫·赫尔曼(David Herman)的解释,即"叙事性"是一种衡量标准,据此可以确定某个事情"或多或少像故事原型"(大卫·赫尔曼,《故事逻辑:叙事的问题及可能性》(*Story Logic: Problems and Possibilities of Narrative*),[林肯:内布拉斯加大学出版社,2002年],第90—91页。)。玛丽-劳尔·瑞安(Marie-Laure Ryan)同样将"叙事性"与"故事性"交替使用(瑞安,《故事的变身》(Ryan, *Avatars of Story*),[明尼阿波利斯:明尼苏达大学出版社,2006年],第7页。)。我使用"较强的叙事性"这一术语,我把具有故事性的叙事性意义与影响读者的力量结合在一起,梅厄·斯滕伯格(Meir Sternberg)把对读者产生的强大影响置于好奇、悬念和惊奇这一动态的叙事三要素之中(梅厄·斯滕伯格,《小说中的说理模式和时间序列》(Meir Sternberg, *Expositional Modes and Temporal Ordering in Fiction*),[巴尔的摩:约翰·霍普金斯大学出版社,1978年])。

② 轻便单匹马拉两轮马车,常作出租马车。伍尔夫头脑中构想着这样一幅画面:夜晚,街道一侧停着一排这样的马车,马车上都点着灯。

绥、本涅特抓不住生活,他们只是在小说创作的套路中劳役,而不能用语言表达出来(188)。相反,一如伍尔夫在创作《达洛维夫人》时评论说,由于摆脱了市场对突出的叙事线索或情节的需求,思绪才能从"我那丰富的大脑深层冒出来"。这两点似乎可以合二为一。伍尔夫小说情节蜿蜒散漫的形式与其蜿蜒散漫的思维不谋而合,而这种思维最符合伍尔夫的要求。她最为赞赏的思维飘忽不定的思想家、作家就是她笔下的主人公克拉丽莎·达洛维所推崇的思维飘忽不定的观察者——他们都具有同样的、有意而为的模糊性,亦即被称为"生活"。①

讲述生活

如果人们可以谈论"生活"或者"生活本身",人们也就可以谈论"某种生活",而这种生活通常被表现为故事。自圣奥古斯丁(St Augustine)在其《忏悔录》(*Confessions*)(公元400年)中提出生命叙事理论并加以实践以来,将叙事形式应用到个人和他人的生活的尝试已经得到普遍的认同。近年来,生命叙事普遍成为跨学科理论研究的主题。② 叙事确实而且应该参与自我建构的观点影响之大,以至于盖伦·史卓森甚至在其经常被引用的批判性文章"反对叙事性"的末尾高度赞赏生活,赞赏在被投射的叙事结构中所经历的生活:"真正的逍遥自在,看吧,与生活随之而来的是那些最好的事物,栩栩如生、蒙受天恩、深奥无比"(Galen Strawson 2004: 449)。

然而,史卓森在其反对叙事性的言论中所指的是,生活确实,或者应该面向未来,不受与情节编织相关而且十分必要的叙事弧的限制。同样,随着小说情节的展开,小说中必要的叙事弧的延伸产生叙事期待。相比之下,史卓森提出的叙事形式是那种最为简单的叙事形式,即"接下来"的结构:这样,接下来这样,然后这样……在小说中,这是一种松散的"流浪汉小说叙事

---

① "但是,我完全生活在我的想象之中;我走着,坐着,思想如喷泉突然涌现,我完全被思绪带走了";"一切在我的头脑中涌动,形成一幅永恒、壮观的画面,我感到极大的幸福"(《日记》2(*Diary* II),第215页);"没有什么规则可言,只是思绪悄悄地随着大脑随意的活动而闪现,(它)排除了不合适的内容,直到我获得完美的轮廓;如果有什么不妥,那是上帝的问题。毕竟是上帝出的差错,并非我们自己造成的。"(第299—300页)

② 关于叙事和身份的概述,包括一些有争议的问题,如叙事在身份建构中的作用等,参见迈克尔·巴姆贝格(Michael Bamberg)的文章"身份与叙事"("Identity and Narration"),载于《叙事学指南》(*Handbook of Narratology*)修订版,彼特·胡恩(Peter Hühn)等编(柏林/纽约:沃尔特·德·格鲁伊特,2014),第241—252页。

形式",在此叙事模式下,由之前发生的事而产生的唯一期待就是将要发生新的事件。本质上而言,这是一种没有情节的叙事。没有情节的叙事是我一直在使用的术语。这根本就是伍尔夫在《达洛维夫人》中发明其独树一帜的叙事模式时所采用的一种范式(有时她也不采用这种范式)。

就称之为"叙事漫步"①吧。这是流浪汉小说叙事的缩影,通过一连串的时时刻刻展开,持续 17 小时:"现在看见的是郁金香花床,摇篮里的孩子,看,她瞬间编出的那小个荒诞剧"(70)。伍尔夫并没有在《达洛维夫人》中放弃叙事,也没有像有些人所说的那样用诗来取代小说叙事,而是将产生好奇、悬念和惊奇的各种因素重置于连续不断的感知与想象中,分散在叙述者和为数不多的角色中,而克拉丽莎·达洛维是核心。小说的叙事环形推进,带着记忆的痕迹。随着叙事的展开,"她一生中最为惊心动魄的时刻"(32)就是萨莉·西顿出乎意料的一吻。如果说,这样的叙事没有那种能够吸引广大小说读者的强烈的叙事性,那至少也有一种微妙的叙事魅力。这一魅力反映在思维聚焦的活动中,但不易察觉:"一天之后应该是另一天;星期三,星期四,星期五,星期六;人应该在早晨醒来;看看天空;在公园散步;遇见休·惠特布雷德;然后彼特突然来了;然后是这些玫瑰;这就够了(110)。"②

实际上,《达洛维夫人》中有一种双重漫步:克拉丽莎自己经历的一连串微型事件和伍尔夫本人的叙事视觉和叙事听觉的突然闯入,从一种思维漫步到另一种思维,又从一个地方漫步到另一个地方。二者共同产生的效果使得"一种生活"和"生活本身"进入明显的和谐状态。但这同时也就得出一个推论:如果说在这种最低限度的叙事形式中,某个角色最易于捕捉生活本身,那么但凡出现规模稍大的情节入侵,就会使之远离生活。为了支持这一观点,《达洛维夫人》中的这些角色,如休·惠特布雷德、福尔摩斯博士、威廉·布拉德肖总经理等,都是"灵魂死亡"的样本。在他们所经历的生活中,情节线索明显处于主导地位。例如,另一个角色多丽丝·吉尔曼生活在自我建构之中,其自我建构映射到经典的皈依信

---

① 参见 H·波特·阿伯特(H. Porter Abbott)的文章,《晚年的弗吉尼亚和夜间作家:伍尔夫叙事漫步溯源》("Old Virginia and the Night Writer: The Origins of Woolf's Narrative Meander"),载于《每日杂记:女性日记评论集》(*Inscribing the Daily: Critical Essays on Women's Diaries*),S·邦克斯(S. Bunkers)和 C·胡弗编(C. Huff)(阿默斯特:马萨诸塞大学出版社,1996 年)。

② 先前已有不少类似流浪汉小说的微型版,尤其是(英国)18 世纪小说家劳伦斯·斯特恩(Laurence Sterne)写的《多情客游记》(*A Sentimental Journey*)和《项狄传》(全名为《绅士特里斯舛·项狄的生平与见解》)(*The Life and Opinions of Tristram Shandy*),伍尔夫在《现代小说》("Modern Fiction")中对斯特恩赞赏有加。

主故事的程式。有一天,"[她]在激动和痛苦中走进教堂"(111),接着,听着唱诗班的合唱和惠特克牧师的布道,[她]哭了。正如牧师后来向她解释的那样,她因皈依我主而获得了新生。从此以后,这位不幸的女士念念不忘牧师的话。萨莉·西顿的情形又大不相同,她精力充沛,行事鲁莽;但年轻的她感到前途未卜。多年后她回来了,再次进入可以预测的叙事轨迹,嫁给了一位秃顶的实业家,生了五个男孩(163)。

简要概括一下这种由生活叙事而产生的令人窒息状况,可以想到那位形象高大的威廉·布拉德肖总经理。他是"一个零售商的儿子","工作非常卖力",而且他"完全靠着自己的能力获得其职位"(85)。他获得一位贵妇人的青睐,之后与之生了个儿子。他现在是一名医生,钓大马哈鱼,拍些漂亮的照片,然后不断地艰苦努力,同时"在[布拉德肖一家]"和生活中的"种种变迁、烦恼之间"筑起"一堵黄金墙壁"(85),这个自我克制同时也包容他人的男人对于克拉丽莎来说,自然是"一个了不起的医生,而她却隐隐感到他的邪恶,[但他对她]没有性方面的联想或邪念,[他]对女士极为礼貌,但[他]却可能做出伤天害理的事情……"(165)。简言之,他就是个活死人,他包裹在自我建构的生命叙事中,安全无虞,这样更使得他变得很危险,能够"对你的心灵产生压力,就那么回事"(165)。

创伤后精神压力症(PTSD)和创伤情节

伍尔夫在给格温·雷福特(Gwen Raverat)的信中使用了同样的动词"强迫"。她在信中描述道,鉴于自己的亲身经历,很难描写塞普迪莫斯·华伦·史密斯(Septimus Warren Smith)精神失常的情节。史密斯是个退伍军人,因在战场上亲眼目睹其密友被炮弹炸飞而受到强烈的刺激。"你无法想象仍然在我心中燃烧的怒火——精神失常,医生们,还有被强制的感觉"[①]。可以肯定的是,塞普迪莫斯觉得有一位医生在向

---

① 伍尔夫的抑郁症不时发作,情况很严重,以至于在她创作《达洛维夫人》(*Mrs. Dalloway*)之前曾有三次住进女性精神病院。事后看来,她的病情的诊断结果各有差异,但人们普遍认为她患有创伤后精神压力症(PTSD)。苏洁特·汉克(Suzette Henke)坚持这种看法。汉克认真细致地研究过(伦敦)荷洛威疗养院精神病患者的档案记录,一直追溯到 1895 年。依据所记录的内容和记录所使用的语言可以发现,这些病史显示患者们不仅被剥夺了自由,失去了尊严,而且多次被误诊(汉克,《弗吉尼亚·伍尔夫和精神失常,〈达洛维夫人〉中的创伤叙事》(Henke, *Virginia Woolf and Madness: Trauma Narrative in Mrs. Dalloway*),伦敦:南部地方伦理社团,2010 年)。

他逼近,他感到危险,所以他翻窗跳楼自杀了。使他受到惊吓的那位医生的名字很有讽刺意味,叫做什么福尔摩斯医生。这位医生也不明白塞普迪莫斯为何翻窗跳楼自杀,他只知道塞普迪莫斯是个"胆小鬼"(134)①。但是,威廉爵士,那个对相关病症颇有研究的精明的医生,十分清楚塞普迪莫斯的问题。他说,"这是个'被炮弹震伤后的延迟反应'的病例"(164)。而且,威廉爵士也很清楚该怎样治疗这些病例:把他弄到无人之处锁起来,直到他复原。换句话说,本来可以对塞普迪莫斯予以强制关押并将其隐藏起来的强制力量,沿袭的是一种诊断叙事,患者被强行带入其中。

不过,医生的处方针对的若是非人的话,其诊断也未必有错,而且我们比威廉爵士更有行事的权威。诊断情节线由叙述者展开,正是她告诉我们塞普迪莫斯的密友是何时阵亡的,"就在停战协定前,在意大利,塞普迪莫斯没有表露任何情感,也没有意识到这是他与朋友的诀别,还庆幸自己没想那么多,十分理性"(77)。伍尔夫[笔下]的叙述者所记录的症状——塞普迪莫斯无法感受到自己的悲伤,他觉察到潜在的危险,他对埃文斯产生的幻觉,他成为上帝选民的狂热的虚幻——这些都是我们称之为创伤后精神压力症的明显表征。换言之,确实存在着一种占主导的且带有支配性的叙事,这种叙事带有明显的情节,它支配着塞普迪莫斯的言行,而且这种叙事的确合理。它以线性的方式讲述一个故事,此故事有一个较有影响的创伤事件作为因,后面跟着一连串的事件。有了前面的因,这些事件就容易理解,而且随着创伤受害者的自杀走向高潮。

塞普迪莫斯不仅仅是小说中经历了创伤及其影响的唯一角色。如小说中所述,克拉丽莎小时候亲眼目睹一棵大树倒下时将她的姐姐西尔维娅砸死(70),所以伍尔夫也邀请我们使用创伤后精神压力症叙事去分析克拉丽莎本人。与塞普迪莫斯一样,克拉丽莎的脑海中从来没有出现过这样的恐怖事件,但这确实是创伤后遗症产生的效果,而且是有说

---

① 有些士兵因为炮弹的轰炸受到强烈刺激,产生创伤后压力症,但他们往往被斥责为懦夫。威廉·理福斯(Dr. William Rivers)医生推出了有关弹震症的破纪录的研究成果,他将弹震症视为一种隐性的反抗语言,其研究成果记有小说案例的精彩分析。参见帕特·巴克(Pat Barker)的小说《再生》(Regeneration)(1991)。

服力的。① 这与伍尔夫声称欲将塞普迪莫斯与克拉丽莎联系在一起的目的相符(《信》第二部分,189),这一目的在小说的后半部分得以凸显。小说中写到,此刻,克拉丽莎听到塞普迪莫斯自杀的消息,她发现自己"有点像他——那个自杀了的青年"(166)。在伍尔夫的心中,两个个案之间的联系如此的紧密,以至于她曾经想这样来安排情节,让克拉丽莎在听到塞普迪莫斯自杀后也自杀了(Woolf 2003:11)。

在我的这个发言中,核心问题是:既然小说的主人公受到叙事漫步的塑造,而这种漫步又将有情节的叙事作为对任何人的生活的主宰而予以含蓄的批判,那么,主导性叙事程式,即创伤情节的意蕴又如何完全支配着小说的主人公呢? 毕竟,塞普迪莫斯的情形如此,克拉丽莎的情形也一样,创伤后精神压力症的绝妙情节也可以循环反复地使用,可以提供有关克拉丽莎思想和行为的因果描述。读者一旦了解她孩提时代遭受的创伤,这种了解就可以为之提供一种新的解读方法,去重新审视曾经读过的内容。小说第一页,这种因果创伤的效果就像不合逻辑的推论一样,突然出现在漫步前行的叙事流之中。此时,克拉丽莎18岁,地点是包尔顿,时值清晨。她回忆说,她俯身"向着户外","她站在敞开的窗户前,就像她感觉到的那样,可能会发生什么糟糕的事情……"(3)接下来,5页后,"她总是感觉到,哪怕只生活一天都是非常非常危险的事情"(8)。这种危险迫近的感觉可能有其原因,但直到小说70页后才提到过一次。此刻,"那件恐怖的事"突然闪现在彼特·沃尔什的思绪中:"你亲眼目睹……你的姐姐被倒下来的大树砸死"(70)。一旦这一情节暴露出来,它便将其意义赋予了小说的各种事件,包括伦敦每小时的钟声,现在听起来像是"丧钟,给生活一击,令人震惊"(45)。

---

① 海明威(Hemingway)在《大双心河》("Big Two-Hearted River")中描写尼克时也有过类似的说法:《大双心河》讲述一个青年从战场上归来后感到"精疲力竭"的故事。"Beat to the wide"为俚语,描述人的心理状态,指人精疲力竭。有精疲力竭经历的人觉得精疲力竭是一件痛苦的事,根本不愿提及。所以,战争或者任何有关战争的事都从故事中略去不谈。(参见厄内斯特·海明威,"短篇小说的艺术"("The Art of the Short Story"),载于《厄内斯特·海明威短篇小说新论》(*New Critical Approaches to the Short Stories of Ernest Hemingway*),杰克逊·J·本森(Jackson J. Benson)编,达勒姆(Durham),北卡:杜克大学出版社,1990年)第3页。该故事的第一部分于1925年同月刊出,题为"达洛维夫人"。

重现的时刻

上面我说到克拉丽莎片刻间的强烈情感,它依次构成了小说漫步前行的进程。这是一种为"生活本身"所怀有的强烈情感。但由于有了创伤情节,随之而来的是另一种对克拉丽莎片刻间的强烈情感的描述。在此描述中,这些时刻的魅力在于其间的断裂,随着这些断裂,跳出时间、跳出以时间为主的普遍故事模式的幻想显出其应有的魅力:"她所爱的就是这个,这里,此刻,她眼前的一切"(8)。在本文的解读中,时刻指的是代表安全的地方。在这个地方可以感受到不附着于任何事物的强烈情感。即便是我前面援引的那段有关克拉丽莎强烈情感的例子后面,也有一个句子,正好强化了另一种解读:人应该在早晨醒来;看看天空;在公园散步;遇见休·惠特布雷德;然后彼特突然来了;然后是这些玫瑰;这就够了。*这样的话,死亡简直让人难以置信!*（110;斜体部分系原文作者标注）。当序列时间闯入克拉丽莎的意识之后,带来的不仅是死亡的机会,而且还有通向那个方向的叙事弧。

可以说,叙事是人的思维的反射,而人的大脑很难解除这种反射。神经病学家安东尼奥·达马西奥（Antonio Damasio）思考得更深远,他认为这种反射最早出现于人在语言能力尚未形成之前初次与世界进行最低限度的接触之时。[①]　不管这样的说法是否站得住脚,达马西奥和其他人提出的一个观点或许是正确的,即编织可叙事的关联是人类不可避免的活动。克拉丽莎·达洛维正是想要去除叙事中的关联物,从而消除这种不可避免性,只留下时间片段:

> 厨子在厨房吹着口哨。她听到打字机的滴答声。那就是她的生活,她低头

---

① 自 1995 年出版《笛卡尔的错误：情绪,推理和人脑》(*Descartes' Error: Emotion, Reason, and the Human Mind*)以来,达马西奥关于认知本质的具体体现的著作对诸如认知叙事学等跨学科领域产生了显著的影响。叙事的中心地位一直是达马西奥理论的一个重要内容,而且还是在不断发展的主线。在其理论中,叙事是人们与世界关联互动的主要认知途径,在语言或意义产生之前,人的大脑里就有叙事活动,这一活动产生了"认知情感"。叙事最初表征为最小的一连串意象。自此,叙事在一个复杂的个体发生系统内起着重要的作用,从"原型自我"到"核心自我"再到"自传式的自我"演变(安东尼奥·达马西奥(Antonio Damasio),《意识究竟从何而来：建构有意识的大脑》(*Self Comes to Mind: Constructing the Conscious Brain*)[纽约：众神殿图书公司,2010])(注：该书中译本为：安东尼欧·达马吉欧.意识究竟从何而来？从神经科学看人类心智与自我的演化[M].陈雅馨,译.台北：商周出版社,2012。)

看着大厅里的那张桌子,受到影响,她弓着身子,她感到蒙受了恩赐,心灵得以净化,她自言自语,她拿着上面记有电话内容的便签簿,这样的时刻多么像生命之树之上的蓓蕾,她思索着(就好像可爱的玫瑰只在她眼前开放一样)。(26)

如果克拉丽莎试图将这些无情节的时刻——厨子在厨房吹着口哨,她听到打字机的滴答声——等同于是"她的生活",那么我们肯定能够感受到伍尔夫将克拉丽莎作为哀求者加以描写的讽刺意味——"她低头看着大厅里的那张桌子","受到影响,她弓着身子,她感到蒙受了恩赐,心灵得以净化",而且我们肯定也知道这里引用了《圣经》"生命之树"的典故。这里的讽刺意味非常明显,因为克拉丽莎已经"拿起上面记有电话内容的便签簿",并且立刻就可以看到电话记录。内容是这样的,布鲁顿女士邀请她丈夫,而不是她,共进午餐。就像传统故事讲述的那样,她感到"震惊"。

聚会

在此还要指出的是,对克拉丽莎沉迷于各种时刻的这种解读,继而关联到她对聚会的沉迷。这些聚会实际上是其他人经历的时刻的聚合,这些人被强行从他们各自正在经历的生命叙事中抽出来,去享受她心目中的"简单生活"(109)。但这种生活不应被理解成一种可叙述的各种事件的历史性组合,而是各种偶然时刻的反历史性的杂陈。用克拉丽莎的话来说,她的聚会"不需要什么理由"(109)。但如果我们考虑到创伤后精神压力症的奇妙情节,就会发现这些聚会是有其"原因的"(109)。聚会放大了集体摆脱叙事时间并进入一个空间的幻觉。在这个空间里,各种时刻并非故事中的那些因果相连的事件,而是以不确定的进程前后相连。这其中的反讽意味在于,克拉丽莎组织的聚会本身是她要逃离的创伤故事中被促发的事件。简言之,摆脱这个故事的强烈愿望产生了用该故事可以说明的事件。

在《意识究竟从何而来》(*Self Comes to Mind*)一书中,达马西奥借用鸡尾酒会的例子,展示了一个人能够生成意义的自我(meaning-making self)是怎样突然被激活的。你可能"听到了他人的谈话,这里一个片段,那里一个片段,就在意识之流的边缘",但这实际上并非是在倾听;接下来，"突然间喀的一声，某个谈话的片段与其他片段连在一起了，于是出现一个合理的模式，然后……就在那一瞬间，你建构出某种意义"（Damasio 2010：173）。维系模式与意义的是我们的叙事能力。一旦开启了，这种能力就想持续下去，因为其启动机制就像某种原始本能一样不可抑制。从《达洛维夫人》中形成聚会持续高潮的模式来看，当克拉丽莎偶然听到威廉爵士与她丈夫的谈话时，这种机制便开始立刻运行，而且布拉德肖女士也起了推进作用，（因为）她在嘟哝着她丈夫如何听到"一个悲伤的事情。一个年轻人……自杀了"。接着，克拉丽莎想，"噢！……在我的聚会上，却（听到）死亡……布拉德肖干嘛要在她的聚会上谈论死亡呢"？（164）她试图不想这件事，想着回到其他客人那里继续参加聚会活动，但不知不觉中，她发现自己单独来到了一个小房间里。"那里没有人。聚会欢乐的气氛滑落到地下了"（164）。离开了她称之为的"生活"，独自思考着死亡，她开始组织叙事。如同往常，"她的身体首先经历了这个过程"，以这种方式把死亡的必然感受表现出来："他已从窗户上跳了下去。地面已在眼前闪现，栅栏生锈的铁尖锉穿了他的身体。他躺在那里，脑袋里砰、砰、砰地响着，然后淹没在令人窒息的黑暗中。"

　　这个时间序列具有示范性，说明了潜藏在小说中无处不有的一种观点：以现在随机的时刻表现出来的生活让位于以一个只能导致死亡的故事所表现出来的时间。克拉丽莎·达洛维也许不会认为自己封闭在创伤后精神压力及其后遗症叙事中，但她总是感受到了更大层面上的故事的压力，而这个故事的结局已是预知到的了。我相信她明白，她那"秘密储存的美妙时刻"（26）都是这个故事的一个部分，而且它们将自身的分量施加在故事之上。这个故事压在她的心头，她的感受比他人还要强烈。这种情形的出现，透着冰冷的光。克拉丽莎觉得她"从某种意义上来说很像"塞普迪莫斯，她也"感到欣慰，因为他干了那件事，放弃了［他的生命］"（166—167）。①

---

　　① 在美国出版的第一版（哈考特版）（Harcourt）中，伍尔夫加了两句话，而霍格斯（Hogarth）第一版中没有这两句话："他让她感受到了美。让她感受到了快乐"（283）。这一做法的动因模糊，大概隐隐约约暗示了一个基督般的塞普莫迪斯（Septimus），他死是为了让克拉丽莎（Clarissa）能够活着。我的观点是，克拉丽莎一直试图改变这一死亡的意义，所以她在抗拒着，尽管塞普莫迪斯行为有吸引力，她力图不受其影响。这同时也暗示了伍尔夫自己所做的努力，她试图进一步淡化那种晦暗，那种她通过选择让克拉丽莎活着就已经淡化了的晦暗。

结　语

　　伍尔夫同时代的小说家多萝西·理查森（Dorothy Richardson）写到，"现在看来，情节……是没法辩解的。孩子们的棒棒糖"（Richardson 1989：139）而已。我想说明的是，伍尔夫在《达洛维夫人》中对情节的看法更为复杂。她一定在努力不让该小说成为一种已经编织了情节的叙事文类，但她同时却又在这么做。她在二者并用，创作出一种叙事漫步，把时时刻刻奉为"生活本身"，同时也创作出一个受创伤支配的生活故事。一方面，我们看到的是最简单的叙事结构。在这样的结构中，生活被描写成接连不断的惊奇。另一方面，我们还看到一个带有情节的小说，该小说通过塞普迪莫斯·史密斯的故事从内部反射出来。如果说，萨利·西顿突然的一吻是上述第一点中最为紧张的时刻，那它还不是因果事件，还不能从中推出其他内容。但是第二点中谈到的令人恐怖的创伤却不可避免地成为一种具有强大力量的因果事件。继而可以认为是这种创伤产生了需求，要求把生活视为在各种时刻间漫步游走的幻象。

　　以上从两个层面对《达洛维夫人》这一叙事作品进行解读，二者之间的差异之大，不禁让人想起申丹提出的"隐性进程"的概念。隐性进程是意义的暗流，在小说中比比皆是，流淌在文本显性进程及其承载的意义之下。作为一种精心设计的东西，其创作者赋予了它一种潜在的力量。当这种力量释放出来并进入读者的意识当中，整个文本便显得更有深度，更具复杂性。我所追踪的是隐性进程，但也有一个重要的例外。伍尔夫在《达洛维夫人》中偏离小说叙事常规，其中，这一例外具有主导作用。申丹博士（以及大多数叙事学家）认为，情节支配着叙事的主要进程，情节是产生文本叙事性的主要推动力，使我们产生正在阅读一个有趣故事的感觉。相反，隐性进程出现于专心的读者的脑海中，专心的读者从显性进程中发现隐性进程。隐性进程不依赖情节，而是通过其他的文体和修辞手段得以体现。然而，在《达洛维夫人》中，伍尔夫将这一模式颠倒过来，赋予该小说一个隐性情节，它流动在浮于表面的时刻之下，而这些时时刻刻形成了一根链，蜿蜒漫步推进。伍尔夫因此将情节编织隐性化，因为在她看来，所有的情节都是导致灾难的情节。这些情节朝着一个方向行进，并拖曳着人物向前推进，将人物简化为某种功能。由时时刻刻构成的生活似乎保证了一种无限的可能性,而情节却将这种可能性从人物身上夺走了。

正如我一直认为的那样,《达洛维夫人》中存在着一个隐性情节,这个情节吸引着克拉丽莎,左右着她的日常生活。这个情节的凸显程度可能取决于读者,即读者如何让自己完全地、清晰地进入一个孩子的意识之中,这个孩子亲眼目睹其姐姐突然身亡。如果读者避开这一情景,也是情有可原的。但如果我们的意识没有转向,而且那个意象停留在我们心中,我想弄明白的是,我们以某种方式经历达洛维夫人生活的时时刻刻,而这一事件的力量如何可能完全地渗透到这种方式之中。对这些时时刻刻的肯定又如何因此被蒙上一层阴影?当然了,主要还得看读者是谁。就我而言,这两种冲突的叙事结构各自都有其不同的视角,可以透视到我们在这样的生活中是自由的还是不自由的,而且这两种结构并存,但不可能构成一种合作关系,它们制造了一种持续的紧张状态,而伍尔夫在生活中肯定感受过这种未曾释放的张力。

引用文献[**Works Cited**]

Damasio, Antonio. *Self Comes to Mind: Constructing the Conscious Brain*, New York: Pantheon Books, 2010.

Richardson. *Journey to Paradise*. Ed. by Trudi Tate. London: Virago Press, 1989.

Shen, Dan. *Style and Rhetoric of Short Narrative Fiction: Covert Progressions behind Overt Plots*. New York & London: Routledge, 2014.

Strawson, Galen. "Against Narrativity". *Ratio* 17. 4, 2004.

Woolf, Virginia. "Dairy III". *the Western Mail*. 14 May. 1925.

Woolf, Virginia. "Modern Fiction". *The Common Reader*. London: Hogarth Press, 1925, reprint in 1951.

Woolf, Virginia. "An Introduction to *Mrs. Dalloway*". *The Mrs. Dalloway Reader*. Ed. by Francine Prose, New York: Harcourt, 2003.

Woolf, Virginia. *Mrs. Dalloway*. Ed. by Anne Fernald. Cambridge: Cambridge University Press, 2014.

(译者单位:云南大学外国语学院)

理论综述与前沿

21世纪初德国叙事研究综述

江　澜

内容提要： 作为世界叙事研究的重要组成部分,在 21 世纪初,德国叙事研究十分活跃。先后涌现出一些重要的叙事研究机构,例如马堡叙事工作小组、叙事学研究小组、跨学科叙事学中心、叙事研究中心、国际文化研究中心、跨学科研究集群与波恩跨文化叙事学中心。在施密德、马丁内斯、纽宁等叙事学家的引领下,成功实现从经典叙事学到以"跨"(即跨学科、跨类型、跨媒介、跨文化和跨国家)为特征的后经典叙事学的叙事转向,并且积极探索后经典叙事学的整合甚或经典叙事学与后经典叙事学的整合,走向未来的大统一场叙事理论。

关键词： 叙事转向；后经典叙事学；跨学科；大统一场叙事理论

在 21 世纪之初,德国叙事研究十分活跃,影响较大。因此,本文致力于综述 21 世纪初德国叙事研究,主要包括叙事研究的主体与客体。

首先阐述德国叙事研究的主体,包括研究团队及其领军人物。其中,重要的团队有七个,按照成立时间的先后为序,依次是马堡叙事工作小组(Marburger Arbeitsgruppe für Narrativik)、叙事学研究小组(Forschergruppe Narratologie, FGN)、跨学科叙事学中心(Interdisziplinäres Centrum für Narratologie, ICN)、叙事研究中心(Zentrum für Erzählforschung, ZEF)、国际文化研究中心(International Graduate Centre for the Study of Culture, GCSC)、跨学科研究集群(Interdisciplinary Research Groups)与波恩跨文化叙事学中心(Bonner Zentrum für Transkulturelle Narratologie, BZTN)。每个团队都有领军人物,一般都是在叙事研究方面做出较大贡献的学者,例如勃兰特(Wolfgang Brandt)、施密德(Wolf Schmid)、舍纳尔特(Jörg

Schönert）、胡恩（Peter Hühn）、迈斯特尔（Jan Christoph Meister）、马丁内斯（Matías Martínez）、纽宁（Ansgar Nünning）、沙伊特（Carl Eduard Scheidt）与科内曼（Stephan Conermann）。

然后再阐述德国叙事研究的客体，包括专题研究对象与综合研究对象。其中，专题研究对象有叙事与媒体（*Diegesis* 2，H. 1. 2013）、新闻叙事（*Diegesis* 2，H. 2. 2013）、叙事学视野中的计算机游戏（*Diegesis* 3，H. 1. 2014）、历史叙事学（*Diegesis* 3，H. 2. 2014）、叙事与谎言（*Diegesis* 4，H. 2. 2015）、叙事与真相（*Diegesis* 4，H. 2. 2015）、经验的叙事途径（*Diegesis* 5，H. 1. 2016）与叙事策略（*Diegesis* 5，H. 2. 2016）等。而综合研究对象则主要包括叙事研究的历史、现状与愿景（*Diegesis* 1，H. 1. 2012）。

一、研究主体

德国叙事研究主体的主要特征是杰出叙事学家引领的研究团队，主要包括奥米勒（Matthias Aumüller）与斯默里利（Filippo Smerilli）在论文"跨学科性是要求与现实——21 世纪初的叙事学机构"（Interdisziplinarität als Anspruch und in Wirklichkeit. Narratologische Institutionen zu Beginn des 21. Jahrhunderts）里重点关注的五个德国叙事研究机构（*Diegesis* 1，H. 1. 2012）以及里面虽未提及、但也比较重要的吉森大学国际文化研究中心与弗莱堡大学跨学科研究组。

（一）马堡叙事工作小组

尽管马堡叙事工作小组并不活跃，可是该团队深耕"马堡语言学"项目"叙事"，并在互联网上发布其研究成果，因而具有开拓者的地位，理应给予尊重。

马堡叙事工作小组的主要成员是马堡大学日耳曼语言学院教授勃兰特与弗洛伊登堡（Rudolf Freudenberg）。其中，勃兰特的贡献较大，早期研究 12—15 世纪高地德语叙事诗，例如专著《韦尔德克在<埃涅阿斯纪>里的叙事思想》（*Die Erzählkonzeption Heinrichs von Veldeke in der Eneide. Ein Vergleich mit Vergils Äneis*. 1969）与论文"中古高地德语文学：叙事诗"（Mittelhochdeutsche Literatur：Epik. 1971），后期则撰写启发年轻研究者写高品质论文的叙事学论文，例如"在宫廷长篇小说中描写丑陋的人——论传统主题融入叙事"（Die Beschreibung häßlicher Menschen in höfischen Romanen. Zur narrativen Integrierung eines Topos. 1985）、"《穆斯皮利》里的未来叙述"（Zukunftserzählen im Muspilli. 1987）与"写作问题与叙述问题"（Schreibprobleme-Erzählprobleme. 1992）。

此外，勃兰特与弗洛伊登堡创设项目《马堡日耳曼语文学研究》（*Marburger Studien zur Germanistik*），为高品质论文开辟了发表平台（Norbert Nail）。而前述项目"叙事"的出版作品清单表明，20 世纪 80 年代初以来作品很活跃，直到勃兰特纪念弗洛伊登堡的文章《叙述者·叙述·所叙——马堡叙事工作小组为弗洛伊登堡 65 岁生日写的纪念文章》（Erzähler, Erzählen, Erzähltes：Festschrift der Marburger Arbeitsgruppe für Narrativik für Rudolf Freudenberg zum 65. Geburtstag. 1996）与弗洛伊登堡纪念勃兰特的文章"'当我提笔时……'——在文学虚构叙述时斟酌讲话的时机"（"Indem ich die Feder ergreife...". Erwägungen zum Redemoment beim literarisch-fiktionalen Erzählen. 1992）问世才停止。其中，文集《叙述者·叙述·所叙》论述各种叙事学问题，分析文本与探索理论。

随着勃兰特与弗洛伊登堡退休，马堡叙事工作小组的研究明显陷入停顿状态。只有罗斯巴赫（Bruno Roßbach）还在继续积极地研究。在书评"评拉恩、迈斯特尔的《叙述文本分析导论》"（Rezension zu Lahn, Silke；Meister, Jan Christoph：*Einführung in die Erzähltextanalyse*. Stuttgart：Metzler. 2008）中，罗斯巴赫批判"故事"的范畴，认为只包含叙事文本和言外的现实（或真或假），而"故事"的表达都是多余（*Informationen Deutsch als Fremdsprache* 37, H. 2/3. 2010：249）。类似的表述也存在于叙事研究项目"以文本语言学的评价为出发点，我们尝试在叙述理论和叙述逻辑方面领会完全供叙事者——包括日常叙述者和文学虚构叙事者——支配的可能性话语模式与策略"（Ausgehend von textlinguistischen Ansätzen versuchen wir, erzähltheoretisch und erzähllogisch die möglichen Versprachlichungsmuster und-strategien, die einem Erzähler – sowohl dem Alltags- als auch dem literarisch-fiktionalen Erzähler – überhaupt zur Verfügung stehen, zu erfassen）中。此外，罗斯巴赫还发表论文"叙述者的种种表现——论叙事文本的宏结构"（Die Manifestationen des Erzählers. Zur Makrostruktur narrativer Texte. 1995）。

总体来看，马堡大学叙事工作组的叙事研究仍然以自己的语言学研究方法为基础,即以"叙述者"为中心展开研究。尽管该团队已经认识到叙事研究的跨学科性,可是在以文学研究主导的叙事学里,前面提及的叙事研究项目的成果并没有得到应有的重视。原因可能是内容方面的,也可能在于叙事理论制度化首先是在文学方面,而在文学框架下首当其冲的又是在现代语文学方面。

(二) 叙事学研究小组

1. 概述

经过多年的筹备,德国研究协会(DFG)开始资助(期限为 2001 年 4 月 1 日至 2007 年 3 月 31 日)施密德与舍纳尔特领导的叙事学研究小组(FGN)。

叙事学研究小组的成立背景是叙事学在遭遇忽视一段时间以后重获重视。或许为了强化叙事学复兴的势头,叙事学研究小组采取多种多样的措施,特别是在 de Gruyter 出版社成立 *Narratologia*(叙事学)丛书编辑部,主要致力于后续深入研究叙事学。此外,该团队的重要推动还包括建设 NarrBi(叙事学在线书目)、在线数据库与网络数据库体系、用于内部交流与拓展叙事研究的叙事学门户网站"NarrPort",以及举办国际会议。譬如,2006 年 10 月 13—15 日在汉堡举办了主题为"视点、视角与聚焦:中介建模(Modelling Mediacy)(唐伟胜 2012:241;王贞子 2012:96)"的国际跨学科大学。

另一个功绩在于叙事研究突破各种语文学边界,从而促进各种语文学之间的对话。研究目标就是让叙事学成为一个为各个学科都预备一套相同方法的理论领域,从而保障各个学科之间的对话成功。不过,这个普遍主义的苗头与宣扬多种多样异质的苗头并存的"新叙事学"思想发生了冲突。

叙事学研究小组整合了英语文学、日耳曼语文学、罗曼语文学和斯拉夫语文学的子项目,而这些子项目的重点各不相同:有的侧重系统,也有的侧重历史。叙事学研究小组利用每周的全体大会、专题讨论会与学术会议,把各种不同的专业传统引入对话,从而促进因脱离各自的专业传统,从而共性更加显明的叙事学探讨扎根于各种不同的文学里。

在第二个阶段,获得资助的多数项目仍然囿于语文学与文学的框架内。例外的是在计算机语文学方面独特的计划。这表明,叙事学研究小组扩大跨语文学的对话范围的尝试失败了。其原因在于经济方面,即很难为超越文学的叙事研究提供资金。

在发展的两个阶段,叙事学研究小组总共主持了 11 个项目。研究的重点在于叙事学的科学史与科学文化的多元化、重要叙事学概念的研究史的沉思与准确表达、跨(文体)类型扩大"经典"叙事学的范畴(例如抒情诗的叙事分析),以及叙事学与计算机语文学的关联与计算机支持的叙事能力的模拟。

总之,叙事学研究小组致力于叙事学的任务,即从经典叙事学到新经典(超越结构主义的)叙事学或者(超越文学的)普通叙事学的转向以及叙事学的整合。

2. 重要代表

作为斯拉夫语言文化研究者与德国顶级叙事学家,汉堡大学退休教授施密德是叙事学研究小组的主持人、跨学科叙事学中心(ICN)主任与欧洲叙事学网(ENN)的主席、阿姆斯特丹国际电子期刊《文化叙事学》(*Cultural Narratology*)与俄国网刊 *Narratorium*(叙事学)的共同编辑以及 *Narratologia*(叙事学)丛书的执行主编。

因为叙事在生活领域里无处不在,所以施密德喜欢叙事研究。他指出,尽管叙事学脱胎于母学科"文学",可绝不限于分析文学文本。叙事学的任务是研究那些对理解不同媒介里虚构叙事与真实叙事起作用的范畴。

施密德的叙事学思想主要来源于什克洛夫斯基(Viktor Šklovskij)的《散文理论》(*Theorie der Prosa*. 1925)、巴赫金(Michail Bachtin)的专著《陀思妥耶夫斯基创作的各种问题》(*Probleme des Schaffens Dostoevskijs*. 1929)、英伽登(Roman Ingarden)的《文学艺术作品》(*Literarisches Kunstwerk*. 1931)与汉堡格尔的(Käte Hamburger)《创作的逻辑》(*Logik der Dichtung*. 1957)。

施密德的叙事作品遵循结构主义与形式主义的叙事学传统,主要包括标准的现代叙事理论专著《叙事学导论》(*Narratology: An Introduction*. 2010)与《叙事学元素》(*Elemente der Narratologie*. 2005)、主编的文集《俄国元叙事学——评注译本》(*Russische Proto-Narratologie. Texte in kommentierten Übersetzungen*. 2009)与《斯拉夫叙事理论——俄国与捷克的苗头》(*Slavische Erzähltheorie. Russische und tschechische Ansätze*.

2010)。

施密德的重要作品《叙事学元素》是他的俄语作品《叙事学》(*Narratologija*,Moskau 2003;2. Aufl. 2008)的翻译与延展。作者不仅详细地阐明与探讨交流结构与主体、叙事视角、叙述者文本与人物文本之间的关系以及文学文本的叙事性与事件性,其中,虚构叙事文本的基本结构处于中心位置,而且还设计了一套叙事理论,并在研究历史之前分析了主要的叙事学范畴,例如虚构、模拟、作者、读者、叙述者、叙述者视角、文本、故事、叙事时间,等等。结论是确立一切叙事文本的基本特征,而这些根本性的基本特征对于今后的叙事学研究来说是可用的术语与相关的理论体系。详细的文献目录与叙事学的疑难词汇释义表使得这本书成为叙事理论纲要。总之,《叙事学元素》是全面的叙事学基础(V—Ⅵ),会让所有语文学的学者与大学生都大受裨益。

施密德主编的文集《俄国元叙事学——评注译本》包含12篇出自俄国叙事学前史(包括前形式主义、形式主义或结构主义以及接近于形式主义的来源)的理论文本。叙事学研究小组内的子项目成员选择、翻译、评论与注释的这些理论文本致力于俄国元叙事学的两个核心主题:"主题"与"作品内在的作者"。所谓"元"(Proto-)具有两层含义:历史意义指俄国叙事理论构成当今叙事学的前史;类型学意义指从维谢洛夫斯基(Aleksandr Veselovskij)到洛特曼(Jurij Lotman)的叙事研究不仅是当代叙事学的前提,而且也发展了真正的叙事学思想,然而迄今为止仅仅部分融入了叙事学(V—X)。

施密德主编的文集《斯拉夫叙事理论——俄国与捷克的苗头》总共18篇论文,由叙事学研究小组成员与外部专家撰写,包含对叙事学国际发展很重要的俄国与捷克叙事学的基本范畴。研究的概念包括"故事"与"主题""主题发展""事件"与"虚构世界"。通过比较研究,探讨俄语写作理论、斯拉夫功能主义作者理论、形式主义电影与戏剧概念以及布拉格结构主义思想中的叙事语义。

施密德尤其喜欢俄国叙事文本,因此写有一些相关论文,例如"不同感知印象的统一——《卡拉马佐夫兄弟》里的叙述与所叙"(Edinstvo suprotnih utisaka u percepciji. Pripovedanje i ono spta se pripoveda u 《*Brac'i Karamazovima*》. 1981)、"叙事学视线中的陀思妥耶夫斯基叙事技巧"(Dostoevskijs Erzähltechnik in narratologischer Sicht. 2002)、"普希金叙事学"(Narratologija Puskina. 2001)等。

此外,施密德还写有一些别的论文,例如"叙事性与事件性"(Narrativität und Ereignishaftigkeit. 2004)与"叙事'交流'的'对话性'"("Dialogizität" in der narrativen "Kommunikation". 1999)。在后面一篇论文里,施密德首先提出一个问题:在哪些范围内把"对话"与"对话性"的类别(包括对话式对话、独白式对话、对话式独白与独白式独白)应用于那些通常被塑造成"交流"形式的叙事关系(包括人物与人物、具体作者与具体读者、抽象作者与抽象读者、抽象作者与托词、抽象作者与虚构叙述者、虚构叙述者与人物以及虚构叙述者与虚构读者之间的叙事交流关系)中才是有意义的? 然后,施密德以陀思妥耶夫斯基的作品(例如《卡拉马佐夫兄弟》)为例回答这个问题。在世界文学作品的作者当中,或许只有陀思妥耶夫斯基才会如此急迫与执着地创造意义立场(Bedeutungspositionen)之间的冲突。陀思妥耶夫斯基本来很想宣布一个明确的信息,却摇摆于两个极端(即对抗性的意义立场与价值观)之间。当然,文中也探讨了最有成效地推动在对话层面考察陀思妥耶夫斯基的巴赫金(Lunde 1999:9—23)。

叙事学研究小组的二号领军人物是已退休的汉堡大学近代德国文学教授舍纳尔特。他的叙事研究作品主要包括专著《关于文学的社会史的各种观点——理论与实践论文集》(*Perspektiven zur Sozialgeschichte der Literatur. Beiträge zu Theorie und Praxis*. 2007)、同胡恩与施泰因(Malte Stein)合著的《抒情诗与叙事学——16—20世纪德语诗歌的文本分析》(*Lyrik und Narratologie. Text-Analysen zu deutschsprachigen Gedichten vom 16. bis zum 20. Jahrhundert*. 2007)、论文"论叙事学的地位与学科范围"(Zum Status und zur disziplinären Reichweite von Narratologie. 2004)、"叙事学是什么? 干什么? ——评叙事研究的历史及其视角"(Was ist und was leistet Narratologie? Anmerkungen zur Geschichte der Erzählforschung und ihrer Perspektiven. 2006)、"启蒙晚期叙事的通俗化——穆勒的长篇小说概念及其作为作家的自我形象"(Die Trivialisierung des Erzählens in der Spätaufklärung. J. G. Müllers Romankonzept und sein Selbstverständnis als Schriftsteller. 1978)与"经验作者、隐含作者与抒情的自我"(Empirischer Autor, Impliziter Autor und Lyrisches Ich. 1999),与昆策尔(Christine Künzel)合编的《作者的编排——媒体语境中的作者身份与文学作品》(*Autorinszenierungen. Autorschaft und literarisches Werk im Kontext der Medien*. 2007)、同胡恩与施密德合编的《视点、视角与聚焦——叙事中介

建模》(*Point of View*, *Perspective*, *and Focalization*. *Modelling Mediation in Narrative*. 2009)、同伊姆(K. Imm)与林德(J. Linder)合编的汉堡跨学科研究会(1985 年 4 月 10—12 日)报告集《所叙的犯罪——论 1770—1910 年刑事司法、政论与文学里叙事描述的类型与功能》(*Erzählte Kriminalität*. *Zur Typologie und Funktion von narrative Darstellungen in Strafrechtspflege*, *Publizistik und Literatur zwischen 1770 und 1910*),以及同胡恩、皮尔(John Pier)与施密德一起主编的《叙事学手册》(*Handbook of Narratology*. 2009)。

舍纳尔特指出,叙事文本的分析探究文本叙述的内容——即普遍存在的"故事"(histoire)——以及如何"叙述"(récit),更确切地说,如何"话语"(discours)。他把叙事学分为广义叙事学与狭义叙事学。其中,广义叙事学适用于跨学科的实践:① 作为全面的文本理论的部分观点;② 作为文本分析与解释的探索法与"工具";③ 作为系统发展的描述模式;④ 作为跨学科的知识体系。不过,迄今为止叙事学最重要的应用范围还是语文学。而狭义叙事学(叙事研究)则局限于以下三个领域:① 叙事理论(例如小说理论):作为面向理论的叙事学,它的基础理论可能源于哲学、人类学或文化理论、认知理论、交际理论、语义学、文本理论与语言学;② 叙事的历史(尤其是叙述散文的体裁历史):作为面向历史的叙事学;③ 叙事文本的分析或叙事的分析与解释:作为应用叙事学。

(三) 跨学科叙事学中心

1. 概述

为了在德国研究协会停止资助以后也能维持并拓展叙事学研究小组的组织结构及其门户网站的潜力,2005 年 4 月 1 日汉堡大学人文学院成立跨学科叙事学中心(ICN)。这标志着汉堡大学叙事研究进入崭新的阶段。

跨学科叙事学中心整合了叙事学研究与学说的许多倡议。其中,出类拔萃的是具有评论功能的叙事学专业术语的开放获取辞书《活的叙事学手册》(*The Living Handbook of Narratology*, *LHN*)。比较优秀的还有自 2007 年以来应用于课堂的混成教学项目"NarrNetz"(叙事学网)。其内容是一个面向计算机游戏与动画的在线学习模式,用于介绍叙事学内容。

值得一提的是,在跨学科叙事学中心的倡议下,还建成了为欧洲叙事学活动服务的欧洲叙事学网。该门户网站预备好当前信息,发布征文启事,以及链接前述的跨学科叙事学中心的资源 NarrBib 与 NarrDiBi(叙事学数字图书馆)。此外,"欧洲叙事学网"每两年举办一次大会,2013 年 3 月在巴黎举办了第三次大会。

2. 重要代表

《活的叙事学手册》主编包括著名叙事学家胡恩、迈斯特尔、皮尔与施密德。

在叙事学方面,2005 年退休的汉堡大学英语文学教授胡恩贡献较大,著有《英国小说的事件性》(*Eventfulness in British Fiction.* 2010),合著《抒情诗的叙事学分析——英语诗歌研究》(*The Narratological Analysis of Lyric Poetry: Studies in English Poetry.* 2005)与《抒情诗与叙事学:德语诗歌的文本分析》(*Lyrik und Narratologie: Textanalysen zu deutschsprachigen Gedichten.* 2007),合编《叙事学手册》(2009),以及论文"跨类型叙事学——应用于抒情诗"(Transgeneric Narratology: Applications to Lyric Poetry. 2004)与"作为读者的侦探——叙事性与阅读"(The Detective as Reader. Narrativity and Reading. 1987)。

迈斯特尔是汉堡大学人文学院语言、文学与传媒系现代德语文学教授,研究方向较多,参与的叙事学项目主要有上述的《活的叙事学手册》、"叙事学在线书目""叙事学网""'真实性与虚构性'研究小组"(Research group Factuality/Fictionality)、北方叙事学网(Northern Narratology Network)与项目"序言里标记时间——暂时性效应"(Tagging Time in PROLOG: The Temporality Effect-Project)。最后一个项目探讨基于计算机的趋向于暂时性效应里所叙时间形成途径的哲学、叙事学与技术的原理,旨在发展新的叙事时间模式。此外,在论文"转喻的计算机算法"(Le Metalepticon)里迈斯特尔指出,转喻的计算机算法就是实现转喻的逻辑解释的计算机程序。关于转喻的计算机算法的讨论聚焦于转喻在符号学里对虚构叙事的作者、叙述者与读者进入的交流合同的重要性,而这个合同先遭到转喻否定,然后通过一定的后续操作"恢复正常"或"复原"。因此,理应把转喻定义为一个从自我参照转向极端的陈述的案例(Meister 225—246)。

（四）叙事研究中心

1. 概述

2007 年在伍珀塔尔大学成立了面向跨学科与交叉学科的叙事研究中心（ZEF），时任中心主任是近代德国文学史教授马丁内斯。

就研究主体而言，除了好几种语文学（例如英语文学、罗曼语文学与日耳曼语文学）的学者，在叙事研究中心工作的还有其他专业（例如神学与哲学）的学者。此外，还包括研读叙事专业的学士与博士。

从学术活动来看，有部分获得叙事研究中心经济资助的学术后生交流论坛。此外，在伍珀塔尔大学还举行很多与叙事研究中心有关的大会。自 2009 年以来已经设立每个学期都定期举行的叙事学讨论会，以讲座或报告的形式讨论当前叙事研究课题的情况。

在研究对象方面，叙事研究中心内部的学者研究所有文体与媒体的虚构叙述和真实叙述，以及研究历史叙事学的作品与探讨方法论的作品。

作为学术成果，除了叙事研究中心内外的各个成员的出版作品，还出版好几部文集。不过，最有影响的学术贡献还是 2012 年该中心创立的电子期刊 *Diegesis*。

作为第一份跨学科叙事研究的电子期刊，*Diegesis* 的经费由德国研究协会资助，其网络主页由信息与媒体服务中心管理。*Diegesis* 每年发布两期（2012 年例外）。原创的主题论文采用德语或英语，领域多样，涵盖文学、文化学和媒介学、社会学、艺术史或心理学等。论文质量由同行审查程序保障，而顾问委员会则由二十多位来自各个专业领域的国内外专家组成。合格论文全都由伍珀塔尔大学叙事研究中心成员编辑与发布，并由伍珀塔尔大学图书馆存档。作为开放获取资源，*Diegesis* 使得日益壮大的学术界能免费获取叙事研究领域的最新研究成果，或者了解毗邻学科的发展现状。

2. 重要代表

叙事研究中心主任与 *Diegesis* 的共同编辑马丁内斯的叙事研究作品包括专著《二重世界——歧义叙述的结构与意义》（*Doppelte Welten. Struktur und Sinn zweideutigen Erzählens.* 1996）、与谢菲尔（Michael Scheffel）合著的《叙事学导论》（*Einführung in die Erzähltheorie.* 1999），论文《赛后就是赛

前——从叙事学角度评论作足球报道》("Nach dem Spiel ist vor dem Spiel. Erzähltheoretische Bemerkungen zur Fußballberichterstattung. Martinez". Martinez：*Warum Fußball? Kulturwissenschaftliche Beschreibungen eines Sports*. u. a.. 71‒85)等，主编《叙事文学手册——理论、分析与历史》(*Handbuch Erzählliteratur. Theorie*，*Analyse*，*Geschichte*. 2011)与《大屠杀与艺术——文学、电影、视频、绘画、纪念碑、漫画与音乐中大屠杀描述的媒介性与本真性》(*Der Holocaust und die Künste. Medialität und Authentizität von Holocaust-Darstellungen in Literatur*，*Film*，*Video*，*Malerei*，*Denkmälern*，*Comic und Musik*. 2004)以及与克莱恩合编《真实故事——非文学叙述的领域、形式与功能》(*Wirklichkeitserzählungen. Felder*，*Formen und Funktionen nicht-literarischen Erzählens*. 2009)。

(五) 国际文化研究中心

2006 年国际文化研究中心在吉森大学揭牌，由旨在促进顶级水平研究的德国研究协会研究基金"优异创新"项目资助。该中心的创始主任是英美文学文化教授纽宁。

纽宁研究叙事的思想来源主要包括弗鲁德妮克、赫尔曼、兰塞(Susan Lanser)、麦克海尔(Brian McHale)、费伦与瑞安的某些知名专著，以及先于叙事学产生的布思(Wayne C. Booth)的《小说修辞学》(*The Rhetoric of Fiction*. 1961. 唐伟胜 2008：19‒27)。

纽宁喜欢研究叙事的原因很多。首先，在传媒发达的现今，叙事普遍存在于各个生活领域里(也是施密德与瑞安研究叙事的理由)。第二，可以参与叙事理论的建构，例如纽宁夫妇(Vera und Ansgar Nünning)合编的《跨类型、跨媒介与跨学科叙事理论》(*Erzähltheorie transgenerisch*，*intermedial*，*interdisziplinär*. 2002)，或者设计文本研究的分析工具(也是瑞安研究叙事的理由)，再如纽宁主编的具有填补空白意义的文集《不可靠叙述——英语叙事文学中不可靠叙述理论与实践研究》(*Unreliable Narration: Studien zur Theorie und Praxis unglaubwürdigen Erzählens in der englischsprachigen Erzählliteratur*. 1998)与论文"重建不可靠叙述的概念：综合认知的与修辞的方法"(Reconceptualizing Unreliable Narration：Synthesizing Cognitive and Rhetorical Approaches. 2005. 唐伟胜 2012：248)。不过，在论文"反思不可靠性：易犯错误的和不可信的叙述者"

（Reconsidering Unreliability：Fallible and Unstrustworthy Narrators）里，奥尔森（Greta Olsen）猛烈抨击纽宁关于不可靠叙述的模式："纽宁将读者的反应作为识别不可靠性的唯一依据，这既无视文本内不同观点之间的不一致性，也忽略了读者与不同文本叙述者的各种观点之间的共谋感"（《叙事》2008：33）。

纽宁研究叙事的第三个原因在于叙事是自我、意识与世界的最重要产生方式，并因此与薇拉·纽宁（Vera Nünning）、诺伊曼（Birgit Neumann）合编《世界产生的文化途径：媒介与叙事》（*Cultural Ways of Worldmaking: Media and Narratives*. 2010）。

纽宁个人特别专注于拓展叙事理论的目标与范围，包括叙事创造世界的所有例子。这不是战略举措，而是确认这样的事实：叙事创造世界在许多超越文学、电影与艺术的范围内通常起至关重要的作用。不过，由于研究叙事创造世界是真正学科间或跨学科的项目，文学叙事理论应该促进与其他学科（包括人文科学与社会科学）里叙事研究的更持久对话。如果想认真对待涉及叙事制造世界的形式、模式与媒介，理应跟随那些研究同行的足迹，他们不仅提倡叙事研究的跨学科拓展，而且还成功地与社会科学的叙事研究者一起从事合作项目（*Diegesis* 4，H. 1. 2015）。

纽宁也十分关注当前叙事研究的新趋势，因此与妻子薇拉·纽宁合编了《叙事理论的新苗头》（*Neue Ansätze in der Erzähltheorie*. 2002）。在论文"审视语境与文化叙事学：趋向方法、概念与潜力的纲要"（Surveying Contextualist and Cultural Narratologies：Towards an Outline of Approaches，Concepts and Potentials）里，纽宁提出的"诸语境叙事学"包括语境叙事学、认知叙事学、文化与历史叙事学等 16 种（Heinen und Sommer 2009：54—55）。

此外，纽宁非常感兴趣的还有尚未形成趋势、但潜力巨大的三个领域：第一，通常称为"叙事医学"的跨学科领域，特别是"断续叙事"（broken narratives，即因为人生病，他们的人生故事的叙事结构与稳定性就遭到破坏，甚至中断）的研究；第二，经典叙事学与所谓后经典叙事学的盲点与局限，两者在很大程度上是非历史的，只是对文化差异敏感；第三，各个历史时期不同文化的叙事之间的明显差异（*Diegesis* 4，H. 1. 2015）。

总之，纽宁的叙事研究兴趣很多，对后现代叙事研究的发展做出了较大贡献。除了上述的著作，纽宁的叙事研究作品还包括与诺伊曼合著的《叙事小说研究导论》（*An Introduction to the Study of Narrative Fiction*. 2008），纽宁夫妇合编《叙事文本分析与性别研究》（*Erzähltextanalyse und*

Gender Studies. 2004），纽宁夫妇参编的系统阐述多元透视叙述的理论与历史的文集《多元透视叙述》（*Multiperspektivisches Erzählen: Zur Theorie und Geschichte der Perspektiven-Struktur im englischen Roman des 18. bis 20. Jahrhunderts.* 2000）以及大量文章论述叙事学方法与概念，例如隐含作者与元叙事。

（六）跨学科研究组

2009 年，跨学科研究集群引入项目范围，其目标就是建立学科间的桥梁，成为弗莱堡大学的思想发动机，为大学的高端研究注入动力。项目以年度竞赛的形式公布。从 2009 年以来，总共资助 9 个跨学科项目小组，其研究存续期为 10 个月。从项目一览表来看，叙事研究的比重很小，所以跨学科研究集群不能算作真正的叙事学研究团体。

不过，仍然值得一提的是研究存续期为 2011 年 10 月至 2012 年 7 月的合作项目"论通过叙事根除威胁、精神损害与创伤"（Zur narrativen Bewältigung von Bedrohung, Verlust und Trauma）。首先，研究主体跨越医学、心理学与语文学（更确切地说，语言学）。项目组成员来自弗莱堡大学，其中，沙伊特是医学系擅长心理分析的心身医学教授，卢齐乌斯-赫妮（Gabriele Lucius-Hoene）是经济与行为学系心理学教授，施图肯布洛克（Anja Stukenbrock）是语文学系语言学教授。更重要的是，研究客体跨学科。跨学科项目的研究对象是通过叙事根除被侵犯情绪经验的个体策略的语言描述。由于遭到侵犯一方面会导致当事人后续的应激障碍意义上的心理障碍，即形成一次伤害，另一方面，当事人对遭到侵犯的经历的领会并不完全，并未结束的领会潜存于当事人的心灵深处。一旦在之后的某些时刻遇到新的精神负担，就会激活潜存的阅历领会，最终导致各种不同的障碍，即形成二次伤害。一次伤害需要医治，二次伤害则需要预防。对于医治一次伤害而言，把难于根除的威胁、精神损害与创伤进行叙事化并用语言表达，组成了临床心理诊断的手段，构成了治疗的干预策略基础。描述与评价所述阅历的领会方式与程度非常有益于临床与理论。对于预防二次伤害来说，识别"未结束的领会"具有很重要的意义，同时为心理治疗的方案与干预提供决定性的基础。总之，该项目致力于从威胁、精神损害与创伤的叙事分析中领会一种语言使用的描述类型学，用临床医学的标准来校准，融入跨学科的理论框架，而这个理论框架允许评价所叙述的各种经验的根除程度,同时为跨学科研究叙事化的功效与界限打下基础。

(七) 波恩跨文化叙事学中心

最新的德国叙事学研究机构是 2010 年正式成立的波恩跨文化叙事学中心(BZTN)。在东方学与亚洲学教授科内曼领导下,该中心致力于强调与分析"非西方国家"的叙事结构,一般是"前现代"的文本。因此,该中心设定的研究侧重点是欧洲以外的文学。在叙事学基础上可识别异质研究对象的差异性。与此同时,由于研究规划以多元叙事学思想为导向,该中心有望发展出特别的而又适合异质研究对象的跨文化叙事学。该中心也举办多种活动,例如学术会议与专题讨论会。此外,以丛书 *Narratio aliena?* 的名义,出版该中心成员的研究成果。

作为波恩跨文化叙事学中心的领军人物,科内曼不仅尽可能地把曾经参与的"十字路口的亚洲"的思想用于历史主题,借此方法科内曼同吉森大学与马堡大学的同行一起成功申报始于 2017 年的德国研究协会的重点项目"跨越奥斯曼——东欧、奥斯曼与波斯的变动能动性"(Transottomanica. Osteuropäisch-osmanisch-persische Mobilitätsdynamiken),而且还把曾经作为唯一历史学家参与德国联邦教研部职权网时阅读到的社会学理论苗头带入伊斯兰学的研究中,试图建立以社会学为基础的伊斯兰学。

科内曼的研究兴趣很广,除了穆斯林社会史,还有当代问题,例如伊斯兰、国家变革与文化接触。他高屋建瓴地指出,第一,从历史经验来看,尽管各国语境不同,经验也不尽相同,可欧洲社会接纳穆斯林信徒还是显得比较宽容。从现存的一些论争来看,穆斯林信众融入欧洲社会的根本问题不是宗教的,而是社会的,因此,解决问题需要前所未有的政治智慧。第二,阿拉伯国家变革只是短暂现象。变革后各国情况不尽相同。但整个形势非常悲观,因为政治与社会的问题很多,且尚未出现解决问题的迹象。第三,面对国际竞争与冲突产生的诸多问题,只有通过国际合作,才能抓住各个层面出现的机遇,从而解决问题。譬如,在也门持续战乱的背景下,波恩大学与萨拉大学为期两年(2016 年 1 月 1 日至 2017 年 12 月 31 日)的合作项目"通往也门的和平建设与国家建设的学术途径"(Academic Approaches to Peace Building and State-Building in Yemen)致力于也门的和平建设与国家建设。

二、研究客体

由于研究对象的多样性,德国叙事研究的方法也不尽相同,既有专题研究,又有综合研究。

(一) 专题研究

1. 叙事与媒体

目前叙事形式多种多样,例如图片、视听媒体、电子媒体和万维网。在各种不同的语境中大量使用新媒体与接受仍然传播广泛的传统文献媒体交叉、重叠与混合。对于叙事研究来说,发生改变的文化实践带来许多后果。

所以,长期处于边缘的语料库重新成为焦点。故事不通过或者不仅仅通过语言传达,而且不再仅仅以读写的文化技巧为前提。处理这些故事需要不同的技巧和姿态。明显的区别在于不同媒介互相交错。通过跨媒体的关联产生复杂性是新语料库的特征,为叙事研究开辟了新天地。

长篇小说、电影、计算机游戏、漫画与 YouTube 恶搞,这些素材之所以成功市场化,正是因为其独特的媒介转换。那么,各种媒介分别有什么独特的叙事方法? 回答这个问题的是德国汉堡大学人文科学系学者安布拉斯特(Sebastian Armbrust)的论文《〈豪斯医生〉与〈电线〉——当代美国电视连续剧的程序性与复杂性》(House vs The Wire. Procedure and Complexity in Contemporary US Serial Television Drama)与信息交流学院教授库恩(Markus Kuhn)的论文《手持相机的叙事潜力——论手持相机效应在故事片与网络虚构电影短片里的功能化》(Das narrative Potenzial der Handkamera. Zur Funktionalisierung von Handkameraeffekten in Spielfilmen und fiktionalen Filmclips im Internet)。前文比较医疗剧《豪斯医生》与西蒙(David Simon)的《电线》,认为《豪斯医生》的情节具有程序性,而《电线》的情节则有复杂性,既不落俗套,也不自成体系,此外还探讨《电线》在何种程度上被可比性原则结构化,以及叙事理论如何有助于分析连续剧情节的构思。而后文分析的则是手持相机的叙事功能是剧情片和虚构的网络视频短片的特有方法。

叙事研究的现有范畴受到"媒体差异对文本理解很重要"的影响，自然会发生改变。很久以来，互文研究的方向已经扩展到媒体间的关系、媒体转换和变迁，例如基哈亚的论文"基洛加、博尔赫斯与科塔萨尔作品里的沉浸媒体——什么讽喻小说谈及变迁经验"（Immersive Media in Quiroga, Borges, and Cortázar. What Allegories Tell about Transportation Experience）。此文追述媒体沉浸的概念究竟是怎么从乌拉圭作家基罗加（Horacio Quiroga）、阿根廷作家博尔赫斯（Jorge Luis Borges）和科塔萨尔（Julio Cortázar）的文学模式变成叙事理论的语境，甚至变成经验心理学的语境（*Diegesis* 2, H. 1. 2013）。

2. 新闻叙事

新闻叙事并不是新发现。新闻叙事的独立传统长期占据主导地位。左拉（Émile Zola）、基施（Egon Erwin Kisch）、马尔克斯（Gabriel García Márquez）、沃尔夫（Tom Wolfe）等各不相同的作家都为这个传统打上了烙印。

然而，近年来由于叙事学的介入，新闻叙事的特殊功绩才得以准确描述。譬如，德国艾希施泰特-英戈尔施塔特天主教大学语言文学系教授 F. 赫尔曼（Friederike Hermann）在论文《新闻报道：过时的叙事形式？——关于新闻文本里叙事主体功能的各种论点》（Die journalistische Nachricht – eine veraltete Form des Erzählens? Thesen zur Funktion der Erzählinstanz in journalistischen Texten）里指出，新闻文本的伦理观点与各自应用的叙事技巧紧密相关。她批评纸质媒体里貌似客观、叙事者却似乎缺席的新闻叙事文风：借助于叙事主体隐形，达成纯粹呈现事实的愿望。这种企图广泛流行，却是徒劳的，因为叙事者隐形使得叙事更加抽象，忽略了读者的理解，并且由于视角是机构单方面的，明显带有官方的口吻与强加的烙印。相反，叙事主体的显形有利于尊重事实的神圣与意见的自由，新闻报道更加透明、中立与客观，才有利于语风高雅地陈述事件的真相，有利于与读者互动，即民主的对话，例如在互动性在线新闻里。总之，新闻记者应该运用切合的文风和叙事手段明确他们的观点。

有些文章研究新闻叙事的媒介性。譬如，在论文《虚构真实的事项——鲍顿的〈黑鹰坠落〉里作为叙述进展的叙述行为》（Fictual Matters. Narration as a Process of Relating in Mark Bowden's Blackhawk Down）里，

叙事研究 第 1 辑

吉森大学国际文化研究中心的贝宁（Nora Berning）博士分析了美国作家鲍顿的关于现代战争故事的超文本《黑鹰坠落》（1997）。这是一个真实与虚构混合的后现代文学新闻的类型。叙事情景、叙事时间、人物空间与叙事对象的特殊形态将会在读者那里产生共同的伦理现实——例如自我中心主义（王贞子 2012：158—160）——与政治现实——例如民族中心主义——的审美经验。总之，文学新闻是"新闻终结"的一种对策。

为了准确界定纸质新闻的现实叙述里具体照片的功能，美因茨大学新闻研究班教授雷纳（Karl N. Renner）在《新闻的现实叙述与照片》（Journalistische Wirklichkeitserzählungen und fotografische Bilder）里进行了有价值的区分，例如"记录性"照片与"说明性"照片，以及照片与文本之间的"转喻"与"隐喻"关系。雷纳断定，由于照片像文本一样具有叙述功能，图文并茂则发展出复杂的叙事结构。在转喻关系中叙事结构自下而上，而在隐喻关系中叙事结构自上而下。从话语层面来看，文本与照片的转喻关系显示对新闻报道的交际行为有亲和力，而隐喻关系则倾向于讲故事的交际行为。因此，添枝加叶的"报道"的典型是运用转喻模式的照片，而整体新闻"叙述"的特征则是使用隐喻模式的照片（Diegesis 2, H. 2. 2013）。

此外，在《〈柏林晚报〉里的犯罪与越轨行为——克莱斯特对警察报道的新闻处理》（Kriminalität und Devianz in den „Berliner Abendblättern". Heinrich von Kleists journalistischer Umgang mit Berichten der Polizei. 2015）里，舍内尔特指出，《柏林晚报》的主编克莱斯特会非常"专业"地利用那些局限在犯罪与越轨行为的事实本身的警察报道：一般极少改动事实叙述，但会筛选警察报道的文本，并精心安排新闻报道的内容。其次，为了迎合读者对奇怪的、惊人的、闻所未闻的与非同寻常的事的兴趣，克莱斯特添加犯罪与越轨行为的短故事与轶事，从而使得新闻具有浓厚的文学色彩。此外，克莱斯特对道德哲学、人类学与经验心理学深究很少，对警察工作与司法的知识关注更少。

3. 叙事学视野中的计算机游戏

近年来研究计算机游戏成为跨媒体叙事学的重要领域。然而在发展初期，根本性讨论了计算机游戏的叙事学分析的合理性。在自从 20 世纪 90 年代末以来计算机游戏研究界进行的所谓"游戏与叙事"之争中，游戏学家强烈质疑的是计算机游戏的叙事学研究会符合媒体特点。所以游戏学家认为，媒体特点反而应该在游戏者与媒体的游戏互动中，游戏理论的思想似乎比叙事理论的分析范畴更加适合理解游戏的互动。

现在获得认可的观点是，"游戏学与叙事学"之争可以视为与建立独立学科"游戏学"有关，游戏学家明显脱离叙事研究首先有由来已久的种种原因。但是，对比计算机游戏的游戏元素与叙事元素并未完全遭抵制，而是在当前研究中获得继续发展。阐明这一点的是马图斯基埃维奇（Kai Matuszkiewicz）与米勒（Ralph Müller）研究计算机游戏中互动性与叙事性之间关系的两篇论文。为了阐述计算机游戏中叙事元素与互动元素之间的关系，马图斯基埃维奇在论文《互动叙事性——对数字游戏中互动性与叙事性共同作用的思考》（Internarrativität. Überlegungen zum Zusammenspiel von Interaktivität und Narrativität in digitalen Spielen）引入混合概念"互动叙事性"。互动叙事性是计算机游戏的可以由游戏者实现的游戏与故事的潜能。叙事性与互动性之间越能达成平衡关系，互动叙事性就越重要。在"叙事性与互动性——论超文本小说与计算机游戏的类型差异"（Narrativität vs. Interaktivität. Zur Gattungsdifferenzierung von Hyperfiction und Computergames）里，米勒也把叙事性与互动性视为（计算机游戏）文本的可分层级的特性，即赵毅衡在《广义叙述学》里提及的"层控性"（264）。不过米勒的出发点是叙事性与互动性是矛盾的文本特性。米勒证明这个论点的方法是对比以电子形式发布却接近传统思想的文学文本、文学超文本与以文本为基础的计算机游戏。

像在媒体"电影"里一样，在计算机游戏的实例中概念"故事"不受叙事主体的存在的制约似乎也是有意义的，因为计算机游戏的叙事性通常不在话语层面，而在故事层面，即以讲故事的形式。而且描述故事层面的各个概念并不是一对一地从文学文本移植到计算机游戏。强调这一点的是施罗特尔（Felix Schröter）与托恩（Jan-Noël Thon）的论文"视频游戏角色——理论与分析"（Video Game Characters. Theory and Analysis）。为了符合计算机游戏里各个角色的特殊再现（representation）、接受与功能，他们提出媒体特定的角色理论进行讨论（Diegesis 3，H. 1. 2014）。

4. 历史叙事学

经典叙事学产生于结构主义的思想，首先感兴趣的是同步的叙事文学观点，试图发展普遍有效的叙事分析概念的模型。而且叙事的历史也是叙事方式改变的历史。随着时间的推移，如何借助于当前的叙事学思想理解历史的多样性，以及故事与叙事形式的变化？如何发展有文化学内涵的形式概念,而这个概念允许对故事的形式特性的理解不是介绍各种内容的中性容器,而是打上了文化与时代的特殊性的烙印?

德国叙事学界试图回答这些问题,并且从各种不同的角度探讨历史叙事学的前景与挑战。考察叙述形式的历史语义的各种潜在思想,作为例子的叙事文本部分属于中世纪语境,部分属于近代文学。结合一系列实例的分析,德国叙事研究论文彻底反思各种方法论思想,关涉对各种历时问题感兴趣的叙事学。

在导向"中世纪叙事学的十个论题"的论文《为什么我们需要中世纪叙事学——一份宣言》(Why We Need a Medieval Narratology. A Manifesto)里,康岑(Eva von Contzen)证明,把经典叙事学的思想应用于中世纪文本的尝试会产生哪些问题,这些文本及其语境在何种意义上要求各自特有的叙事理论的介入。

在论文《木雕像:气质模式?——作为历史叙事学对象的中世纪人物》(Hölzerne Bilder – mentale Modelle? Mittelalterliche Figuren als Gegenstand einer historischen Narratologie)里,罗伊维坎普(Silvia Reuvekamp)以长篇小说《福图内特斯》(Fortunatus. 1509)为例,详细分析如何把认知叙事学的符号模式有效地应用于阅读现代早期的已经被多次研究的文本。

在论文《〈背后的动机〉——叙述的可识破性与叙述历史上的终局性》(‚Motivation von hinten‘. Durchschaubarkeit des Erzählens und Finalität in der Geschichte des Erzählens)里,哈菲尔兰(Harald Haferland)利用卢柯夫斯基(Clemens Lugowski)的概念"背后的动机",尽力概述叙事形式演变的历史:从民间故事里口头叙事的发轫到现代小说。哈菲尔兰认为,终局性就是目的论,是所有故事的共同特质,因此故事是读者可以预期的。从这个意义上讲,叙述的历史也是"终局性"甚或"叙述的可识破性"的简史。

在论文《〈如果伊卡鲁斯没有坠入大海?〉——对历史叙事学理论的一些评论》("What if Icarus Hadn't Hurtled into the Sea?" Some Remarks towards a Theory of Historical Narratology)里,克勒佩尔(Martin Klepper)以视点的情况为例,总体思考历史叙事学的理论的前提条件。历史叙事学的理论发展需要六个步骤:① 命名和描写具体的创新或变革;② 判定这些变化的功能;③ 识别变化的动态过程;④ 评估动态变换的文化意义和重要性;⑤ (结合其他话语)给出原因,以及⑥ 以透视图(perspective views)的方式呈现研究结果。虽然这些步骤不会以匀整的顺序进行,但必然会发生在向后和向前的运动之中,因为不可能也不应该避免某些启发式的目的论。

在论文"历史空间叙事学的绪论——以三部自我叙事的长篇小说为例"(Prolegomena zu einer historischen Raum-Narratologie am Beispiel von drei autodiegetisch erzählten Romanen)里,弗兰克(Caroline Frank)以三部17—20世纪出版的主人公本人叙述的长篇小说——即格里美豪森的《痴儿历险记》(Der Abtheuerliche Simplicissimus)、歌德的《少年维特的烦恼》(Die Leiden des jungen Werthers)和里尔克的《布里格手记》(Die Aufzeichnungen des Malte Laurids Brigge)——为例,分析不同时代的空间概念(不仅采用了热奈特的范畴,而且还使用了异质性程度、叙述空间模式和空间符号等参数),并总结了一些具有连续性的历史空间叙事学思想:只有通过语境和互文阅读才能回答在空间转向之后出现的关于文学空间的代表性和诗意功能的问题;只有比较不同时代的空间概念,才能走向历时的因而也是"后经典"的空间叙事学。

在论文《被遗忘的遗产——论叙事理论史的概念》(Das vergessene Erbe. Zur Konzeption einer Geschichte der Erzähltheorie)里,格林内(Matthias Grüne)以叙述者的概念为例,阐明除了叙事历史还有叙事理论史(Diegesis 3, H. 2. 2014)。

5. 叙事与谎言

故事可能有意传播谎言。当然,谎言的作者本身是否会或应该遭到谴责,这不仅取决于如何定义谎言,而且还取决于给予叙事什么地位:文学作品中虚构表述所要求的真相与事实叙述的区别在哪里?小说或虚构文学作品可以撒谎吗?

在论文《"诗人,他什么也没有确认,因此从不撒谎"?——关于编辑小说的分析》("The Poet, He Nothing Affirms, and Therefore Never Lieth"? An Analysis of the Editorial Fiction)里,在探讨热奈特(Genette)研究平行文本以后,康拉德(Eva-Maria Konrad)主张,一般不把在文学文本中作者说明原因的序言视为虚构表述。但是在一些特定情况下,也会把编辑的虚构表述称为谎言。

而在论文《你务必相信——从撒谎的文学到文学的撒谎》(Du musst dran glauben. Von der Literatur der Lüge zur Lüge der Literatur)里,麦克(Jochen Mecke)则证明,由于任何把坦率归因于文学文本的行为都基于柯勒律治(Samuel Taylor Coleridge)所说的"愿意终止怀疑"的作者与读者之间的约定,虚构文学永远不会说谎。所以麦克认为,在这方面起决定性的因素不是所叙事件的虚构性,而是叙述主体的虚构性。

在论文《谎言、错觉与困惑——文学与电影里的不可靠的与"使人精神错乱的叙述"》(Lüge, Täuschung und Verwirrung. Unzuverlässiges und, verstörendes Erzählen' in Literatur und Film)里,在论述阿根廷电影里的不可靠的与使人精神错乱的叙述时,施利克尔斯(Sabine Schlickers)探索歧义如何产生。同时代的电影常常使得观众难于把明确的意图——例如反讽、闹着玩或谎言——归因于隐含作者。

在论文《怎么会相信"被强奸的女人"——德沃金、性暴力与伦理信念》("How Can a Woman Who Has Been Raped Be Believed". Andrea Dworkin, Sexual Violence and the Ethics of Belief)里,舍里希尔(Tanja Serisier)则致力于歪曲叙事的可信性问题。他讨论了真相的法律定义与主观的、经验的观念之间的各种差异(Diegesis 4, H. 1. 2015)。

6. 叙事与真相

在探讨叙事与谎言以后,自然要探讨叙事与真相。故事对真相的要求与叙事形式之间有关联吗?叙事形式一开始就实现了特定类型的强烈要求真相的话语吗?或者,叙事形式反而妨碍可信的真实话语吗?

在论文《论叙事回忆的证实》(Von der Bezeugung zur narrativen Vergegenwärtigung)里,以叙利亚作家迪亚布(Ḥanna Dyāb)的阿拉伯语《旅行书》(Das Reisebuch. 1764)为例,史蒂芬(Johannes Stephan)区分了两种旅行书:或者复述预先确定的知识,或者想要让旅行者的经历好像是历历在目的经历一样。迪亚布的《旅行书》属于第二种情况。依靠聚焦于旅行者经历的方法,该书不仅要证实,而且还要回忆。

在论文《互动性对人生故事中真相要求的影响》(The Impact of Interactivity on Truth Claims in Life Stories)里,丘(Evelyn Chew)与米切尔(Alex Mitchell)讨论当代文本的类似问题,即预计与读者有互动的纪实人生故事的各种写实文学类型各自对真相的要求。从三个具体例子出发,探究主观与客观的合法化策略,分别针对的是自传、传记性的纪实游戏和视频网站的纪录片。

在论文《作为情节描述的故事——叙事解释政治秩序,以契约理论为例》(Erzählungen als Handlungsbeschreibungen. Narrative Erklärungen politischer Ordnungen am Beispiel der Vertragstheorie)里,在哲学讨论"叙

事的认知论配价"并且上溯到亚里士多德(Aristotle)《诗学》(*Poetics*)的背景下,德国叙事学家德雷尔(Malte Dreyer)区分叙事文本的因果关系、目的性与整体性的关联形成,并借此探讨哲学里契约主义理论的适用性的不同要求(*Diegesis* 4,H. 2. 2015)。

当然,德国叙事研究的对象并不限于上述的专题。尚未阐述的其实还很多,例如经验的叙事途径与叙事策略、叙事与学识等。

(二) 综合研究

Diegesis 1,H. 1. 2012 的焦点主题是"21 世纪的叙事学"。这是跨学科的综述,包括叙事研究的历史回顾、现状评述与未来展望。

1. 历史回顾

在副标题为"评述叙事研究的历史与视角"的前述论文《叙事学是什么? 干什么?》中,舍纳尔特首先回顾了叙事学的历史。叙事学始于 20 世纪初,之后经历了四个主要的发展阶段。在第一阶段(1910—1965),主题是叙事的特定问题领域(K. Friedemann)与"小说艺术"(H. James, E. M. Forster 与 P. Lubbock),然后在 1955—1965 年期间得到加强,在各种科学文化里产生概念"元叙事学"(J. Pouillon, W. C. Booth, G. Müller, E. Lämmert, K. Hamburger, F. Stanzel 等)。在第二阶段(1965—1975/1985),首先发展了针对虚构叙事散文的经典(结构主义)叙事学(R. Barthes、A. Greimas、C. Bremond、T. Todorov 与 G. Genette)。接着是(面向教学的)这种知识体系的"语用化",尤其是在盎格鲁·撒克逊的科学文化里,在以色列与荷兰的影响下(M. Bal, Sh. Rimmon Kenan, D. Cohn, S. Chatman, G. Prince 等)。在第三阶段(1980—1995),批判叙事学的科学主张狭隘。这导致叙事学的解构,同时发现电影、历史编纂学、圣经文本、法律实践等非文学领域的叙事,完成了从叙事学向新叙事学的转向。在第四阶段(从 20 世纪 90 年代中期开始),叙事学开始复兴,一方面作为新经典叙事学,另一方面具有合乎文化理论的普遍化的意义(例如赫尔曼与弗鲁德妮克)。由于人文学与文化学研究的新发展,叙事学的各种原因、功能与范围已经改变。而如今的叙事学具有三大特征: 跨类、跨媒介与跨学科。最后,舍纳尔特指出,历史编纂学与叙事学并不是新的同盟,因为史学家虽然把叙事学用于考察对象、分析叙事的原始资料(广义叙事文）、考察自我即分析历史编纂文本，但有别于纯文学的叙事学，尤其是史学要求真实性作者，而纯文学要求经验性作者。

在《帕索斯取代歌德！——关于叙事学历史是怎样与应该如何概念化的一些观察》(Dos Passos Instead of Goethe! Some Observations on How the History of Narratology Is and Ought to Be Conceptualized) 一文里，马丁内斯批判地探讨了叙事研究的历史（更确切地说，叙事研究的故事集），并且建议选择流行的解释模式：把现代叙事学的历史设想为跨学科与国际化的研究领域。

以自 2000 年以来提供叙事学新观点的某些集体作品为出发点，马丁内斯的文章讨论的问题是如何比广泛用于故事叙述的线性叙述更具有启发性地构思叙事学历史。这篇文章列举了遭到普通叙述忽略的某些方面，支持叙事学发展的去中心化的理念。

鉴于研究阐述叙事学的历史不是很长，马丁内斯认为是时候应用后经典的方法了。大叙事一般把现代叙事学分成三步：第一，20 世纪一二十年代俄国形式主义是前叙事学发轫；第二，20 世纪六七十年代法国结构主义系统阐述叙事结构，或者以通用生成性叙事语法的形式或作为"低结构主义"为文本分析同等地提供普遍的工具；第三，经典叙事学阶段向顾及文化、政治与认知语境的特异性的后经典叙事学拓展或修正。大叙事没错，但有误导。譬如，叙事学家弗鲁德妮克利用大叙事的线性结构，分别将俄国形式主义、法国结构主义和后经典叙事学视为现代叙事学的童年、青年与成年。为了准确地把握叙事学历史的复杂性与不连续性，理查德森 (Brian Richardson) 提出编年史的形式。但是，编年史以时间为序，不能从科学史上感兴趣的叙述中获取所期待的东西，即问题领域的有关构建。取代成长小说或编年体，作者提出大都市小说的去中心化的空间模式。

如何理解叙事学的历史？在马丁内斯看来，叙事学并不是许多同行认为的一体化的研究计划。叙事学历史是否就是大城市小说的形式，仍有待观察。迄今为止，叙事学历史的研究仅仅是片断。最近的研究者意识到对迄今为止处于边缘化的当地传统的兴趣越来越浓厚。其中，多莱热尔 (Doležel) 的方法避免了大叙事的某些缺点：① 概念史是部分的；② 概念史是不连续的（发端于 18 世纪初，20 世纪晚期重新开始）；③ 许多概念史不同步；④ 概念史顾及历史地理解叙事学概念本身，而不是预想存在从不改变的叙事形式的通用工具箱。在这方面可以告诉各种叙事学的历史，不是采用包罗万象的成长小说的模式，而是作为具有不同途径与不连续性的大城市小说,包括各种仍待设想的潜在新故事。

马丁内斯指出,叙事研究没有持续发展有以下五个原因:① 语言障碍(不存在叙事学家的国际化科学团体,大量的国家团体都是分开的,有时是孤立的);② 学科多样的障碍;③ 语料库(corpora)的障碍;④ 不同世代的障碍;⑤ 学术实践的多重障碍(即许多突发事件)。近年来国际上论述叙事学的学科间和跨学科方面的书卷日益增多。叙事研究发生在实践领域,纠缠于障碍与超越障碍之间。

2. 现状评述

现状研究最普遍的方式就是综述,即系统梳理与总结现有的研究成果,主要表现为概述叙事理论的"导论"、手册、辞典与百科全书,例如伍珀塔尔大学西班牙语、法语文学教授基哈亚(Matei Chihaia)的论文"叙事学导论:理论、实践与结构主义的再生"(Introductions to Narratology: Theory, Practice and the Afterlife of Structuralism)与普通文学、近代德国文学史教授谢菲尔的论文《"叙事转向"以后——21 世纪的手册与辞典》(Nach dem, narrative turn". Handbücher und Lexika des 21. Jahrhunderts)。

基哈亚的论文《叙事学导论:理论、实践与结构主义的再生》旨在描述现有的叙事学导论的主要特点和多样性。事实上,大多数叙事学导论都对学问做出原初的贡献,它们与"软"结构的特殊关系,从"经典"到"后经典"的理论转变,以及在过去的十年中影响教学的变化,导致学术界内部进一步分化。一些导论意在培训不得不临时研究叙事学的大学生,一些导论则通向学科学问的核心,意在培养未来的叙事学家,而第三种导论则探讨叙事学家与叙事学初学者都感兴趣的元理论。由于导论对不同观众与更加差异化的研究领域的适应能力强,导论成为叙事学的重要类型。总之,在作品的主体部分有真实的多样性与诸多的选择。在经典导论形成错综复杂的互相致谢时,最近的学科成长已经增加了许多的导论,并使得详尽地交叉引用变得困难。显然,目前叙事学的多样性要求导论的多样性。叙事学的"繁荣"与文学研究的"叙事学转向",以及最近这个领域的学术研究的本质让人很难详细规划其整体。指向"应用"理论的两种趋势既是问题又是答案。因此,结论必然是,"实践"方法趋向于将经典叙事学还原成"工具包",尽管这不是学者创造这个概念的本意,而后经典叙事学趋向于坚持几乎没有相互沟通的语境的多样性(可以把小说的政治、性别与媒介放在一起讨论,但没必要系统讨论)。因此,可以说,最近的导论都打开了各种通往叙事与理论的迷宫的入口,并说明如何找到一个或几个可能的出口,但是没有一个说明可用作详尽的地图。当然,这个问题并不减少迷宫的吸引力,而是恰恰相反。应用叙事学的两种类型似乎赞同没有一本书会告诉你通过迷宫的最佳路径,只有自己去找(*Diegesis* 1,H. 1. 2012)。

在论文《"叙事转向"以后——21 世纪的手册与辞典》里,谢菲尔指出,与 20 世纪相比,在 21 世纪,叙事学研究的根本变化就是研究更加跨学科、跨体裁和跨媒介,叙事理论的探讨跨越民族文学、体裁、媒体与时代的界限,系统研究不同表现形式的叙述。这就是"叙事转向"。在叙事学发展的新阶段,涌现出从不同学科的论著里收集来的一般叙事问题的辞典与手册。

其中,德国叙事学家也积极参与。譬如,来自不同国家与专业的杰出专家胡恩、皮尔(John Pier)、施密德与舍内尔特多年编纂的《叙事学手册》(2009)具有叙事学研究小组的背景,针对的至少有一定的基础知识与特殊专业兴趣的读者。其目标在于给"早先和近期的叙事研究作一个系统的深度回顾,顾及了叙事研究中的不同学科与民族传统",尽可能有机结合传统与革新(唐伟胜 2011:195—196)。从 2010 年 7 月开始,这本书被放到由 de Gruyter 出版社、跨学科叙事学中心与汉堡大学出版社合作的网上,名叫《活的叙事学手册》。

对于探讨跨学科叙事学的新手册和词典而言,大多数编者都是语文学者和/或文化学者。而《真实叙述——非文学叙述的领域、形式与功能》(2009)的编者是文学学者克莱因(Christian Klein)与马丁内斯,其研究语境是伍珀塔尔大学的叙事研究中心。这本手册根本性地区分真实叙述与虚构叙述。据此,真实叙述是事实叙述。其中的 11 篇论文局限于口语叙述,首次尝试异质的研究领域,开辟了真正的新天地,设定了新的标准。

叙事学研究领域扩大的当代证据就是叙事转向。马丁内斯主编的《叙事文学手册——理论、分析与历史》(2011)同样具有伍珀塔尔大学叙事研究中心的研究语境。这本薄手册分成三个部分,第一部分的文章主题是叙事文学的理论。第二部分介绍叙事分析的基本概念。第三部分是叙事学手册领域里的新东西,即叙事文学的历史。文章由德语作家(大多是文学学者)撰写。从构思的角度看,尽管编者用小标题"叙事文学的理论"来表述,可是当前叙事学研究的基本问题(涉及探讨跨学科叙事学研究的各个学科之间的系统关系)仍未解决。

像《真实叙述》一样,克莱因主编的《传记手册——方法、传统与理论》

（*Handbuch Biographie. Methoden*, *Traditionen*, *Theorien*. 2009）也利用经典叙事学的核心纲领与分析模式。

最后，谢菲尔得出以下结论：如果叙事学要真正成为跨学科的项目，那么就需要在毗邻学科之间搭桥，真正实现理论与方法论的交流。在研究领域方面，拓展时期与当前整合阶段以后（如同在这样的手册与辞典里所记录的一样），跨学科合作更密切将标志着一个叙事学研究发展的新阶段（*Diegesis* 1, H. 1. 2012）。

除了谢菲尔列举的，重要的导论还有施密德的专著《叙事学导论》（2010）、马丁内斯与谢菲尔的合著《叙事学导论》（1999）、纽宁与诺伊曼的合著《叙事小说研究导论》（2008）。其中，施密德的代表作《叙事学导论》提供了供今后研究参考的术语与理论体系。施密德不仅详细解释与探讨叙事作品的交流结构与实体对象、视点、叙述者的文本与人物文本之间的关系、叙事性与事件性以及突发事件的叙事数据转换，而且还概述了叙事理论，分析了重要的叙事学范畴，例如虚构、模仿、读者、叙述者等。详细的书目与属于叙事学的注释使得该书成为对于所有文学学科的学者与学生来说都是很重要的叙事理论纲要。而马丁内斯与谢菲尔合著的《叙事学导论》从1999年至2012年总共出了9版（第9版已经彻底修订、扩充与更新），2006年译成日文出版，2011年译成西班牙文出版。该书报道国际叙事学研究的现状，以不同时期不同文学为例，全面介绍了实际可用的叙事文本的分析模式。此外，还考虑到别的导论所忽视的一些文学叙事层面。由于带有简短释义的难词释义词汇表，该书也适合目标明确地查询各个概念。

3. 未来展望

在论文《经典与后经典叙事学的整合与整合的叙事学理论的未来》（The Merger of Classical and Postclassical Narratologies and the Consolidated Future of Narrative Theory）里，伍珀塔尔大学英国文学文化教授佐默尔（Roy Sommer）研究整合后经典叙事理论的苗头。在21世纪前10年，对叙述与讲故事的兴趣空前增长。当大多数人把经典叙事学视为致力于叙事学研究的结构主义学者小团体的领地时，他们试图识别与划分被所有语言叙事分享的通用结构与模式的类型，各种各样新的或后经典叙事方法的兴趣在于非语言的与非虚构的故事叙述、视听媒体和叙事的文化与历史语境。由于宗旨与目标的拓展，越来越难回顾一般的叙事研究与特别的所谓语境叙事学。此文表明绘制叙事学领域地图的现有文章之间存在相当大的变异，并且提供了新的一体化模式，而设计这个模式的目的就是厘清结构主义者与后经典叙事学之间的关系以及基于语料库的与面向过程的语境方法之间的关系。现有方法的系统回顾旨在继续整合后经典叙事学。最终它会促进在文学与媒体研究的叙事方法之间的沟通，促进其他学科的叙事研究。

基于现存的四种模式，包括弗鲁德妮克（Monika Fludernik）区分的四个叙事学新学派（包括可能世界理论、主题叙事学、语言学与应用叙事学以及后结构主义叙事学）、阿尔贝（Jan Alber）与弗鲁德妮克区分的四种互动的类型（包括结构主义叙事学的修正版、经典范式的方法拓展、主题叙事学与后经典叙事学的语境版本）、申丹的语境叙事学（包括女性主义叙事学与认知叙事学）以及金德（Tom Kindt）与穆勒（Hans-Harald Müller）的语境叙事学（包括女性主义叙事学、认知叙事学、文化与历史叙事学等），后经典叙事学需要进行整合。整合后，后经典叙事学融合形式与语境化方法，包括形式叙事学与语境叙事学。其中，形式叙事学采用共时方法与历时方法，而语境叙事学则运用相互作用的基于语料库的方法与面向过程的方法。基于语料库的方法应用于特殊媒介、（跨）媒介和（跨）类型的叙事学与女性主义、伦理、（跨）文化和后殖民的叙事学，而面向过程的方法则应用于修辞叙事学和认知与情感（心理）叙事学。

依据佐默尔的良好愿望，后经典叙事学的整合及其兼并经典与新经典叙事学仅仅会牺牲一个类型：广义的自我指涉。这个类型既指示叙事学在20世纪90年代遭遇的危机，又对新千年复兴很重要。在广义自我指涉的两种形式中，已起作用的是纲领性的愿景：强调叙事的普遍性和叙事学的社会文化关联。而正统的结构主义者设法收编后经典阵营却未能如愿。最好把叙事学视为把理论、应用与教学结合起来的集体成就。理论、应用与教学之间的差距归零越快越好。在世纪末危机与后千禧年的拓展以后，目前叙事学正处于可能使得多样性走向统一的整合阶段。叙事学的愿景与使命可能就是大统一场叙事理论、大统一场文学理论、大统文化叙事理论等。不过，是否真的走向大统一场叙事理论甚或大统文化叙事理论，这还有待观察。

三、结语

综上所述，德国叙事研究的总体特征是"跨"，即跨学科、跨类型、跨媒介、跨文化与跨国家。也正因为上述的"跨",德国叙事研究硕果累累,影响较大。

当然,德国叙事研究也存在一些问题。叙事学家施密德(*Diegesis* 3, H. 2. 2014)与纽宁(*Diegesis* 4, H. 1. 2015)已经认识到这一点,并且竭力提出对策。而叙事学家佐默尔则高瞻远瞩地指明今后叙事学发展的方向与愿景,即整合后经典叙事学,甚至整合经典叙事学与后经典叙事学,从而发展出一套完美的普通叙事理论,兴许称作"大统叙事理论"(*Diegesis* 1, H. 1. 2012)。

引用文献[**Works Cited**]

唐伟胜,主编. 叙事(中国版)第一辑. 广州:暨南大学出版社,2008.

唐伟胜,主编. 叙事(中国版)第三辑. 广州:暨南大学出版社,2011.

唐伟胜,主编. 叙事(中国版)第四辑. 广州:暨南大学出版社,2012.

谭君强. 叙事学导论——从经典叙事学到后经典叙事学(第二版). 北京:高等教育出版社,2014.

王贞子. 数字媒体叙事研究. 北京:中国传媒大学出版社,2012.

赵毅衡. 广义叙述学. 成都:四川大学出版社,2013.

Conermann, Stephan, Hg. *Asien heute: Konflikte ohne Ende. . . .* Schenefeld 2007.

Lunde, Ingunn, ed. *Dialogue and Rhetoric. Communication Strategies in Russian Text and Theory.* Bergen 1999.

Heinen, Sandra , and Roy Sommer, eds. *Narratology in the Age of Cross-Disciplinary Narrative Research.* Berlin 2009.

Hühn, Peter, and Jens Kiefer. *The Narratological Analysis of Lyric Poetry. Studies in English Poetry from the 16th to the 20th Century.* Translated by Alastair Matthews. Berlin 2005.

Hühn, Peter , et al, eds. *Handbook of Narratology.* Berlin 2009.

Hühn, Peter. *Eventfulness in British Fiction.* Ed. Jannidis Fotis, et al. Berlin 2010.

Klein, Christian, und Matías Martínez , Hg. *Wirklichkeitserzählungen. Felder, Formen und Funktionen nicht-literarischen Erzählens.* Stuttgart 2009.

Martínez, Matías, und Michael Scheffel. *Einführung in die Erzähltheorie.* München 1999; erweiterte und aktualisierte Auflage 2012.

Martinez, Matias. *Doppelte Welten. Struktur und Sinn zweideutigen Erzählens.* Göttingen 1996.

--- , Hg. *Warum Fußball? Kulturwissenschaftliche Beschreibungen eines Sports.* u. a.. Bielefeld 2002.

--- , Hg. *Der Holocaust und die Künste. Medialität und Authentizität von Holocaust-Darstellungen in Literatur, Film, Video, Malerei, Denkmälern, Comic und Musik.* Bielefeld 2004.

– – – , Hg. *Handbuch Erzählliteratur. Theorie*, *Analyse*, *Geschichte*. Stuttgart 2011.

Meister, Jan Christoph. "*Le Metalepticon: une étude informatique de la métalepse*", *Métalepses. Entorses au pacte de la representation*. Ed. John Pier and Jean-Marie Schaeffer. Paris 2005.

Nail, Norbert. "(Noch) nicht in ' Kalmankener Jacke '. Dem Germanisten Wolfgang Brandt zum 70 Geburtstag. " 〈 https: //www. uni-marburg. de/aktuelles/unijournal/ feb2006/personalia〉

Nünning, Vera, et al , Co-ed. *Cultural Ways of Worldmaking: Media and Narratives*. Berlin 2010.

Schmid, Wolf. *Elemente der Narratologie: Studium*. 2. verbesserte Aufl. . Berlin 2008.

– – – , Hrsg. *Russische Proto-Narratologie. Texte in kommentierten Übersetzungen*. Berlin 2009.

– – – , Hrsg. *Slavische Erzähltheorie. Russische und tschechische Ansätze*. Berlin 2010.

Schönert, Jörg. *Perspektiven zur Sozialgeschichte der Literatur. Beiträge zu Theorie und Praxis*. Tübingen 2007.

Schönert, Jörg, u. a. *Lyrik und Narratologie. Text-Analysen zu deutschsprachigen Gedichten vom 16. bis zum 20. Jahrhundert*. Berlin 2007.

Schönert, Jörg, und Christine Künzel , Hg. *Autorinszenierungen. Autorschaft und literarisches Werk im Kontext der Medien*. Würzburg 2007.

Schönert, Jörg, et al, ed. *Point of View*, *Perspective*, *and Focalization. Modelling Mediation in Narrative*. Berlin 2009.

Schönert, Jörg , u. a. *Erzählte Kriminalität. Zur Typologie und Funktion von narrativen Darstellungen in Strafrechtspflege*, *Publizistik und Literatur zwischen 1770 und 1910. Vorträge zu einem interdisziplinären Kolloquium Hamburg*, *10. – 12. April 1985*. Tübingen 1990.

Schönert, Jörg. "Kriminalität und Devianz in den ' *Berliner Abendblättern* '. Heinrich von Kleists journalistischer Umgang mit Berichten der Polizei. " 16 Juli 2015 〈 http: //literaturkritik. de/public/rezension. php? rez_id = 20841〉

Diegesis 1, H. 1. 2012
〈 https: //www. diegesis. uni-wuppertal. de/index. php/diegesis/issue/view/3〉

Diegesis 2, H. 1. 2013
〈 https: //www. diegesis. uni-wuppertal. de/index. php/diegesis/issue/view/4〉

Diegesis 2, H. 2. 2013
〈 https: //www. diegesis. uni-wuppertal. de/index. php/diegesis/issue/view/5〉

Diegesis 3, H. 1. 2014
〈 https: //www. diegesis. uni-wuppertal. de/index. php/diegesis/issue/view/6〉

Diegesis 3, H. 2. 2014
〈 https: //www. diegesis. uni-wuppertal. de/index. php/diegesis/issue/view/7〉

Diegesis 4, H. 1. 2015

〈https: //www. diegesis. uni-wuppertal. de/index. php/diegesis/issue/view/9〉

Diegesis 4, H. 2. 2015

〈https: //www. diegesis. uni-wuppertal. de/index. php/diegesis/issue/view/10〉

Diegesis 5, H. 1. 2016

〈https: //www. diegesis. uni-wuppertal. de/index. php/diegesis/issue/view/11〉

Informationen Deutsch als Fremdsprache 37, H. 2/3. 2010.

Bonner Zentrum für Transkulturelle Narratologie, BZTN

〈http: //www. philfak. uni-bonn. de/forschung/bonner-zentrum-fuer-transkulturelle-narratologie〉

Diegesis 〈https: //www. diegesis. uni-wuppertal. de〉

European Narratology Network, ENN 〈www. narratology. net〉

Forschergruppe Narratologie, FGN 〈http: //www. icn. uni-hamburg. de/de/node/7〉

Interdisziplinäres Centrum für Narratologie, ICN 〈http: //www. icn. uni-hamburg. de/de〉

Interdisciplinary Research Groups 〈https: //www. frias. uni-freiburg. de/de/das-institut/
    archiv-frias/irg〉

International Graduate Centre for the Study of Culture, GCSC http: //www. uni-giessen.
    de/fbz/gcsc/gcsc-de

Marburger Sprachwissenschaft 〈https: //www. uni-marburg. de/fb10/iksl/sprachwissenschaft〉

Narratologia 〈http: //www. icn. uni-hamburg. de/publications/narratologia〉

NarrBib 〈http: //www. icn. uni-hamburg. de/narrbib〉

NarrDiBi 〈 https: //www. agoracommsy. uni-hamburg. de/commsy. php? cid =
    959734&mod = home&fct = index&jscheck = 1&isJS = 1&SID =
    c14f29ae4bbf98c7519eb0fb0f080450&db_pid=651782&https=1&flash=1〉

Projekt *Narrativik* 〈http: //www. staff. uni-marburg. de/~brandtw/narrativik. html〉

The living handbook of narratology, LHN 〈http: //www. lhn. uni-hamburg. de/〉

Zentrum für Erzählforschung, ZEF 〈http: //www. zef. uni-wuppertal. de/〉

作者简介：江澜,广东外语外贸大学助理研究员。

现状、问题与出路：近三十年国内外女性主义叙事学研究梳理与反思

于 杰

内容提要：女性主义叙事学是后经典叙事学中最为重要、最具影响力的流派之一，主要致力于阐释女性作家作品中的叙事策略所体现的性别权威及社会政治意义。本文将梳理国内外近三十年女性主义叙事学研究的发展脉络，分类阐述这一流派的理论贡献和文学批评实践，并指出国内外在理论发展和批评实践方面存在的差异；然后找出女性主义叙事学理论在发展过程中存在的问题与不足并分析其内在原因，同时探讨在全球化、多元文化的新格局下女性主义叙事学的发展出路。

关键词：女性主义叙事学；研究现状；问题；出路

女性主义叙事学是女性主义或女性主义文学理论和批评与经典结构主义叙事学融合的交叉学科。前者发轫于20世纪60年代的欧美，经历了40多年的发展历程；后者起源于法国，并逐渐发展到其他国家，形成了国际性的叙事研究趋势。20世纪80年代以来，两者逐渐相互融合，汇聚成为一个发展势头强劲的交叉学科流派。女性主义叙事学的开创人是美国布兰迪斯大学英语和比较文学教授苏珊·S·兰瑟（Susan S. Lanser），她的第一部专著《叙事行为：小说中的视角》（*The Narrative Act: Point of View in Prose Fiction*）于1981年在普林斯顿大学出版社出版，尽管兰瑟并没有提出"女性主义叙事学"这一术语，但该著作被誉为女性主义叙事学的开端，原因有二：首先作者构建了女性主义叙事学的基本理论框架，其次还进行了具体的批评实践。[1] 1986年，兰瑟在美国《文体》（*Style*）杂志上发表了名为《建构女性主义叙事学》（"Towards a Feminist Narratology"）

的论文,创造了"女性主义叙事学"这一新术语,[②]并系统地阐述了这一新兴学派的研究目的和方法,该论文在女性主义叙事学的发展历程中具有划时代的意义。20 世纪 80 年代末和 90 年代初在美国又出现了两部重量级著作: 美国弗蒙特大学英文系教授罗宾·沃霍尔(Robyn R. Warhol)的《性别化的干预 —— 维多利亚时期小说的叙述话语》(*Gendered Interventions: Narrative Discourse in the Victorian Novel*, 1989)和兰瑟的《虚构的权威——女性作家与叙述声音》(*Fictions of Authority: Women Writers and Narrative Voice*, 1992),沃霍尔和兰瑟对女性主义叙事学的研究目标、基本立场和研究方法做了进一步的阐述,所进行的批评实践也更具系统性。90 年代以来,学术界涌现出更多有关女性主义叙事学的著作和论文,使这一学派跻身于美国叙事研究领域的主流。北京大学外国语学院英语系的申丹教授是国内最早介绍西方女性主义叙事学理论的学者,2004 年她发表了两篇重要论文: 一篇是《国外文学》上的《"话语"结构与性别政治——女性主义叙事学'话语'研究评介》;另一篇是《北京大学学报》上的《叙事形式与性别政治——女性主义叙事学评介》。这两篇论文一方面对西方女性主义叙事学的发展脉络进行了梳理,另一方面对其研究方法做了系统的阐述。2002 年在北京大学出版社建立 100 周年之际,成立了《未名译库》编委会,其中由申丹教授任主编的"新叙事理论译丛"译介研究团队的成立,标志着后经典叙事学向中国的传播发展,黄必康教授翻译了女性主义叙事理论的代表作《虚构的权威——女性作家与叙述声音》。此后探讨女性主义叙事学理论和使用这一理论进行文本分析的文章在各类期刊上不断涌现,并且还有相当一部分硕博士论文也对这一新兴学派理论进行了探讨。

本文首先梳理国内外近三十年女性主义叙事学研究的发展脉络,分类阐述这一学派的理论贡献和文学批评实践,并指出国内外在理论发展和批评实践方面存在的差异;然后指出女性主义叙事学理论在发展过程中存在的问题与不足并分析其内在原因,同时探讨在全球化、多元文化的新格局下女性主义叙事学的发展出路。

一、国内外近三十年女性主义叙事学的发展现状与分析

笔者主要使用 Jstor(西文过刊数据库)和中国知网这两个数据库,通

过输入关键词"女性主义叙事学"（feminist narratology）检索了国内外有关女性主义叙事学的期刊文章。另外通过谷歌图书搜索有关"女性主义叙事学"（feminist narratology）的著作。检索结果如下：国外研究可分为两个阶段，1984—2000 年：女性主义叙事学方面的专著为 19 部，发表在 *Poetics Today*、*Style*、*Journal of Narrative Theory*、*Tulsa Studies in Women's Literature*、*PMLA* 以及 *Diacritics* 等期刊上关于理论探讨的论文为 24 篇，关于使用女性主义叙事学理论进行文本分析的论文为 11 篇；2001—2012 年期间专著为 4 部，理论探讨论文为 42 篇，文本分析的论文为 18 篇。国内研究在 2000 年之前是空白的，从 2001 年开始女性主义叙事学方面的研究才初露端倪，有两部探讨中国本土文学的女性主义叙事学方面的著作，另外还有申丹教授的两部著作：《英美小说叙事理论研究》（北京大学出版社，2005）和《西方叙事学：经典与后经典》（北京大学出版社，2010）中有专门的章节介绍女性主义叙事学；进行理论探讨的论文为 12 篇，结合理论进行文本分析的文章为 39 篇。将这些数据使用表格呈现出来如下（其中"理论"和"文本"分别代表"有关女性主义叙事学理论探讨的期刊文章"和"结合理论进行文本分析的文章"）：

	国外研究			国内研究		
	专著	理论	文本	专著	理论	文本
1984—2000	19	24	11	0	0	0
2001—2012	4	42	18	2	12	39

检索收集到的资料显示，西方女性主义叙事学的研究主要以理论构建、理论延伸、多角度探讨为主导模式，而我国主要以译介西方女性主义叙事学的研究成果，并引申到文学批评实践中为主要研究模式。女性主义叙事学这一流派的主要学术贡献如下：

1.1 理论构建

兰瑟在《叙事行为：小说中的视角》（1981）中首先对叙述视角（point of view）进行了形式和结构上的描述分析；又将文本、意识形态和言语行为理论结合在一起对叙述声音进行了综合性探讨，区分了表层叙述声音和深层叙述声音。兰瑟以视角为中心探讨了女性主义性别政治意识形态性以及关系论的问题,旨在建立叙述视角诗学,使叙述视角成为女性主义文学批评的一种方法;从而使"以形式结构为焦点的文学批评方法转向为形式结构与意识形态的关联方法,从关注作品本身转为关注读者的阐释过程;剖析决定叙事结构尤其是叙述视角的社会历史语境因素"(孙桂芝 2013:137);最后,兰瑟以肖邦的《一小时的故事》和海明威的《凶手》为例阐述了叙述视角的应用性,前者用心理亲近(psychological affinity)的视角策略将作者、叙述者和读者的心理距离拉近,使女性失去丈夫获得自由的喜悦心理在读者心中产生共鸣;不同于肖邦的显性叙述视角,海明威采用了一种模糊的叙述视角,让叙述者基本上处于沉默状态,通过视角在不同人物身上的转换,将男性气质(manhood)解构为男孩气质(boyhood),与女性作者肖邦使用的积极正面的女性叙述策略不同,男性作者海明威采用的是一种隐性的、消极叙述策略。要而言之,兰瑟将性别政治意识形态和叙事学融合在一起,实现了女性主义和诗学分析的综合研究。

1986年,兰瑟发表了《建构女性主义叙事学》一文,以1832年4月出版的《埃特金森的匣子》(*Atkinson's Casket*)中题名为"女性小聪明"(Female Ingenuity)的一封秘密书信为范例,根据受述者(叙述接受者、读者)的结构位置区分了两种叙述模式:"公开型叙述"(public narration)和"私下型叙述"(private narration)。前者是针对丈夫宣扬个人婚姻幸福,后者是针对文本内的受述者女性知心朋友谴责丈夫并控诉社会婚姻制度;然后又增加了"半私下叙述"这一模式来涵盖公众读者这一受述者;并指出社会历史语境是导致这一双重文本(表面文本和隐含文本)叙事的根源,在一个压制女性声音的文化里女性作者不得已要采用复杂的叙事策略,为不同读者和不同目的而采用不同的叙事结构,这些具体叙事形式是对权力关系造就的场景规则的回应。兰瑟的这篇文章介于《叙事视角》和《虚构的权威》之间,是叙事视角的女性主义诗学向叙述声音的女性主义诗学过度的中间站,虽然兰瑟在文中没有具体地界定女性主义叙事学这一术语,但是在理论假设中和具体文本批评后阐述了女性主义叙事学研究的内容:性别角色在叙事理论建构中的地位;语境因素决定叙事文本意义的重要性以及建构完整的叙述声音理论来阐释构成复调(polyphony)的各种因素。

另一位重要的女性主义叙事学创始人沃霍尔在《性别化的干预》(1989)中主要分析了19世纪现实主义小说文本,就维多利亚时期的作者采用的叙述干预(即叙述者的评论)策略进行归纳总结,区分了"吸引型"

和"疏远型"这两种策略：前者以吸引读者投入故事、认真对待叙述者的话语为目的；后者旨在拉远读者和故事的距离。沃霍尔根据这两种干预策略在男性和女性作家作品中出现的频率得出结论：吸引型干预为"女性"叙述策略，而疏远型干预为"男性"叙述策略。维多利亚时期的女作家之所以青睐"吸引型"的叙述策略与当时女性所处的社会环境密不可分，女性作家鲜有机会公开表达自己的观点，只能借助小说的平台表达自己改造社会的理想，"吸引"读者认同自己的评论。总而言之，是社会因素导致了这种"女性叙述策略"（申丹 2005：282—283）。

在叙述学中，"叙述声音"指的是叙事者；在女性主义中，"叙述声音"指的是身份和权力。兰瑟认为叙述声音和被叙述的外部世界之间有一种互构的关系，因此读者在探讨女性叙述声音的过程中要结合社会身份、叙述形式、文本以及历史等方面的因素。兰瑟在《虚构的权威》（1992）一书中区分了"作者型""个人型"和"集体型"三种叙述声音模式："作者型"叙述声音即传统的全知全能、第三人称叙述，属于异故事叙述；"个人型"叙述声音即同故事的第一人称叙述，讲故事的"我"和故事的主角"我"为同一人；"集体性"叙述声音是经典叙事学中没有涉及的类型，兰瑟对这一类型进行了探讨和划分，总结出三种不同的集体型叙述声音："单言"（singular）、"共言"（simultaneous）和"轮言"（sequential）形式。单言是某叙述者代某群体发言的形式，共言形式是以复数主语"我们"为叙述声音，而轮言指的是群体中个人轮流发言的形式（同上 290）。兰瑟认为这些叙述声音模式是作者实现女性叙事话语权威的手段。

加拿大女性主义文评杂志 *Tessera* 的创办者之一凯西·梅齐（Kathy Mezei）主编的《含混的话语：女性主义叙事学与英国女作家》（*Ambiguous Discourse: Feminist Narratology and British Women Writers*）论文集，于1996 年在美国出版，主要收录了沃霍尔的《眼光、身体和女主人公：〈劝导〉的女性主义叙事学解读》、克里斯汀·罗斯顿（Christine Roulston）的《话语、性别和闲聊：反思巴赫金和〈爱玛〉》以及凯西·梅齐的《谁在这里说话？〈爱玛〉、〈霍华德别业〉和〈戴洛维夫人〉中的自由间接话语、社会性别与权威》等论文。她宣称："1989 年，女性主义叙事学进入了另一个重要的阶段：从理论探讨转向了批评实践"（Kathy Mezei 1996：8）。选定分析的文本"从 18 世纪英国现实主义小说到后现代的元小说中女性作家使用的话语无不体现着形式各异的含混或模糊（ambiguity）这一特性，文集中的论文通过文本细读展示了女性主义叙事学如何从叙事和作者、叙述者、人物以及读者性别的角度对含混、意义不确定以及违反常规的内容进行定位并解构"(同上 2),"这些论文都探讨了性别在话语层面上的作用"(同上 1)。梅齐断言在她所探讨的小说里,"自由间接引语"在结构上时常发生变化,在声音上总是摇摆于叙述者和人物之间,这种不确定的叙述技巧成为作者、叙述者以及主要角色和不同性别人物之间在文本中斗争的手段。她将(传统)叙述权威视为父权制社会压迫女性的手段,关注对叙述权威的削弱和抵制,聚焦于女性人物与叙述者的"文本斗争"。除此之外,梅齐将作者的自然性别与第三人称叙述者所体现的社会性别加以比较,找到二者之间的差异;针对故事外的第三人称叙述者,读者无法区分其自然性别,只能根据话语特征来构建叙述者的社会性别。梅齐的论文集诠释了"自由间接引语"这一叙述技巧所蕴涵的性别政治意义,从而建构了女性主义叙事学观测问题的新视角和批评实践的新维度(申丹2004:3—11)。

1.2 理论延伸,视角拓宽

露丝·佩吉(Ruth E. Page)的著作《女性主义叙事学的文学和语言学研究方法》(*Literary and Linguistic Approaches to Feminist Narratology*, 2006)发展了女性主义叙事学,对兰瑟建立的叙事视角和叙述声音的女性主义诗学进行了补充,以 *Flesh and Blood* 和 *Beloved* 等文本为例探讨了情节的女性主义修正分析。此外,她以动态的眼光审视女性主义叙事学,认为构成这一学派的两个分支——女性主义和叙事学都已经进入了后现代发展阶段,最明显的标志就是多元化(multiplicity)(Page 2006:6),例如到 20 世纪 90 年代女性主义出现了黑人女性主义、同性恋女性主义、激进女性主义、自由女性主义、生态女性主义和全球女性主义等多个分支,因此被称为后现代女性主义;叙事学理论也进入了后现代发展阶段,建立普遍性原则的目标受到新变化的挑战。露丝回应了时代发展的新要求:多样化和统一化相结合,用更加完整的方法研究女性主义叙事学,旨在建立后现代女性主义叙事学(postmodern feminist narratology)。她质疑以兰瑟为代表的传统女性主义叙事学的理论基础——叙事存在性别差异(同上 47),并从三方面发展了女性主义叙事学:第一,研究方法更具科学性。她采用对比的方法(comparative),用社会语言学和批评式话语分析(CDA)模式,并通过建立语料库的途径进行实证研究,用数据说话,因此得出的结果更加客观真实,是对传统女性主义叙事学文本细读(close reading)研究方法的有益补充。第二,文本素材种类增多。与传统女性主义叙事学拘泥于文学文本不同的是,露丝增加了"非文学"的叙事素材类型,如对话故事、媒体报道、儿童写作等,这些不同类型的文本提供了大量与真实语境相连的范例。第三,变量由单一衍变为多样性。露丝对传统女性主义叙事学的基本原理 —— 叙事文本存在性别差异 —— 提出质疑后,对不同类型的叙事素材进行了对比、实证研究,结果发现性别不是影响叙事性程度差异的唯一因素,例如种族、受教育环境、年龄也是必要考虑的变量。在对男性、女性讲述故事的实证研究中,结果竟然显示男性、女性故事讲述者的差异远远小于他们的相似处——都喜欢使用轶事结构(anecdotal structure)。露丝的研究对女性主义叙事学的发展具有一定的启示:学者们应该重新审视这一学科所关注的性别和语境问题。

面对多元发展的新气象,兰瑟也用发展的眼光对女性主义叙事学的未来发展做出了独特阐释,首先她洞察了全球化、多元文化格局下语境的新要素;其次改变从前假定存在性别差异的研究模式,改为观察特定的身份组合产生的性别化内容;最后借助"影子情节"这一新概念来更好地考察关于社会形成、历史个案和女性主义理论本身的策略和境遇。在《我们到了没——"交叉路口"的女性主义叙事学的未来》("Are We There Yet? — The Intersetional Future of Feminist Narratology")(兰瑟 2010:2)一文中,她借用女性主义法学学者金伯勒·克伦肖(Kimberle Crenshaw)的"交叉路口性"(intersectionality)这一隐喻,赋予女性主义叙事学全新的意义。她指出影响身份的因素除了性别外,还包括"种族、国籍、阶级、年龄、身体素质、宗教、语言"等个体内部因素,以及由"统治、排外、机遇、限制、优势、劣势和特权"等外部因素所决定的个体社会定位。诸多因素交织在一起、不同程度地影响了个体和群体在社会中的目标运动。文学作品中对女性生活的再现同样属于这一性质。学者在进行叙事研究时,不管作品是基于历史事实还是虚构叙事、不管作者或叙述者的性别差异、不管叙述的目标是人物或是非人物,不能抱有存在性别差异的假设,只能"观察在特定位置的特定身份组合产生的结构性和情境性效果"。兰瑟提出的"交叉路口"女性主义可以与跨越时空的叙事模式互为映照,这种新型的叙事学融历史和跨文化为一体,兼具形式和理论,使读者能够将(叙事的)形式理解为(性别化的)内容。兰瑟在文中提出了一个新概念——"影子情节"(negative plotting),喻指"事件的重要意义来自它们在文本引发的对立面"。无论是虚构的女性主义历史,还是发生在社会中的真实女性故事,都具有内在和外在的影子情节。通过探讨形式各异的影子情节,我们一方面可以解读"不同文化时空中的作家、叙事者、人物和读者的策略和境遇",另一方面还可以了解"关于社会形成、历史个案和女性主义理论本身的策略和境遇"。(同上 109—118)

1.3　国内译介与著作

以美国、加拿大学者为首的西方女性主义叙事学家侧重女性主义叙事理论的构建和发展,而我国基本上采用了"拿来主义",对西方的女性主义叙事学的理论进行介绍和传播。申丹教授的《英美小说叙事理论研究》的第十一章专门介绍了女性主义叙事学:从女性主义叙事学的发展过程、与女性主义文评之差异、对结构主义叙事学之批评的正误、叙述结构与遣词造句以及"话语"研究模式五个部分概述了西方女性主义叙事学研究的内容和方法。禹建湘在《徘徊在边缘的女性主义叙事》(2004)一书中使用女性主义批评的方法探讨了当代女作家的性别特征及主体性,不足之处在于该著作缺乏叙事理论的论述,因此从根本上讲并不是女性主义叙事学的探讨。陈顺馨在《中国当代文学的叙事与性别》(2007)一书中将叙事学理论和女性主义批评结合在一起,探讨了《浮出历史地表》没有论及的"17 年"文学,他指出当代中国文学是"无性别"叙事,这一特征隐含了女性受压抑的社会现状。陈顺馨还将女作家凌叔华的小说《酒后》与男作家丁西林改编的话剧《酒后》进行了对比分析,他指出小说文本和话剧剧本在叙述立场上具有性别差异。最后陈顺馨分析了女作家王安忆的《叔叔的故事》,指出小说中女学生和摘帽右派叔叔的爱情故事是对男权的颠覆,是女性作家的反控制叙述,这一点与兰瑟的女性叙事权威理论是契合的,但是陈顺馨缺乏理论建构的意识。(凌逾 2006:135—136)

1.4　期刊论文

国外、国内有关女性主义叙事学的期刊论文呈现几何式增长,但侧重点各异,国外期刊中有关女性主义叙事学理论探讨方面的论文远远大于文本分析论文,而国内恰恰相反。国外比较有影响力的期刊文章有:兰瑟在 1986 年发表的"Toward a Feminist Narratology"(*Style* 20:341—363)、

1988 年发表的"Shifting the Paradigm：Feminism and Narratology"（*Style* 22：52—60）、以色列学者 Nilli Diengott 与兰瑟同年发表在同一期刊上的 "Narratology and Feminism"（*Style* 22：42—51）、沃霍尔在 1992 年发表的 "The Look，the Body，and the Heroine：A Feminist-Narratological Reading of 'Persuasion'"（*Novel: A Forum on Fiction*，Vol. 26，No. 1，Autumn）以及 Margaret Homans 于 1994 年发表的"Feminist Fictions and Feminist Theories of Narrative"（*Narrative* 2：3—16）等。国内有关理论探讨的文章除了申丹教授的两篇重量级论文外还有：黄必康的《建构叙述声音的女性主义理论》（国外文学，2001（5））、凌逾的《女性主义叙事学及其中国本土化推进》（学术研究，2006（11））、唐伟胜的《性别、身份与叙事话语：西方女性主义叙事学的主流研究方法》（天津外国语学院学报，2007（5））等。国内将女性主义叙事学理论应用到文本分析中的论文虽然起步晚，但是在数量上已经超过了同期的国外相关研究，既有分析外国文学作品的，也有分析中国文学作品的，代表性论文主要有：王丽英的《乔治·艾略特小说女性主义叙事模式的研究》（辽宁教育行政学院学报，2007（3））、陈洁的《女性声音与男性眼光——关于〈纯真年代〉的女性主义叙事学解读》（科技信息"学术研究"，2008，10）、陈妍的《实现叙述声音的权威——从女性主义叙事学角度解读谭恩美的作品》（长春教育学院学报，2009（6））、舒凌鸿的《"冷漠"叙述者的"镜像突围"——〈长恨歌〉的女性主义叙事学解读》（玉溪师范学院学报，2010（10））、曹丽莎的《男性语境中的新女性形象——用女性主义叙事学解读〈法国中尉的女人〉》（宁波广播电视大学学报，2011（12））以及沈俊的《中泽惠的女性主义叙事策略——以〈感受大海的时候〉为例》（外语研究，2012（2））等。

二、国内外女性主义叙事学研究之问题所在与出路探索

通过梳理国内外近三十年女性主义叙事学的发展脉络，我们可以看到作为后经典叙事学重要组成部分的女性主义叙事学从萌芽到建立、到发展壮大这一历程中取得的成绩，同时也应该发现其中存在着诸多问题。第一，女性主义叙事学的理论建构比较片面，没有形成一个系统的框架。兰瑟主要从叙述视角、叙述模式和叙述声音探讨女性主义策略、实现女性权威；沃霍尔在从叙述者和受述者的距离定位对叙述模式进行了性别化

的探讨;梅齐则从叙述话语的模糊性探讨女性作家为削弱男性权威采取的曲线叙事策略。从以上主要女性主义叙事学创始人的研究成果看,她们各有侧重,相对于经典叙事学的理论框架来说,女性主义叙事学没有形成一个完整的框架,例如人物塑造、叙事时间、空间等经典叙事学发展成熟的理论板块迄今为止没有女性主义的探讨。第二,理论建构的方法比较单一,选取文本范围比较狭窄。兰瑟、梅齐等主要女性主义叙事学创始人在进行理论研究时,主要采用文本细读的方法,以个人主观经验归纳出女性作家批判男性权威、建构女性权威的独特叙述策略,她们选取的文本主要是 18 世纪中叶至 20 世纪英法女作家作品以及美国黑人女作家的主要作品,对于第三世界或者其他族裔的女性作家作品几乎没有关注,更没有涉猎非文学叙事文本。第三,国内的女性主义叙事学研究理论建构意识薄弱,批评实践、研究范式过于单一,创新性较差。原因在于国内研究起步比较晚,从 21 世纪刚刚兴起,没有形成独特的中国女性主义叙事理论,主要采用挪用、杂交的方法对西方女性主义叙事学加以介绍、传播并运用到文本分析的实践中。申丹教授的研究成果已超出介绍和搬运阶段,但她聚焦于对西方女性主义叙事理论的反思,其出发点是西方的女性主义叙事理论而非中国的女性叙事理论。禹建湘和陈顺馨的专著也缺乏建构中国女性主义叙事理论的意识。其次有关女性主义叙事学文本分析的研究论文在数量上远远高于理论探讨的文章,且大多数文章从叙述声音或叙述视角出发进行批评实践,重复性研究较多,缺乏创新性。

女性主义叙事学已经进入蓬勃发展阶段,面对全球化、文化多元化等新趋向,今后将如何发展,如何克服上述问题、在后经典叙事学中立于不败之地,笔者探讨了三条出路:第一,兰瑟(2010:110)指出:我们已取得了诸多成果,可以用多维坐标轴绘制这个领域的成果图,以精确指出我们在那些区域有了主要突破,哪些还很少涉足,可以借用《星际旅行》(Star Trek)中的一句话——"勇敢地走入无人踏足之处"。在女性主义叙事学的理论建构方面,我们要勇敢地探索无人涉足之处,例如可以进行人物塑造、叙事时空等方面的女性主义研究尝试,来不断丰富女性主义叙事学的理论体系。第二,探索新的女性主义叙事学研究方法,扩宽叙事文本的选择面。这一方面可以借鉴露丝的做法,采用对比的方法,选取合适的文本,进行实证研究。从共时角度,可以选取同一时期影响力相当的男性、女性作家的作品进行不同叙述策略的对比分析,找出两者的异同,总结出女性作家特有的叙述策略;也可以从历史的角度出发,选取不同时期的女性作家,用上述方法探讨各自独特的叙述策略,然后进行纵向比较,总结出不同历史语境下女性作家实现其女性权威的叙述策略。叙事文本扩宽选择面,今后可以将此类研究深入到非欧美主流国家的其他国家、民族的文学作品,以及尝试非文学叙事文本的相关研究,以求从更广的素材研究中探索影响女性主义叙事的语境因素以及在这些特定语境下女性作家叙事的独特技巧,从而达到从方法论上丰富女性主义叙事学研究的目的。第三,针对国内刚刚起步的女性主义叙事学研究,凌逾博士的论文"女性主义叙事学及其中国本土化推进"值得借鉴,他指出中国女性主义叙事学要结合中国文学的具体实际,推进女性主义叙事学的中国本土化。在美学标准层面上,需要重新界定每一种女性叙述的特质,建构女性叙述的理论关键词;在内容层面上,要考虑如何挖掘优秀作品,寻求合适的例证;在批评方法上,要加强叙事学分析的基本功。要建立什么样的兰瑟式的中国女性主义叙事学理论是国内相关研究亟待解决的首要问题。当然中国女性主义叙事学宏大体系的建立,需要众多研究者的协同作战,在洞悉国内外女性主义叙事学研究的已有成果和最新进展的基础上,确立自己的研究领域和方向,尽可能避免重复劳动,努力建构有中国特色的女性主义叙事学理论。

注解【Notes】

① 有关该著作构建的女性主义叙事学的基本理论框架以及进行的具体文学批评实践将在下文第一部分的第一小节(理论构建)中进行详细的阐述。

② 有关女性主义叙事学的术语解释也将在下文(同上)中详述。

引用文献【Works Cited】

Lanser, Susan S. *The Narrative Act: Point of View in Prose Fiction*[M]. Princeton: Princeton University Press, 1981.

Lanser, Susan S. "Towards a Feminist Narratology". *Style*, 1986. 20(3): 341-363.

Mezei, Kathy. *Ambiguous Discourse: Feminist Narratology and British Women Writers*. Chapel Hill: The University of North Carolina Press, 1996.

Page, Ruth E. *Literary and Linguistic Approaches to Feminist Narratology*. New York: Palgrave Macmilian, 2006.

Warhol, Robyn R. *Gendered Interventions: Narrative Discourse in the Victorian Novel*. New Brunswick and London: Rutgers University Press, 1989.

申丹. "话语"结构与性别政治——女性主义叙事学"话语"研究评介. 国外文学, 2004 (2).

申丹. 叙事形式与性别政治——女性主义叙事学评介. 北京大学学报(哲学社会科学版), 2004(1).

申丹. 英美小说叙事理论研究. 北京:北京大学出版社, 2005.

申丹、王丽亚. 西方叙事学——经典与后经典. 北京:北京大学出版社, 2010.

孙桂芝. 苏珊·兰瑟女性主义叙述视点研究. 东北师范大学学报(哲学社会科学版), 2013(3).

苏珊·S·兰瑟. 虚构的权威——女性作家与叙述声音. 黄必康, 译. 北京:北京大学出版社, 2002.

苏珊·S·兰瑟. 我们到了没——"交叉路口"的女性主义叙事学的未来. 胡安江、唐伟胜, 译. 外国语文, 2010(2).

凌逾. 女性主义叙事学及其中国本土化推进. 学术研究, 2006(11).

作者简介:于杰,天津师范大学外国语学院副教授,博士。本文系2015年教育部规划基金项目"美国黑人女性作家的时空叙事研究"(15YJA752018)的阶段性成果之一。

后经典叙事学的疾病叙事学转向：
以苏珊·桑塔格疾病叙事研究为例

张 艺

内容提要：本文试图在梳理研究 20 世纪作为文学体裁的"疾病叙事"的学术史及研究动态和 20 世纪 80 年代至今"疾病叙事"的学术史及最新动态的基础上，把握国内在叙事学与宗教人文主义和生命政治学界面上的"疾病叙事"国际前沿研究领域。数年前笔者注意到汉斯·约纳斯在纽约新社会科学研究学院领衔主持的"古地中海文化圈心身疾患治疗学研究"。现在我们引入沃格林的"灵性病理学"理念和"诺斯替主义"的治疗学，将"疾病叙事"置于叙事学与身心哲学、社会学、宗教学融汇界面上建构"灵韵"病体叙事的疾病叙事理论，为"跨学科的叙事学如何'继续和深入'研究"提供个案研究的范例，为后经典叙事学出现的"疾病叙事学转向"进行叙事观念的变革和创新提供方法论。以苏珊·桑塔格疾病叙事为例的疾病叙事研究的展开，有利于统合生态社会学、生命政治学、宗教精神修炼等诸多新兴学科的学理脉络，为"大生命视域"[①]的文化的、文学的研究范式创新提供哲学基础和理论依据，激活叙事界面上潜在的"后现代生命意识"，开拓"大生命视域"的外国文学研究方向。

关键词：疾病叙事；苏珊·桑塔格；大生命视域

1918 年冬天至 1919 年春天爆发的流感造成了全世界 5% 的人口的可怖死亡，丧命于这场全球性流行病的美国士兵甚至比在一战中战死沙场的还多。用历史学家约翰·巴里（John Barry）的话来说，"20 世纪早期的流感一年中夺去的人命比中世纪的黑死病一个世纪中夺去的人命还多"（Barry 2004：5）。然而，这场凶猛的生命灾难却很少甚或完全没有被 20

世纪大半叶英美国家的大众意识及其时代文学提及。究其原因,安·朱瑞克(Ann Jurecic)在《作为叙事的疾病》(*Illness as Narrative*, 2012)中指出,20世纪早期的文学观念普遍认为将流行病主题与叙事形式结合在一起是"无法想象的"(Jurecic 2012:2)。对于这一现象,诸如弗吉尼亚·伍尔夫等现代主义文学大家,亦经历了认为"疾病太普通了不值得一书"(同上5)到视疾病为"尚未开发的宝藏"(Woolf 2002:1)的认知过程。起初伍尔夫担忧"书写疾病会将日常生活变为文学主题"(Jurecic 2012:5);七年后的1926年她笔锋突转,撰文声称"小说应该致力于书写流感,叙事诗应该致力于书写伤寒,颂歌应该写肺炎,抒情诗应该写头痛,但是有关身体的故事似乎都显得缺少情节"(同上5)。她甚至呼吁作家把眼光转向"病房里潜在的戏剧"(同上5),坚信其"文学前景"甚至会超过"战争文学"。受此影响,二三十年代身染肺结核病的作家纷纷创作并出版被历史学家席拉·罗思曼(Sheila Rothman)称为"疗养院叙事"(sanatorium narrative)的文学作品。与以前出现的"疾病传记"(biographical case studies)不同,疗养院"病房里的叙事"往往把"对于疾病的零碎探讨"整合成"宏大的生命虚构故事"(同上5)。根据安·霍金斯(Anne Hawkins)在《重构疾病》(*Reconstructing Illness*, 1993)中的观察,这种类型的叙事又可以被称为"病志文学"(pathography)(同上6)。托马斯·曼(Thomas Mann, 1875—1955)的名作《魔山》(*The Magic Mountain*, 1924)就是典型的"疗养院叙事"中的杰作,被少年苏珊·桑塔格(Susan Sontag, 1933—2004)奉为"文学朝圣"的圭臬。后者甚至模仿、改造前者创作出的长篇历史病残叙事作品《火山情人》(*The Volcano Lover*, 1992)。除此之外,1939年在美国"口袋书"行业兴起的"平装书革命",一方面价钱上对大众读者平易近人,另一方面低门槛吸引不同文学体裁加入出版。其中就有"自助的治疗叙事"(therapeutic narratives of self—help)(同上6)这种曾被视为"另类叙事"(同上6)的文学样式。20世纪50年代以后,伴随着现代医学的日益专业化与专门化,医患关系不再"亲密"而是以"冰冷的数据说话"。对疏离的医患关系的反思、对笛卡尔以降西方哲学中心灵与身体的分裂的反思,"生命伦理学"(bioethics)领域的开山之作《女人与她们的身体》(*Women and Their Bodies*, 1970)面世,与保罗·拉姆齐(Paul Ramsay)的《作为个体的病人》(*The Patient as Person*, 1971)一道,为疾病叙事(illness narrative)的"普及阶段"的到来预备了基础。两年后,苏珊·桑塔格的《作为隐喻的疾病》(*Illness as Metaphor*, 1973)问世,标志着有关肺结核及癌症神话与隐喻的文化史的、文学史著述迈上了新台阶。

与 1918 年那场流感的悄无声息形成鲜明对比的是,70 年后对新一轮流行病艾滋病的出现,新闻作家、剧作家、小说家、诗人、回忆录作家、日记作家联合其他媒介的艺术家,以"洪水般的文本"创作迅速作出了反应。写作规模从几页纸的文章到整本书的自传文学,或记载疾病情况,或创作"悼念文学",或从受难以及失去中找寻意义。医学人类学家将此现象定义为"疾病叙事",指称病人对疾病口头或书面的自传式记录的叙事行为。对这些又被称为"世纪末叙事"(late-twentieth century narratives)的艾滋病叙事,大部分学者倾向视其为"相对的隔离",似乎艾滋病病毒只对这一代的男同性恋者产生威胁。1990 年苏珊·桑塔格发表艾滋病散文"艾滋病及其隐喻"("AIDS and its Metaphors"),又以短篇小说"我们现在的生活方式"("The Way We Live Now", 1986)言明艾滋病实难隔绝,而是一种连接"身体地理"与"社会共同体"的可怕疾病,振聋发聩地提醒世人要对"后现代"的"生命意识"予以理性反思。艾滋病叙事文学产品在西方大有市场,病残自传叙事的行情亦在持续上扬,甚至超过了艾滋病回忆录的增加速度。国内学者对此动态跟进迅速,2015 年第 4 期的《外国文学动态研究》刊发的孙杰娜博士的文章《佛吉斯回忆录〈我的国家〉里的艾滋病叙事》即是考察美国当代印度裔医生作家亚伯拉罕·佛吉斯的回忆录《我的国家》里的艾滋病叙事。《叙事》(中国版)第二辑也以"病残叙事"作为焦点话题进行探讨,《中国社会科学报》特约《叙事》主编唐伟胜教授撰写疾病叙事方面的文章"视阈融合下的叙事学与人文医学",表明国内外国文学学界及社科界对西方疾病叙事的兴起的敏感。实际上,到 20 世纪末病残叙事已被创建为一种"文学体裁"(literary genres),并参与到"后现代生命政治学"的建构进程中,与"身体叙事"(body narrative)以及后"911"叙事被合称为"后二战文学"(after-World War Ⅱ literature)。可预见到,接下来的几年对作为文学体裁的疾病叙事的研究将呈现井喷式发展态势。我们很有必要在提升其逻辑枢纽及叙事诗学的基础上,在叙事学与后现代生命哲学的界面上开垦"大生命视域"[①]的疾病叙事研究。

一、苏珊·桑塔格疾病叙事研究的学理依据

20 世纪 80 年代以来,在西方,对"疾病叙事"(illness narrative/

pathography）的形式、功能以及如何分析及阐释疾病叙事的方法及策略的研究逐渐形成相应的领域。其注重语境、功能及跨学科研究的特点，与"后经典"叙事转向的内在蕴涵是一致的。究其原因，医学和健康科学理念更新的影响是一方面，"非文字媒介叙事"（nonliterary narrative）的兴起以及各种跨学科叙事流派的出现也是其因素。作为叙事范式的"疾病叙事"的提出，受到了"后经典叙事"理论注重语境的启发，即将叙事置于"生命世界的语境"（life-world context）之中。这与自传叙事的语境化有重合（overlap）之处。对疾病叙事特征的认识提供了"疾病自传叙事"的叙事视角及"生命书写"的叙事类型。80 年代后期疾病叙事日渐从虚构疾病叙事范式转向虚构和非虚构疾病叙事齐头并进，非虚构类疾病叙事作品《作为隐喻的疾病》可以说是推动范式转变的力作之一。受到苏珊·桑塔格非虚构疾病叙事的影响，安·霍金斯在《重构疾病》中继续探究疾病叙事与隐喻及神话的关系。她指出，疾病叙事来源于文学隐喻和神话象征，"战斗""旅行""重生"（rebirth）是最重要的隐喻和神话。疾病叙事作者可以借助这三大隐喻及规范的"文类"与叙事策略，以可辨认和可接受的形式来重组他们的生活和疾病经历，这些隐喻能帮助病人讲述他们的疾病经历。其中，"重生"作为最重要的隐喻，与弗兰克追索型叙事"病人追求新的自我"内涵一致，也是苏珊·桑塔格记录哮喘、X 紧张症的童年及其"成长文学"的日记《重生》（*Reborn*, 2008）的标题。可见，建构自我的日记体文学与追索自我的疾病叙事具有可规约的研究范畴。"旅行"隐喻更是频繁出现于苏珊·桑塔格虚构类和非虚构类疾病叙事。除了考量疾病的隐喻，安·霍金斯还将疾病叙事置于宗教经验的宏大理论背景，指出其许多要素来源于宗教思想，值得深入发掘其疾病叙事的深层理论动因。笔者发现，苏珊·桑塔格作品中独特的"诺斯"（Gnosis）[②]"灵性病"（沃格林 2015：48）叙事（pneumophathogy）及心灵的共同体（nous community）（同上 44）叙事，与其受到诺斯替宗教思想的影响及谙熟诺斯替神话紧密相关。根据疾病叙事的目的，安·霍金斯划分了四类疾病叙事：教育类（didactic）疾病叙事、愤怒类（angry）疾病叙事、另类疗法（alternative）疾病叙事和生态（ecopathography）疾病叙事。苏珊·桑塔格写作《疾病的隐喻》，她告诉采访者，她认为观点比叙述有用，与其自传描述罹病的苦痛经历，不如为广大患者提供治疗的经验与建议。显然，她的疾病叙事应该被视为教育类或治疗类的疾病叙事。因其探究疾病批判文化的深度和广度以及社会学意义上的突出贡献，《疾病的隐喻》堪称第一类中的经典。另一部西方疾病叙事经典之作《受伤的讲故事者》(*The Wounded Storyteller*, 1995)的作者阿瑟·弗兰克(Arthur Frank)将疾病故事情节(storyline/plot)归纳为三个类型,即恢复型(restitution)、错乱型(chaos)和追索型(quest)(Couser 1997:28)。对恢复型而言,疾病只是暂时的有限的损耗与折磨,生病没有改变病人的生活及身份(identity)。与之相反,错乱型再现沉沦于病身的"自我"(self)以及断裂的生活。追索型情节模式中,自我被疾病改变,生病是朝向新体验与新身份的一场"旅行"(travel)(自然是隐喻层面的)。阿瑟·弗兰克提出"寓身"(embodied)、身体的叙事声音等概念,与苏珊·桑塔格第二卷日记《恰如灵寓于身》(*As Consciousness Is Harnessed to Flesh*, 2012)的标题含蕴及其小说《火山情人》中"倾听"的感知范式内涵一致。可见,统合身心哲学与疾病叙事的病体叙事研究是一个新颖的,然已有一定理论基础的研究领域。阿瑟·弗兰克提出"带着创伤标志的手足之情"(Couser 1997:28),为建构某种苏珊·桑塔格艾滋病叙事的疾病共同体诗学提供了理论依据。

在2013年广州南方医科大学举办的第四届叙事学国际会议暨第六届全国叙事学研讨会上,笔者在小组会议上报告了《苏珊·桑塔格短篇小说的"诺斯""身心"分裂症叙事》论文,受到申丹教授、傅修延教授、赵毅衡教授、唐伟胜教授、尚必武教授、杨晓霖博士的热烈响应。听取唐伟胜教授的论文《疾病自传的价值、叙事方式及其限度》后,笔者注意到国内学界已经出现"疾病叙事"的术语及理论转向。申丹教授指出,"这类跨学科的叙事学研究容易开始,却不容易'继续和深入'"。"为了给国内学界提供一个'继续深入'研究跨学科叙事学的范例",唐伟胜教授从"疾病叙事"入手,在《叙事》(中国版)前言展示了国外相关研究是如何将跨学科的叙事学"继续深入",让国内学者看到国外疾病叙事研究理论框架如何应用于虚幻文学作品分析。笔者在前期研究基础和对研究动态的研究基础上,意图为国内学界提供一个"疾病叙事"的作家个案研究。我们看到,法国学者海伦·瓦萨洛(Helen Vassallo)的《珍妮·伊夫拉尔,受伤的见证者:身体政治和疾病叙事》(2007)和中国学者刘明录博士的《品特戏剧中的疾病叙述研究》(2013)是这方面仅有的两部研究专著,数量和文类都不很够,对作家的非虚构类疾病叙事的研究更是罕见。国内外学界尚未注意到苏珊·桑塔格疾病叙事的层面/界面,在该层面/界面开垦研究领域,可以在实践层面提供跨学科的叙事研究如何"继续和深入"的范例,同时填补国内外苏珊·桑塔格研究的空白。在该项研究计划中,疾病叙事提供给我们的是精细的分析工具,当然,作家的疾病叙事的研究反过来无疑也会丰富叙事学的"武器库"。其实,将叙事学的研究方法应用于解决实际问题,国外在这方面已经走得很远了。杨晓霖博士介绍,国外已经在叙事与医学人文主义界面上做出了开垦的研究工作。2001年,丽塔·夏容(Rita Charon)发起了"叙事医学"(narrative medicine)运动,认为医生需要更多的生活世界声音的训练,因此,她提出从自传、现象学、心理分析、美学等训练出发,提升医学生观照、倾听、诉说疾病的"叙事能力"。此后,美国哥伦比亚大学医学院启动了"叙事医学"研究项目,开设叙事医学课程,把疾病叙事放在理解疾病的显著位置上。南加州大学医学院与人类学家合作,开辟了"叙事与疾病:治疗的文化建构"研究领域。笔者数年前注意到国外在疾病文学领域的动向,如汉斯·约纳斯(Hans Jonas)在纽约新社会科学研究学院领衔主持的"古地中海文化圈心身疾患治疗学研究"。我们可以发起国内在叙事与宗教人文主义和生命政治学界面上的国际前沿研究领域,首发研究以诺斯替主义为核心的心身疾患治疗学和社会精神病治疗学叙事及其文学特征。

如果说品特对"疾病文学潮流"的突出贡献在于"品特戏剧中的疾病在构建荒诞诗学方面的功用",那么"病人作家"苏珊·桑塔格在非虚构疾病文学与虚构疾病文学两方面都作出了非凡贡献。她既直面"女人病"乳腺癌的痛苦,写出了旨在帮助其他/她病人、提供经验教训的"教育类疾病叙事"(didactic illness narrative)名著《疾病的隐喻》,轰动西方知识界;疾病叙事更贯穿其文学变革的始终,哮喘病的体验形成了其早期无意识的疾病叙事视角,是其"反小说"(《恩主》与《死亡匣子》)空间形式的深层原因,罹患、治愈乳腺癌的经历触动其向"受伤的讲故事者"(wounded storyteller)的创作身份转变,"身体的叙事声音"与"内容""历史"的回归结合在一块,小说《在美国》与《火山情人》是美国文学中从未出现过的"生命历史小说"(life historical fiction)。苏珊·桑塔格叙事的动力、叙事观念及叙事手法的变革都是受到疾病记忆及病痛经历的影响。通过写作"自传散文"治疗父亲病逝的创伤叙事,"病人作家"揭示"受难的身体"的"叙事声音"的虚构类叙事,研究疾病文化修辞术及治疗科学的非虚构类叙事,以电影叙事探索"失语症"特征及"叙事限度"、以戏剧叙事呈现"抑郁症"的"叙述未发生之事"(the disnarrated)及"不能叙述之事"(the unnarratable);疾病还超越语言、故事和形式,进入叙事"进程和实验"的状态中:在舞蹈、摄影、雕塑等跨文字的叙事中作家发现并诠释病体的"灵韵"美;疾病叙事不仅给故事带来"叙事触礁""叙事突转"等结构逻辑,而且使文类复杂化、多样化。这些叙事的历程以及叙事身份的嬗变,都是受到了疾病直接或间接的"引发"。作为文化研究专家的苏珊·桑塔格,以疾病为研究对象,两篇论文《作为隐喻的疾病》及《艾滋病及其隐喻》(收录为《疾病的隐喻》)从修辞术的知识考古学拓展了福柯的疾病叙事谱系,反思并批判了诸如结核病、艾滋病、癌症等疾病如何在社会的演绎中一步步隐喻化,从"身体的病"转换成道德评判或政治态度,从疾病角度开日常生活的意识形态评判小叙事与政治修辞学的大叙事风气之先,开垦出疾病叙事的新领域,并启发阿甘本进行"生命政治学"的疾病叙事。其对结核病与浪漫主义文学关系的精辟探讨,"理论旅行"到柄谷行人的《日本现代文学的起源》,产生了重大的文化影响。作为小说家的苏珊·桑塔格,疾病不仅是其叙事的动力,而且成为文本结构元素,是其小说创作中情节及语言的重要构件,形成"病幻象征主义"的叙事风格,具体表现为呼吸症叙事时间、盲眼症不可靠叙事视角及文本形式的时空迷宫、乳腺癌隐含作者、衰老病残人物形象等等叙事特征。疾病体验及思量生发"坎普"病态及灾难病残美学,并与战争、灾难历史景观一道,促发作家向叙事的"道德承担"转向后"911"叙事。疾病的自体经验还被运用到历史人物传记的虚构叙述中,小说家以病建史的生命历史传记小说《在美国》(*In America*, 2000)将当年的全国图书奖及耶路撒冷国际文学奖收入囊中。同年南加利福尼亚大学召开"人物传记新解"学术会议,会议的主旨就是"当代文学中的生命书写(life writing)",在"与人物传记和自传相关的疾病和心理焦虑"小组会议上,写出"疾病叙事"经典著作《受伤的讲故事者》的阿瑟·弗兰克谈到苏珊·桑塔格在人物传记《在美国》中结合自己的"漂亮紧张症"及"X"心理病,虚构叙述传主玛琳娜的"性灵病"(soul illness)及其建立傅立叶社区的劳作治疗。疾病还促发了小说家的悲悯情怀,坚定其"和平斗士"的品格,触动其对"他者伦理"的思索。在短篇小说集《我,及其他》(*I'etcetera*, 1978)中,苏珊·桑塔格从"自我的病"转向"社区的病",以疗治失落的"美国梦"及生病的"美国魂"的叙事勇气,以后现代小说家高超的叙事艺术谈病说痛,艾滋病叙事作品"我们现在的生活方式"发明出"艾滋病社区"主题及其橘瓣式叙事结构,短篇小说的有限叙事时空提供了疾病如何革新叙事方法及叙事伦理的范例。概括说,建构苏珊·桑塔格疾病叙事诗学不仅可能而且很有必要。

以上论述已经显明以苏珊·桑塔格疾病叙事为研究对象的学理依据,我们发现,其核心是阐释疾病叙事类型由"诺斯"(Gnosis)身心分裂症叙事向病体叙事转变导致文本构造由"形式"转"内容"的叙事机制。以此为基础我们能够建构出一整套关于疾病叙事视角、时间、空间、策略的阐释体系,达成以下五方面的研究目标:一、疾病叙事动力的探索:自传文学治疗父亲病逝的记忆创伤叙事与超验哮喘病感受的"新感受力"叙事;二、疾病叙事变革的研究:从无意识疾病叙事的不可靠叙事视角嬗变"受伤的讲故事者",从"坎普"病态审美认识到叙事的"道德考量",叙事重心从形式(灵性)到内容(身体)的转变,文字媒介叙事到非文字媒介叙事;三、疾病叙事"诺斯"诗学的建构:"房间主题"与哮喘病"出尘"感受力的诗学追求,生病的"美国魂"的诊断与身心分裂症叙事的发生,"灵性病"(soul illness)"变相自传"与建立"傅立叶社区"的田园牧歌治疗,艾滋病叙事与"克制主义"修炼的救赎;四、疾病叙事修辞的分析:非虚构疾病文学的隐喻批判思想,虚构疾病文学的文体形态、修辞技巧和文体风格;五、疾病叙事的文化影响:对当代美国疾病回忆录文学兴起的影响,对柄谷行人的《日本现代文学的起源》的影响,对约瑟夫·布罗茨基的《悲伤与理智》的影响等。达成这五个研究目标,我们就能揭示苏珊·桑塔格疾病叙事的叙事品格和叙事风貌。

二、苏珊·桑塔格疾病叙事研究的变革及风貌

对外国疾病文学学术史及其动态加以追踪,我们可以总结出,疾病意象和疾病情节,其诗学功能、思想传达的实现在主题层面,这是虚构文学疾病主题研究兴起的思想原点,但是我们敏锐地注意到外国疾病文学研究已经出现叙事学的转向,应该提出把这些与疾病相关的文学当作在叙事观念、体裁和文类上都已经发生了重大革新的元叙述文本来研究,转变研究理念从对这些疾病对文学造成的影响只能在"已完成的文本"中概括思想特征到发掘"文本完成中"的形式变革的原因。疾病叙事及其阐释范式的提出,实际上是把不同于疾病主题学的叙事学的范畴引入了文学研究领域,据此可以探究在文本构造层面的疾病,提出疾病不仅是作家叙事的动力,而且成为其文本结构元素,是其小说创作中情节及语言的重要构件,并形成其独特的叙事风格。这一发现可以使疾病文学研究不局限于

文学的主题学、思想或者审美的学术领域,成为融汇生命哲学、医学人文主义、后经典叙事学的议题。疾病叙事的模式和修辞的提出有助于突破关于疾病对文学的作用和影响的"泛泛而谈",为疾病文学的发展以及跨学科的叙事学如何"继续和深入"研究提供理论资源和研究范例,有助于统合生态社会学、生命政治学、宗教的精神修炼等诸多新兴学科的学理脉络,为"大生命视域"的文化的、文学的范式创新提供哲学基础和思维方式,激活叙事界面上潜在的后现代生命意识,开掘大生命哲学的文学方向。笔者引入沃格林的"灵性病理学"理念和"诺斯替主义"(Gnosticism)的治疗和疾病审美的救赎观,将疾病叙事置于叙事学与身心哲学、社会学、宗教学界面上试图建构"诺斯替"神学维度中"灵韵"病体叙事的疾病叙事理论,为后经典叙事学注重语境的叙事观念的变革和创新提供理论资源和研究方法。

国内外研究者都曾经指出过,苏珊·桑塔格的处女作小说《恩主》(*The Benefactor*,1963)中"叙述主体的分化"及"不可靠叙述的叙述视角"(张艺 2011:90)是受到了她在巴黎接触到的以罗伯—格里耶(Rob Gouriye)为代表的"新小说"创作氛围的影响。但是我们以德国学者梅比维斯(P. J. Mobius)19世纪末提出的"病迹学"视角回头再看,以杰出人物,特别是以文学家、艺术家为中心,从精神医学的角度来分析探究他们的异常性格、错综的内心纠葛、疾病史和其创作之间的关联,揭示这种关联在他们的个人生活及创作活动和作品中所起的作用和意义,尤以"艺术家的病理发展过程和创作本身之间的互动关系为聚焦"(张蕾 2004:94),借鉴1996年美国精神病学教授瑞菲尔德·贾米森(Redfield Jamison)出版的《触火、躁狂抑郁症与艺术气质》(*Touched with Fire: Manic—depressive Illness and the Artistic Temperament*)一书,通过研究艺术家和作家的家庭基因、个人病史及创作经历等方面的资料深入揭示病症与艺术表现之间的密切联系的研究方法,我们发现《恩主》艺术本文独特的时空迷宫风貌与作家哮喘病史之间存在抽丝剥茧的内在关联:5岁那年,苏珊·桑塔格第一次犯哮喘,凌晨两点到六点之间咳个不停,咳得喘不过气来甚至出现窒息现象。为了治疗她的呼吸道疾病,她的母亲决定居家搬迁到气候环境更为适宜她的图森城。这一段经历如此难忘以至于她就此着迷于在疾病中寻找文学灵感的作家,如爱伦·坡、布鲁斯特和托马斯·曼,和他们一样,她也着迷于销蚀性疾病和死亡。苏珊·桑塔格特殊的创造性同她的疾病间具有紧密的共生关系,她是自己疾病的出色的舞台导演,尽管起初很可能是无意识的。对窒息的体验转化为小说逼仄的房间主题,窒息引起的精神幻觉艺术化为情节荒诞、梦幻与现实交杂并叙的梦呓叙述。苏珊·桑塔格的长句式在节奏上复制出呼吸急促的感觉,而她那些冷峻的、哲思的、跳进的叙述更是她为摆脱记忆重压而作的深呼吸。哮喘病发的感受是其发明主体分化和不可靠叙述视角的灵泉,发展为其独特的"病幻新现实主义文学",把个体对呼吸疾病的感受作为一种"新现实"(réalité nouvelle)投射到人物和叙述上。与格里耶淡化人物、情节不同,使疾病的现实转化为艺术的现实才是其"新小说"的新意所在,而哮喘病的体验在作家的笔下转化为叙述的喘息的意识流和迷宫式的房间意象,构造出《恩主》独特的叙述图景。

如果说童年的哮喘病体验无意识转化为《恩主》的叙述风格及艺术构造,那么在以后的虚构类文学的创作中,苏珊·桑塔格不仅充分利用疾病作为文本的构造元素或叙述视角,而且从早期的空间叙述转向身体叙述。第二部小说《死亡匣子》(*Death Kit*, 1967)中,"死亡匣子"的集合式隐喻——一个个逼仄、幽闭的空间是由作家的呼吸困难体验转化而生,第三人称显微镜式叙述到第一人称"去视力"叙述的叙述进程的变化,背后是作家对"失明"症意义的思量:迪迪让自己"传染"上赫斯特的失明,以驱除精神的晦暗与浅薄,实现德行的提升。《死亡匣子》是苏珊·桑塔格在1965年至1967年人在旅途期间,放弃了不止一部的长篇小说的写作,创作出的一部思索已久的"死亡小说",也是其唯一一部书写战争题材(美国的越南战争)的长篇小说。在出版这部小说时作家受到了如潮的负评,甚至一度让其失去了小说家的自信。但是我们从"失明症"叙述的崭新视角透视这部小说,会发现福柯对"生死爱欲"的思索与小说立意的相通及作家创作这部作品的深意。苏珊·桑塔格利用"梦中梦"的叙事结构,借用并改编"诺斯替神话"中关于"死亡的道路"的神话原型,实现了其在《反对阐释》(*Aganist Interpretation*)中提出的"新小说"的理想蓝图。其早期创作的小说观念、身心问题与自我意识之间的错综复杂的关系都可以在失明症叙事的视镜下得到全新的诠释。概括说,失明的心灵视角,集中体现了作家的死亡观和灵肉观,死亡是灵魂脱离肉体的一场"旅程";在其中她小说化(虚构化)地呈现了自己对身心问题的思索。眼盲而心聪的赫斯特,作为主人公的旅伴、见证人和爱人,她陪伴着他,"看见"了他"向死而生"的过程。"盲目"还使得"再叙述"和"叙述未发生之事"变为可能。"为什么小说家就不能把人人都能看到的东西进行新的调整和变换呢,为什么他就不能把自己正好限定在先入之见和现成的意象呢，这毫无道理。"苏珊·桑塔格创作出赫斯特自我放弃"看"却"看到"迪迪杀人的情节，叙述者甚至超越了"内视之眼"的圈限。对看见的先入为主，深层原因是作家主体自我意识的自囿。用隐喻的方法来说，"看"的问题受限于作家日记中所描绘的"自我的洞穴"（Sontag 1989：249）和"自我的盲目"（同上 366）。所以她坚持"文学唯一的功能在于发现历史中的自我"（同上 501）。发生在迪迪内心世界的一系列"故事"，虽然被作家记录下来达到了三四百页，但是实际上的时间只有短短的一段。普鲁斯特在《追忆似水年华》中将这种叙述时间称为"纯粹时间"。《死亡匣子》在形式上借鉴了现代小说的意识流手法，发展出一种自我意识的时空结构，将迪迪死前的片刻只有短短的瞬间的物理时间通过自我意识的幻觉叙事的手段尽可能地延展，在叙事进程中作家不断地留下提醒读者发现主人公回到当前的物理时间中来的叙事线索，使纷繁复杂的情节及无限的故事时间最后回归到叙述的起点，从而构成了绕了一个大圈的意识之旅。时间仿佛还是原来的时间，然而在人物的心灵已经经历了沧海桑田的变幻，用高行健的话来说，"用这种手法来描写人的内心世界时，它提供的不只是理性的结论和分析、行为的状态和结果，而是得出理性的结论和分析时思维活动的整个过程，或者是某一行为过程中的一系列具体而细致的感受。"（高行健 1981：29）盲目的心灵视角诞生的是纯粹的心理叙述时空，结合诺斯替神话的死亡道路的叙述模式，成就了远远大于"心理惊悚小说"的无与伦比的"死亡和身心问题小说"《死亡匣子》。

最后两部长篇小说《在美国》和《火山情人》（*The Volcano Lover*，1992）在美国文学史上奉献了迄今为止绝无仅有的两部"生命历史传奇小说"。前一部小说中，作家结合自己的"X"病及漂亮紧张症和高超的叙述技巧，艺术呈现玛琳娜建立傅立叶社区劳作治疗自己的心理疾病的艺术之旅；后一部小说中，作家建构自己独特的病残身体美学及其散文评论家式的身体叙述声音，实现了叙述的身体转向和道德转向。苏珊·桑塔格疾病叙事更加突破了文字类叙事的叙事限度，向非文字叙事转向。研究应该包括各种文类的文字文本、图像—影视艺术和舞蹈—形体表演在内的"作品"在涉及疾病方面的思想建构及其形式构造。例如，抑郁症叙事舞台作品《床上的爱丽斯》、失语症叙事电影作品《卡尔兄弟》、"灵性病"灵韵叙事的舞蹈评论这些都值得我们从疾病叙事的理论入手进行深入探索研究。笔者在前期研究中发现，其"坎普"（camp）同性恋病态感受力与早期小说空间形式构造/叙述的关联及其病痛的极端体验、抑郁对其"激进意志的样式"的建构和"残酷戏剧"艺术"休克疗法"模式造成的影响，得到国内诺斯替主义专家学者张新樟教授的肯定。2012 年江苏省外国文学年会上笔者在研究成果《因自性囿于诺斯替主义——苏珊·桑塔格日记第二卷〈恰如灵魂羁于肉身〉中的"X"病》论文中提出，苏珊·桑塔格在日记体文学的创作中对其"X"病的自我诊断及文化分析，心囿于身的感受力更深层原因是自体受困于诺斯替主义，灵性病理学文学表征为抑郁症日记体小说创作的动力。2013—2014 年在南京理工大学中央高校基础科研经费资助项目《"图像"与"叙述"：苏珊·桑塔格旅行创作对话性研究》中笔者探讨了"旅行"作为疾病叙事中最重要的"隐喻"贯穿其文字叙事到图像叙事的变革，系列成果收录在 2015 年上海外语教育出版社出版的《叙事理论与批评的纵深之路》一书中。笔者提到，灵知主义的诊断、治疗与抑郁症日记体小说、"诺斯""身心"分裂症叙事与自我身份的追索，这些国际前沿的研究领域将会成为国内疾病叙事文学和理论潮流的最新动向。研究成果已经得到国内首发研究"疾病叙事"的权威学者唐伟胜教授和国内叙事学领域顶级学者申丹教授的肯定。安·朱瑞克在《疾病作为叙事》中提及，苏珊·桑塔格在此生最后一次致命癌疾——骨髓增生异常综合症不治身亡后，其独子大卫·里夫（David Rieff）与其最后岁月的同性恋伙伴安妮·莱博维茨（Annie Leibovitz）推出散文回忆录《死海搏击》（*Swimming in a Sea of Death: A Son's Memoir*，2008）和《图像回忆录》（*A Photographer's Life*：1990—2005，2009）。对同一个女人的爱和哀悼，不同的叙事格调和叙事媒介，以苏珊·桑塔格疾病回忆录为典型代表的当代美国疾病回忆录文学的兴起，显明疾病叙事学研究和外国疾病文学新风潮的出现。

注解【Notes】

① "大生命视域"的提法见李振刚，"大生命视域下的易学创新"，中国哲学社会科学规划办公室 2016 年 2 月 22 日，http：//www. npopss-cn. gov. cn/n1/2016/0222/c373410 - 28138854. html。

② 本身是一种治疗学类型的"诺斯替主义"，也被刘小枫译作"灵知主义"，其核心概念"诺斯"是指一种神秘的、属灵的特殊救恩知识，此处作"灵性病状态"的"身心分裂症"解。见张新樟：《诺斯、政治与治疗——诺斯替主义的当代诠释》，杭州：浙江大学出版社，2008 年。埃里克·沃格林：《希特勒与德国人》，张新樟译，上海：

上海三联书店,2015 年,张艺:《苏珊·桑塔格与诺斯替主义研究》,南京:江苏省哲学社会科学规划办公室,2011 年。

引用文献【Works Cited】

Barry, John M.. The Great Influenza: The Epic Story of the Deadliest Plague in History. New York: Viking, 2004.

Couser, G. Thomas. Recovering Bodies: Illness, Disability, and Life Writing. Madison: Wisconsin University Press, 1997.

Hawkins, Anne Hunsaker. Reconstructing Illness: Studies in Pathography. West Lafayette: Purdue University Press, 1993.

Hawkins, Anne. "Pathography: Patient Narrative of Illness". Culture and Medicine, 1999(171).

Jurecic, Ann. Illness as Narrative, Pittsburgh: Pittsburgh University Press, 2012.

Woolf, Virginia. "On Being Ill", 1930. Illness: An Unexploited Mine. Ashfield: Paris Press, 2002.

Ramsay, Paul. The Patient as Person, in Ann Jurecic, Illness as Narrative. Pittsburgh: Pittsburgh University Press, 2012.

Rothman, S. M.. Living in the Shadow of Death: Tuberculosis and the Social Experience of Illness in American History. New York: Basic Books, 1994.

Sontag, Susan. "Aids and Its Metaphors". New York: Farrar, Straus and Giroux, 1989.

—. As Consciousness Is Harnessed to Flesh: Journals and Notebooks 1963 – 1981. New York: Farrar, Straus and Giroux, 2012.

—. Illness as Metaphor. New York: Farrar, Straus and Giroux, 1978.

—. "The Way We Live Now". New York: Farrar, Straus and Giroux, 1986.

Vassallo, Helen. Jeanne Hyvrard, Wounded Witness: The Body Politic and the Illness Narrative. Peter Lang AG, 2007.

Wells. "Women and Their Bodies and the Work of Writing". inJurecic, Ann. Illness as Narrative. Pittsburgh: Pittsburgh University Press, 2012.

埃里克·沃格林. 希特勒与德国人. 张新樟,译. 上海:上海三联书店,2015.

高行健. 现代小说技巧初探. 北京:花城出版社,1981.

刘明录. 品特戏剧中的疾病叙述研究. 重庆:重庆大学出版社,2013.

申丹、王丽亚. 西方叙事学:经典与后经典. 北京:北京大学出版社,2010.

孙杰娜. 佛吉斯回忆录《我的国家》里的艾滋病叙事. 外国文学动态研究,2015(4).

唐伟胜. 跨学科的叙事学如何"继续深入":以疾病叙事研究为例//叙事(中国版)第四辑. 广州:暨南大学出版社,2012.

唐伟胜. 视阈融合下的叙事学与人文医学. 中国社会科学报,2012 – 9 – 28.

张蕾. 狂气、病迹学与文学创作——兼论日本病迹学研究. 文史哲,2004(6).

张艺.《恩主》艺术符号能指的形成与时空迷宫风貌：叙述主体的分化、不可靠叙述及本文的空间化. 俄罗斯文艺,2011(1).

作者简介：张艺,博士,南京理工大学外国语学院讲师,主要研究方向：苏珊·桑塔格研究。

迷宫叙事与叙事迷宫

杨晓霖　方　群

内容提要：迷宫叙事和叙事迷宫是构建迷宫诗学的重要概念，认识这两个概念才能准确把握迷宫诗学从文本叙事模式到认知叙事理论的演化过程。然而，国内外研究者没有正确厘清两者之间的区别，大多混用两个概念。在对两个概念进行批判性理解的基础上，本文从文本叙事类型和叙事及认知策略两个维度重新构建迷宫叙事和叙事迷宫这两个术语，为读者和评论界提供一个迷宫诗学理论框架和分析迷宫文本的范式。

关键词：迷宫叙事；叙事迷宫；迷宫意象

一、引言

半个世纪多以来，迷宫意象深受博尔赫斯、卡尔维诺、艾柯、萨拉马戈等后现代主义正典文学家青睐，并成为马尔克斯（Gabriel García Márquez）的《迷宫里的玻利瓦尔》（*The General in His Labyrinth*, 2004）、格里耶（Alain Robbe-Grillet）的《深锁迷宫》（*In the Labyrinth*, 1959）、达雷尔（Lawrence Durrell）的《黑暗迷宫》（*The Dark Labyrinth*, 1947）、帕斯（Octavio Paz）的《孤独的迷宫》（*The Labyrinth of Solitude*, 1950）等作品的主题意象。在迷宫作为文学母题（labyrinth as a literary motif）（Hahn 2013：6）的创作大潮引领下，围绕"迷宫"这一关键词进行论述的成果呈增长趋势。相关文献主要分为三类，第一类是关于迷宫的理论著作，第二类是针对典型迷宫创作者进行探讨的著述，第三类是其他迷宫研究。

第一类主要包括：科恩（Hermann Kern）的《迷宫穿行》（*Through the*

Labyrinth，2000）从历时的角度梳理迷宫概念，区分了迷阵（maze）和迷宫（labyrinth）；杜波（Penelope Doob）的《迷宫观念》（*The Idea of the Labyrinth*，1990）则详述迷宫观念从神话源头到文艺复兴的历时变化；法瑞斯（Wendy Faris）的《语言的迷宫》（*Labyrinths of Language*，1988）分析作为主体内容和结构设计的迷宫，观察迷宫在文本中的可能表达方式；阿塔里（Jacques Attali）的《文化与社会里的迷宫》（*The Labyrinth in Culture and Society*，1996）从身份、性别、民族等视角解读个人如何成为迷宫式的存在。

第二类可以分为围绕经典迷宫创作者的作品展开和综合比较几位经典作家的迷宫文本创作展开的论述两种文献。前者探讨博尔赫斯（Bloch 2012；Lindemann 2000；Naço 2013；Nemesio, Halász & Thury 2012；Szalay 2009；Yalçiner 2014）、丹尼勒夫斯基（Mark Z. Danielewski）（Cox 2006；Gabriel 2016；Hamilton 2010；Huner 2014；Lord 2014；Throgmorton 2015）、卡夫卡（Bras 2000；Cornwell 2006；Diwany 2014；Kenosian 1995；Raguž 2012）等的作品的迷宫特征。后者有卡尔德林（Calderin 2002）分析博尔赫斯和卡尔维诺作品中作者、读者和文本之间的关系；汉恩（Hahn 2013）比较卡夫卡、奥斯特和博尔赫斯的迷宫思维；马萨基（Message 2009）论述了博尔赫斯、卡夫卡、丹尼勒夫斯基和库布瑞克（Stanley Kubrick）的孤独迷宫；科诺西安（Kenosian 1995）探讨了卡夫卡、黑塞（Hermann Hesse）和托马斯·曼的迷宫虚构；马丁（Martin 1995）阐释博尔赫斯、卡萨雷（Adolfo Bioy Casares）和艾柯的迷宫侦探叙事。

第三类的其他迷宫研究大多以迷宫为"框架"分析具体的后现代小说文本，探讨作品里包含的迷宫意象和非时序性叙事空间。其中绝大多数使用迷宫隐喻来揭示互文性（Agazzi & Vinci 2013；Agust ín 2014；Capozzi 2004；Decius 2008；Evans 1984；Myk 2002；Rivera 2004；Wiesmann 2000；Sim & Loon 2004；Wittgenstein & Goodman 2002）、迷宫作品的语言艺术（verbal art of labyrinth）（Kern 2000；Senn 1986；游巧荣 2009）、复杂的叙事结构或读者阅读的复杂路径（Atkin 2008；Cannon 1985；Dryer 2012；Jeannet 1991；Muhlstock 2014；Shiller 2012；Wilson 1992）和庞杂的知识体系（D íaz 2008；Hopkins 2008；Naço 2013；Roberts 2008），部分研究则侧重文本的元虚构空间和体裁跨越空间（Andrews 2013；Gibson & Wolfreys 2000；Gleason 1993；Hamzea 2009；McRobert 2013）、自我的身份或心理空间（Campbell 2003；Grahamsmith 2012；Gutierrez 1985；Pilz 2003；Sala

2013；Osterhoudt 2010；Pirzahiri 2015）以及主题词的歧义性和意义的不确定性（陈世丹 2007；Shinn 1995），还有一些以迷宫为隐喻研究读者互动型虚构作品（Douglas 1989；Kickmeier-Rust 2007；Mishina 2013）、数字化媒体叙事或网络游戏（Gazzard 2009，2010；Morrison 2008；Taylor 2006）。在这类研究中，很多标题里出现迷宫字眼的著述实则与迷宫理论几无关联，迷宫被泛化为任何与后现代作品相关的同质化特征。

然而，并非所有凸显互文空间的作品就是迷宫叙事，并非设置错层空间和复杂叙事层次的小说就是迷宫叙事，也并非后现代作家创作的作品皆具叙事迷宫特性。也就是说，迷宫概念有被研究者滥用的倾向，绝大多数研究者没有正确厘清与"迷宫"相关的概念之间的区别，不加甄别地将其用于理论阐释和文本分析，造成表述混乱的局面。事实上，迷宫不仅仅是一种隐喻，更是一种学说，一个可以应用于具体作家和作品分析的缜密理论框架。通过将迷宫叙事和叙事迷宫分别阐释为一种空间文本类型和迷宫空间的特质，本文致力于为后现代文学版图上的迷宫诗学研究探路。

二、迷宫：基本词义与隐喻意义

迷宫（labyrinth 或希腊语 laberinthos，拉丁语 labirintus）指的是充满分叉通道（bifurcating corridors），不易找到从其内部到达入口或从入口到达中心的建筑物。迷宫源自希腊神话。传说克里特岛的迷宫里囚禁着牛头怪米诺陶（Minotaur），克里特王强迫雅典人每九年将七名童男童女献给他享用。勇敢的雅典王子提修斯（Theseus）进入迷宫除掉怪物，又用克里特王的女儿阿里阿德涅给的毛线团（Ariadne's thread）走出迷宫。迷宫里有无穷无尽的曲径、死胡同、暗室密道，联结迷宫的是谜题和追寻。因而，迷宫是表达主体建构与遭遇异己的错综关系之隐喻。

作为迷宫意象的源头，此后的迷宫文本都存在着与神话相似的叙事结构，那就是：主体在被追逐、逼迫的情况下进入迷宫，准备完成一项使命，在即将获得关于"永恒"或"无限"的知识时，或迫于现实诉求杀死迷宫中的真理启示者，或是遭到惩罚死于迷宫中。因而，迷宫是一个见证生、死和重生这个人类最大谜题的地方。

迷宫建筑具有矛盾性——迷宫里面无处不在的无序的迂回黑暗廊道

与迷宫外部简明直观的几何图形形成鲜明的矛盾张力。外部的有序规整包蕴的是千真万确的存在、状态和趋势;而内部的混乱无序容纳的是变动不居的生成和延绵不断的生活(Cipolla 1987:120)。从这个意义上说,迷宫是一个包罗万象的悖论指称(paradoxical signifier),从混沌到有序,从无意到必然,从有限到无限,从生到死,迷宫几乎涵盖一切(Faris 1988:1)。

隐喻意义上的"迷宫"可解读为两层涵义。一方面,迷宫是后现代博学家广泛涉猎诸多学术领域并取得不菲成就的高度赞誉。他们将在不同领域所形成的学术思想集合在一起,形成庞大的迷宫般的学术体系,比如,"艾柯的迷宫""博尔赫斯的迷宫"和"福柯的迷宫"等;另一方面,后现代博学家的虚构作品往往将大百科全书式的万象迷宫呈现给读者,融宗教、历史、哲学、物理、天文、地理、艺术、神话、拓扑学,甚至数学等知识于一体。在这个层面上,迷宫不是对作家面面俱到的才华,而是对包罗百科万象知识的作品的盛赞之喻,如艾柯(Umberto Eco)的《福柯摆》(*Foucault's Pendulum*, 1988)字里行间处处可见数学、神学、史学、物理学、政治学甚至历法学的知识,因而,被评论家誉为迷宫式作品;如《花园的分叉小径》(*The Garden of the Forking Paths*, 1947)被称作博尔赫斯式迷宫;《所有的名字》(*All the Names*, 1997)被誉为"萨拉马戈的迷宫"(Atkin 2012:1);乔伊斯(James Joyce)的《尤利西斯》(*Ulysses*, 1922)和艾略特(T. S. Eliot)的《荒原》(*The Wasteland*, 1922)也都被誉为迷宫式作品。这两层解读是对艾柯作为包罗万象的博学家和百科全书式的文学家所获得的成功的高度赞誉。

学界对迷宫作品进行描述的术语主要有"迷宫叙事"(labyrinth narrative)、"迷宫式叙事"(labyrinthine narrative)(Campbell 2012:199)、"叙事迷宫"(narrative labyrinth)(Risden 2006:1;Suzuki 2008:60;Thomas 1982:591)、"迷宫文本"(labyrinthine text)(Ania 2000:2;Gibson & Wolfreys 2000:1;Hardie 1991:365)、"文本迷宫"(textual labyrinths)(Meretoja 2014:1)、"文学迷宫"(literary labyrinth)(Sharratt 1984:1)、"空间迷宫"(spatial labyrinths)(Andrews 2013:iv)等几种。

如前所述,众多概念造成了表述混乱的局面。如何在简化迷宫概念的同时,更大程度地描述迷宫文本的特征成为后现代文学批评中的一个亟待解决的问题。经过细致阅读迷宫批评文献,本文认为从"迷宫叙事"和"叙事迷宫"这两个维度就能达到简化并阐明迷宫概念的目的。

迷宫叙事与叙事迷宫都涉及空间概念。迷宫叙事是以迷宫为主题或

叙事研究　第 1 辑

隐喻的空间叙事类型;叙事迷宫则是以迷宫为隐喻的空间特性。"迷宫叙事"的中心词是"叙事",因而是相对于其他类型叙事而言的一种分类,主要关注迷宫文本如何采用迷宫意象或类似迷宫的建筑空间来展开叙事进程。"叙事迷宫"的中心词是"迷宫",主要关涉后现代迷宫文本与作者/读者、迷宫文本与写作/阅读行为、迷宫文本与前文本/外部世界、迷宫文本与认知迷宫等动态关系。

三、迷宫叙事:一种空间叙事类型

作为一种独特的叙事实践活动,迷宫写作必然和空间相互关涉。米勒(J. Hillis Miller)在《阿里阿德涅之线:故事线条》(*Ariadne's Thread: Story Lines*, 1992)一书中间接粗略论及迷宫式叙事,但论述的重点在故事线条上,主要强调叙事的重复、中断、玄虚、回环等,并未对迷宫空间叙事进行明确描述。

迷宫叙事(labyrinth narrative)作为一种叙事类型,指的是一种以迷宫地景(labyrinthine landscape)作为叙事进程向前发展的场所(labyrinthine setting),抑或以迷宫意象(Labyrinthine imagery)和类似于迷宫的复杂建筑意象(the strong presence of architecture)作为几何空间叙事架构(geometrical narrative structures)(Pilz 2003:230)贯穿整个作品的文学类型。这类作品旨在探索空间或场域变化与自我个性的成长之间的内在关系、模式和意义(杨晓霖 2014:132)。换言之,迷宫叙事强调人物与迷宫的空间关系,可以视为空间叙事的一种次类型。

迷宫意象经由荷马、奥维德、但丁、弥尔顿和布莱克等文学巨擘传承到20世纪,又在叶芝、乔伊斯、博尔赫斯、卡尔维诺、艾柯等文学泰斗的作品里层出不穷,并在21世纪后现代、先锋派和数字虚构作品中屡见迭出,可谓世界文学中的一个强势意象。几乎所有的后现代顶级作家都擅长使用迷宫意象。

阿根廷作家博尔赫斯(Jorge Luis Borges)对迷宫叙事非常着迷,迷宫作为明确的意象第一次出现在1942年的一首诗——《天堂和地狱》之中,此后,这一意象成为博尔赫斯虚构作品的重要特征。比如,收录于《阿莱夫》(*Aleph*)里的短篇小说《星屋》(*The House of Asterion*, 1949)涉及大量迷宫拓扑空间描述(topological depiction),迷宫意象反复出现。博尔赫斯的迷宫意象启发了许多作家的迷宫想象和创作。他们受迷宫冲动(the labyrinth of impulses)驱使(Klossowski 1997：30)进行各种迷宫叙事实践,构成迷宫叙事创作的大潮。代表性的经典迷宫叙事作品包括利马(José Lezama Lima)的名诗作《纳西瑟斯之死》(*Muerte de Narciso*, 1937)、《梵蒂冈的地窖》(*Les Caves du Vatican*, 1914)、丹尼勒夫斯基(Mark Z. Danielewski)的《树叶之屋》(*House of Leaves*)、埃尔顿(Michael Ayrton)的《迷宫制造者》(*The Maze Maker*)、格里耶(Alain Robbe-Grillet)的《深陷迷宫》(*In the Labyrinth*)等。

迷宫叙事并非一定以真正的迷宫建筑为意象,直接包含迷宫这一建筑样式的作品并不多见。我们可以把明确以实体迷宫作为叙事进程的主要推手的作品视为"严格意义上的迷宫叙事"(labyrinth narrative proper)。更多的迷宫叙事是与迷宫相似的城市空间(其他空间)或复杂建筑,强调地理空间或建筑空间的迷宫般特点。这种迷宫式的空间意象构成作品的"宏大隐喻"(master metaphor)或"组织原则"(organizing principle)(Meeter 1986：690)。援引威尔逊的术语,这是一种拟像迷宫叙事(labyrinthine simulacra)(Wilson 1982：11)。

拟像迷宫叙事选择适合它的叙事框架的提喻,可以是比实体迷宫大得多的宇宙迷宫,也可以只是一座非常小的花园迷宫,可以是人物非常熟悉的城市空间,也可以是异常陌生的异域空间。无论如何,作家们都将其比作与迷宫对等的建筑空间。比如,梅尔维尔的《白鲸》的提喻是海洋迷宫(捕鲸业的运作机制),佩雷克(Georges Perec)的《物》(*Things: A Story of the Sixties*, 1965)的提喻是巴黎一座由五百多套房子组成的公寓楼,卡普瑞罗(Paola Capriolo)的《双重境界》(*The Dual Realm*, 2013)是一座结构复杂、连酒店经营者都没有图纸的带图书馆的宾馆,艾柯的《玫瑰之名》(*The Name of the Rose*, 1980)的提喻是一座中世纪图书馆,博尔赫斯的《星屋》的提喻是房子,他将房子等同于世界——"房子与世界一样大小;或者甚至可以说房子就是世界"(Borges 2007：139)。

当代人物大多生活在城市里,因而,许多后现代拟像迷宫叙事都采用城市意象作为迷宫提喻,如卡尔维诺的《看不见的城市》(*Invisible City*, 1972)(55座城市)、奥斯特的《玻璃之城》、格雷斯(Jim Grace)的《阿卡迪亚》(*Arcadia*, 2008)等。实际上,后现代许多作品都以城市为故事发生地,然而,并非所有以城市作为故事场景的作品都是迷宫叙事。如果主要人物在城市中不是一个漫游者,城市空间强调的不是迷宫特性,那么,这样的作品并不能视为迷宫叙事,城市也不能被视为迷宫建筑的提喻。

迷宫也可以是人的心理、情感、记忆和梦境的建筑式比喻。继续援用威尔逊的术语，这可以看作一种概念迷宫叙事（conceptual labyrinthine narrative）。威尔逊认为，在这一类迷宫叙事里，不一定出现明显的迷宫或迷宫拟像，而是将迷宫概念的空间特征与心理、情感、记忆、梦境等主题性特征联系起来（Wilson 1982：12）。然而，如若采用"不一定"字眼，就难区分概念迷宫和拟像迷宫。因而，本文认为概念迷宫叙事是没有采用明显的迷宫或迷宫拟像建筑作为贯穿意象的作品。如果严格意义上的迷宫叙事和拟像迷宫叙事具有第一空间的物质性的话，那么，概念迷宫则相对前两类迷宫叙事而言，略显抽象，介于第一空间和第三空间之中。

以丹尼勒夫斯基的《树叶之屋》为例。这部迷宫叙事作品既涉及拟像迷宫，又涉及概念迷宫。纳威德森一家在弗吉尼亚乡村新购置的别墅里安装的摄像头记录下来的各种诡异景象——主卧室和其他房间出现了以前没有的门和门廊，通向无数的门厅、房间和楼梯间，看似一个无穷无尽的迷宫浮现在那端（Danielewski 2000：57），这是幻觉中的拟像迷宫。而另一方面，小说的文字，却由一位名为赞潘诺的盲老人在制作这部纪录片的同名手稿时对片子所作的评论（主文本），老人死后在箱子里发现这部手稿的年轻人特兰恩特的叙事，以及为老人和年轻人的写作做注解的一群虚构"编者"的文字三个叙事层次组成。这么多层的叙事让这部作品的阅读过程变得艰涩复杂，读者不停地被注解和其他叙事层次等各种文本迷宫岔道分散注意力，为达到对小说整体的理解，努力将自己拽回迷宫主道上来。

对于读者而言，这是一个文本"迷宫"。误导他们向不同的叙事方向前进，就像在一条走廊的两边开了许多扇门，读者推开一扇又一扇，结果发现自己都上当了，而在前面似乎是墙壁的地方却有一个岔路，可以通向迷宫的出口。这种迷宫叙事就像真正的迷宫一样，充满了叙事的分叉和歧路，所以我们在小说中看到的不仅仅是文本之中的迷宫，同时面对的是文本的迷宫。

迷宫的特点是只有迷宫行走者自己方可拯救自己，任何外面的引导作用都不大。人生处境就像迷宫，或许有人能告诉你出路何方，但迷宫之路还得自己走。在这个迷宫行走过程中，才能洞悉和觉悟自己的内心。对于读者而言，亦是如此，每阅读一本书就进入一个不一样的迷宫，阅读者只有根据自己的认知图书馆的指引，在符号世界与认知世界之间不断来回行走，最终才能得到对所读作品的完整阐释。相对其他类型叙事而言,迷宫叙事更强调读者直接的阅读经验,借助于其他读者和评论者的描述完全无法理解叙事意图和体验,因而,迷宫叙事也被评论者称为"体验遍历型文学"(ergodic literature)(Wardrip-Fruin 2005)。

迷宫叙事创造者充分利用文学与建筑之间的内在关联——两者都在利用小的(建筑或符号)材料"构建"某种更大的模式——两者都能将依次展开的离散信息单元连接为结构性图案。他们大多受"心理地理学"(psychogeography)影响,所创作的迷宫叙事大多是作家们与心理地理学跨学科对话的产物。迷宫叙事充分利用读者的阅读行为与建筑空间行走之间的相似关联——读者和行走者在符号建筑里穿行空间,并在空间逐渐地揭示各种信息的过程中理解空间符号与几何模式之间的关系。

心理地理学这一概念由法国情境主义代表人物居依·德波(Guy Debord)首创。对于有实体迷宫拟像迷宫存在的叙事而言,迷宫不单是文学再现的对象,也不单是为人物和情节展开所设定的背景。在这些概念迷宫叙事作品里,人物所踏进的洞穴、密道、房间都越来越像镜子(Faris 1988:129),将迷宫的外部建筑结构投射于自我的内部建筑结构之上,借此,迷宫背景在对话者的心理空间里得以重新定位。在这些作品里迷宫引着每个迷宫行走人物走过迷茫纠结,走向豁朗和成长,它们是对自我认识和理解的迂回曲折追寻过程的隐喻。

虽然博尔赫斯、卡尔维诺和艾柯同属占据迷宫文学谱系最中心位置的三位作家,但他们对迷宫意象的运用各有所长、各有所重,博尔赫斯对不同迷宫结构的反复叠加兴趣盎然,他笔下的这种迷宫结构引向一种永恒叙事,从阐释学意义而言,这种叙事结构具有生生不息的生长特性;卡尔维诺的迷宫关注理解世界和挑战世界的认识论模式;而艾柯的迷宫则侧重阐释世界和世界知识的动态性并与认知相关的启发模式。

四、作为一种特质的叙事迷宫

严格意义上的叙事迷宫(labyrinth of narrative)是后现代迷宫叙事所特有的迷宫空间性的集合。如前所述,迷宫叙事作品往往带有一种迷宫式的后现代叙事结构(labyrinthine postmodern narrative structure)。而叙事迷宫是文学叙事空间的迷宫化(labyrinthization)或者说是迷宫式的文学空间(labyrinthine literary space)。

文本符号的外部参照性(exterior referentiality)使作品衍化成一个比文本迷宫本身大得多的巨大的叙事迷宫。因而,我们可以说文本迷宫就是实体语言符号构成的物理上的书本,它是文本内(intratextual)的线性符号连缀;与此相对,叙事迷宫是语言符号与外部的符号之间(intertextual)在有作者和读者共同参与的情况下所构成的物理之外的其他空间的总和。叙事迷宫是一种复杂的叙事手段,无论对作者还是读者都是一种挑战。

迷宫文本是这些不同的迷宫空间特性的载体。通过这个载体,我们可以阐释文本的各种叙事迷宫特性,如外链性(connectivity)或网络性(networkingness)、列单性(listingness)、百科全书性以及体裁混合性(generic hybridity)。一部作品不是一个隔绝的存在,而是一个关联体,它是无数关系的中枢轴(Borges 2007:213—214)。外链性是叙事迷宫空间的纵轴。如果说叙事迷宫的横轴通联文本内的符号和叙事片段的话,那么纵轴联通的则是横轴文本符号之外与横轴文本联系的互文本、互体裁、记忆、心理、地理知识、历史文化事件等文本外关系。

许多评论家都用迷宫这一概念来讨论文学作品的互文性,这一研究语境下涉及的正是作品的叙事迷宫特性之一,亦即博尔赫斯式的互文性(Borgesian intertextual),或艾柯在《玫瑰的名字》里谈到的书籍之间的对话性——文本符号迷宫与其他或简单或复杂的文本符号迷宫错综地连接在一起。如吉诺瓦(Genova 1995)以迷宫为喻探讨纪德(André Gide)作品的互文性;珀维卢克(Pouilloux 1969)和威斯曼(Wiesmann 2000)以多曲路迷宫(multicursal labyrinth)与互文迷宫(Intertextual Labyrinths)为关键词阐释蒙田作品的互文性;朱利安(Jullien 1989)围绕"作为迷宫的互文性"(Intertextuality as Labyrinth)阐明米歇尔·布托尔(Michel Butor)的《失序年代》(L'Emploi du temps,1956)的互文性。

然而,如前所述,迷宫的互文性只是外链性的一个方面。互文性虽是叙事迷宫的重要特点,但只是一个相对静态的特征,而外链性则凸显文本与文本、文本与其他外部事物之间的动态特征。文本会主动召唤读者将其与外部文本和外部事物联系起来。迷宫的外链性既指内部文本与外部文本之间的联系,又指内部建筑与外部世界之间的联系,也就是地理/物理空间的外链性。比如佩雷克的《物》叙述的虽是一幢巴黎公寓楼,但这座文本迷宫延伸出一条条从公寓射向世界各地的链条,这些链条不断回旋、纠缠、分叉、断裂、续接,让这座公寓楼与整个世界联结了起来。

叙事迷宫的外链性特征将文本与读者的认知（关于自我记忆、情感和知识的图书馆）联系起来。正如迷宫行走者是迷宫建构的理由一样，读者是文本创作的参与者和文本意义的生产者。迷宫土壤里埋着许多能够发芽长出块茎的根须。这些根须就是隐藏在文本符号中的互文衍义符号。借此，叙事迷宫不再只是一个整体的文本空间，而是由这个文本迷宫与一系列小块茎迷宫（Eco 1979：214—215）共同组成的更大的认知发散空间。由文本发散出来的无数块茎在认知迷宫空间之间既互相独立，又因它们各自与文本迷宫之间的链接性而被千丝万缕地联系在一起了。

文本符号通过迷宫行走者的认知图书馆这一外在于文本的连接机制，自动地选择出与迷宫文本符号里对应的参照符号或文本。这个过程是通过认知得以实现的，因而，读者的认知图书馆是实现某一文本迷宫与文本其他迷宫里的符码的互文链接的重要媒介。继而我们可以认识到一个没有读者和读者的认知参与的叙事迷宫是没有意义的，正如艾柯所言，叙事迷宫就是一个为生产出它的模范读者而构设的一座符号建筑（Eco 1990：148）。

事实上，读者的认知能力或百科全书能力是与文本的外链性相连的。对于《玫瑰的名字》和《树叶之屋》的读者而言，分别在两部作品里出现的盲人图书馆守护者博尔格斯（Jorge of Burgos）和盲人隐士赞潘诺（Zampanò）可以解读为艾柯和丹尼勒夫斯基两位作者为自己的人物分别任意取的名字，同时，博尔格斯也可以与阿根廷著名作家博尔赫斯联系起来，赞潘诺也可以与意大利著名导演和作家费里尼（Federico Fellini）执导的影片《大路》（*La Strada*, 1954）里的赞潘诺联系起来。类似的多义性解读的外链机制能否启动，有赖于读者的百科全书能力。

除此之外，叙事迷宫表现出一种元叙事性。叙事迷宫将读者与虚构事件联系起来，在情节进程中叙事者会像批评家一样对读者的作用和层次加以探讨，跨越叙事与外部世界的边界（Eco 1995：172）。《树叶之屋》中，纪录片摄影师威尔夫妇是房子里出现的幻觉迷宫的读者（窥见者），盲者赞潘诺则是监控视频片段的阅读者，年轻艺术家特兰恩特（Johnny Truant）是赞潘诺的手稿的读者，那群自称对特兰恩特手稿的整理和注解进行"二次编排"的"编者"们则是前面几个层次叙事的阅读者，因而，这部作品的主题之一就是读者与文本之间的错综复杂犹如迷宫般的关系。上一层次叙事的读者总是不断打破下一层次叙事与外部世界之间的边界，不断向外层延伸，不同叙事层的注脚与注脚之间也不断地缠绕盘旋，形成巨大的畸形空间(spatial monstrosity)。正如盲人赞潘诺在"读者"特兰恩特阅读他的文本之前已经死去一样,这些作品在凸显读者在迷宫中的认知机制的同时,也在对罗兰·巴特的"作者已死"进行批判,但并没有矫枉过正地回到"作者已死"之前的立场上去。

就像乔姆斯基的深层结构和浅层结构一样,作家创设出来的迷宫文本是深层结构,有迷宫漫游者行走的迷宫是漫游者与深层结构结合的产物,是转换出来的表层结构,是变体。没有迷宫漫游者的迷宫是死气沉沉、没有活力的,迷宫漫游者使迷宫的存在意义得以实现(actualized;actualization)(Eco 1979:11)。读者在深层迷宫的基础上创设出一个本体、认知和再现上的新的迷宫框架。由于我们找不到与一个漫游者头脑里的认知图书馆毫无二致的另一个漫游者(就像我们很难找出两片同样形状的叶子一样),一千个漫游者就有一千个不同的迷宫路线。甚至处在不同年龄阶段和不同环境心态的同一个漫游者在同一个文本迷宫中行走时,也会绘制出不同的认知路线图。

百科性(encyclopedicality)是叙事迷宫的最重要特点之一。并非所有具备互文性的虚构作品都是一个叙事迷宫作品,它还必须是一部百科全书式的作品。文学正典中具有百科全书性的作品可谓少之又少。文学史上只存在一小撮精英式的博学作家(Mendelson 1976:1268),他们大多为擅长旁征博引、据古援今的学院派作家。只有能够纵横捭阖于历史与现在、虚构与现实、体裁与体裁、神话与真实、学科与学科、学院与社会之间的博学作家才能创作出享誉世界的叙事迷宫。

典范的博学作家包括但丁、拉伯雷、歌德、梅尔维尔、乔伊斯、博尔赫斯、卡尔维诺、品钦(同上 1267)、艾略特(T. S. Eliot)、纪德、佩雷克。这些伟大作家受百科驱动力(encyclopedia impulse)推动,欲纳世界于一部作品之中。比如,在阅读艾柯的同时,由于艾柯迷宫叙事的百科全书性,读者同时还在阅读阿奎纳、爱伦·坡、伏尔泰、柯南·道尔、博尔赫斯、福柯等世界经典作家的文学百科片段,此外,读者还在读神学、哲学、美学、历史、考古学、符号学、叙事学等百科知识。

叙事迷宫具有列单性。列单性是指迷宫设计者在迷宫中大量堆砌陈列物品名单的特点。叙事迷宫设计者在文本迷宫里陈设大量的物品名单,但他绝不是为了陈列而陈列。列单的组合方式让杂乱无章的世界呈现出新的秩序或关系。就像一座图书馆里的各种藏书和百科全书里列出的各种知识一样,列单物品看似无序地堆积在叙事迷宫之中,实则被一定的规则组合在一起。经典的迷宫叙事作品如《波多里诺》《芬尼根的守灵夜》《寒冬夜行人》《巴别图书馆》等都涉及各种列单。

在叙事迷宫中,整体的叙事框架里往往分散着许多不连贯的百科碎片,这些百科碎片就是小的层面的列单。此外,叙事迷宫往往会打破时空的界限,以追寻为主线,把支离破碎的回忆片段糅合在现时的叙述中,以片段撑起文本的内容和结构。这是更大层面的列单性。比如,帕特里克·莫迪亚诺(Patrick Modiano)的《暗店街》(*Rue des boutiques obscures*,1978)是一个由47个列单片段组成的迷宫。佩雷克的《物》里对巴黎公寓里那500多套房子的描述也是更大层面的列单,它们从公寓射向世界各地,形成无限的列单。叙事迷宫"就像多个互动的认识论上的隐喻,它们以互涉互动的形式把不同的文本和不同领域的知识置于同一文本中"(Capozzi 2002:181)。

叙事迷宫往往是体裁混合的迷宫。一些学者把后现代体裁混合现象称作博尔赫斯的怪物("Borges' Monsters")(Zamora 2002:47)。迷宫虚构叙事是一种以迷宫建筑为隐喻,融批判、反思、分析、阐释等视角为一体的多价文类。艾柯的迷宫虚构叙事《玫瑰的名字》和《波多里诺》不仅通过虚构文学形式展现了作家对符号哲学、历史哲学、叙事哲学和认知哲学的理解(Gracia,Korsmeye & Gasche 2002:3),而且将自己作为读者的阅读经验和作为作者的重读和重写过程融入这部虚构作品中,阐明迷宫行走者和作者作为迷宫设计者的主体认知机制。后理论时代,许多理论家将迷宫虚构叙事作为展现自己的理论立场和批判别人的学术观念的最高文类。

五、结语

综上所述,迷宫叙事与叙事迷宫作为一种空间叙事类型和空间叙事特性的总和,是构建迷宫诗学的基本概念。迷宫叙事与叙事迷宫都涉及空间概念。迷宫叙事是以迷宫为主题或隐喻的动态空间叙事范式;叙事迷宫则是以迷宫为隐喻的空间特性的总和。并非所有后现代主义作品都可以视为迷宫叙事类型或具有叙事迷宫特性。只有涉及迷宫意象或拟像,并具有外链性、列单性、百科全书性和体裁混合性等特点的后现代叙事才能被称作严格意义上的迷宫叙事作品。

　　叙事迷宫不只是一个文本概念,它涉及对作者/读者与文本、读者与作者、作者/读者与世界、作者/读者与前文本、作者/读者与符号、符号与符号等多组复杂关系的总体阐释(totality),也涉及迷宫设计(文本的符号建构)、迷宫通道(符号的叙事进程)、迷宫行走(读者的阅读进程)、迷宫节点(作者设置的)等动态概念,这些动态概念又与列单、百科全书、图书馆等认知工具(Capozzi 2002:167)一起开启迷宫诗学的认识论系统。

　　叙事迷宫可以阅读为一种空间的、修辞性的论辩,邀请读者参与对物体跟意象之间的隐喻和转喻关系的阐释中来。人类对迷宫怀有一种与生俱来的好奇心,叙事迷宫是吸引知识分子欣赏和解读文本的原始驱动力。开拓迷宫的未知旅程与操控百科知识都是对人类智力的挑战,人们对这两种行为都怀有同样的渴望。

引用文献【Works Cited】

Andrews, Chad Michael. The Labyrinthine Short Fiction of Steven Millhauser. Indiana: Indiana University, 2013.

Ania, Gillian. "Inside the Labyrinth: The Thematics of Space in the Fiction of Paola Capriolo." Romance Studies 18. 2 (2000): 1 - 14.

Atkin, Rhian. Saramago's Labyrinths: A Journey through Form and Content in Blindness and All the Names. Manchester University Press, 2012.

Borges, Jorge Luis. "The House of Asterion". Labyrinths: Selected Stories and Other Writings. Eds. D. A. Yates, and J. E. Irby. New York: New Directions Publishing Company, 2007.

Campbell, Ian. "Labyrinthine Narratives and Peripheral Intellectuals". Labyrinths, Intellectuals and the Revolution, Middle East and Islamic Studies. Ed. Ian Campbell. Brill, 2013. 199 - 229.

Capozzi, Rocco. "Knowledge and Cognitive Practices in Eco's Labyrinths of Intertextuality." Literary Philosophers: Borges, Calvino, Eco. Eds. Jorge J. E. Garcia, Carolyn Korsmeyer, and Rodolphe Gasche. New York: Routledge, 2002.

Cipolla, Gaetano. Labyrinth: Studies on an Archetype. New York, Ottawa, and Toronto: LEGAS, 1987.

Danielewski, Mark Z. House of Leaves. London: Pantheon Books, 2000.

Eco, Umberto. The Role of the Reader: Explorations in the Semiotics of Texts. Bloomington: Indiana UP, 1979.

---. The Limits of Interpretation. Bloomington, IN: Indiana University Press, 1990.

---. "Reading my Readers." Metafiction. Ed. Mark Currie. London and NY:

Longman, 1995.

---. "Refelctions on the Name of the Rose." Metafiction. Ed. Mark Currie. London and NY: Longman, 1995.

Faris, Wendy B. Labyrinths of Language: Symbolic Landscape and Narrative Design in Modern Fiction. Baltimore: Johns Hopkins University Press, 1988.

Genette, Gérard. Palimpsests: Literature in the Second Degree. Nebraska: University of Nebraska Press, 1997.

Gibson, Jeremy & Wolfreys, Julian. Peter Ackroyd: The Ludic and Labyrinthine Text. Macmillan: St. Martin's Press, 2000.

Gracia, Jorge J. E., Carolyn, Korsmeyer and Gasche, Rodolphe. Eds. Literary Philosophers: Borges, Calvino, Eco. New York: Routledge, 2002.

Hahn, Jiwon. "Labyrinth, the Shape of the Modern Mind: Kafka, Auster, Borges." Honors Thesis Collection, 2013.

Hardie, Philip. "Labyrinthine Texts." The Classical Review 41. 2 (1991): 365 - 366.

Kern, Hermann. Through the Labyrinth. London, New York: Prestel, 2000.

Klossowski, Pierre. Nietzsche and the Vicious Circle. Chicago: The Universtiy of Chicago Press, 1997.

Meeter, Glenn. "Donald Gutierrez's The Maze in the Mind and the World (review)". Mfs Modern Fiction Studies 32. 4 (1986): 690 - 693.

Mendelson, Edward. "Encyclopedic Narrative: From Dante to Pynchon." MLN 91. 6 (1976): 1267 - 1275.

Meretoja, Hanna. Textual Labyrinths: Robbe-Grillet's Antinarrative Aesthetics. UK: Palgrave Macmillan, 2014.

Pilz, Kerstin. "Reconceptualising thought and Space: Labyrinths and Cities in Calvino's Fictions." Italica 80. 2 (2003): 229 - 242.

Risden, E. L. "Lost in the Not-So-Funhouse: Subversive Threads in the Medieval Narrative Labyrinth." Enarratio 13 (2006): 1 - 23.

Sharratt, Bernard. The Literary Labyrinth: Contemporary Critical Discourses. Harvester Press: Barnes & Noble Books, 1984.

Suzuki, Yasue. "Secret Love, Isn't It?: Sagoromo-monogatari as a Narrative Labyrinth". Japanese Literature 57. 9 (2008): 60 - 63.

Thomas, Marilyn. "The Reader as Protagonist in Kierkegaard's Narrative Labyrinth." Georgia Review 1982, 36(3): 591 - 600.

Wardrip-Fruin, Noah. "Clarifying Ergodic and Cybertext." Grand Text Auto N. p., 12 Aug 2005. Web. < http: //grandtextauto. org/2005/08/12/clarifying-ergodic-and-cybertext/>.

Wilson, Robert Rawdon. "Godgames and Labyrinths: The Logic of Entrapment." Mosaic 15. 4 (1982): 1 - 22.

Zamora, Lois Parkinson. "Borges's Monsters: Unnatural Wholes and the Transformation

叙
事
研
究

第
1
辑

of Genre. " Literary Philosophers: Borges, Calvino, Eco. Eds. Jorge J. E. Gracia, Carolyn Korsmeyer, Rodolphe Gasché. New York: Routledge, 2002.

杨晓霖. 后现代视野下的空间自传叙事与自传叙事空间. 当代外国文学, 2014(3): 132 – 144.

作者简介: 杨晓霖,南方医科大学外国语学院副教授,主要从事叙事学研究;方群,文学博士,广州航海学院讲师,主要研究当代美国文学。

叙事研究 第1辑
Narrative Studies

叙事文本解读

图像文化视阈下詹妮弗·伊根小说《塔楼》叙事研究

聂宝玉

内容提要： 在小说《塔楼》中，伊根创新地以男性声音讲述故事及开放的结局颠覆传统叙事，这不但赋予了哥特式小说新的活力，也形成了文本是要由作者掌控的独特风格。《塔楼》采用元小说叙事的方式，小说中正在讲述故事的人物声音往往被另一叙事者打断。然而，伊根颠覆传统哥特式小说叙事的同时又保持叙事的完整性和人物刻画的多样性，小说人物都被刻画得有血有肉，他们或者是身体上或者是精神上都处于被"囚禁"状态。通过作品叙事，伊根以俯瞰的角度审视当代图像文化，探讨图像文化相关主题，探讨人与科技的联系，以及这种联系是如何改变人们的自我认知以及人与人之间的相互认识，从而使读者意识到在高科技蔓延的时代，人们往往应对的是转瞬即逝的虚拟事物，而非真实的实体，不同人衡量这些事物在交流中的意义的标准也各不相同。

关键词： 詹妮弗·伊根；《塔楼》；叙事；图像文化

詹妮弗·伊根（1963—　），2011年美国普利策小说奖获得者，是当代美国最受欢迎的小说家之一。她的作品以其优雅而又新颖的文风而著称。伊根代表作有《隐形的马戏团》（1995）；《翡翠城》（1997）；《风雨红颜》——2001年美国国家图书奖决选作品；出版于2010年的《恶棍来访》摘得了包括2010年美国全国书评奖以及2011年普利策文学奖在内的42项欧美文学大奖，2012年伊根又以连载的形式发表了"推特"小说《黑匣子》。小说《塔楼》在2006年一经出版就成为当年的畅销书，并获得众多好评。当代著名作家丽莎·希认为"《塔楼》读起来就像卡夫卡、卡尔维诺和爱伦·坡的混合体。不过是 21 世纪版的,在书中'荒诞'遭遇了'超现实',然后又撞上了'无法言说'"(Shea http：//jenniferegan. com/reviews/)。欧普拉杂志评论道:"《塔楼》似乎是恐怖小说,似乎是疑案故事,又似乎是浪漫传奇……读后令人神思恍惚,被詹妮弗·伊根逼真的文笔惊得目瞪口呆:怎么能这么聪明、这么纠结、这么真实,同时又这么不可思议!"(Passaro http：//jenniferegan. com/reviews/)纽约时报著名评论家麦迪逊·斯马特·贝尔指出:"在我们这个时代,或者说古往今来,很少有作家能像詹妮弗·伊根那样……她那令人目眩神迷的叙述使我们相信这就是生活、死亡和救赎。这部作品既有趣至极,又令人深深动容"(Bell 2006：1)。

《塔楼》是一部读后让人久久回味的小说,它糅合了鬼故事、爱情传奇、哥特氛围等多种元素;并且主题变换、寓意深远:古老历史的阴沉回响、当代生活的悲观杂碎,以及现代通信技术与超自然灵异现象之间的相似性及博弈。小说创作于伊根在一次参观比利时第一次十字军东征领袖戈弗雷的城堡之后,起初伊根设想她可以像大多数哥特小说家一样把故事背景放置在一个中世纪的城堡中,但是作为一个极具创造力和创新性的作家,伊根希望自己的作品可以更时髦些。因此,她最终将传统的哥特式文风融入有现代化通讯设备的信息世界,并尝试探索"现实是如何改变着由信息科技创造的人们的生存状态"(Reilly 2009：443)。

《塔楼》的场景在东欧的城堡和美国监狱中切换,复杂的情节围绕着两个长期疏远的表兄弟之间的纠葛展开,小时候的一场恶作剧导致他们分离,20 年后他们在欧洲某处的中世纪城堡中再次相聚。丹尼(Danny)现在 36 岁,住在纽约,涂着棕色的唇膏,非常时髦,他的身体可以感知周围的无线网络信号。因为没有正经的工作,又迫切需要钱,他就接受了有钱的表兄霍华德(Howard)的邀请,到东欧帮助其打理城堡。到达城堡之后,丹尼很快就发现这是一个神秘而又可怕的城堡,这里有秘密通道和奇怪的居民,比如一位远看年轻漂亮、自称是男爵夫人的奥斯博林可(Ausblinker)。丹尼试图逃回他熟悉的高科技纽约之城,但是一次又一次失败了。塔楼的位置太模糊了,甚至连这里的居民都不知道他们的确切位置。无论丹尼怎样努力,始终都找不到逃离城堡的路径。命运似乎一直在指引着他,召唤他回到城堡,把他带到霍华德的身边。

小说中丹尼的故事是由雷(Ray)讲述的,雷是一个被囚禁在美国监狱的谋杀犯,他写丹尼故事的目的主要是为了赢得在狱中教写作的老师霍莉(Holly)的关注。霍莉既没有教学文凭也没有任何教学经验,相反她有一些黑暗的经历,包括吸毒成瘾、亲手杀死了自己刚出生的孩子、儿童监护中心警告她要带走她其他的孩子等等,她却被雷深深地迷住了,并试图帮助雷及其狱友越狱。在《塔楼》的最后一章中,雷神秘地失踪了,霍莉前往欧洲的一个城堡旅行,这个城堡和雷的故事中丹尼所在的城堡几乎完全一样。

正如城堡中错综复杂的洞穴网络一样,《塔楼》中的故事相互关联,层层交错。小说描写了人与人之间的道德冲突,描述了当代图像背景下现代化通讯设备如何从不同方面影响着人们的生活方式。《塔楼》以层层交叠的元小说叙事,以男性声音讲述故事,留给读者神秘而没有答案的开放式结局,同时小说中的人物角色或者是身体上或者是精神上都处于被"囚禁"状态。

一、《塔楼》中的哥特式叙事

"哥特式"最初指哥特故事发生的中世纪建筑。哥特式小说指虚构、恐怖而又浪漫的写作文风,是由英国作家霍勒斯·沃波尔(Horace Walpole)首创,他于 1764 年发表的小说《奥特兰托城堡》(The Castle of Otranto),副标题为"一部哥特式的故事"中包含了构成哥特式文风的几乎所有要素。在沃波尔的影响下,哥特小说在 18 世纪末 19 世纪初取得了很大的成就。玛丽·雪莱的《科学怪人》(1818),埃德加·爱伦·坡的作品以及布拉姆·斯托克的《吸血鬼》(1897)都是这一时期哥特小说的代表作。很多当代作品也采用哥特式写作,安妮·赖斯的作品,史蒂芬·金的一些作品带有哥特式风格。达夫妮·杜穆里埃的《蝴蝶梦》(1938)和《牙买加客栈》(1936)也展现了哥特式的写作特色。托马斯·M·迪斯科的小说《牧师》(1994)也是哥特小说的成功典范。

东欧某处巨大的城堡废墟是小说《塔楼》的主要场景。城堡的地下通道,满是淤泥的池塘和古老的堡垒要地,是过去与现在交界的神秘国度的象征,是现代科技与古老生活方式的交汇。在小说中,伊根传承并革新着"哥特"这一主题。像大多数哥特式小说一样,《塔楼》中一个故事的场景是一个神秘城堡,或许在"奥地利、德国、还是在捷克共和国?"(伊根2009:4),一个没有确切位置的地方;另一个故事发生在同样像城堡一样的现代美国监狱。神秘的新旧城堡都充满哥特元素,有鬼魂,有男爵夫人,有深深的隧道和骷髅,是霍华德所设计的"新"式城堡,同时也是伊根所创作的新哥特式传奇,更是我们想象力的创造品。

以男性作为小说的主人公,伊根挑战了传统的哥特小说的写作方式但同时又巧妙地运用了传统写作方式。小说的主人公是极具现代化的男性丹尼,他是曼哈顿市中心各种夜总会和餐厅的常客,他认识所在区域的几乎每一个人,并与之保持联系。因此"消息灵通""先知为快"是他生存的根本价值。作为网络时代的宠儿,他费尽周折把网络信号接收器从纽约拖到偏远的城堡。他的身体本身就具有感知无线网络信号的能力,但城堡里的某种神秘力量却使他失去了这种能力。这与传统的哥特式故事完全不同,因为传统哥特式的主人公多数是神志不清或疯癫的女性。当被问及为何选择男性作为主人公时,伊根的回答是她"喜欢这个想法,因为它颠覆了传统哥特式的设计模式,传统的哥特式描写的基本上都是无助的陷入绝境的女性⋯⋯"(Vida 2006:81)。

不同于传统哥特小说中的女性叙事,《塔楼》的叙事声音也别具一格,与众不同。小说中丹尼的故事是由男性囚犯雷讲述的。雷没有受过什么教育,也写不出好的文章,不是一个经验丰富会讲故事的人。比如,他不知道怎样用隐喻和明喻提升行文;也不知道怎样在对话中使用引号,但他不太关注这些。对他来说,戏剧般的对话形式似乎更加自然,单单把他想要说的话说出来就可以了,他只想完成作业以得到写作老师霍莉的注意。但雷讲述的人物情感又那么的真实感人,读者乐意跟随着他,倾听他所讲的故事。对于小说所选择的叙事声音,伊根认为这是写作过程中最大的挑战。伊根解释说,她在写上一部小说《风雨红颜》时考虑的是语言一定要非常漂亮,但在创作《塔楼》时,她挑战了自己的设想,因为她发现"雷的经验匮乏非常具有吸引力,我感觉没必要让语言很漂亮。语言应该是有力量的,但是必须要漂亮吗? ⋯⋯我认为没有必要拘束"(Johnson 2007:18)。作为喜欢挑战传统叙事的小说家,伊根选择雷的声音的最重要原因是他的声音与作者本人的完全不同:雷缺乏小说写作的经验,而这样的叙事声音却打破了某些令人厌倦的传统模式。

传统哥特式小说往往有令人满意的结局,各种冲突也会最终化解,然而在《塔楼》中,作者却留给我们一个开放的结局,留下许多悬而未解的谜题。在小说中,伊根并没有告诉我们雷——这个写出丹尼故事的囚犯——的归宿。我们找不到任何关于他的线索,不知道他到底是死了还是逃出监狱重获自由。此外,丹尼和霍华德去了哪里? 他们真的在城堡中跳湖而亡吗？男爵夫人去哪里了？如同约翰·福尔斯的《法国中尉的女人》一样，《塔楼》开放的结局给读者留下了许多想象的空间，引导读者自己去探寻谜题的真相。我们从小说中得不出答案，而作者本人也不知道答案，因为在伊根看来，小说创作的过人之处就在于它提供给读者所需要（need）的，而不是读者想要（want）的。她认为读者需要不时有幻觉，她希望读者能够自己设计结局，而这也正是一个作家能给予读者的最高的尊重。比如在被问及男爵夫人的失踪时，伊根回答道：

> 我也没有确定的答案……也许她在与丹尼共享的床上像灰尘一样蒸发了……又或许她在泳池中洗浴！依我看来，正如在她之前的诸多亲戚一样，她像大气中的水蒸气一般，变成了空气、泥土、墙和大地的一部分。（Olson 2011：340）

伊根的回答回应了她的观点：在当代图像文化时代，没有任何事物是绝对真实的，所有问题的答案都是不确定的。她提出了问题："这是真是假呢？"同时，她邀请读者来回答这一问题，"我们是在讨论小说：这当然不是真实的"（Reilly 2009：443）。

二、《塔楼》中的元小说叙事

"所有小说都……暗含元小说因素"（Waugh 1984：148）。正如帕特里夏·沃夫所说，元小说指的是一种把读者的注意力引向小说作为人工制品地位的小说，这种小说往往通过反讽和自我指涉对小说与现实之间的关系提出疑问。元小说常常被比作舞台剧，观众知道他们正在观看演出，读者也意识到他们正在阅读的是虚构作品。与传统小说不同，在元小说中，读者的阅读体验经常被作者的声音打断，这是为了提醒读者他/她所读的并不是真实的，而是作者虚构的。因此，读者不应该专注于故事的情节发展，而是应该关注作者创造故事的过程。当读者陷入复杂的情节不能自拔时，会突然被作者打断，提醒他/她是在阅读小说而并非现实所在。有时，读者会在现实世界中找到类似的事件和人物，或者他们需要融入小说中去决定情节的发展。然而，读者有时会感到困惑，不知道他读的小说是现实，或者他生活的世界就是虚构的小说世界。

在《塔楼》中，哥特式写作的关键在于故事中包含故事，也就是元小说叙事。小说开始一直以第三人称讲述丹尼的故事，在第十七页突然跳出一个"我"的叙事,"丹尼不知道自己为什么要一路到豪伊的城堡来。我为什么上写作课?"(20)继续往下读,我们发现此时的叙事者是雷,一个戒备森严的美国监狱的谋杀犯,他在牢狱中想象出一个与自己相似,一个同样与世隔绝的人物。雷把霍莉的写作课当作逃离危险狱友、发挥想象力的地方。而他在写作课之初,态度也非常不端正,在第二次写作课上,他激情澎湃地写了一个关于囚犯强奸了写作老师的故事:

> 一个学生在工具室和他的写作课老师性交,突然,房门大开,所有的扫帚、拖把、水桶都哐啷哐啷地掉了出来,两个光屁股公然示众,两个人都受到了惩罚。我读的时候博得阵阵喝彩,但我一读毕,班里顿时安静下来。(20)

在课堂上听到这个故事,霍莉无疑受到了侵犯,她紧张又害怕,但是她强装镇定,控制住自己的情绪说道:"我的工作就是要让你们看到一扇你们自己可以打开的大门……它可以把你带到任何你想去的地方,……这就是我在这儿要做的"(22)。霍莉所说的大门当然是指思想之门——想象力。事实上,《塔楼》在很大程度上是关于想象力的作用的。对于丹尼来说,想象是不确定的,他的想象有时源于他的妄想和偏执。相反,对于雷来说,想象代表了一种生存方式。雷通过想象创造出了丹尼的故事,在此过程中,他的狱友成为他的忠实读者,而他还俘获了霍莉的芳心。如同约翰·福尔斯的《巫术师》一样,想象力往往如同真正的魔法般操控着文本,《塔楼》呈现出一个闪光美好的想象世界。与《巫术师》不同的是,在《塔楼》中,伊根能够将她的故事和人物带到偏执深渊的另一边,带到自我救赎的彼岸。麦迪逊·斯玛特·贝尔指出:

> 伊根和福尔斯一样,将读者带入一个充满魔法思维的世界中。在伊根的故事中,当然也有一些真实的,具体的事物。结果就是小说故事既异常搞笑又确实感人。雷创造故事的目的更多的是留给读者去推敲;他和伊根想要展示的是最具有治愈功能的艺术和想象力。(Bell 2006:7)

元小说《塔楼》以一个没有多少文化的杀人犯的口吻来叙事,表面上是滑稽可笑的,然而从更深层意义上看,它近乎荒谬的叙事使我们充分认识到这是一本关乎生命、想象、死亡和救赎的小说。丹尼在小说最后令人惊奇的一幕中,成了入侵城堡并被困在那里的所有人的救世主。这些被困住的人包括霍华德,他在城堡深处重温了童年的创伤,并再次崩溃。当被困在城堡的隧道中时,丹尼充当了救世主的角色,拯救了深陷困境的人们。他找到了一个出路,一个具有深层含义的活板门,他带着被困的人们一起走出黑暗的城堡,重返光明。

三、被囚禁的人物角色

一般来说,人物指的是在叙事作品中出现的任何实体,无论是个人或集体。人物在故事中扮演着重要角色。对于人物有两种不同的观点,一种观点来自亚里士多德,他认为,人物是行动和情节的补充,是事件的一部分,因此人物是不存在的。另一种论点认为,在行动的过程中,人物与事件有一定的距离,这种观点认为,小说中的人物是对真实人物的模仿。亨利·詹姆斯在《小说的艺术》中声称,人物决定事件,事件只是对人物的补充说明。鲍里斯·托马舍夫斯基和罗兰·巴特都认同詹姆斯的观点,认为人物在小说中起主导作用。关于人物塑造,以色列学者斯洛米斯·里蒙-凯南在《叙事小说》中提出了她的看法:

> 作为抽象故事的一个组成部分,人物可以被描述为错综复杂的人物特征,然而,这些特征可能会或可能不会出现在文本中。那么,如何构建人物呢? 通过聚集孤零零的分布在连续的文本的人物指标,推断出他们的共同特点。(Rimmon-Kenan 2005:61)

与传统小说人物刻画模式不同,伊根声称她的写作反对传统模式的人物刻画。在《塔楼》中,所有的人物角色,或者是身体上或者是精神上,都被一种或另一种方式禁锢着。雷是真正的被囚禁者,男爵夫人被囚禁在城堡里,而丹尼也以沉迷的方式被囚禁于牢笼之中,他沉迷的不是毒品或酒精,而是沉迷于与他人的通信交流中。到达城堡时,因为渴望使用互联网和手机,经历了很多艰难险阻,他试图把带来的卫星天线安置在城堡中,而卫星天线却最终沉入了一池臭水中。丹尼对于通讯的渴求是一种"充满幻觉的模式,但却是对时下很多人生活方式的客观描述"(Bell 2006:3)。

为了弥补被囚禁在城堡中的丹尼对通信的沉迷,伊根设计出霍华德这一人物角色,霍华德反对现代通讯并渴望逃出被现代通信所束缚的"城堡"。他希望把他所拥有的城堡变成一个"让人们游弋于想象中的地方"(52)。在他理想的城堡中没有电脑,没有手机,只有想象。

> 想象力! 它救了我的命。
> ……

我的使命就是找回一点那时的东西。让游客遨游在自己的想象之中(52)。

另一个非常重要的人物角色 —— 男爵夫人,已经被"囚禁"在这座塔楼里许多年,或许已经有一百多年了。男爵夫人被描绘成一个神秘多变的角色,从远处看年轻美丽,她拥有柔软的皮肤,深邃的眼睛,丰满而美丽的双唇,这些都是普通的老妇人不会拥有的。她称自己是奥斯博林可男爵夫人,是这座城堡和这个镇子的主人。她居住在城堡里多年,并且因为居住在这座城堡并拥有它而感到非常骄傲,尤为令她自豪的是,她从来没有被试图侵犯这座城堡的任何人击败过。对丹尼而言,当他到达城堡的那一刻,就被男爵夫人吸引了:"丹尼看到主塔楼里的一扇窗户里有什么东西在动……他微微调整了一下望远镜,等着。又来了,窗帘动了,拉向一边,丹尼看见了一位女孩:年轻,一头长长的金发。但是仅仅一刹那就消失了"(29)。

丹尼被那遥远的美丽身影吸引了,在几次逃离城堡失败后他没有返回到霍华德所在的地方,而是深入到城堡中心去追寻这位美人。当丹尼走近男爵夫人时,从远处望去,他的脑海里想象着她应该像金发美女那样美艳动人。当他进入到塔楼里,坐到男爵夫人面前时,丹尼发觉她远远比自己想象的要老,"也许曾经她的容貌就像她如今刻意打扮的这样美丽,丹尼想,但那也是很久以前的事了吧,当她像自己这样岁数的时候"(95)。内心充满了困惑和不解的丹尼待在男爵夫人身边,听她讲述着城堡的历史和男爵的家史,甚至在塔楼的屋顶与男爵夫人发生了关系。丹尼与男爵夫人在塔楼的那一夜,像一场美丽的幻觉,让丹尼无比欢畅并回味无穷。但是在雷的故事里,当第二天清晨丹尼醒来时,他已经不记得那一晚发生的一切,也不知身处何处。他因为赤身裸体地躺在一件古老的房子里而感到羞愧,"他全身包裹着被单,躺在床上。……他一丝不挂,衣服也不在视线范围之内"(123)。

至此,《塔楼》不仅展示出所有的人物角色或者是身体上或者是精神上都处于被"囚禁"状态,也又一次回归到了哥特式写作不断追寻的问题:"它到底是不是真实的?"在这个充满虚幻的图像社会中,现代化尤其是现代技术变革是否已经改变了我们所定义"真实"的方式? 比如,我们通过网络结交了一位迷人的新朋友,但他真的就是我们的朋友吗? 还是一个伪装的坏人? 诸如此类的故事如今已经屡见不鲜,对伊根来说,《塔楼》这部小说"从本质上是对当今时代如何摧毁我们自由和创新思考的能力,以及现代生活如何强加给人们错觉的思索"(Firger 2006:40)。每个时代都有自己的幻觉,而我们的时代,就像伊根潜心探索的那样,过度依赖于现代科技和它制造各种关系的能力。但是这些关系都是真实可靠的吗?伊根的回答就像她在《塔楼》中所呈现的那样:"毕竟,我们生活中的大部分经历和人际关系都是不真实的,还有与之产生的模糊性和不确定性"(Johnson 2007:18)。

四、结语

《塔楼》是对传统小说写作方法的一次大胆的背离和挑战,它继承了传统哥特式小说的诸多元素,同时加入了一些新鲜的写作手法。在这部小说中,伊根超越了哥特小说的写作技巧,完成了从一位"优秀的小说家"到一名"无法归类的小说家"的卓越转变,很好地阐释了文字实验及其成果。小说反映了伊根对叙事的痴迷和对图像文化探索的极大兴趣,对当代的高科技所带来的虚拟世界如何玷污人们自由创造性思维的思考,对无处不在的虚拟假象如何影响现代生活方式的探讨。在小说中,伊根以哥特式写作手法开篇,却以对现代科技模仿超自然现象和现代人类被科技所囚禁这两个非常有新意的议题结束故事。在《塔楼》中,伊根重新审视与图像文化相关的议题,引导读者和她一起关注并探讨这些议题。而在这样的一个社会中,"谁会在意你做过什么?重要的是你看上去像是做过了什么"(Johnson 2007:20)。

引用文献【Works Cited】

Bell, Madison Smart. "Into the Labyrinth." *New York Times Review*, 30 July 2006 < http://www.nytimes.com/2006/07/30/books/review/30bell.html? pagewanted= all&_r=0>

Egan, Jennifer. *The Keep*. Trans. Yu Yiqi. Beijing: People's Literature Publishing House, 2009.

Firger, Jessica George. "Powers of a perception: A Profile of Jennifer Egan." *Poets and Writers*, Sept.-Oct. (2006): 38–43.

Gass, William H. "Philosophy and the Form of Fiction." *Fiction and the Figures of Life* (4th printing). New Hampshire: David R. Godine Publisher Inc, May (2000): 3–26.

Johnson, Sarah Anne. "Interview with Jennifer Egan. " *The Writer*, May (2007): 18 – 22.

Olson, Danel, "Renovation is Hell, and Other Gothic Truths Deep Inside Jennifer Egan's *The Keep*. " *21st Century Gothic: Great Gothic Novels since 2000*. Maryland: the Scarecrow Press, Inc. (2011): 327 – 341.

Passaro, Vince. *O: The Oprah Magazine*, August 2006 <http://jenniferegan. com/reviews/>.

Reilly, Charles. "An Interview with Jennifer Egan. " *Contemporary Literature*. Vol 50, No. 3, Fall (2009): 439 – 460.

Rimmon-Kenan, Shlomith. *Narrative Fiction*. London and New York: Taylor&Francis e-Library, 2005.

Shea, Lisa. *Elle Magazine*, August 2006 <http://jenniferegan. com/reviews/>.

Vida, Vendela. "Jennifer Egan. " *The Believer*, August (2006): 77 – 85.

Waugh, Patricia. *Metafiction: the Theory and Practice of Self-Conscious Fiction*. New York: Routledge, 1984.

詹妮弗·伊根. 塔楼. 禹一奇, 译. 北京: 人民文学出版社, 2009.

作者简介: 聂宝玉, 英语语言文学博士, 副教授, 河南农业大学英美文学研究中心、河南农业大学外国语学院。

项目基金: 河南省哲学社会科学规划项目"詹妮弗·伊根作品'叙事实验'研究"(2014CWX038)、河南省软科学研究项目(162400410280)、河南省社科联课题(SKL – 2016 – 1694)。

伦理语境下的奥威尔批评

聂素民

内容提要：在文学批评的浪潮中，国内外学者针对 20 世纪英国著名作家乔治·奥威尔各抒己见，仁者见仁智者见智。诸多见解应理性回归到奥威尔所处的伦理语境之中，才能认知其独特的伦理意识、伦理身份和伦理选择。本文认为奥威尔为了创作，放弃了中产阶级的生活、抛弃过殖民者和作家的伦理身份，自讨苦吃去当乞丐、进收容所、下矿井，了解平民的苦难真相，是替他们表达伦理诉求的良知；亲自到前线参加反法西斯战斗，则反映出他的勇气；了解政治真相、揭露谎言的力量等，旨在批判当时社会严重的政治伦理问题。如果脱离伦理语境来看奥威尔，就难免有失偏颇，难免会把他独特的伦理选择和创作当作是怪人和疯子的言行，难免会忽略了作家的良心和使命感，忽视了他作品的价值和道德教诲功能。

关键词：伦理语境；奥威尔

20 世纪英国现实主义著名作家乔治·奥威尔故意受苦受难，把自己当作一面镜子，去镜照底层人的苦难生活、上层人的伪善，再付诸创作，其实就是付诸行动去反思社会，反思社会平等与公平的问题。正如法国作家马赛尔·普鲁斯特（Marcel Proust）在美国作家克里斯托费·希钦斯（Christopher Hitchens）的《奥威尔为何举足轻重》（*Why Orwell Matters*）一书的前言中指出的，最伟大的天才作家把自己当作一面镜子，去照一照自己的生活，照一下社会，再对社会进行不断地反思（Hitchens 2002：Preface）。奥威尔的各种生活经历——从一名帝国主义的警察，到流浪汉、打短工者、记者，再到作家，促使他在短短的十年中创作了 9 部长篇小说。而这些小说——尤其是他的代表作，又把奥威尔推向了风口浪尖，引起了不少的褒贬之争。有批评家认为奥威尔是怪人、疯子,也有人认为他是冷静的、理性的人。针对这些相异之争,作为批评者,应回归到作者的历史伦理现场,立足当时社会的伦理语境,来分析奥威尔及其作品中的人物。奥威尔小说中的主人公角色,有的是奥威尔本人,有的是他本人的缩影,前者往往出现在他的纪实小说之中,后者往往出现在他的叙事小说之中。在纪实小说中,他曾是流浪汉、作者、反法西斯主义战士等不同角色;在叙事小说中,主人公弗洛里(帝国警察)、多萝西(牧师的女儿)、戈登(书店店员)、保灵(小职员)、温斯顿(记者)、动物等,这些主人公角色和奥威尔小说是否回到伦理现场,将成为解决奥威尔批评之争的前提。

一、有良知的“疯子”

有批评者认为奥威尔是疯子。奥威尔是不是疯子? 脱离历史语境来看,就好像奥威尔是在发疯一般,抑或是他在夸大其词。其实是奥威尔叙述了社会被打乱的伦理秩序与被打破的伦理禁忌,致使人们抛弃伦理身份、处于伦理选择两难或伦理选择错乱之中,最终导致社会动乱不安、人们生活痛苦不堪的悲剧。这些均是社会本身的伦理问题,而不是奥威尔的夸张。相反,正是他的良知和使命感促使他把亲历现场的相关的事件真相,以传记和小说的形式书写出来,这些“都是在某个时候确实发生过的”(奥威尔 2010:265)。奥威尔在小说中所叙述的特定的历史语境下即伦理环境或伦理语境或伦理现场下的人与人之间的伦理关系、人与社会之间的关系,其实就是他在表达或批判当时英国及周边地区的贫困、政治、生态、殖民主义问题。正是这些确实发生过的问题,使他产生了深深的伦理忧虑。他的作品并非凭空的夸大其词,更不是“反苏”的疯狂言语。

“反苏”的帽子被扣在奥威尔的头上。可是,奥威尔在他的《我为什么写作》中明确地强调过,他的小说不是直指某国的,他只是把自己亲眼目睹真相的总和在文学创作中写成某个虚拟的国家或地区。还有,李峰认为“奥威尔早已不再是反苏宣传作家这一旧有形象,而是被赋予了很多截然不同的阐释。人们逐渐认识到,他所描写的极权主义策略和寡头政治同样存在于西方世界,而他笔下那梦魇般的世界决不代表社会主义的未来,而是社会主义未能战胜资本主义与极权主义的可能后果”。同时李峰又认为,“奥威尔对现代政治思想贡献良多,尤其是阶级之间与民族之间的平等,他极力呼吁道德价值"(李峰 2008:89)。希钦斯也认为奥威尔不是"反苏",因为"英国问题也是地区的民族主义、官僚政治问题、他对自然环境的意识、对核战争的危险意识"等等(Hitchens 2002:Preface)。由此可见,奥威尔并不是专门针对某一国问题的疯子,他针对的是各国中的某种或某几种的人与人、人与社会的关系问题(即伦理问题)的总和,是在资本主义国家、帝国主义国家、法西斯主义国家、极权主义国家中的存在的伦理问题,简称为资本主义、帝国主义、法西斯主义和极权主义问题。而且,国内外褒扬奥威尔对人类的关怀越来越多:国内研究者(陈勇 2014,冯亦代 2008,黑马 2002,王晓华 2009,王小梅 2004)[1]认为奥威尔能够诚实地面对中产阶级与工人阶级的差异,努力以人道主义精神去揭示"真相";国外研究者(Bemand Crick 1989;Jeffrey Meyers 2000;Lynette Hunter 1986)[2]认为奥威尔的良知、价值观、精神遗产、水晶般透明的精神令人关注与怀念。

文学批评者对奥威尔的认知不再沿着旧有的思路。随着文学批评的丰富和理性,时代文明的推进,西方人逐渐对西方的没落、道德理想国的覆灭有了认知。特别是两次世界大战之后,他们尊重历史,开始对革命、文化和文明进行反思。然而,我们还应该更进一步客观地看待奥威尔及其作品中所叙述的寓言式的"农庄"、虚构的"大洋国"、阿拉贡前线的"乌合之众"、实录平民的生活等社会事件。这些不同的生活现象,结合其创作历史语境来看,毋庸置疑,是奥威尔在用"冰冷的头脑",理性地反思现代西方文明的没落,智慧地思考"物极必反"的哲理,积极地表达伦理诉求并批判政治伦理。

奥威尔写作时代的历史环境。此时的历史环境正是英国文明乃至整个西方文明一片混乱、充满着伦理乱象之时,西方文明业已从希腊的公民平等和法治自由、古罗马的人文主义贡献、《圣经》的伦理观、教皇革命的人类事业永福及文本传承和自由民主质变为西方联盟的边界扩张,标志着西方文明从兴起到没落。这样的没落,令奥威尔"对英国及周边国家的三大问题纷纷质疑,这是新的文明吗?"(Hitchens 2002:Preface)欧洲资本主义的科技、政治、经济的新文明所发生的"异化",成为民族主义、帝国主义与法西斯主义的凶器。带着这种质疑,奥威尔将在英国的殖民地(缅甸)、反法西斯战场、英国的收容所、英格兰北部的维冈等地的亲身经历聚焦于人类和人性的多重关注,提出"三大问题"——如果包括资本主义的话,亦可以说是以"四大问题"的真相,来探讨人与人、人与社会、人与自然的伦理道德问题,这无疑是对西方文明诘问后的理性反思与批判。而那些仍然徜徉以"日不落帝国"为代表的西方文明光环下的人们,出于对于西方文明没落的未知,依然把奥威尔及其作品视为反人类的一派胡言。而那些仍然立足于道德制高点的人,用当下的社会文明与当时的社会文明作穿越时空的类比,把当时社会的"三大问题"政治事件的总和与现代的政治事件去作对应性联系与嫁接,必然导致不符合历史语境的主观的、偏激的与片面的文学批评,使奥威尔批评较长时间里处于敏感与争议之中,使批评者不太敢触碰奥威尔批评。

不同时代对奥威尔的评价也不尽相同。他从被否认、到被承认、再到被肯定,看似曲折,其实是对立的统一。被否定,只是因为批评者立足的时代不一样,因立足于批评者的当下去看当时的奥威尔及创作,又因立足于批评者自我的感知,才得出批评者自己的当下的或各自的道德评判。若立足于奥威尔的伦理现场看其人、其创作,或将得出作者与当时社会历史的伦理环境的关系、与作品的关系,这些在奥威尔作品中所提到的社会事件中可见一斑。他的创作离不开两次世界大战爆发前后、西班牙内战和世界经济大萧条的历史语境下的伦理道德事件的总和。这些事件分别在奥威尔 20 世纪 30 年代的七部长篇小说《巴黎伦敦落魄记》《缅甸岁月》《牧师的女儿》《让叶兰在空中飞扬》《通往维冈码头之路》《向加泰罗尼亚致敬》《上来透口气》和 40 年代的两部政治小说——即代表作——《动物农庄》和《一九八四》中各有叙述。

二、自讨苦吃的有心人

奥威尔创作了九部长篇小说,始于 1933 年,终于 1945 年。为了创作,他几度转身,不听家人劝说,自讨苦吃,饥寒交迫,令人费解。奥威尔故意流浪的良苦用心,是为了发现资本主义社会中的底层人受苦的真相。这在《巴黎伦敦落魄记》(1933)创作中可见,他把底层人的伦理信念建立在事实细节的描写上,乞丐和流浪汉也有情谊,其中闪烁着互助、人性的光芒。在挨饿与友情之间,流浪汉选择的是友情,这种友情叙事昭示着流浪汉的伦理身份和伦理选择的可贵。同样,挨饿的经历见证了富人捉弄穷人的卑劣行径。

创作令他吃尽苦头。为了创作,奥威尔放弃了直升大学的机会,选择了去缅甸当帝国主义的警察。在缅甸,他摇身变为白人老爷。《缅甸岁月》(1934)中的弗洛里就是奥威尔的缩影,为了遵守所谓的白人准则,他不得不弱肉强食,不得不放弃朋友身份,抛弃土著女友,等等,到最后,把自己所有的身份摒弃一空,精神崩溃,终于饮弹自杀。弗洛里之死,标志着奥威尔对帝国主义的失望。他放弃缅甸的高薪工作,回到了英国。

奥威尔作为底层工人的书写。他回到英国后,受邀到英格兰北部矿区维冈周边去写纪实报道。他下到矿区后,用心记录了矿区工人的悲剧人生,之后出版了《通往维冈码头之路》(1937)。这部纪实小说揭示了资本主义统治下的英国,矿工们受压迫受剥削的悲惨生活和恶劣的工作环境,工人被强加的伦理身份与被迫做的伦理选择,使他们生存、温饱都成了问题,矿工随时会丢性命。这些矿工的生存境遇和生命危机正是奥威尔向社会发出的伦理呼唤,即人与人的关系应该是平等的,而不是剥削与被剥削、压迫与被压迫的关系。

奥威尔用心去体验底层人生活的书写。这样努力的创作,无处不体现奥威尔的伦理选择。尤其是当时的英国,中产阶级以上的人都很伪善,像奥威尔这样努力为矿工表达心声的并不多见。因为奥威尔集光荣家族与贫穷家境的落差于一身,使他对社会问题特别具有敏感性和反思性。他既受到上流社会的排斥,又得不到底层社会的欢迎,这使他的伦理身份无着落、无挂靠,加上当时英国的经济衰落,英国大多数人的伦理意识都有困惑,而奥威尔也一直"在路上"寻找并确认自己的伦理身份。他所做出的伦理选择,就是要当一名揭示真相的作家,逐渐地,他把真实经历当作艺术写作,再把政治写作当作艺术写作。而奥威尔的政治写作源自他的经历写作,先有他的经历写作作为基奠,后才有他的政治写作。换言之,奥威尔的政治写作源自他经历写作的艺术化处理,从而演绎为寓言和虚拟的政治小说。难怪也有评论者认为《向加泰罗尼亚致敬》(1938)就是两部政治小说《动物农庄》(1945)与《1984》(1949)的纪实素材,而两部政治小说则是前者的寓言化与虚拟化艺术处理的结果。评论者还认为《上来透口气》就是两部政治小说的过渡之作。《向加泰罗尼亚致敬》是奥威尔亲身经历之作的顶峰,这个顶峰的到达,是在当帝国警察的经历、流浪汉的经历和矿区的经历之后写作而成的。这些经历,既是奥威尔伦理身份的确定,又是他伦理选择的结果,也是他极其用心的选择,并不是出于一时冲动,而是受到社会伦理环境冲击后被迫做出的。他的创作行动与当时英国那些对社会伦理问题熟视无睹的作家已然形成了最鲜明的对照。除此之外,奥威尔还用心创作了 3 部小人物的生活小说,关涉家庭伦理、人际伦理、生态伦理的主题,像《牧师的女儿》(1935)、《让叶兰在空中飞扬》(1936)和《上来透口气》(1939)。

《牧师的女儿》是关于"虎毒不食子"的伦理主题。作为牧师的父亲打破伦理底线,没有把亲生女儿当女儿看待,且完全抛弃了作为父亲的伦理身份,使得年幼的女儿萝西被抛弃、得不到父爱,受尽家事拖难,历尽了生活的磨难。她堕落、流浪,被欺凌、被骚扰、被歧视,行乞、入狱、孤独贫困地生活。

《让叶兰在空中飞扬》是关于主人公戈登的伦理选择的叙事。戈登一心只想找一份没有压力的书店职员的工作。对于工作,他不愿意付出很多精力,不愿意接受任何人帮助与施舍。他特别爱面子,喜欢打肿脸充胖子,其实这也是奥威尔当店员的经历。所不同的是,最后戈登因为女友怀孕,不得不放弃自己所谓的尊严和体面,选择了一份薪水较高的工作,可以养家糊口,可见一个人做了父亲后的担当。

《上来透口气》是人与人、人与环境的关系叙事。奥威尔意识到绿水青山被新潮所代替,发现恶性竞争与人性发展之间的矛盾,发觉人与人之间的关系处于伦理两难的境地。主人公鲍灵就是一个典型的例子。他与家人的伦理关系,就像人与生态的伦理关系一样,乱糟糟的。有人认为这部小说是奥威尔政治小说之前的过渡之作。政治小说反映的是人与社会的政治伦理关系,也许两种伦理关系均属于政治写作的相关范畴。无论如何,奥威尔的小说,充分显示出他的伦理意识,他把经历和良知用心地融入了政治性与艺术性相结合的创作模式中,更加突出了他的伦理选择。

三、以命换书的人

为了写出披露法西斯主义的纪实报道,奥威尔奋不顾身奔赴反法西斯主义战场西班牙。在那里,他目睹了法西斯主义可以任意改变人们的伦理身份。如众多的娃娃才 12 岁左右,竟然被变成法西斯主义者或亲法西斯主义者;众多爱正义的反法西斯主义战士被打入监狱变成囚徒、变成战争的炮灰、变成法西斯主义屠刀下的鬼魂。法西斯主义不仅全面搅乱了社会的伦理秩序:如资本主义可以一夜变成"共产主义",一天之内可以轮换三位总理,疯狂地大搜捕,到处是腥风血雨。奥威尔愤恨法西斯主义,他把自己的亲身经历书写成纪实小说《向加泰罗尼亚致敬》,这是一部对人性伦理与社会伦理有力讽刺的纪实传记小说。"传记描写与国际生活中最重要的事件相结合,是政治小说的一种独特变体"(卡扎切诺克1996:13)。据此,《向加泰罗尼亚致敬》作为纪实法西斯主义重要事件的小说,即是奥威尔政治小说(《动物农庄》与《1984》)的变体。这种变体仅在体裁风格的不一样,一部是纪实传记式的,另两部是寓言式与虚拟式的。这部纪实变体小说,为奥威尔的政治小说的艺术创作打下了良好的基础。

奥威尔用生命在创作。在创作两部政治小说之前,他奔赴了硝烟四起的战场,真正地付出了生命的代价。在这没有硝烟的创作战场中,他与病魔作斗争的勇气和坚持政治写作的毅力,再现他坚定地以命换书的伦理选择,给后人留下了伦理的警醒。奥威尔直到生命的最后一刻还在撰写《1984》,从中不难发现奥威尔把热情、勇敢、智慧、良知的伦理品行融入书中,他顽强地与病魔作抗争,坚持自己的伦理选择,在病痛的折磨之下,他仍能以平静的文字来展示人与人的伦理选择困境,揭示人与社会无常的伦理身份变化和颠倒的社会伦理秩序、被打破的伦理禁忌,这些都足以造成斯芬克斯的人性因子转化为兽性因子。

《动物农庄》的主题是权变的伦理叙事。在动物庄园,整个农庄被兽性的猪掌控;在农庄中动物与动物之间的平等关系已变成任意性的和表面性的。文字上平等的伦理准则"七诫"实际上被猪任意地打破和篡改,蜕变成顺猪者昌、逆猪者亡的政治屠杀规则。猪的任意性,其实也是理性的丧失,难遮斯芬克斯的兽性因子的本性,才导致农庄里政治伦理的乱象,蜕变为有权就可以任性的政治伦理怪圈。

《1984》的主题是政治伦理怪圈。在这部虚拟小说中也随处可见,以悖谬的"党标"为"大洋国"的伦理准则,来颠倒是非、蒙骗、造谣,使社会伦理大乱,使人格变态,导致主人公温斯顿舍弃血亲、抛弃朋友、摒弃人格。像这样的人在小说中比比皆是:如一位国家工作人员打破"虎毒不食子"的伦理底线,为了自身不受刑罚,呼叫把这种刑罚让给他的妻儿子女去遭受;儿童从小就被国家培养成为父母身边的"间谍"和告发者,而没有被培养成懂得孝道的人;温斯顿和朱丽娅作为恋人亦互相出卖,等等。人人互相揭发、告发,人人众叛亲离,不受理性的控制。人性倒退到兽性,势必导致人与人、人与社会的非理性的伦理关系,导致社会全面倒退,社会文明的全面崩溃。这样的崩溃不是奥威尔在说疯话,恰恰相反,正因为他的勇敢,才把历史语境下的伦理问题揭露出来。

奥威尔是政治伦理问题的批判家。奥威尔与 20 世纪上半叶英国同时代的作家相比,他是对伦理道德问题探索最全面、最深刻的。与他差不多同时代的英国作家,如威廉·戈尔丁的《蝇王》,以道德寓言小说展开对人性恶的探索;爱丽丝·默多克的《砍掉的头》,以人的责任为题开展道德探索;格雷厄姆·格林的《人性的因素》对道德与政治给予了关注。奥威尔不仅批判了政治伦理,还表达了平民的伦理诉求,因此是比较全面的作家。而对政治道德问题探索最深刻之处,主要表现在《1984》。《1984》与《美妙的新世界》(阿道司·赫胥黎,1932)和《我们》(尤金·扎米亚金,1923)并称为反乌托邦三部曲,都曾被列为禁书,其中《1984》被称为反乌托邦之最。反乌托邦社会是与未来美好的乌托邦社会正好相反:扎米亚金担忧人类未来社会走向抛弃我的伦理身份,而只有以号码命名的伦理身份,个人不能有伦理意识和伦理选择,只能是整齐划一的号码选择,同样,他还担忧造福主掌握着断头台,把残忍杀害有个性的"我"当作幸福;赫胥黎对未来社会的关注,从人出生到死就被冠以生物性的伦理身份、伴随着生物控制技术的迅速发展,生物基因和政治手段相结合控制着人的一切及人与人的一切,并以催眠术培养人们的习惯再加以控制,还把这种控制视为幸福;奥威尔担忧的是人被规训为放弃自我人性的伦理身份,蜕变为极权社会所需要的任何身份,而这样的事实正好或多或少地与英国或其他国家的某个历史阶段重合,故更令人触目惊心。为此,有不少文学批评家或忽略或搁置历史语境来看奥威尔,或认为他在夸张,或以为他在胡言乱语,或当作他在发疯,或认定他是怪人。"文学的产生最初完全是为了伦理和道德的目的"(聂珍钊 2012:13)。文学宗旨是"在于为人类提供从伦理角度认识社会和生活的道德范例,为人类的物质生活和精神生活提供道德指引,为人类的自我完善提供道德经验"(同上 17)。奥威尔的创作无疑为当下社会提供了认识当时社会的道德典例。在奥威尔众多的短篇小说和短文中,亦彰显了不少的伦理思想性和艺术性的华彩。奥威尔的经历、良心、使命感、责任感、伦理困境、伦理选择也尽数融入了其短篇创作之中。如同长篇小说那样,其小说中的主人公有的是他本人的缩影,有的是他的亲身经历。奥威尔还在日记中记下了西方文明败落后出现的剥削、压迫、镇压、暴力、战争、不公平和不公正之事等等。

注解【Notes】

① 关于本文撰写参阅了国内以下研究者的佳作：陈勇. 新世纪以来国内乔治·奥威尔研究综述[J]. 兰州学刊，2012（08）；黑　马. 使政治写作成为一种艺术（代译序）.《一九八四、上来透口气》乔治·奥威尔著，孙仲旭译，南京：译林出版社，2002；王小梅. 从《通往维根码头之路》看奥威尔的政治观. 外国文学，2004（01）；王晓华. 论作为人道主义者的奥威尔. 社会科学辑刊，2011（05）等。

② 关于本文的撰写参阅了以下国外研究者的佳作：Bemand Crick. *Essays on Politics and Literature*, Edinburgh：Edinburgh University Press，1989；Jeffrey Meyers. *George Orwell: the Critical Heritage*，London：London Routledge，1997：131；Lynetter Hunter. *George Orwell: The Search for a Voice*，Milton Keynes：Open University Press，1984 等。

引用文献【Works Cited】

Hitchens，C. *Why Orwell Matters*. New York：Basic Books，2002.
卡扎切诺克. 当代政治小说. 国外社会科学，1996（7）：13－17.
李　峰. 当代西方的奥威尔研究与批评. 国外理论动态，2008（6）：87－91.
聂珍钊. 文学伦理学批评：基本理论术语. 外国文学研究，2010（1）：13－17.
奥威尔，著. 董乐山，译. 奥威尔文集. 北京：中央编译出版社，2010.

作者简介：聂素民，浙江财经大学东方学院外国语分院教授。

本文系 2015 年度浙江省社科联研究课题"反思西方文明视野下的乔治·奥威尔研究"（2015B048）。

叙事研究 第 1 辑

"认识自己"意义背后的政治使命
——论阿来《尘埃落定》的叙事策略

张慧敏

内容提要：《尘埃落定》是一部记载藏族"土司"由权力鼎盛到消亡的历史,作者别具匠心地构设了一个主人翁"傻子"来戏谑甚至从一定程度上参与了权力的瓦解。作者使用"傻子"与"权谋"的悖论张力,来表达反讽。本文对此有新的阐释,认为文本潜在寓意完全可以仅超越到反讽为止,只有赋予"傻子"意符更丰富的想象空间,方能揭示出"个体"与"权力"之间的隐秘,也能企及文本意义的深化。因此,本文针对《尘埃落定》的叙事态度和叙事语气,特别是叙事者"傻子"符号的构设,来探究"我是谁""我在哪里"这样的哲学追问的叙事策略,从而揭示"认识自己"意义背后的政治使命。

关键词：认识自己;政治使命;傻子

多年过去,《尘埃落定》魅力不减,其迷人的叙事态度和叙事语气,让世人沉溺其中。然而该小说唯一遗憾的就是对于"死亡"这一母题没有写好,迫使笔者举笔。

读完最后一页,从沉迷中"呵"出一声叹息,发现阿来整本书就是死亡没写好。或许是作者太追求一种生死无常论,一种神秘如宗教的氛围,而使得"死"发生得过于牵强近于草率。《尘埃落定》文本结构乃至句词锻造,讲究而精致,是在相当造诣的潜心编织中,偶现一些"死"的榫头差了那么一点熨帖,少了那么一点匠心。为什么? 文本处理死亡的方式,是否作者有意为之,要呈现对"权力"的摒弃之态度? 本文恰恰认为,倘若文本端正或者认识到"个体与权力"的关系,反而顺应了叙事的脉动走向。特别是明白了政治使命,方使得贯穿文本的"我是谁"以及"认识自己"有了内在的哲学意蕴。

一、"认识自己"与执政

《尘埃落定》是一部记载藏族"土司"由权力鼎盛到消亡的历史,作者别具匠心地构设了一个主人翁"傻子"来戏谑甚至一定程度上参与了权力的瓦解。作者使用"傻子"与"权谋"的悖论张力,来表达反讽。但是,本文认为,文本隐在寓意完全可以仅超越到反讽为止,也只有赋予"傻子"意符更丰富的想象空间,方能揭示出"个体"与"权力"之间的隐秘,也能企及文本意义的深化。

以第一人称叙事的"傻子",因了这叙事定位,从一开始就使得"傻子"的定义处在不确定之中。也就是说,从固有的"权力"欲望来说,"我"是公认的"傻子"。"傻"对于"我"来说,是一层保护套子,既具有拆卸权力恐惧的功能,还能不时获得一点权力争斗之外的亲情。笔者认为阿来之所以写得出色,是这"傻"不是"个体"对"权力"的担忧之故意伪装;而是叙事者要在不确定之中暗示"傻子"定义来自他者的给予,是在所谓的"公认"中,"我"才不得不承认自己为"傻"。于是才利用"傻"之语义来为自己辩护,比如想说什么就说什么、想怎样干就怎样干的特权。但是故事进程中,叙事者却有意要让"傻子"操心天下,且以一种与剑拔弩张的权力别样的漫不经心,以至于凭着"傻"之盾牌足足可以对"聪敏"的权力世界发出批判:"让一个傻子来操心,这是什么世道呵!"

如果仅仅将"傻子"的叙事设计到"反讽"为止,未免落入俗套。君特·格拉斯的"侏儒"早已尝试了这样的写作风格;而倘若按作者要强调的"预言"之功能,也未免有东施效颦之嫌,因为马尔克斯笔下的"预言"早已登峰造极。本文认为《尘埃落定》文本的魅力恰恰是"预言""反讽"之外的辨识、辨识自己、辨识权制、辨识灵魂。

1.1

文本中的主人翁傻子"我",醒来第一件事就是要揪住人问"我在哪里?""我是谁?"之所以被认为"傻",是他的反应和理解事物的能力总比"聪明"人缓慢。比如,文本开篇,孩童猎捕画眉的游戏,导致小家奴遭受痛打。"聪明"的母亲教导:"儿子啊,你要记住,你可以把他们当马骑,当狗打,就是不能把他们当人看"(11)。农奴的土司等级制中,别具一格地不分等级之"傻",叙事者以"傻子"意符戏谑地赋予了生理缺陷的自然性。不是正义作祟,而是"傻子"本身的"缓慢",象喻性地呈现了这个土司儿子身份的暧昧双重。他是土司与汉族女子饮酒失误之后,汉女孕育的畸形儿,用罗兰·巴尔特的定义该属于"中性",因此"傻子"犯"傻"时就犹如半梦半醒中。罗兰·巴尔特曾这样引述纪德言:"我一直在睡;我需要时间才能醒来,才能领悟。"作者阿来要记述土司由盛变衰继而灭亡的过程,通过意符的编排,见证和参与者却是"傻子"。在盛极一时的土司时代,半梦半醒的"傻子"可谓一种观察态度。这态度赋予了叙事一种别样的时间,即历史时间。如何让历史时间赋有神圣性,笔者认为,这半梦半醒的"缓慢"是一种别具风味的技艺。正如罗兰·巴尔特分析纪德所指出的,"理解所需的时间,在某种意义上是一段神圣的时间:从一个逻辑到另一个逻辑、从此身到彼身的(微妙,缓慢,善意的)合理过渡。如果我必须创造一位上帝,我就会让他具有某种'迟缓的理解力':以某种一点一滴的方式处理问题。那些能够迅速理解问题的人让我感到害怕。"(罗兰·巴尔特 2010:62)

对于《尘埃落定》的"迟缓"时间的理解,绝非个人的理解力问题,而当以寓言的方式来理解历史时间。少爷"我"虽然"傻",也是在等级制的供奉中的,所以,叙事者始终保持一种嘲讽的语态,以示等级制在"傻"的辨识中呈双重辩证。一方面享受着"王者"的优越;另一方面对血统等级的审视,甚至对那种"找不到脚"(15)之痼习的嘲讽。

文本呈明:土司血统等级制,特别要求联姻的贵族化——"在婚姻这个问题上,自古以来,我们都是宁愿跟敌人联合,也不会去找一个骨头比我们轻贱的下等人"(54)。而"傻"我的产生,恰因为麦其土司打破了这自古定律,娶了一个下等汉人。骨头的贵贱是土司历史的统治艺术,因其为艺术,在等级建制中,唯有技艺创造者,诸如僧侣、手工艺人、巫师、说唱艺人,他们因了技艺在身,身份地位可以随时变化。即血统的固性与技艺的变性共存,但前提是后者"只要他们不叫土司产生不知道拿他们怎么办好的感觉就行了"(14)。那么"傻"的"缓慢"技艺,即"迟缓理解力"的技艺,恰好是一种别样的政治建制的处理方式,也就是说,文本将赋予"傻"

对固性血统政制的创新;同时,"傻"还将使技艺直接以前所未有的创造性企及政治建制的神奇。

1.2

　　"傻子"与执政,好似风马牛不相及。土司的继承人英姿飒爽,"傻子"的哥哥就是这样的人,浑身上下,乃至"笑声"无不说明"是作领袖人物的材料"(60)。就连"傻子"的亲生母亲也甘愿承认自己不成器的儿子需要"郑重其事"地托付给这样的未来领袖。哥哥看"傻子"充满了"聪明"人的怜悯,但"聪明"的定义,文本赋予某种特殊的滤镜效果,好似叙事潜藏的枢机,也关乎"傻"的真假剥离。当"傻"观看"聪明"的表演时,有一种神奇的超越。"我"感受到哥哥的怜悯——"是一剂心灵的毒药"。也就是说心灵不"傻",且以"傻"保护心灵不受伤害。超越境界的叙事者方可智性评述:"一个傻子,往往不爱不恨,因而只看到基本事实。这样一来,容易受伤的心灵也因此处于一个相对安全的位置"(49)。超越的定性,是《尘埃落定》文本具宗教意味之追求,关于此点,评论已不少,本文不多费口舌。而是蹊跷命定为统治者的哥哥与命定非统治者的弟弟之差异,为何故事后来会走向是非颠倒? 哥哥不只与执政无缘,还腐烂而死;"傻子"弟弟却威震四方。从表面上看,似乎问题出在叙事霸权上,因为"我"掌控了叙事权,出于怨疾,哥哥才不得好死。不动一兵一卒,仅凭叙事之功力,"傻子"扭转乾坤,几近颠覆了政权。但是,笔者更倾心文本的潜在意义,神奇的发生恰在于"傻"与执政有着神奇的关系。

　　能够看清基本现实的"傻子",按照福柯探究的苏格拉底之思维来说,是可以"神的要素"来观察自己的灵魂的,故此"傻子"醒来总要问"我是谁""我在哪里"。福柯分析柏拉图主义时说:"为了关心自己,必须认识自己;为了认识自己,必须在自身这个要素内反观自己。"而且,"正是为了认识自己,所以必须摆脱让我们产生错觉的各种感觉;正是为了认识自己,所以必须心如止水,不受任何外在事件的影响。"正是这种以神的要素反观自身,方使"灵魂达至智慧。一旦灵魂接触到神,一旦它把握了神,一旦它能够思考和认识到这个思想与认识的原则就是神,那么它就有了智慧"。神的辨识总是超越于俗世的,所以即使是俗世的"傻子",只要拥有了神的智慧,亦能辨别善恶、真假。柏拉图论政,就在于,有辨识能力的灵魂,"将能够恰当地行事,知道如何正确地行事,它将能够治理城邦"。因此,福柯总结说:"关心自己或关心正义是殊路同归。"甚至认为,柏拉图关于"阿尔西比亚德"的"关心自己"之对话,实则在探讨"我怎样才能够成为一个好的统治者"。(福柯 2010:55,57,58)

《尘埃落定》中的"我"城府若无,不是伪装而是将权力做了叙事的举重若轻。在自己根本不是敌方对手的情况下,以退为进。要做未来土司的哥哥一直想通过行动来功成名就;而与土司权力不沾边的"傻子"却只用梦呓似的语言,预言战事预言经济预言执政的未来。用"傻"之谋略暗示治理,就好比文本中用粮食整治罂粟,以质朴的大地情怀广获民心。不过大地上的治理仅靠大地思维是不够的,大地的执政还需借用上天的灵动,就像大地不只生产粮食也会生产罂粟一样,倘若缺乏上天的灵动,正如哥哥拥有做一个统治者所有外在的条件,却缺乏了内在如上天的灵性,所以只能败给"傻子"弟弟。大地政治五花八门,不只有土司与土司之间的较量,还有民族间的差异和纷争。就像食物习俗。笔者非常欣赏阿来使用天上之空灵笔法,好像给政事现实插了翅膀。比如"老鼠"的象征,猫鼠之吃之战,或者汉土习俗乃至政治辨识都不稀奇,叙事出色在于作者会荡开情境直逼天空。从汉族引入罂粟到吃鼠,似乎有暗喻互通,"我"看着母亲,害怕地"想哭"。不似活佛预告罂粟治理的"厄运",而是"傻子"以心灵观看的"惊恐"。就好比用"傻"做叙事修辞一样,阿来很擅长抑制语言,让语言产生一种欲吐未吐之拓深。本来是要用"你吃老鼠了,你吃老鼠了"来回答"跪在地上摇晃着我"的母亲之问:"儿子,你看见什么了,那么害怕。"但是,作者只让这哭声处于"想"之状态,而不发声——"但只是指了指天上。天上空荡荡的,中间却有些云团。那些云团,都有一个闪亮的,洁白的边缘,当中却有些发暗。它们好像是在一片空旷里迷失了。不飘动是因为不知道该飘向哪个方向。母亲顺着我的手,看着天上,没有看见什么。她不会觉得那些云朵有什么意思。她只关心地上的事情。这时,地上的老鼠正向着散发着特别香气的地方运动。我不想把这些说出来。"或许在作者或者他营造的人物心目中欲企及不被污染地族性土地的"洁白",当洁白的当中就像政治的核心"发暗"了,执政也就只能迷失于"云团"。看天的好处,在古希腊柏拉图时代就标志着辨识,"傻子"正是通过看天之辨识,激荡起身上流淌的"统治者的血液","手指天空"在苏格拉底就是形而上参与政治的一种方式,启示了"傻子也知道多把握一点别人的秘密在手上是有好处的"(77—78)。

叙事语言让"我"脱"傻"为王,这在童话故事中颇为多见,但是《尘埃落定》却有野心要叙史。带有童话色彩之史多些斑斓,但史却绝不是童话。历史与语言的关系,像似虐恋,因致残而缠绵。语言建构起历史之叙,为什么总要发生在阉割之后呢? 是不是历史本身就带着不可或缺的阉割要素?《尘埃落定》中的宫刑不在下体而在"舌头"。自人类有了多种语言,纷争不断,巴别塔的诡计。文本叩问:"为什么宗教没有教会我们爱,而教会了恨?"这不是一个问题,而是一个至今不衰的现实。故此,本文不予回答,而是由此推究语言。翁波意西,一个年轻喇嘛因传教而被治罪,对于土司来说,不关乎道义,而危及政权,所以言者的"舌头对说出来的那些糊涂话负责任"(147—149)。史是阉割的延续,是因为自司马迁以来,史官以记史为使命,宁可选择被阉割也要为使命留存性命。只是翁波意西的选择在很大程度上受"傻子"的推波助澜,是"我"把麦其土司的历史书送给了囚房里的翁波意西,启发了史官的诞生。"傻子"将喇嘛变成史官起到了关键的作用。正如苏格拉底受神的启示对阿尔西比亚德说的话,"改变身份特权"对于"治理"的重要性。翁波意西的身份改变,一如阉割于史,铺垫背后乃是脱"傻"为王的"我"之改变。

阿尔西比亚德要投身于政治或者说"想统治其他人",亦是从古希腊教育中与荷马有关的经典老问题开始,即:"如果有人让你选择今天去死,还是继续过一种平淡的生活,那么你选择哪个呢?"自阿喀琉斯以来,一般人都清楚会回答宁可死也要创造一段崭新的生活。无论史官还是具有政治抱负者,抑或每一个"关心自己"者,皆当有如此使命! 之所以通过一个哲学问题导入执政问题,关键在于政治生命与教育的不可分割。当柏拉图提出"关心自己"作为统治者的"职责",以灵魂"修身"来探讨"执政"时,就无法离开"教育的进补"。福柯分析:"关心自己"的同时,锻造了"治理他人的技艺",关键在于作为"灵魂"之"主体"之自己。《阿尔西比亚德篇》给予后人的意义在于让人们了解"什么是善治,什么是城邦中的和睦相处,什么是一个公正的政府,为此他们询问什么是灵魂,进而在个人灵魂中探寻'类同'(analogon)和城邦的模式"。福柯总结说:"总之,灵魂的各种等级与功能能够向我们说清楚这个有关治理艺术的问题。"也就是说"灵魂"成为"身体的、工具的和语言的行为的主体"(福柯 2010:44—47)。

使用身体要素,口舌双手乃至语言,为企及"灵魂"至善。在《尘埃落定》中,身体要素一如政制的机理,不同角色的使命还隐含了臣服与效忠。"舌头"本服务于语言,但当遭遇断根兀立时,叙述者赋予了一道魔幻炫彩,突破表达功能直接走向效忠使命。喇嘛翁波意西表达的"舌头"飞出去的刹那,犹如鲁迅曾在《铸剑》中表达的意象,首先引发的是"人群里响起一片惊呼声"。而后,鲁迅赋予头颅即使被砍,亦复仇如故,在沸腾中英勇厮杀的神通。阿来却将暴力伤害的血块做了一种呜咽的处理,犹如挽歌。当狗食"舌头"却被"舌头"所伤时,文本使用了复沓的"哀哀地叫着",这叫声既是翁波意西的,也是受伤而"吐出舌头"且"夹着尾巴跑到很远的地方去了"之狗的。后来翁波意西为了为史之使命接受了土司要他为奴的条件,只不过叙事者给予这"奴"非丧失骨气,而是一种身份掩饰,一种政治策略般的妥协,好比"傻"的修辞意义。历史的魅力在于遥遥古荒,在那里,方有寓言衍生。被割去舌头的身体,发出了"含混"(77,150—151),悠悠远古永恒之音。

渲染翁波意西的失"舌"而变,是为铺垫"我"脱"傻"为王。一个好的治理首要乃收服民心;而要民心臣服必须有好的建制。一如本是受伤的"舌头",当显现神奇的威力时,人群就必然从"舌头旁边跳开"。故事中无论是管家、厨娘,还是小厮及行刑人,是他们首先认定了"傻"二少爷有着为王的力量。当他们用肩膀,像叙事树立一块受伤"舌头"一样,在波澜翻滚的草海风中,将"我"扛起,犹如地蛮天荒时,"第一个王,从天上降下来","好大一片人在我面前跪了下来"。这样的奇迹,叙事者故耍花招,以至于"大智若愚"的出现有些龃龉,叙事笔法为了某个强行的意念而损了自然,笔者认为这可能是阿来此文本的某些瑕疵。文本强调在民心跪倒前,"我"却还不知"以肩为舆"者是王(204),似乎是要淡化对权力的欲望,或者说欲铺垫:"在父亲的眼里,我的形象正在改变,正从一个傻子,变成一个大智若愚的人物"(227)。过分的遮掩,就成为矫饰了。于政治,更是时机刹那。"以肩为舆"是个征兆,文本的评述倒是非常精彩:"洪水是个比喻,但一个比喻有什么意思呢?比喻仅仅只是比喻就不会有什么意思。"可以显现,叙事在言"傻",其实在道"政",用阉割了的史官的嘴,说出了警示:"……奇……迹……不会……发……生……两……次!"

想不想当土司,一直是文本的拷问,是"认识自己"即"我是谁"追问的根本所在。"傻子"只不过是叙事者耍的欲擒故纵之技。但是,当史官以面对历史的态度,剥去伪饰,真相必然出现。也即是说"我"或者说有王之使命者,与史官的联手,方能成大器。是翁波意西让"我"明白:"当时,我只要一挥手,洪水就会把阻挡我成为土司的一切席卷而去。就是面前这个官寨阻挡我,只要我一挥手,洪水也会把这个堡垒席卷而去。但"我"是个傻子,没有给他们指出方向,而任其在宽广的麦地里耗去了巨大的能量,最后一个浪头撞碎在山前的杜鹃林带上"(279)。一个好的执政者,把握时机,指明方向乃为使命。

二、"呵!"——意义双重,从女人开始

一个有政治使命的人,权位在于作为,在于建树。于是"执政"不是阴谋暴力和厮杀掠夺,而是技艺超凡的学问。正如《尘埃落定》认识到的:"在土司时代,从来没人把统治术当成一门课程来传授。虽然这门课程是一门艰深的课程"(169)。

有意思的是,"我"的统治术却是从女人开始。贴身女仆卓玛,一个比13岁的"我"大5岁的18岁成熟女人,是"我"的性爱老师。是在这女人情急的"唔……唔"声中、在她身体的起伏跌宕里,"傻子"明白了"神人对虚空"的感叹——"哈!"于是"就有了水、火和尘埃"。是这个女人首先确认"傻子"非傻:"少爷真聪敏啊"(16—20)。更是这如田野罂粟般如火如荼的女人气味,煽动起的欲望让"我"不能自已地逼近权力。卓玛一生追随"我",尽管嫁给银匠之后,她更换了效忠主子的身体部位——用手做一个好的厨娘,为"我"奉献。她不只首先确认"我"有可能"将来当上司",更是用她的管理才能,且移情管家,双翼连城,一起忠心成就"我"的政治事业。似乎卓玛的身体,就是繁衍造就"我"政治使命的某些关键因素,无论在"认识自己"还是在成就土司的权力中,皆具有特殊功能。

在福柯的"谱系学"研究中,对"欲望主体"有很好的探究。即分析个体"如何被引导去关注自身、解放自身、认识自身和承认自身是有欲望的主体的实践"(福柯 2005:92)。卓玛的身体功能正刺激了"我"的"欲望主体的实践"。不仅如此,是对这女人身体的欲望,是在"她眼睛的深渊不能自拔"的情境里,第一次让"傻子"明白了"作为一个王者,心灵是多么容易受到伤害。"何况这个女人会让"我的手"——"捧回在胸膛上。她叫我把自己打痛了"(23,79)。《尘埃落定》的参照手法用得非常好,几乎达到了福柯为探讨生命与历史、生命与政治之关系的"让权力直达肉体"(福柯 2005:92)。本文认为这亦是《尘埃落定》书写女人及情爱的旨归,特别是当文本总用复合重置的方式来设置女人时,映射出历史生死共负和权力的双面。

2.1

《尘埃落定》文本的土司历史盛衰共处,一如人的生死。"傻子"在政治历史上的成长与"聪明"的哥哥或者土司历史消亡本身相辅相成。故此,文本套用了一个复仇的外在线索,似乎隐秘于生死。但本文更感兴趣的还是叙事策略中对女性符号的设置。与其说"傻子"对为王感兴趣,还不如说"我"对被认可情有独钟。因为叙事者隐含着对权力等级的审视或者说批判,特别在"傻子"符号的书写中,"我"的政绩不在于等级压制和盘剥,而在于自由贸易。按福山的说法是:"人类天性追求的不只是物质,还有认可。"对于"傻子"来说,地位,或者说为王的地位,其实就是要父亲、哥哥、母亲、天下认可他非"傻"的尊严和价值。当"我"在边境创造了非凡的财富价值时,依旧得不到父王的承认,文本写得哀婉动人。

福山借用经济学家罗伯特·弗兰克(Robert Frank)所称的"地位性物品"(positional good)概念来阐释"认可"于地位的危险性。他说:"只有他人都处于低级地位时,你才算拥有了高级地位。像自由贸易的合作游戏是正和,允许大家都赢;然而,追求认可或地位的斗争却是零和,你的增益一定是对方的损失"(福山 2012:432)。叙事者极尽夸张功力来渲染"我"在边境上的业绩,将麦其土司的领地扩张了好几倍,财富应有尽有,于是带着天下非凡美貌的妻子荣归故土。但是,在百姓匍匐且"肩扛"起"傻子"之时,带给了现任土司和未来土司的不安,于是父亲要"逊位"给哥哥。父亲给"我"的理由是"我不敢肯定你不是傻子"(290)。而且"傻子"若要有恨,只能"恨自己是个傻子"。为什么政绩在土司王位继承中不发生作用?关键就在于"地位争斗",形态呈"零和"。在百姓都倾向"我"为王时,父亲与哥哥其实已经孪生共体了,现任王与未来王,于"地位",他们共存。

上文已说到,"傻子"的认可开始于一个叫作卓玛的女人的身体。卓玛的认可发生在不计损失的全部付出。文本中的女人之复体不像权位那样隐晦,而是直接由叙事者命名钦定。当"傻子"以财富、粮食和计谋争夺世界上最美丽的妻子而依旧得不到认可时,文本直接就在河边设置了一场肉体情欢,且呼唤的依旧是早已沦为厨娘的卓玛之名。由同名切入,即使女性身体已经变换,但欲望导向的"认可"却根植于灵魂。只要在卓玛的认可里,"我"即使被王位权力乃至爱情否决,依旧可以重生且永不

叙事研究 第 1 辑

言败。

同名的设置，文本中还有塔娜，当卓玛嫁给银匠之后，有一个马夫的女儿塔娜作了替补。马夫的女儿塔娜的颤栗臣服正好与公主塔娜的桀骜难驯相对参照。美貌的公主塔娜与扁平无性感的马夫女儿塔娜之间的区别，关乎对己对人的主体性建构。与其说这马夫的女儿不性感，不如说她的身体与"认可"没有关系，身体的扁平造下的损失不关乎肉体情欲，却与"认可"意义非凡。美貌非凡的茸贡王之女的"认可"让"我"生生死死，似乎叙事者不关心地位等级或者生活环境之区别，而在于智识。就连忠贞都无关紧要，二塔娜的关键区别在于，美貌的妻子塔娜其实无视金钱和财宝；而马夫的女儿却视财宝如命。前者塔娜可以为情而私奔，后者塔娜却只抱着另一个塔娜遗留的珠宝不肯下楼弃绝所有。在二塔娜的辨识中，道出了灵魂之"识"的真谛。对于马夫女儿，"傻"或者"非傻"皆无意义，因为她只知道"少爷"的地位；对于公主塔娜，"我"曾是"诚实的傻子"，还是"丈夫的傻子"，"可恶的傻子"，最后复合真正承认"为王的傻子"。

是由于人的认识总处于双重复调，同名双置的叙事策略，为助辨识。就像美丽的公主塔娜，她让"傻子"的心"一半是痛苦，一半是思念"（215）。这很容易造成认识迷失方向。将女人身体只做情欲发泄之处在政途上也是行不远的，故此，哥哥在业绩上，尽管努力无比，也强悍无比，但最终是失败。将身体游离在"傻子"弟弟和"聪明"哥哥之间的不轨塔娜，不同于卓玛用语言的通灵辨识"傻"与非傻，而是以行动，甚至以不轨的行动，牵动神灵地动山摇，最后也给予"傻子"一个万民皆呼的"呵……！"（300）是这"无比"的力量，让"傻子"弟弟得到了真正的成长，给了"聪明"哥哥一记响亮的耳光。是这力量最后让几乎都触摸到了麦其王位的哥哥死于刀下，腐烂中尊严丧尽。只是未来的麦其王死了之后，父王却依旧不肯承认"傻子"，这或许就是土司王族消亡的秘密。当土司王族因妓院的梅毒覆没时，不是政治手段的诡计，而是权力抵达肉体的天机。

《尘埃落定》文本的灵动意符"傻子"之所以超越任何一个土司王，就在于肉体从来不是权力的终极旨归。就像因为粮食，美丽的塔娜成了"傻子"的妻子，但叙事者却议论道："是的，要是说把一个姑娘压在下面，手放在她的乳房上，把自己的东西刺进她的肚子里，并使她流血，就算得到了的话，那我得到她了。但这不是一个女人的全部，更不是一个女人的永远。塔娜使我明白什么是全部，什么是永远"（256）。"全部"和"永远"的意涵从一个女人身上延伸开去,好比将现实政治的有限向无限拓展。塔娜意符及她的爱情辨识情节设置的意义皆在于此。

让"我"伤心和心痛的塔娜之爱情,关键在于辨识"傻子"的外在和内涵,复仇是在这样的枢机中发挥效用的。当死亡迫近,塔娜惊恐于血时,那并不能改变小河颜色的血,却助了塔娜的情感喷发,前所未有的与"傻子"丈夫羽化交融。为什么死亡迫近会有助于"傻子"与"丈夫"的合一,或者说让塔娜认可和尊崇了"傻子"为夫呢?用福柯的主体辨识来解读,原来"复仇"只不过是叙事的一个"色调",其引发出对生命的"沉思"(福柯 2010:370—372)。阿来对于这"沉思"处理得非常好,复仇者始终在延宕杀戮的行动,正似福柯所言的"训练"。训练的非复仇者的胆技,而是"我"乃至周围身边的其他如塔娜及她的爱情无不得到关于死亡和生命的"沉思",唯有如此的"沉思"方可走向"永远"。

2.2

"关心自己"或者说"认识自己"的命题,在福柯,需要给自己"提供一套"——"生活的艺术"(同上 376)。且这"生活"在"辨识"的"判断和理性"中,被指认为"政治活动"之一种:即"包含着个人的持久承诺;但是其基础、自我与政治活动之间的联系,把个人塑造成政治活动者的东西不是——或者不只是——他的地位,而是在由他的出身和地位所规定的一般范围内的个人活动"(福柯 2005:364)。本文将以此结篇。

《尘埃落定》叙事者隐去了历史中常见的父子兄弟间的刀光剑影,就像文本中的百姓,不会揭竿起义,而是感叹的"呵……!"这使得历史少了血光狰狞,而多了悠悠苍穹的无尽韵味。特别是作为"傻子"的母亲,无论是民族身份还是面对丈夫和儿子,抑或权力与女人身体,她都复性双重。以至于她的辨识,文本亦多作朦胧含混处理。但是,她却是一个懂得"生活的艺术"之人,甚至可以说她给予儿子"傻子"的影响,正是作为政治活动之一种的"生活的艺术"。

故此,《尘埃落定》的故事,是以母亲开篇,一个身份低贱却在异族中身居高位的汉族女子,一个将生命与权力同构的女人,从她浸泡在铜盆牛奶里的"手"启笔。"手"不仅记载了一个女人的年华或者说暴露了"苍老"的隐患,而且还是运筹帷幄的象喻。不说生命而说"手",不说对权力的忧患,而说一个女人对于"水从高处的盆子里倾泻出去,跌落在楼下石板地上,分崩离析的声音"之"痉挛"(1—2),可谓出色的喻示性笔法。历史上红颜与权力的关系,总是比权力本身的寿命还要短,但母亲的出色,在于对于情色亦如浸泡牛奶的"手"一样精于洗练,所以,无论是面对战事还是土司的移情,母亲都能保持一种"震慑"之美,且永远"站在高处俯视这一切"。一个女人对权力的举重若轻,让土司也不得不"仰望"(55)。母亲的气质和态度,尽管"傻子"在叙事文本中,存在"母亲"的亲情与"土司太太"的陌异相参差,但最终母亲以面对土司制瓦解或者说分崩离析显露的淡定还有结束生命的那份沉着,"震慑"了叙事者"我"还有读者。母亲洞察一切,当土司质问儿子:"为什么你看不见现在,却看到了未来?"母亲能够睿智回应:"现在被你看得紧紧的,我的儿子不看着未来,还能看什么?"(352)

对于权力或者说太关注现实权位者来说,未来只是土司的位置。"傻子"的建政理想却是未来——一个漂亮非凡的没有土司的时代,他在边境上开辟和执政的恰是这样一个遥远美丽的地方。是为了这样的"未来"之理想,最后叙事者让复仇得以圆满,从而结束了自己的生命,结束了一个即将为土司的生命,亦是结束一个历史时期,为了奔向理想。

面对死亡的沉思,就在于淡定直面死亡且采取审视自己一生的行为,母亲是在吞食鸦片的同时,对儿子回顾自己的一生的。正是这启示,"傻子"开始回顾自己从13岁那年开始,"一个侍女的身体唤醒了沉睡在傻子脑袋里那一点点智慧"(397)。审视自己,回顾一生,皆非生理的生命时间,而是具有政治意义的实践活动之时间,是审视具有生活之艺术的"一生"。正如福柯所言:"当人像是在临死前那样考察自己时,他就可以对自己的整个人生投去一瞥。而且,这一生的价值或真相就能够呈现出来。"(福柯 2010:372)因此,"傻子"终于完成了"认识自己"的使命,也成就了土司制终了的叙事——"我看见麦其土司的精灵已经变成了一股旋风飞到天上,剩下的尘埃落下来,融入大地"(402—403)。

叙事者"我"抑或《尘埃落定》文本叙事本身超越母亲或者说女人之启示之处,还在于将高空之坠落作为灵魂如"旗帜"一样,可以在"风"中"展开",使得生命的"陷落"与"飞升"并置。人生的终点,是"到了去睡觉的时候,我们要高兴地面带微笑地说:'我经历过了;我经历了命运给我的一生'"(福柯 2010:378)。说《尘埃落定》的宗教情怀,正是这份对生命过程的态度,一如文本的结尾——血渐趋黑色,但"上天啊,如果灵魂真有轮回,叫我下一生再回到这个地方,我爱这个美丽的地方!神灵啊,我的灵魂终于挣脱了流血的躯体,飞升起来了,直到阳光一晃,灵魂也飘散,一片白光,就什么都没有了"(407)。这最后的抒情,有点类似马尔克斯《百年孤独》的结尾,但笔者认为阿来回避了马尔克斯的魔幻现实主义相对西方的政治立场,即在获诺贝尔奖词中所言的,在未来,这孤独的民族还会重来。"傻子"由辨识"自己"而期许的未来,乃等级制消亡的世界,是天地融合的自由开放。

引用文献【Works Cited】

阿来.尘埃落定.北京:人民文学出版社,1998.

罗兰·巴尔特.罗兰·巴尔特文集·中性.张祖建,译.北京:中国人民大学出版社,2010.

米歇尔·福柯.主体解释学.佘碧平,译.上海:上海人民出版社,2010.

米歇尔·福柯.性经验史.佘碧平,译.上海:上海人民出版社,2005.

弗朗西斯·福山.政治秩序的起源.毛俊杰,译.广西:广西师范大学出版社,2012.

作者简介: 张慧敏(1962—),女,江西景德镇人,景德镇学院副教授,北京大学硕士。曾任职于北京中国艺术研究院,后去中国香港、美国等地,主要从事中国现当代文学和外国文学研究。

从《绝望》看纳博科夫的叙事修辞与道德美学

吴　娟

内容提要： 本论文通过分析纳博科夫《绝望》中的戏仿策略、不可靠叙事者、叙述话语，文学意象等叙述修辞，来揭示小说主人公赫尔曼的偏执与残酷，进而探讨纳博科夫的叙事修辞及其道德美学。纳博科夫把对赫尔曼的自我膨胀的批评抨击融于复杂的叙事修辞之中，让读者反思探索伦理灾难背后的人性弱点。

关键词： 纳博科夫；《绝望》；叙事修辞；道德美学

一、纳博科夫及其道德美学

纳博科夫作为 20 世纪美国文学史上别具一格、与众不同的文学巨匠，不仅是小说家、诗人、学者、翻译家，还是杰出的蝶类专家。长期以来，虽然有不少研究涉及了纳博科夫作品中的伦理道德，然而纳博科夫研究的焦点还是集中于纳博科夫作品的艺术形式方面，包括他小说中丰富而复杂的语言、结构、叙述和文体特征或小说的形式风格，叙述的不确定性，情节的多重意义以及解读的无限开放性等。纳博科夫研究中的这一重艺术轻道德的倾向与纳博科夫研究传统中的一个主导观点不无关系。长期以来，学界一直认为，纳博科夫虽然在题材和风格上沿袭了普希金、果戈理、屠格涅夫、陀思妥耶夫斯基、托尔斯泰和契诃夫等作家所代表的俄罗斯文学传统，但是他身上却少有苏俄作家的文化气质和关注道德问题的热情。他对 19 世纪以来俄罗斯文学热衷的"谁之罪"与"怎么办"之类的社会政治问题表现出漠不关心的态度，以至于被俄罗斯评论家们认为独立于俄罗斯文化之外,没有俄罗斯骨血,是"非俄罗斯化的"。因此,纳博科夫研究者们纷纷摒弃了对其小说的"真实性""社会性""道德性"等传统意义的诉求,目光专注于"艺术形式""叙事技巧""审美维度"等方面的探讨。

评论家聚焦于纳博科夫作品中的美学和元小说维度,致使作家的标准像被确定为形式主义者、唯美主义者、文学技巧大师、热衷文字游戏的文学魔法师。这些研究从艺术技巧方面入手,在揭示纳博科夫独特的文学风格的同时,也会给读者造成这样的误解,即以为纳博科夫一味沉溺于双关语、头韵、影射、镜像结构、双重人格、黑色幽默、人物和作者的复杂关系等艺术试验,仅仅是个爱玩文字游戏的作家、善设置迷宫的大师、好卖弄学问的学究。

这种对纳博科夫的误解与纳博科夫本人,与纳博科夫对艺术与道德关系的特殊理解不为拘泥于它们的一般关系的人们所知,也有很大关系。纳博科夫认为,艺术必须首先是艺术,即真正的艺术,不应是道德思想的表达工具或奴仆,持久有效的道德意义应是真正艺术的自然流露。在这一点上,他甚至认为连那些所谓的唯美主义者也做得相当不够。他是这样谈论倡导"为艺术而艺术"王尔德和他自己的艺术观的:"虽然我不在乎'为艺术而艺术'的口号——因为不幸的是,它的鼓吹者如奥斯卡·王尔德和形形色色的花哨诗人实际上是十足的道德家和说教者,但是毫无疑问,使得一部小说避免短命和蒙尘的不是它重要的社会意义,而是它的艺术"(Nabokov 1973:33)。这就是说,王尔德等唯美主义者的艺术算不上真正的艺术,他们的"为艺术而艺术"的口号不过是他们的道德说教的一个幌子,而这样的艺术,连同它所表达的道德意义,都必然是短命的。

在《固执己见》中,纳博科夫给初露头角的作家和批评家的忠告是"无论如何要把'怎么'放到'什么'之上"(同上 179),强调了艺术的首要地位。当《洛丽塔》闹得满城风雨的时候,他写下了这样的文字:"对我而言,一部小说的存在,说得露骨一点,完全在于它提供给我所谓的美感的极乐,也就是感觉到在某方面,以某方式,与艺术的常规(好奇、温柔、善良、狂喜)发生关联"(Nabokov 1980:285)。由此可见,纳博科夫所强调的道德意义、政治诉求,在他的作品中不是由某些段落机械表达的,而是由整部作品全方位地体现出来的,是与其艺术表现密不可分的。

二、《绝望》故事情节及梗概

　　纳博科夫在《绝望》中通过展示赫尔曼极端的偏执状态,对自我膨胀下的偏执心理机制进行了卓有成效的探索,艺术地传递自己的道德主张与伦理诉求。纳博科夫通过将小说片段式、枝节性的材料容纳在一起,而且把文本碎片化、多义性、多重镜像化容纳得自然得体,于是寓居于中的各种意象、不同层次的文本,读者需要反复阅读,才能体味其丰富性和美感。这不仅体现了纳博科夫的创作观点"真正的冲突不是在小说人物之间,而是在作者与读者之间的较量,但这一切的努力会证明是有收获的"(Nabokov 1973:183),也印证了纳博科夫对自己的评价"我相信总有一天,有人会重新评价我,宣布我绝不是一只轻浮的北美黄鹂,而是一个严格的道德家,一直在鞭挞罪恶,掌掴愚昧,嘲讽庸俗和残酷——把至高无上的权利赋予温厚、才智和尊严"(同上 193)。

　　小说《绝望》情节并不复杂。德裔俄国商人赫尔曼,终年在家庭与办公室之间奔波,觉得生活单调乏味。一次他去布拉格商业旅行时遇到一个名叫菲利克斯的流浪汉,发现他跟自己相貌上难分彼此。于是他决定为自己买一份高额保险,并诱骗流浪汉跟他换装,然后残忍地枪杀了流浪汉,让警方误以为死去的就是赫尔曼,然后他盗用菲利克斯的身份骗取高额保险金。但是,这一看似完美的骗局因为一个根本的漏洞而功亏一篑。在赫尔曼看来,他和替身极其相似,难分彼此,然而事实上,两人却没有任何相似之处。正在他期待着前往法国与带着保险金的妻子丽迪亚汇合时,赫尔曼从报纸上得知,他的汽车,作为一个标志留在谋杀现场,后来被偷走,几经辗转最终被警方找到了,侦查人员从车上找到了一根刻着菲利克斯姓名的手杖,然而警察并没有把菲利克斯的尸体误认作是他的。警察查明了受害者的身份,很快就将赫尔曼绳之以法。罪行败露的他坐以待毙,在警方包围他住所的最后两个自由的日子里,完成了旨在赞美他完美罪行的手稿。

　　《绝望》这部小说是纳博科夫 1932 年流亡柏林期间写成的一部俄文小说,1934 年在巴黎的移民杂志《当代纪事》上连载,1936 年由柏林的移民出版社彼得罗波利斯出版。1937 年,纳博科夫用英文翻译了小说,由伦敦的约翰·朗出版社出版。而在 1965 年的版本中,纳博科夫声称,这一版本并不是对过去的译文的修改,而是对原小说的重写,使之成为他第一部出于"艺术目的"(Nabokov 1979:7)创作的英语小说。虽然在《绝望》的序言中,纳博科夫宣称,"《绝望》和我的其他作品一样,不含有对社会的评价,不公然提出什么思想含义。它不提升人的精神品质,也不给人类指出一条正当的出路。它比艳丽、庸俗的小说含有少得多的'思想',那些小说一会儿被大吹大擂,一会儿又被哄赶下台"(同上 8)。然而,不管是小说情节,还是叙事策略,都渗透着作家对自我膨胀下的偏执心理机制的严肃思考,传递着坚定的道德主张与伦理诉求。

关于小说叙事的道德批评,海因兹在其《当代美国文学形式中的伦理》中强调,文学不只是反映一种历史与社会现象,它的叙事策略背后蕴含着一定的道德判断。在他看来,正是由文学类型、文本结构、叙事视角、措辞和意象等因素构成的文学形式才能真正呈现出文学的特殊道德含义(Heinze 2005:32)。芝加哥学派的布斯认为,我们在关注叙事修辞手段的同时还得认识到叙事修辞的目的,"当给予人类活动以形式来创造一部艺术作品时,创造的形式绝不可能与人类意义相背离,包括道德判断,它就隐含在其中"(布斯 1987:441)。读者对于作家作品中呈现出来的东西既要显示出尊重,又要对读者自身判断保持警惕的批评态度,"每个读者必须是他/她自身伦理道德批评家"(Booth 1988:129)。作为蝴蝶研究专家,纳博科夫对蝴蝶等昆虫的拟态特征有着深刻的体会。纳博科夫借赫尔曼的忏悔来展现其隐蔽而阴险的罪行:在恶行外面装上面具,涂上一层保护色,进行深度的伪装,最终隐匿自己的恶魔本质。纳博科夫笔下人物之间的联系往往纷繁复杂,而且具有一定的隐秘性:他们往往在小说开始就有一定交集,但是直到小说的最后,才发现原先隐藏的联系。接下来,让我们考察小说《绝望》复杂的叙事修辞,及其蕴含的道德主张和伦理诉求。

三、戏仿策略与"双重人格"

"戏仿"译自英文"parody",在古希腊文学中,parody 是诗歌的一种类型,在希腊语,"戏仿"的原意大致是"模仿诗"的意思。它最早是对叙事诗进行喜剧性模仿,或故意引用悲剧片段来制造笑料。文艺复兴时期,"戏仿"一词的意义更多地指向了"滑稽"的一面,指嘲弄严肃主题或夸张琐碎小事的滑稽讽刺作品(Rose 1993：9)。从文艺复兴到 19 世纪的文艺理论家更多将戏仿看作一种低劣、浅薄、不严肃的文学形式。20 世纪以后，小说的观念发生了革命性的变化，许多现代派后现代派小说家开始重新思考戏仿的价值。俄国形式主义的代表人物什克洛夫斯基认为，戏仿是一种获得陌生化的游戏工具，蒂尼亚诺夫也认为："戏仿的本质，即它的双重平面，无疑是一有价值的技巧。"巴赫金的"复调"理论将戏仿看作"双重声音"："在戏仿中，有两种语言相互交叠，两种文本相互交叠，两种语言视角相互交叠，说到底，是有两种说话主体"(同上 105—120)。巴赫金关于戏仿的"双重声音"的理论，在纳博科夫的小说中得到淋漓尽致的展现。纳博科夫在自己的创作中，频繁运用戏仿这一重要的后现代写作策略。比如，《黑暗中的笑声》戏仿二三十年代电影中流行的浪漫爱情故事；《防守》戏仿弗洛伊德精神分析疗法；《王，后，杰克》戏仿"俄狄浦斯情结"；《天赋》戏仿俄罗斯 19 世纪文学家车尔尼雪夫斯基的创作；《普宁》戏仿学院派小说，《微暗的火》戏仿诗歌评注，等等。

　　纳博科夫偏好戏仿的原因是，一方面他从小就接受了良好的文学熏陶，很早就熟悉欧洲文学作品，对经典作品更是如数家珍，这一优势使他在创作中能够广泛地、多层次地应用戏仿。另一方面，纳博科夫通过戏仿来表达他对小说这种文学形式乃至文学本身的思考。纳博科夫借《塞·奈特的真实生活》主人公之口对戏仿的精神与本质做出独特的理解："戏仿作为一个跳板，来向最高层次的严肃情感跃进"(Nabokov 1992：210)，戏仿包含滑稽可笑和互文两方面因素，摒弃了说教的、社会批判的内涵，以幽默滑稽的形式表现着作者严肃的思想。

　　小说《绝望》里，德裔俄国商人赫尔曼，认为流浪汉菲利克斯跟自己相貌上难分彼此，设计购买高额保险，诱骗流浪汉跟他换装，并残忍地将其枪杀，让警方误以为死去的就是赫尔曼，然后他盗用菲利克斯的身份骗取高额保险金。在赫尔曼看来，他和替身极其相似，难分彼此，然而事实上，两人却没有任何相似之处。从故事情节可见，《绝望》不仅戏仿了陀思妥耶夫斯基的《双重人格》，还更直接地戏仿了其著名小说《罪与罚》。陀思妥耶夫斯基的《双重人格》把"替身"写作模式带到了俄罗斯文学史的高峰。《罪与罚》中的拉斯科尔尼科夫在"为了某种正当的目的就可以杀掉一些与虱子无异的人"的理论指导下，杀掉了放高利贷的老太婆却最终走不出负罪的阴影。萨特这么评论《绝望》："他(纳博科夫)很有才华，可惜却是父母的老来子，这里我仅指他的精神父母，尤指陀思妥耶夫斯基；这部奇怪的、流产的小说的主人公（赫尔曼），与其说像他的替身菲利克斯，倒不如说更像《莽撞少年》《永远的丈夫》和《地屋手记》中的人物"（Page 1997：65）。萨特这一评论，引起了纳博科夫的强烈抗议。纳博科夫在《绝望》中通过戏仿的叙事策略，不仅演示了陀思妥耶夫斯基是如何使用双重人格的，而且还表露了自己对陀思妥耶夫斯基的厌恶之情。在许多场合，纳博科夫都公开表明，陀思妥耶夫斯基在西方评论界是"浪得虚名"，他"微不足道，被过分高估"（Nabokov 1973：226）。在《绝望》中，纳博科夫借他笔下人物之口，称这位伟大的俄罗斯作家"蓬头垢面"，其大作是《罪与苗》（Nabokov 1979：7）、《罪与戏》（同上 211）。赫尔曼为自己辩护的手稿写下的标题是《罪与戏》，其戏仿意图不言而喻。《绝望》就像一本文体方面的百科全书。小说以戏仿回忆录的形式出现，而中间又夹杂着日记体文学、书信体文学、貌似惊险的侦探小说文体、故作深沉的法律条文探讨和理论研究、粗制滥造的书报摘录、夸夸其谈的广告语等。由此可见，在纳博科夫那里，戏仿的意义已经远远超出了单纯文学表现方式，戏仿是纳博科夫小说文本存在的基本方式，和他的思想紧密联系在一起的，戏仿使他的小说成为"文本的文本"，具有了元小说的味道。

四、不可靠叙述者与叙述视角

在传统小说中，叙述者的话语具有权威性，通过各种声音直接或者间接地影响甚至决定读者对于人物或事件的判断。故事的叙述者一旦不可靠，读者首先就会质疑故事的可靠性，在阅读中自然更加谨慎，不再盲从叙述者的权威。布思在《小说修辞学》中首先提出不可靠的叙述者，同时提出不可靠的叙述者是不能代表隐含作者观点和价值的叙述者。布斯将人物-叙述者分为可靠的和不可靠的叙述者，并对叙述者在事实或价值上的不可靠性进行细致分析（Booth 1961：159）。当代叙事学理论家费伦在布斯理论的基础上进一步深入认为：不可靠性不仅发生在事实和价值判断轴上，而且发生在知识感知轴上，并指出它们一般相应地可以划分出六种类型：误报和欠报、误评和欠评、误解和欠读，而且在不可靠诸类型间，尤其是同一序列的两种类型间的界线是模糊松动的。当读者面对不可靠的叙事时，都会面对个人伦理取位的问题，它既指叙事技巧和结构决定的读者相对于叙事的位置的方式，也指特定读者不可避免地从特定位置进行阅读的方式（费伦 2002：82）。不可靠的叙述者越来越为现代、后现代小说家所倚重。

纳博科夫在建构《绝望》的人物时，采用了"不可靠的叙述者"的叙事方式。纵观《绝望》中的主人公赫尔曼的世界，"谎言""幻想"等虚构的、非真实的内容填满了赫尔曼生活的每个角落，也散落在小说的字里行间，使小说的虚构性不言而喻。在《绝望》中充斥着"谎言""骗局""幻想"等字眼，突出了叙事人赫尔曼典型的"撒谎者"的形象。他关于自己身世的叙述前后矛盾，他还明确告知读者那段关于自己母亲的描述"全是谎言"（Nabokov 1979：2）；他坦白自己对妻子的欺骗，向妻子胡编乱造有关自己所谓的"弟弟"的故事；他利用菲利克斯与自己长得像的特点设计骗局，在接到菲利克斯的回信后，他写信诱骗菲利克斯上当，并有意让一个小姑娘帮他投递，以逃脱良心的谴责。对赫尔曼来说，世界本身就是个骗局。与菲利克斯最后相见的一幕颇具戏剧性，为此，赫尔曼还在括号里为自己的动作配上了音乐，颇有些魔幻现实主义的色彩："在我发声的间隙充满了乐队的轰鸣声"，"嘈杂渐渐增大，铿锵的叮当声，然后又是我的声音"，"乐队的锣声"（同上 147）。这些都仿佛是电影、戏剧中的"舞台指示"，起到了强化虚构的特点。而当赫尔曼在枪杀了菲利克斯并取而代之后，干脆以他的身份进行叙述，摇身变成了菲利克斯：关于出身、背景、见闻等叙述都从菲利克斯的角度展开，赫尔曼俨然已将自己变成了菲利克斯。小说中围绕主人公赫尔曼的叙述都摆脱不了"虚构"的本质，"我希望——简直到了令人痛苦的程度——写出一部杰作来，让人们赞赏，或者说，可以欺骗世人——每一件艺术作品都是欺骗——而获得成功……我是一位纯粹的浪漫主义小说家"（同上 160）。

赫尔曼在写作中，时而偏离话题，时而哄劝善良的读者，时而踉跄前进，无法停顿："我的手在颤栗，我想呐喊，我想砸东西……这样的心情对于描写一个富有闲情逸致的故事是非常不合适的"（同上 22）。但当歇斯底里平息之后，他又完全沉浸在写作的愉悦中。在这种心情下，他能够为一章提供三个开头，每个开头乍一看都很生动，但其作为嫌疑犯所玩的那些愚蠢的设计又暴露无遗。《绝望》中强调记忆的描述无处不在，而记忆是现实投放在人的大脑中的印象，其中不可避免地掺杂了个人的经验和喜好，随意的增减和想象等主观的因素。"六月怎么可能有雪？要是删掉它不是太不道德的话，应该删掉它；但真正的作者不是我，而是我的不耐烦的记忆"（同上 34）；"我一方面向你抱歉我的故事杂乱无章，另一方面我要重申,不是我在写,而是我的记忆,我的记忆自有它自己的人性和规则"(同上 48);"不管我的手法多么巧妙,多么谨慎,但在写作的不是我的理智,而只是我的记忆,我的误入歧途的记忆"(同上 143)。在不可靠记忆的主宰下,赫尔曼的世界里是荒诞不可靠的。书接近末尾时,他仓促交代说,那些事情都是他虚构出来的。赫尔曼炫耀他高超的文学手段和高超的犯罪手段和歇斯底里的自我。

五、少叙述话语与"镜子"意象

纳博科夫通常运用"少叙法"叙述话语的巧妙运用,来建构这类叙述者的不可靠性逐渐得到稳固和最终确立。少叙述是叙述者的叙事"比之叙述聚焦能够给出的信息要少;并不是说漏掉整个事件,而是忽略事件中的一些要素"(Prince 1988: 69),即叙述者对于所知道的事情假装不知道。费伦认为,少叙述似乎打破了常规模仿,但它实际上并未破坏幻觉,只是将叙事信息延误。少叙述有利于读者站在人物的立场上,以故事内的视角去体会人物的命运,更加容易与人物的悲剧产生共鸣(费伦 2002: 55)。纳博科夫在小说中运用少叙述的叙事策略,"通过各种文本暗示建立了许多前后不一甚至是互相抵消的矛盾,这可以被看成是为读者设置的一个游戏"(Quennell 1980: 91)。

赫尔曼认为自己是一个犯罪艺术家,一个创造性天才,他将生活呈现的偶然变成了一个天衣无缝的计划。他会笑纳保险金,这是对他周密设计的馈赠。但整个工作的完美无缺才是他的目标。小说从"相似性"出发展开故事,描述了赫尔曼试图利用自己与菲利克斯长相相似的特点,杀掉他并替代他,却遭遇彻底失败的经过。在小说的前半部分,赫尔曼费尽心机,设计了一个自以为完美的谋杀案。但令他始料未及的是,因为所谓"相似性"的破产,导致了他的预谋遭遇了彻头彻尾的失败。案发后,报纸上毫无任何歧义地明确了这起犯罪的性质——谋杀他人骗取寿险,但却只字未提死者与罪犯的"相似性":"在事情一开始,所有的人完全知晓这不是我,根本没有人错认为那尸体是我"(Nabokov 1979: 168);其次是这一计划的"漏洞":"即便他们把尸体当作我,他们也会发现那手杖,然后逮捕我,并且认为他们抓住的是他——这真是最大的耻辱!我的整个计划是建筑在不可能犯错误的基础上的,而现在看来有漏洞了——最严重的、最滑稽的、最陈腐的漏洞"(同上 185)。正是计划中的这两项荒诞的错误,使赫尔曼陷入绝望。

这种伪相似性,在小说中多次通过"镜子"这一意象得到了生动的展示。为证明他与菲利克斯的相像,赫尔曼拿出一面小镜子给菲利克斯看,并不惜笔墨地详细描述了两个人的相像:熟睡时的菲利克斯就像是"我的面具,我的死躯的毫无瑕疵的纯洁形象","我从来没有想到在菲利克斯和我之间会存在这么完美的相像","两个人像两滴血一样相像","我在房间里踱来踱去,在所有的镜子里审视自己。那时,我与镜子的关系还挺好"(同上 10—16)。赫尔曼认为他和菲利克斯,如同镜子内外的形象极其相似,可以互换替代,他以写作的方式记录自己的计划,"正是为了取得认可,拯救我的思想的产物,给它以合法的地位,向全世界解释我的杰作的深刻性,我创作了这个故事"(同上 176)。

那么,究竟赫尔曼和菲利克斯到底有几分相似? 在我们读者看来,他们的相似性微乎其微。赫尔曼白白胖胖,胡子刮得干干净净,经营巧克力生意,有房有妻,锦衣玉食,典型的城里人;菲利克斯,瘦长,胡子拉碴,衣衫褴褛,食不果腹,属于盲流阶层。尽管如此,赫尔曼却荒谬地发现了他们之间的相似性:"我是大黄牙,他的牙齿要雪白点紧密点,但这重要吗? ……我们有同样形状的眼睛,稀朗的睫毛,只是他的瞳孔比我白点而已"(同上 27)。赫尔曼在巨大的差异面前看到的是微妙的同一性,然后把这同一性无限制的放大,最终反过来吞噬了差异性。

在自我的无限膨胀下,赫尔曼纯粹陷入的是语言的迷乱和精神的癫狂。他所遭遇的问题不是视觉的扭曲,而是语言和精神的扭曲。在语言和精神的双重扭曲中,他虚空了自己,"我完全空了,因此就好像一艘透明的船,注定接纳那些未知的内容"(同上 18)。正是由于在精神上虚空了自己,赫尔曼才能在一切他人身上发现种种的相似性。这样的语言和精神的扭曲实际上是受到了同一性或相似性的宰制。人们用类比原则,把个体的意象和经历按照相似的程度加以分类,赋予共同的属性和动机,这种认知方式有助于理解和认识世界。但是,如果把类比原则和个人自我无限膨胀,就会造成极其严重的道德后果。纳博科夫指出了这种危害性:"想象中,我看到了一个新世界,那里所有的人都彼此相似,就像赫尔曼和菲利克斯相似一样"(同上 169)。"在那时候,当所有需要的特点都积聚凝固下来,我们的相似性如此确凿,以至于我都说不清谁杀了谁,是我还是他。天色渐暗,我面前这张脸随着森林一起颤抖,慢慢消融,最后停止不动。我看着这张脸,就像看着我在一潭死水中的影子"(同上 182)。在赫尔曼眼中,原本多元的具有差异性的个体世界在他眼中彻底消失,代之而起的是他自己的影像以及复制出他自己影像的世界。

六、自我膨胀的残酷与荒谬

纳博科夫强调道德意义、政治诉求在他的作品中不是由某些段落机械表达的,而是由整部作品全方位地体现出来的,是与其艺术表现密不可分的。在《固执己见》中,纳博科夫说自己写作的目的"不是故弄玄虚,而是表达真切的感受和洞察的思想"(Nabokov 1973:193)。在纳博科夫看来,赫尔曼的自我膨胀和对他人的无视使得他成为艺术家的对立面。他崇拜自我,其程度与他鄙视他人正相一致,甚至那个他认为跟他共享"万里无云的婚姻"的妻子也不在他眼里。他认为他"婚姻的幸福"是完美的,因为他拥有丽迪亚,"一个蠢笨、迷人但崇拜我的妻子"(Nabokov 1979:46)。小说除赫尔曼以外的几个人物,菲利克斯、丽迪亚和她的表哥阿德利安、律师奥洛维乌斯,都只是一些轮廓,因为读者是通过他的眼睛来认识这些形象的。他既背后抹杀他们("笨蛋""没有头脑"),也当面否定他们("傻瓜""蠢笨")。他不但不想进入菲利克斯的心灵,而且完全无视它的存在。既然他根本不认为菲利克斯有自己的生命,赫尔曼也就必然认为,杀死他也就不足为奇。

赫尔曼认为,他的谋划乃是非凡天才的手笔。然而实际上,这部小说的大多数喜剧效果都来自赫尔曼的自以为是与现实之间的差距。他陶醉于自己的罪恶构想,却忽略最确证的事实:他跟菲利克斯毫无相似之处。纳博科夫在小说里悄悄织入一些隐秘的线索,形成了一种密码,从而逃脱了赫尔曼的注意,但警觉的读者却能够察觉出来。比如说,阿德利安向赫尔曼指出,"这种有关寿险的小小的技巧多年来人们早就知晓了"(同上 95),而且不但他跟他的受害者之间没有相似之处,就是"在整个世界,不管你怎么伪装,没有,也不可能有两个完全相像的人"(同上 37)。当赫尔曼絮絮叨叨地谈论着脸型和它们的相似时,阿德利安反驳说:"每一张脸都是唯一的……艺术家观察事物是观察它们的不同点"(同上 107)。赫尔曼根本无视他身外的世界,也就注意不到每个人、每个事物的独特性,他坚持认为唯有他才是重要的,唯有他才有设计完美罪行的才华。

值得一提的是,《绝望》于 1977 年由德国导演法斯宾德搬上了银幕。当时,负责电影剧本改编的英国剧作家建议由同一角色来扮演赫尔曼和菲利克斯,这一建议遭到了法斯宾德的拒绝,他忠实于原作,找了两个毫无共同点的演员来扮演(海曼 2003:171)。法斯宾德电影版的《绝望》把背景选在 1929—1930 年间的德国。此时,"魏玛共和国正在摇摇欲坠,整个民族已经埋下了国家社会主义的种子",赫尔曼:

> 影射了德国犯下的种族灭绝的罪行,对这罪行,当时似乎还没有人真正看见它已经在暗中发生。照此观点解读,菲利克斯是赫尔曼疯狂下双重意义上的牺牲品。一方面,作为德国人,他毕竟为政治买了单,默许了德国的扩张政策和反犹主义,从而成为了战争和大屠杀的共犯;另一方面,他也代表着那场战争和大屠杀的牺牲品。赫尔曼对同一性、对身份认同、对逃脱流亡和罪责所表现出来的疯狂自恋与渴望,最终导演了一出吞噬、谋杀和疯狂的戏剧,就像纳粹主义盛行下的德国所导演的那场戏一样(Crook 1981:138)。

尽管上引文字是波狄克对法斯宾德的电影版《绝望》的影评,但如果抽离小说特定的德国语境,同时将其纳入任何时代、任何地域的语境,这段文字具有同样的启示和教益。尤其是"赫尔曼对同一性和身份认同的疯狂自恋与渴望,最终导演了一出吞噬、谋杀和疯狂的戏剧"的评语,可以说淋漓尽致地道出了纳博科夫的创作心理。难怪斯勒索格认为,小说真正恐怖之处在于,"赫尔曼所体现出来的那种对普遍性的狂热渴望,被一些人和国家劫持过来为最恐怖的反人类罪行进行辩护";通过强调"差异性和结构的多元性",纳博科夫表达了对"同一性和意识形态的一体性的憎恶"(Slethaug 1993:51)。

七、总结

《绝望》里纳博科夫通过叙事者赫尔曼评价所谓的"相似性",对菲利克斯的谋杀,探讨了一个严肃的伦理问题:能否凭借荒唐的"相似性"来判定甚至剥夺一个生命最基本的生存权利。纳博科夫通过赫尔曼谋杀及其冷漠的道德意识,即叙事者的不可靠叙事,揭露了赫尔曼与菲利克斯两者之间并不相像的事实,而且指出相似性可能带来严重的伦理后果,甚至政治灾难。如果被别有用心的人利用操纵,以种种理由为借口对个体的人格进行强制性改造,去格式化每一个独特的个体,那最终独特的个体将成为互相可以调换的替身。纳博科夫戏仿替身的写作模式旨在证明,每一个人都是独特的个体。纳博科夫谴责了那些致力于抹杀个体差异,妄想囊括本质上完全不同的经历、观念的人和制度。赫尔曼将谋杀同艺术创作联系起来,他作为叙述者所传达出来的对于世界的认知判断和读者的价值观产生背离和冲撞,读者在惊讶于整个故事的非道德性时,也可能会同情怜悯叙事者的偏执和疯狂,却不能认同他的罪恶以及对于罪恶的美化。

《绝望》是纳博科夫在 1932 年流亡柏林期间写成的小说,小说通过描绘赫尔曼极端偏执的精神状态,影射了妄想抹煞个体差异,囊括本质上完全不同的人和制度的纳粹集权主义及其偏执精神状态。阿伦特认为,极权主义摧毁称为人类尊严的一切迹象,因为尊重人类尊严意味着承认我的同伴或其他民族都是主体,是世界的建造者,或共同世界的共同建造者。凡是目标在于解释以往一切历史事件、指出未来一切事物的道路的意识形态,都不能承受从事实产生的不可预测性,因此,极权主义意识形态的目标不是改变外部世界,或者社会的革命性演变,而是改变人性(阿伦特 2008:183)。从某种程度说,纳博科夫实际上在思考阿多诺提出的那个"奥斯维辛之后"的著名哲学问题。阿多诺认为:"在奥斯维辛以后继续活下去,已多少使冷漠成为一种主体性原则,怀疑意识作为对野蛮经验的必然反应,也具有了正当性。然而,当人们由生命所迫继续活着时,就必须负起一种责任,使奥斯维辛不再重复"(伍德 2004:229)。这些政治灾难对人类造成的苦难记忆"要求每一个体的存在把历史的苦难主体意识化,不把过去的苦难视为与自己的个体存在无关的历史,在个人的生存中不听任过去无辜者的苦难之无意义和无谓"(同上 39)。我们只有记住极权专制下受害者的苦难,并把它化为自己的苦难,并勇于承受这苦难,不要奥斯维辛重复发生,这世界才有拯救的可能。纳博科夫认为小说的社会意义主要在于让读者看到拥有和缺乏这些品质所导致的不同后果。这种蕴含伦理意义的美学教育似乎比所谓的道德教育更隐蔽、更间接,可能更基本、更深远,如皮弗所说,纳博科夫"不仅是一个艺术家和梦想家,还是一个遵从道德法则和约束力的伦理个体,即便是纳博科夫最精微的艺术构思也反映了作家对于人类的恒久的兴趣"。

引用文献【Works Cited】

Booth, Wayne C. *The Company We Keep: The Ethics of Fiction*. Berkeley & Los Angeles: University of California Press, 1988.

——. *The Rhetoric of Fiction*. Chicago: University of Chicago Press, 1961.

Crook, Eugene. *Fearful Symmetry: Doubles and Doubling in Literature and Film*. Tallahassee: University Press of Florida, 1981.

Heinze, Rüdiger. *Ethics of Literary Forms in Contemporary American Literature*. Berlin, Hamburt-Münster: LIT Berlag, 2005.

Nabokov, Vladimir. *Despair*. New York: G. P. Putnam's Sons, 1979.

——. *Strong Opinions*. New York: McGraw-Hill International, Inc. 1973.

——. *Lolita*. London: Penguin Books, 1980.

——. *The Real Life of Sebastian Knight*. New York: Vintage International, 1992.

——. *Speak Memory: An Autobiography Revised*. New York: Vintage, 1989.

Page, Norman. *Nabokov: The Critical Heritage*. London: Routledge, 1997.

Prince, Gerald. *A Dictionary of Narratology*. Hampshire: Scolar Press, 1988.

Quennell, Peter. *Vladimir Nabokov—his life, his work, his world*. New York: William Morrow and Co., 1980.

Rose, Margaret A. *Parody: Ancient, Modern, and Postmodern*. Cambridge: Cambridge University Press, 1993.

Slethaug, Gordon. *The Play of the Double in Postmodern American Fiction*. Carbondale: Southern Illinois University Press, 1993.

汉娜·阿伦特. 极权主义的起源. 林骧华, 译. 北京：生活、读书、新知三联书店, 2008.

罗纳德·海曼. 法斯宾德的世界. 彭倩文等, 译. 桂林：广西师范大学出版社, 2003.

迈克尔·伍德. 沉默之子. 上海：三联出版社, 2004.

韦恩·布斯. 小说修辞学. 华明、胡笑苏、周宪, 译. 北京：北京大学出版社, 1987.

詹姆斯·费伦. 作为修辞的叙事：技巧、读者、伦理、意识形态. 陈永国, 译. 北京：北京大学出版社, 2002.

作者简介：吴娟，北京理工大学外国语学院讲师，北京大学外国语学院博士，主要从事 20 世纪美国文学研究。

美国梦的幻灭图

——《了不起的盖茨比》与语象叙事

叙事研究 第1辑

程锡麟

内容提要： 从文学和叙事学的角度看，语象叙事主要是指文学作品中对艺术作品（涉及绘画、雕塑、摄影、电影、广告等），人物形象及行为，场景（包括自然景观和人造景观）等的视觉再现的文字再现。本文结合20世纪初美国社会转型期的历史文化背景，从三个方面探讨《了不起的盖茨比》中的语象叙事，指出菲茨杰拉德运用这种叙事手段成功地再现了小说叙述者尼克眼中的视觉形象，生动地描绘了故事的场景，刻画出栩栩如生的人物。语象叙事对作品背景的呈现、情节的发展、象征的运用和主题的表达都起到了不可或缺的作用。

关键词： 语象叙事；《了不起的盖茨比》；视觉形象；再现

从19世纪末至1920年代，美国处于巨大变化的社会转型期，由农业社会转变为工业社会。美国的城市化进程达到了一个新的阶段，1920年全国城市人口第一次超过了农村人口。随着工业化和城市化的进程，经济的迅速发展，美国大众消费社会也逐步形成。种种涉及图像的新媒体包括摄影、电影、广告以及包含有图片和广告的流行杂志日益普及，充斥城市和乡村的各个角落。工业化带来的新媒体很快成为大众媒体。同时，这也是现代主义在美国发展流行的时期。一些宣扬现代主义文艺思潮的"小杂志"，如《扫帚》(*Broom*)、《泥土》(*Soil*)等，连同其他一些有影响的刊物，如《日晷》(*Dial*)、《周六文学评论》(*Saturday Review of Literature*)都关注并赞扬新媒体。著名的评论家和作家，如埃德蒙·威尔逊(Edmund Wilson)、吉尔伯特·塞尔兹

(Gilbert Seldes)①、韦切尔·林赛(Vachel Lindsay)和 e. e. 卡明斯(e. e. Cummings)等都曾发表文章或者论著讨论和推崇新媒体(North 2005：182—184)。这样，以新媒体为代表的视觉文化在当时的美国社会产生了越来越大的影响。

菲茨杰拉德的《了不起的盖茨比》是美国文学中美国梦主题的代表作，发表于 1925 年，正是美国历史上经济空前繁荣的爵士时代的中期。菲茨杰拉德是一位极富历史敏感的作家，他亲历了当时美国社会出现的巨变，对已经出现的大众消费市场和图像时代的来临有明确的感知。著名菲茨杰拉德研究专家罗纳德·伯曼(Ronald Berman)指出：

> 他(指菲茨杰拉德)认为电影很重要，特别赞赏查理·卓别林(Charlie Chaplin)、艾娜·克莱尔(Ina Claire)和格蕾塔·嘉宝(Greta Garbo)。他尊重格里菲斯(D. W. Griffith)的作品，后者导演了《一个国家的诞生》(The Birth of a Nation)。他呼吁注意《火热青年》(Flaming Youth)之类的电影大片和《查泰莱夫人的情人》(Lady Chatterley's Lover, 1928)等有争议的小说的社会影响。他利用诸如布思·塔金顿(Booth Tarkington)②那样的作家作为他自己关于 1920 年代青年文化的故事的衬托。总之，作为一个文人，菲茨杰拉德紧跟高雅文化和通俗文化潮流，学会了如何把两者融合进自己的创作中。(Berman 2004：70)

菲茨杰拉德的小说反映了美国社会和文化的这些变化。加之他熟谙西方语象叙事③的文学传统，尤其推崇擅长语象叙事的浪漫主义诗人约翰·济慈，所以他在《了不起的盖茨比》等作品中成功地运用了语象叙事的技巧。

---

① 吉尔伯特·塞尔兹(1893—1970)，美国评论家、作家、记者、编辑。曾任著名刊物《日晷》主编(1920—1923)，他著有多种关于电影、无线电广播和电视等媒体的论著，发表于 1924 年的《七种生动的艺术》(Seven Lively Arts)对电影、连环漫画、爵士乐、通俗歌曲、杂耍等大众文化类型进行了评析。他创立了美国大学的第一所传媒学院，担任了宾州大学传媒学院第一任院长。

② 布思·塔金顿(1869—1946)，美国小说家、剧作家，以描写中西部生活及青少年爱情的作品闻名，著有小说《印第安纳绅士》(1899)、《博凯尔先生》(1900)、《17 岁》(1916)和剧本《克拉伦斯》(1919)等。菲茨杰拉德在《我读过的 10 本最佳书籍》一文中把《17 岁》列为第 10 本，称之为"我读过的最逗乐的书"。

③ 语象叙事的英文术语是"ekphrasis"(或者"ecphrasis")。它是自古希腊以来就有的一个修辞术语，有着多种多样的定义。现在它是美学、文学、艺术史、文艺理论等领域的共同术语。不过，最基本的一点是：它是关于语言文字与图像的关系的一个术语，它具有跨学科的特征。该词的中译名也有着多种，如："视觉书写""书画文""写画文""以文绘画""语词赋形""读画诗""艺格敷词""符象化""造型描述""图像叙事""语象叙事"等等。这些译名分别侧重于修辞学、文学、艺术史、图像学、符号学、叙事学。过去国内一些学者(包括笔者)采用了"图像叙事"的译名，现在看来它容易与绘画和雕塑等视觉艺术呈现的图像叙事混淆，因此以后凡涉及文学作品中的这种叙事手法笔者都将改用"语象叙事"的译名。另请详见王安、程锡麟：《西方文论关键词：语象叙事》，《外国文学》2016 年第 4 期，第 77—87 页。

关于语象叙事的界定和它在文学中的悠久传统,可以参见《维基百科全书》(英文版)"Ekphrasis"条目、詹姆斯·赫弗南(James Heffernan)的《语象叙事与再现》("Ekphrasis and Representation")及马里奥·克莱勒(Mario Klarer)的《语象叙事》("Ekphrasis")等文。[①] 语象叙事研究的重要专著主要有:默里·克里格(Murray Krieger)的《语象叙事:自然符号的幻觉》(*Ekphrasis: The Illusion of the Natural Sign*, 1992)、詹姆斯·赫弗兰(James Heffernan)的《词语的博物馆:从荷马到阿什伯里的语象叙事诗学》(*Museum of Words: The Poetics of Ekphrasis from Homer to Ashberry*, 1993)和 W·J·T·米切尔(W. J. T. Mitchell)的《图像理论》(*Picture Theory*, 1994)等。在古希腊—罗马时期,语象叙事指任何对视觉现象的语言描述,它使"所描绘的内容生动地呈现在人们的眼前"。当代批评理论把语象叙事定义为"对真实的或者想象的视觉艺术作品的文学性描写"或者"对视觉再现的文字再现"(Clarer 2005:133)。

从文学和叙事学的角度看,语象叙事主要是指文学作品中对艺术作品,包括大众通俗艺术作品(涉及绘画、雕塑、摄影、电影、广告等),人物形象及行为,场景(包括自然景观和人造景观)等的视觉再现的文字再现。我们可以从这三个方面去探讨《了不起的盖茨比》中的语象叙事。该作品关于艺术作品的语象叙事不多,主要涉及摄影和广告;关于人物形象和场景的语象叙事较多。语象叙事的运用对于该作品的背景呈现、情节发展、人物塑造和主题表达都有一定的作用。

《了不起的盖茨比》的情节主线是盖茨比对往昔恋人黛西的追求,想重温旧梦,而梦想破灭的进程。该小说有两条衬托主要情节的辅助情节:一条是黛西的丈夫汤姆与修车店老板威尔逊的妻子茉特尔的婚外情,另一条是尼克与黛西的好友乔丹·贝克的恋情。由于尼克是盖茨比的邻居、汤姆在耶鲁大学时的同班同学、黛西的表哥,还与黛西的闺蜜乔丹谈恋爱,所以他具有多重身份,使他具有成为故事叙述者的条件。小说里的所有故事都是通过尼克这位小说中的人物兼叙述者观察、倾听、参与以及想象而讲述出来的。菲茨杰拉德通过他那精妙多彩的文笔把尼克等人眼中的视觉形象成功地用文字再现了出来。

---

① 上述文章详见 James Heffernan. "Ekphrasis and Representation." *New Literary History* Vol. 22, No. 2 (Spring, 1991). 297 – 316; Mario Klarer. "Ekphrasis." Eds. David Herman, et al. *Routledge Encyclopedia of Narrative Theory*. London: Routledge, 2005, 133 – 134.

一、艺术作品的语象叙事

《了不起的盖茨比》涉及艺术作品的语象叙事不多,主要是对照片和对巨幅广告埃克尔堡眼科大夫的眼睛的描写。

作品第五章描写了在尼克的安排下,黛西去盖茨比家见面。盖茨比带领她参观他的豪宅。尼克在一个房间里看到"一个穿着制服的上了年纪男人的大相片"(菲茨杰拉德 1983:87),盖茨比回应那是丹·科迪,多年前他最好的朋友,已经死了。后来第六章尼克叙述了盖茨比与科迪相识,在科迪手下工作的经历,并再现了尼克心目中科迪的照片:

> 我记得他那张挂在盖茨比卧室里的相片,一个头发花白,服饰花哨的老头子,一张冷酷无情、内心空虚的脸——典型的沉溺酒色的拓荒者。这帮人在美国生活的某一阶段把边疆妓院酒馆的粗野狂暴带回了东部海滨地区。(同上 94)

尼克的这段语象叙事既有对科迪外貌的描绘,也有他对科迪一类人物的看法。尼克接下来指出盖茨比并未得到科迪遗赠的二万五千美元,而"只落下了他那异常的教育"(同上 94)。尼克的陈述透露了盖茨比与科迪的关系,盖茨比所受到的影响。为揭示盖茨比神秘的暴发致富提供了线索。

作品第二章尼克讲述了汤姆带着情妇茉特尔去纽约曼哈顿寻欢作乐,在途中经过了一处叫"灰谷"的地方,那里矗立着埃克尔堡大夫的眼睛的巨幅广告。作品对它描写道:

> 在这片灰蒙蒙的土地以及永远笼罩在它上空的一阵阵暗淡的尘土的上面,你过一会儿就看到 T·J·埃克尔堡大夫的眼睛。埃克尔堡大夫的眼睛是蓝色的,庞大无比——瞳仁就有一码高。这双眼睛不是从一张脸上往外看,而是从架在一个不存在的鼻子上的一副硕大无朋的黄色眼睛向外看。显然是一个异想天开的眼科医生把它们竖在那儿的,……那两只眼睛,由于年深月久,日晒雨淋,油漆剥落,光彩虽不如前,却依然若有所思,阴郁地俯视着这片阴沉沉的灰堆。(同上 23)

菲茨杰拉德运用语象叙事的手段把尼克眼中的这幅广告形象地描绘了出来。首先,这段叙事再现的是这幅广告所在的环境,一片"灰蒙蒙的土地"。接着再现了这幅广告上的埃克尔堡大夫的眼睛的图像:蓝色的眼睛、庞大无比的瞳仁,"架在一个不存在的鼻子上的一副硕大无朋的黄色眼睛向外看",两只眼睛"若有所思,阴郁地俯视着这片阴沉沉的灰堆"。这段叙事描写了这幅广告存在的空间,它的大小,所用的色彩,以及埃克尔堡大夫的眼睛所流露出的情绪。此广告既是 20 世纪初期美国社会市场化因素的体现,在该小说中又具有象征意义。那片"灰谷"象征着西方社会的荒原,而竖立在这片荒原上的巨幅广告中埃克尔堡大夫的眼睛像上帝一般俯视着这片土地,这双眼睛流露出的阴郁情绪也成为全书的主要基调。

这幅广告在小说中一再出现。汤姆和尼克在公路上"没人看见的地方"等茉特尔时,汤姆对尼克说:"多可怕的地方,是不是。"此时他"皱起眉头看着埃克尔堡大夫"(同上 35)。在第七章中盖茨比、黛西、汤姆和尼克一起去曼哈顿,途经灰谷,在威尔逊的修车店加油时,尼克两次看到了埃克尔堡大夫的巨眼,这似乎预示着后来盖茨比与汤姆正面冲突和茉特尔惨死于车祸。在车祸发生后,威尔逊"盯着 T·J·埃克尔堡大夫的眼睛,黯淡无光,巨大无比,刚刚从消散的夜色中显现出来",他重复说道:"上帝看见一切"(同上 149—150)。这里作品借威尔逊之口清楚地表明了埃克尔堡大夫的眼睛即象征着上帝。他注视着种种人间悲剧和惨祸的发生,而无力去拯救。

菲茨杰拉德之所以能够成功地描绘埃克尔堡大夫眼睛的广告并作为重要的象征运用在作品中,是与他自己曾经在广告行业工作过,他对美国20 世纪初期蓬勃发展的广告业有深刻的认识和感受分不开的。柯克·柯纳特曾在《菲茨杰拉德的消费世界》一文中指出,菲茨杰拉德"从来就没有逃离广告业"(Curnutt 2004:87)。

二、人物的语象叙事

《了不起的盖茨比》借叙述者尼克之口,通过语象叙事,塑造了一系列栩栩如生的人物。在作品第一章,尼克在离开耶鲁大学与汤姆分离多年后,描绘了在汤姆家再次见到的汤姆形象:

> 从纽黑文时代以来,他样子已经变了。现在他是三十多岁的人了,身体健壮,头发稻草色,嘴边略带狠相,举止高傲。两只炯炯有光的傲慢的眼睛已经在他的脸上占了支配地位,给人一种永远盛气凌人的印象。即使他那套像女人穿的优雅的骑装也掩藏不住那个身躯的巨大体力——他仿佛填满了那双雪亮的那

> 皮靴,把上面的带子绷得紧紧的;他的肩膀转动时,你可以看到一大块肌肉在他薄薄的上衣下面移动。这是一个力大无比的身躯,一个残忍的身躯。(菲茨杰拉德 1983:8)

这段在尼克眼中的汤姆的视觉形象的叙事用了"狠像""傲慢的""盛气凌人""残忍的"等字眼,表明了汤姆的性格特征和尼克对他的看法,为后来汤姆加害盖茨比埋下伏笔。

尼克对其表妹黛西的描绘也是入木三分的。在他初次去汤姆家,他见到了黛西:

> 我掉过头去看我的表妹,她开始用她那低低的、令人激动的声音向我提问题。这是那种叫人侧耳倾听的声音,仿佛每句话都是远远不会重新演奏的一组音符。她的脸庞忧郁而美丽,脸上有明媚的神采,有两只明媚的眼睛,有一张明媚而热情的嘴,但是她声音里有一种激动人心的特质,那是为她倾倒过的男人都觉得难以忘怀的:……(同上 10)

这段语象叙事把黛西的魅力充分地渲染了出来,也揭示了为什么盖茨比对她至死不渝的追求的一个原因。

在第二章,菲茨杰拉德再现了尼克初次见到汤姆的情妇茉特尔的形象,他的印象式描写使人物跃然纸上:

> 她年纪三十五六,身子胖胖的,可是如同有些女人一样,胖得很美。她穿了一件有油渍的深蓝双绉连衣裙。她的脸庞没有一丝一毫的美,但是她有一种显而易见的活力,仿佛她浑身的神经都在不停地燃烧。她慢慢地一笑,然后大摇大摆地从她丈夫身边穿过,仿佛他只是个幽灵,走过来跟汤姆握手,两眼直盯着他。接着她用舌头润了润嘴唇,头也不回就低低地、粗声粗气地对她丈夫说:……(同上 25)

这段语象叙事把一个性感、粗俗的女人活生生地展现了出来,同时也透露出她凌驾于她丈夫之上的态度,以及她与汤姆之间的暧昧关系。

尼克同样生动地描绘了黛西的好友乔丹·贝克:"她是个身材苗条、乳房小小的姑娘,由于她像个年轻的军校学员那样挺起胸膛更显得英姿挺拔。她那双被太阳照得眯缝着的灰眼睛也看着我,一张苍白、可爱、不满的脸上流露出有礼貌的、回敬的好奇心"(同上 12)。尼克后来与贝克有了一段恋情,在两人分手的会面时,尼克再次描绘了贝克的形象:"她穿的是打高尔夫球的衣服,我还记得我当时想过她活像一幅很好的插画,她的下巴很神气地微微翘起,她的头发像秋叶的颜色,她的脸和她放在膝盖上的浅棕色无指手套一个颜色"（同上166）。这里尼克所说的"她活像一幅很好的插画"，直接表明了贝克在尼克眼中的视觉形象如同一幅画，作品用语言把这幅画再现了出来。

与对以上人物生动的语象叙事描写不同的是，作品对小说主人公盖茨比的形象描写却显得比较模糊。对于这一点批评界多数评论都认为如此。尼克第一次受邀参加盖茨比的周末晚会，他开初听到有些人议论盖茨比的神秘身世和怪异行为，后来他与盖茨比同桌交谈却不知对面的男士就是盖茨比，等到盖茨比终于自我介绍了，作品才有一点对盖茨比形象的描写："……这一刻他的笑容消失了——于是我看着的不过是一个风度翩翩的年轻汉子，三十一二岁年纪，说起话来文质彬彬，几乎有点可笑"（同上46）。不过客观上讲，对盖茨比形象的模糊描写有助保持他身上的神秘感：他的出身、他的职业、他为何能够在纽约长岛买豪宅，为何能够一掷千金地长期举办周末晚会。这一切都令小说里的人物（包括尼克），也令读者感到神秘好奇。

实际上，作品的一些场面里还是有对盖茨比表情和行为的详细描绘。如第五章对盖茨比与黛西分手五年后初次会面的描写。盖茨比在尼克家门口，尼克叙述道："盖茨比面如死灰，那只手像重东西一样揣在上衣口袋里，两只脚站在一滩水里，神色凄惶地瞪着我的眼睛"（同上80）。开始会面时，"盖茨比两手仍然揣在口袋里，……勉强装出一副悠然自得，甚至无精打采的神气。他的头向后仰，……他那双显得心神慌乱的眼睛……向下盯着黛西，她坐在一张硬背椅子的边上，神色惶恐，姿态倒很优美"（同上81）。接下来作者通过尼克描述的语象叙事再现了他们两人表情：

> 他们两人分坐在长沙发的两端，面面相觑，……一切难为情的迹象也都消失了。黛西满面泪痕，我一进来她就跳了起来。用手绢对着镜子擦起脸来。但是盖茨比身上却发生了一种令人惶惑的变化。他简直是光芒四射；虽然没有任何表示言语姿势，一种新的幸福感从他身上散发出来，充塞了那间小屋子。（同上83）

后来盖茨比带领黛西和尼克参观他的豪宅，在盖茨比本人的套间里时，尼克带着他的观感叙述道："显而易见，他（盖茨比）已经历了两种精神状态，现在正进入第三种。他起初局促不安，继而大喜若狂，目前又由于她出现在眼前感到过分惊异而不能自持了……"（同上86）

以上例子是作品借尼克之口再现的多个人物形象，是语象叙事手段的精彩运用，这一手段对人物的塑造和情节的发展都起到了重要作用。

三、场景的语象叙事

《了不起的盖茨比》的语象叙事更多地是运用在对场景的描绘上，在这些描绘中作者常常采用关于光与影、明与暗、各种色彩及浓淡等等的词语，使再现出来的尼克眼中的场景具有鲜明的画面感。这里仅举出几个例子。第一章就描写了盖茨比和汤姆的豪宅。对于盖茨比的豪宅，尼克描述道："右边那一栋，不管按什么标准来说，都是一个庞然大物——它是诺曼底某市政厅的翻版，一边有一座簇新的塔楼，上面疏疏落落地覆盖着一层常春藤，还有一座大理石游泳池，以及四十多英亩的草坪和花园。这是盖茨比的公馆"（同上 6）。盖茨比的公馆位于长岛"比较不那么时髦的"西卵。而海湾对面的东卵则是老富人（old money）区。汤姆和黛西就住在东卵，尼克描述他们的公馆如下：

> 他们的房子比我料想的还要豪华，一座鲜明悦目，红白二色的乔治王殖民时代式的大厦，面临着海湾。草坪从海滩起步，直奔大门，足足有四分之一英里，一路跨过日晷、砖径和火红的花园……绿油油的常春藤，沿着墙向上爬。房子正面有一溜法国式的落地长窗，此刻在夕照中金光闪闪，迎着午后的暖风敞开着。（同上 8）

两座公馆的描绘明显地形成了对比。盖茨比的公馆位于"比较不那么时髦的"西卵，是"一个庞然大物"，是"诺曼底（而非巴黎）某市政厅的翻版"，有"簇新的塔楼""大理石游泳池"。这一系列的词语表明那是一座新的暴发户的豪宅。而汤姆的公馆位于传统的富人区，是"鲜明悦目""乔治王殖民时代式"，有"四分之一英里"长的草坪，有"日晷、砖径和火红的花园""法国式的落地长窗"。这一系列的词语则表明这是传统的老富人的豪宅。这样对比的语象叙事形成了一种张力，表明两座豪宅有着历史和文化上的巨大差异，也透露出盖茨比与汤姆两人在社会地位上的不同。这样的描写也为后来情节发展中两人的冲突做了铺垫。

作品第二章一开始就描绘了位于西卵与纽约之间的"灰谷"：

> 这是一个灰烬的山谷……在这里灰烬像麦子一样生长，长成小山小丘和奇形怪状的园子；在这里灰烬堆成房屋、烟囱和炊烟的形式，最后，经过超绝的努力，堆成一个个灰蒙蒙的人，隐隐约约地在走动，而且已经在尘土飞扬的空气中化为灰烬了。有时一列灰色的货车慢慢沿着一条看不见的轨道爬行，叽嘎一声

鬼叫,停了下来,……(同上 22)

接下来,作者直接用了"荒原"(wasteland)(Fitzgerald 1925: 24)一词来指这片灰谷。众所周知,T·S·艾略特在1922年发表了著名的诗作《荒原》。菲茨杰拉德在1925年发表的这部小说采用"荒原"一词来指故事的背景,自然也赋予了作品深刻的蕴涵。正如詹姆斯·E·米勒(James E. Miller)指出:《了不起的盖茨比》采用了与《荒原》"类似的方式,也是以意象推动故事的发展,……在第二章开头,菲茨杰拉德即向读者展示了第一个微妙相关的生中之死、死中之生的意象(此后还有一系列类似意象),可谓整本小说的主导性意象"(菲茨杰拉德 1987: 233)。在这灰谷上矗立着具有重要象征意义的埃克尔堡大夫眼睛的巨幅广告。在灰谷的边缘有一小排黄砖房子,这排房子有三家店铺,其中一家是威尔逊的汽车修理店。其后小说里发生的一些重要事件就与这片灰谷和威尔逊夫妇相关。

盖茨比为了吸引黛西到西卵来,几乎每个周末都在自己的豪宅里举行盛大的晚会,而且任何人无须受邀就可以去参加。作品花费了大量篇幅去描写尼克初次应邀参加盖茨比晚会的场景和活动,而这些描写都是尼克眼中视觉形象的再现及他心中的感受:

整个夏天的夜晚都有音乐声从我邻居家传过来。在他蔚蓝的花园里,男男女女像飞蛾一般在笑语、香槟和繁星中间来来往往。

……

至少每两周一次,大批包办宴席的人从城里下来,带着好几百英尺帆布帐篷和无数彩色电灯,足以把盖茨比巨大的花园布置得像一棵圣诞树。自助餐桌上各色冷盘琳琅满目,一只只五香火腿周围摆满了五花八门的色拉、烤得金黄的乳猪和火鸡。大厅里面,设起了一个装着真的铜杆的酒吧,备有各种杜松子酒和烈性酒,还有各种早已罕见的甘露酒,……(同上 37—38)

这里作品再现的不仅是晚会规模的盛大和奢华,而且进一步再现了晚会上客人们的行为举止和热闹的气氛:

……所有的厅堂、客室、阳台已经都是五彩缤纷,女客们的发型争奇斗妍,披的纱巾是科斯蒂尔人做梦也想不到的。酒吧那边生意兴隆,同时一盘盘鸡尾酒传送到外面花园的每个角落,到后来整个空气里充满了欢声笑语,……(同上 38)

……

此刻花园篷布上有人在跳舞;有老头子推着年轻姑娘向后倒退,无止无休地绕着难看的圈子;有高傲的男女抱在一起按时髦的舞步扭来扭去,守在一个角落里跳——还有许许多多单身姑娘在作单人舞蹈,……到了午夜欢闹更甚。一位有名的男高音唱了意大利文歌曲,还有一位声名狼藉的女低音唱了爵士音乐,还有人在两个节目之间表演"绝技",同时一阵阵欢乐而空洞的笑声响彻夏夜的天空。……(同上 44)

这些语象叙事把盖茨比举办的豪华盛大晚会及其欢乐气氛生动地展现了出来,这些描写的细节也是美国爵士时代的消费主义和享乐主义的具体呈现。它们对于反映作品的历史背景和时代特征,以及情节的发展和主题的表达都有不可或缺的作用。小说前面部分这些灯红酒绿、欢歌热舞的场景与小说结尾部分茉特尔、盖茨比及威尔逊三人先后死亡的场景形成了强烈对比,更凸显了美国梦破灭的悲惨结局。尼克接下来讲述的内容涉及对参加这场晚会客人身份的介绍和他们的谈话,尤其是关于盖茨比神秘身份传言的谈话;另外还有对晚会上唱歌跳舞场面及景色的描写。就是在这样的场景中,盖茨比第一次现身同尼克交谈并结识。这为后来尼克应盖茨比的要求,安排与黛西见面做了准备。

在第六章的后面部分,在汤姆和黛西参加了盖茨比的晚会、离开之后,尼克对盖茨比说:"你不能重温旧梦的。"盖茨比则"大不以为然地喊道,'不能重温旧梦?''哪儿的话,我当然能够。'"于是他"滔滔不绝地大谈往事",向尼克讲述了他与黛西的恋爱经历(同上 103—104)。作品再现了那充满诗情画意的恋爱场景:

……一个秋天的晚上,五年以前,落叶纷纷的时候,他俩走在街上,走到一处没有树的地方,人行道被月光照得发白。他们停了下来,面对面站着。那是一个凉爽的夜晚,那是一年两度季节变换的时刻,空气中洋溢着那种神秘的兴奋。……盖茨比从他的眼角里看到,一段段的人行道其实构成一架梯子,通向树顶上空一个秘密的地方——他可以攀登上去,如果他独自攀登的话,一登上去他就可以吮吸生命的浆液,大口吞咽那无与伦比的神奇的奶汁。

当黛西洁白的脸贴近他自己的脸的时候,他的心越跳越快。他知道他一跟这个姑娘亲吻,并把他那些无法形容的憧憬和她短暂的呼吸永远结合在一起,他的心灵再也不会像上帝的心灵一样自由驰骋。因此他等着,再倾听一会那已经在一颗星上敲响的音叉。然后他吻了她。经他嘴唇一碰,她就像一朵鲜花一样为他开放,于是这个理想的化身就完成了。(同上 104)

这段描述一方面包含有盖茨比梦想化了的黛西形象,另一方面也带有尼克对盖茨比和黛西两人恋爱场景的想象和评论。同时,它也进一步说明了黛西对盖茨比的巨大魅力,盖茨比至死不渝地追求黛西的原因。作品里黛西成为美国梦的象征,盖茨比一直深信他能够重获得黛西,能够实现他的美国梦。

然而他至死都坚信不疑的美国梦最后破灭了。他被上层阶级的代表汤姆加害，而黛西也最终站在汤姆一边。第八章尼克讲述了盖茨比被威尔逊枪杀后的场景：

> 汽车司机——他是沃尔夫山姆手下的一个人——听到了枪声，……。我从火车站把车子直接开到盖茨比家里……我们四人，司机、男管家、园丁和我，几乎一言不发地急匆匆奔到游泳池边。
>
> 池里的水有一点微微的、几乎看不出的流动，从一头放进来的清水又流向另一头的排水管。随着隐隐的涟漪，那只有重负的橡皮垫子在池子里盲目地飘着。连水面也吹不皱的一阵微风就足以扰乱它那载着偶然的重负的偶然的航程，一堆落叶使它慢慢旋转，像经纬仪一样，在水上转出一道细细的红圈子。
>
> 我们抬起盖茨比朝着屋子里走以后，园丁才在不远的草丛里看见了威尔逊的尸体，于是这场大屠杀就结束了。（同上 151—152）

这段语象叙事并未把"这场大屠杀"的血腥场景直接描绘出来，连盖茨比的尸体都没有提，更没有对他尸体本身的描写，而只是再现了屠杀之后盖茨比游泳池凄凉的场面。"那只有重负的橡皮垫子……在水上转出一道细细的红圈子"的陈述，透露出一丝盖茨比被杀的信息。作品如此"轻描淡写"盖茨比的死亡与表现他的美国梦的幻灭倒是比较契合的。

小说结尾，尼克在经历了纽约的这段生活，目睹了茉特尔、威尔逊和盖茨比的死亡，尤其是盖茨比的美国梦的幻灭之后，他的心目中有一段关于美国东西部对比的描写：

> 我记忆中最鲜明的景象之一就是每年圣诞节从预备学校，以及后来从大学回到西部的情景。……
>
> 火车在寒夜里奔驰，真正的白雪，我们的雪，开始在两边向远方伸展，迎着车窗闪耀，威斯康辛州的小车站暗灰的灯光从眼前掠过，这时空中突然出现一股使人神清气爽的寒气。……我们……难以言喻地意识到自己与这片乡土之间的血肉相连的关系，……
>
> 这就是我的中西部——不是麦田，不是草原，也不是瑞典移民的荒凉村镇，而是我青年时代那些激动人心的还乡的火车，是严冬的寒夜里街灯和雪车的铃声，是圣诞冬青花环被窗内灯光映在雪地的影子。我是其中的一部分，……我们都是西部人，也许我们具有什么共同的缺陷使我们无形中不能适应东部的生活。
>
> 即使东部最令我兴奋的时候，……我也总觉得东部有畸形的地方，尤其西卵仍然出现在我做的比较荒唐的梦里。在我的梦中，这个小镇就像埃尔·格列柯画的一幅夜景：上百所房屋，既平常又怪诞，蹲伏在阴沉沉的天空和暗淡无光的

月亮之下。在前景里有四个板着面孔、身穿大礼服的男人沿人行道走着,抬着一副担架,上面躺着一个喝醉酒的女人,身上穿着一件白色的晚礼服。……

盖茨比死后,东部在我心目中就是这样鬼影憧憧,面目全非到超过了我眼睛矫正的能力。(同上 164—165)

在这段文字里菲茨杰拉德用奔驰的火车、车窗外闪耀的白雪、寒夜的灯光、圣诞冬青花环与梦中西卵的种种怪诞意象再现了尼克心目中美国东西部对比的情景画面,表现出西部家乡的温暖和对游子的巨大吸引力,而畸形的东部则出现在他的"荒唐的梦里","鬼影憧憧"如同西班牙宗教题材画家埃尔·格列柯那种阴冷凄凉的绘画。这一系列的带有尼克个人深情的语象叙事既表现了尼克与西部家乡"血肉相连"的浓厚感情,又明显地表现出尼克在东部经历了一系列令人痛苦的事件之后对东部的厌恶情绪和梦想的破灭,同时也表明了他离开东部返回西部家乡的原因。

马里厄斯·比利(Marius Bewley)指出,《了不起的盖茨比》是"对'美国梦'最有力的批判。……不仅仅是对'爵士时代'的浪漫记录,而是在美国最伟大的小说占有一席之地的作品。这部小说对美国历史深刻的修正性认识与其艺术形式密不可分"(比利 2014:216)。菲茨杰拉德能够取得这一成就的重要因素之一就在于语象叙事的运用。从以上《了不起的盖茨比》中三个方面的语象叙事可以看出,菲茨杰拉德采用这种叙事手段成功地再现了小说叙述者尼克眼中的视觉形象,生动地描绘了故事的场景,刻画出栩栩如生的人物,使作品呈现出强烈的画面感。同时,语象叙事对作品背景的呈现、情节的发展、象征的运用和主题(尤其是美国梦幻灭主题)的表达都起到了不可或缺的作用。有批评家指出:"这部小说最大的成就在于用最璀璨的色彩绘出了这幅最凄凉的图画"(Klein 1982:108)。菲茨杰拉德正是用语象叙事的手法描绘出了这幅色彩绚丽而悲凉凄惨的美国梦幻灭图。

引用文献【Works Cited】

Berman, Ronald, "Fitzgerald's Intellectual Context." A Historical Guide to F. Scott Fitzgerald. Ed. Kirk Curnutt. New York: Oxford UP, 2004. 69 - 84.

Clarer, Mario. "Ekphrasis." Routledge Encyclopedia of Narrative Theory. Eds. David Herman, et al. Abington, Oxfordshire: Routledge. 2005. 133 - 134.

Curnutt, Kirk. "Fitzgerald's Consumer World." A Historical Guide to F. Scott

Fitzgerald. Ed. Kirk Curnutt. New York：Oxford UP, 2004. 85－128.

Fitzgerald, F. Scott. The Great Gatsby. New York：Scribner's. 1925.

Klein, Leonard S. Gen. ed. Encyclopedia of World Literature in the Twentieth Century (Vol. 2). New York：Frederick Ungar, 1982.

North, Michael, "Visual Culture." The Cambridge Companion to American Modernism. Ed. Walter Kalaidjian. Cambridge UP. 2005, 182－184.

弗·司各特·菲茨杰拉德. 菲茨杰拉德小说选. 巫宁坤等, 译. 上海：上海译文出版社,1983.

马里厄斯·比利. 菲茨杰拉德对美国的批判. 陈爱华, 译//程锡麟编选. 菲茨杰拉德研究文集. 南京：译林出版社,2014：216－229.

詹姆斯·E·米勒著. 菲茨杰拉德的《盖茨比》：灰谷般的世界. 孙薇, 译//程锡麟编选. 菲茨杰拉德研究文集. 南京：译林出版社,2014：230－236.

作者简介：程锡麟,四川大学外国语学院教授。

本文系国家社科基金项目"语象叙事研究——以美国现代文学为例"(12BWW003)的阶段性成果。

单符到型符

——从"信"的转变看《法国中尉的女人》中萨拉主体的叙事建构

魏远东　梁晓晖

内容提要：作为英国后现代小说的代表作，约翰·福尔斯的《法国中尉的女人》对女主人公萨拉的心理塑造备受评论关注。但她的心理变化过程，尤其是从符号的角度分析其主体的叙事建构，尚无人探究。本文试图借助皮尔斯的符号学理论和拉康的主体理论，揭示"信"作为小说中一以贯之的符号，如何在不同叙事阶段呈现萨拉主体建构的微妙变化。

关键词：符号；信；主体；叙事；独立

一、引言

1969 年《法国中尉的女人》出版后很快成为文学评论的焦点。过去 40 余年许多学者从原型批评、马克思主义、叙事学、读者反映理论、存在主义、女同性恋、解构主义、生态主义和心理学等多种角度进行了不同解读。

总体而言，有的运用马克思主义理论解读小说中萨姆、玛丽、萨拉等劳工阶级在资本主义体制下被剥削、压迫的现状（e. g.，Landrum 1996：103），有的运用读者反映理论探讨小说的开放式结局对读者能动性的调动（e. g.，Scruggs 1985：95），还有的运用叙事学研究小说叙事风格、叙事声音及视角的多重转换（e. g.，Cohen 1984：148；Holmes 1981：184；张敏 1999：53）。此外，小说和由小说改编电影间的多角度对比（e. g.，Simonetti 1996：301；McKee 2000：146）及小说与作者无意识间的联系也成为学者研究的对象(e.g., Rose 1972: 165)。

具体而言,对女主人公萨拉的分析成为文学评论焦点。其中,对萨拉的存在主义解读将她视为践行存在主义的典范(e.g., Marais 2014: 244),对萨拉的原型解读将她视为"新一代的夏娃"(周丹 2013: 19),对萨拉的女性主义解读歌颂她在男权社会中保持自我的独立精神(e.g., Michael 1987: 225; Zare 1997: 175; McKee 2000: 146),对萨拉的生态主义解读赞扬她对人类中心主义和男性中心主义的反抗(e.g.,邰丽娜、高鸿雁 2015: 101),对萨拉的女同性恋解读认为小说的"某些后现代文本和视觉因素削弱了叙事者的意识形态高度"(Landrum 2000: 59),对萨拉的解构主义解读则认为她是一个在"'延异'中被解构的人物"(陈静 2008: 76)。

对萨拉的心理分析主要从弗洛伊德的理论(e.g., Johnstone 1985: 69)或拉康的理论进行分析(e.g.,覃美静 2012: 167),他们意在挖掘萨拉的性格成因和她对查尔斯的心理影响。此外,对萨拉是否患有精神病也有针对性讨论(e.g., Shields 83)。

虽然现有对萨拉的心理批评已较为全面,但对她的心理变化尚缺乏充分探究。尽管有少数评论家已触及萨拉的心理变化,但均未对其主体的叙事建构进行深入探讨。最主要的是,萨拉主体的叙事建构可以通过文本中"信"的微妙转变呈现出来。

在《关于〈失窃的信〉的研讨班讲演》中,拉康提出"象征秩序对主体来说是建构性的","能指的流动"决定了人物的行动(Lacan 1972: 40)。"信"作为漂浮在象征秩序链上的能指,其所指意义随人物的变化而不同。人物的行动"取决于'信'这个纯粹的能指在象征回路中的位移"(同上 45)。同时,人物的主体也在"信"的象征性位移中进行建构。

1955 年拉康把爱伦·坡的《失窃的信》中的"信"作为一个符号进行了再解读;之后许多批评家也相继采用符号模型来解读其他的文学作品,如诺尔特(Noort)对杜拉斯《劳尔·斯泰因的迷狂》的解读(Noort 1997: 186—201);奥德怀尔(O'Dwyer)对麦克尤恩《赎罪》的解读(O'Dwyer 2016: 178—190);鲍斯威尔(Boswell)对莫里森《苏拉》的解读(Boswell 1999: 108—138)等。这些研究为文学作品的解读提供了新视角,挖掘了人物心理更深层次的主题意义,并证明了符号分析方法在揭示人物心理内在特征上的可操作性。然而,尽管这些研究都运用了符号分析法来探求人物心理的内在特征,但尚无学者探究符号模型与人物心理变化的关联,尤其是与人物主体的叙事建构间的关系。因此,本文试图通过对《法国中尉的女人》中符号"信"的分析,来揭示"信"如何呈现萨拉的主体建构在叙事中的微妙变化。

"信"作为小说中的一个符号,随萨拉的主体建构而转变;以此为出发点,小说可分为三个叙事阶段:在第一个叙事阶段,"信"是单符,对应萨拉未曾独立的主体,此时她没有能力操控"信"去传递自己的信息,并受困于他人和自己的叙事;在第二个叙事阶段,"信"从单符转变为型符,对应萨拉的主体逐步从依赖蜕变为独立的全过程,此时她开始有能力操控"信"去传递自己的信息,并开始摆脱他人和自己叙事;在第三个叙事阶段,"信"从型符回到单符,对应着萨拉完全独立的主体,此时她拥有是否传递自己信息的选择权,并成为一个新的、独立的维多利亚女性。同时,"信"的转变和萨拉的蜕变赋予了小说叙事相应的变化,即小说的两个不同结局。在进行深入探讨之前,本文先对皮尔斯有关符号的第一组三分法和拉康的主体理论进行简要介绍。

二、皮尔斯的第一组三分法和拉康的主体理论

查尔斯·皮尔斯被公认为"现代符号学的理论之父"(Weiss and Burks 1945:383)。他在符号三分法[①]的基础上对符号的类型进行了详细划分,其中有三组得到较普遍的确认。第一组将再现体分为质符、单符和型符;第二组将对象分为像似、指示和规约;第三组将解释项分为呈符、述符和议符。本文将以第一组三分法为理据进行研究。

质符是一个符号的特性。质符不能作为一个符号发挥作用,除非它体现于一个存在的事物里(Peirce 1998:142)。单符是一个实际存在的事物,是质符的物质载体,其符号作用取决于质符的符号特性(同上142)。型符是单符的抽象图示或法则(李幼蒸 2007:513),是符号成为符号的规约性法则,法则通常由人建立(同上142—143)。以落叶为例,落叶的质符是秋天叶子会枯萎的符号特性。实际存在的一片片落叶,作为质符的载体,是单符。当我们把它作为一个符号载体(能指),人为赋予它"秋天到来"的符号内容(所指)时,落叶便由单符转变为型符,成为代表秋天到来的抽象性法则。

拉康在 1953 年对主体和自我进行的区分至今仍是他主要思想的精华。主体不是我们所意识到的个体,我们所能意识到的个体实际上是自我创造的假象。拉康的主体是无意识的主体,他声称这一区分可追溯到

弗洛伊德。弗洛伊德定义了"我"(das Ich)和"他"(das Es),并以此来区分真正无意识的主体和实际上只是由个体的异化认同而形成的自我(qtd. in Evans 1996:195)。

在拉康看来,主体始终藏匿于自我之后,令人无法捉摸。主体在语言中建构,主体是无意识的主体,即人在很大程度上意识不到自己的主体。当一个人在谈论自己时,他所谈论的"我"是他的自我,而主体则是那个隐藏在说话的"我"之后的另一个无意识的"我"(qtd. in Bailly 2009:35)。他主张自我并不是建立在感官系统或现实原则的基础上,而是建立在个体的误认功能上(同上35)。正如若埃尔·多尔(Joël Dor)所说:"主体在想象界中对自己的客体化叫自我,而自我则将自己认作是'我'"(同上34)。

三、"信"是单符——未曾独立

第一叙事阶段从故事的开头到第 16 章萨拉和查尔斯在安德悬崖相遇,"信"在这个叙事阶段是单符,并作为质符,即传递信息的载体,发挥符号作用。所有的"信"在这一叙事阶段都仅用来传递信息,其符号载体是"信"本身,其符号内容是"信"能够传递信息的文化价值。萨拉的主体在这一叙事阶段先后经历了三个小的心理历程:从完全的独立到伪装的独立再到开始想要真正的独立。这三个小的心理历程可以分别通过推荐信、代笔信和"零次信"体现。

在第一叙事阶段的第一个心理历程中,推荐信对应着萨拉主体的完全依赖。她没有能力为自己辩白,需要依赖塔尔博特太太的推荐信来证明自己。童年时对父亲叙事的屈从使她成为社会的"中间人士",并不得不依赖于他人的推荐信。

萨拉主体的依赖性使她不得不依靠于塔尔博特太太的推荐信。因不能过分谴责自己的家庭女教师萨拉,塔尔博特太太编造了一个叙事,在叙事中水兵不检点的生活作风成了萨拉丑闻的主因,而本应该被指责的"法国中尉的妓女"(Fowles 1998:175)被塑造成了一位"既熟练,责任心又强的教师"(同上35)。因"信中的这些话构成了一种对波尔坦尼太太的挑战"(同上36),所以,尽管波尔坦尼太太对推荐信的内容并不满意,但她还是让萨拉通过了面试。萨拉对塔尔博特太太叙事的依赖体现了萨拉主体的依赖性。

萨拉童年对父亲叙事的屈从使她成为社会的"中间人士"并不得不依

赖于他人的推荐信。耽溺于他的家族是"了不起的弗朗西斯爵士的直系后裔"（同上 53），萨拉的父亲编造了一个叙事，在叙事中他把萨拉送进寄宿学校，幻想她能按照他的叙事安排，跻身上层社会，实现他家族复兴的愿望。然而，他强迫萨拉离开原来的阶层，却没有能力把她送入更高的阶层。萨拉从此沦为社会的"中间人士"，在社会的中间地带游荡。"在她已经离开的那个阶级的男青年眼里，她变得过于挑剔不可娶，而她渴望进入的那个阶级的青年男子则认为她仍旧过于平庸"（同上 53）。

在第一叙事阶段的第二个心理历程，萨拉替波尔坦尼太太写的代笔信表现出萨拉的主体仍未开始独立。与上一个心理历程相比，萨拉在这一心理历程已经开始写信并传递信息。然而，她所传递的并不是自己的信息，而是波尔坦尼太太的信息。她仍没有能力操控"信"为自己所用。此外，在这一心理历程中，萨拉以为的独立，实际上只是她为了惩罚自己而戴的面具，她始终受困于波尔坦尼太太和自己的叙事。

萨拉没有能力操控"信"，并受困于波尔坦尼太太的叙事。瓦盖讷的欺骗和抛弃使萨拉走上了惩罚自己的道路。她辞去了在塔尔博特太太家的工作，并开始在马尔巴勒宅赎罪。因不能保证来世进入天堂，波尔坦尼太太编造了一个叙事，在叙事中通过救助处于困境中的人，她可以在来世进入天堂。被禁止注视大海和在韦尔康芒斯散步，萨拉成了在波尔坦尼太太叙事中被利用的对象，扮演着罪人的角色并受制于波尔坦尼太太的叙事掌控。就像她在这一心理历程中替别人传递信息一样，萨拉注定成为波尔坦尼太太叙事中的工具并服务于她叙事的最终目标，即来世进入天堂。

萨拉没有能力操控"信"，她受困于自己的叙事并欺骗自己已经实现了独立。萨拉以为的独立实际上只是她为了惩罚自己而被迫表现的假象。而且，为了掩盖自己没有能力实现独立的事实，她编造了一个自欺欺人的叙事，在叙事中通过成为"法国中尉的妓女"和被莱姆镇的人唾弃，她可以获得自由，找到孤寂，并实现独立。然而，她伪装的独立决定了即使在她编造的叙事里，她也仍不能实现真正的独立，她同样对自己感到困惑。"又有人这样对我说话，仿佛……仿佛我不是现在的我"（同上 123）。根据拉康的主体理论，萨拉以为她所实现的独立实际上是第一个"我"，即萨拉的自我，所制造的假象。而第二个"我"，即萨拉的主体，仍未开始独立。因此在小说中，"她在波尔坦尼太太面前一直装出矜持、独立、甚至近乎不敬的样子，此时这些面具一下子全都掉了下来"（同上 103）。

这一叙事阶段的第三个心理历程作为过渡历程，连接了萨拉在第一

叙事阶段中替别人传递信息的被动状态,和萨拉在第二叙事阶段中操控
"信"去传递自己的信息的主动状态。在这一过渡历程,萨拉开始想要追
求真正的独立。似乎对应于萨拉的这一过渡,"信"在这一心理历程没有
出现。但换个角度来看,"信"没有出现并不意味着真的没有"信",而只是
"信"在这一过渡历程出现了零次,我们可以称之为"零次信"。而且,萨拉
想要传递自己信息的欲望和没有能力操控"信"之间的矛盾将她推向疯癫
的边缘,预示着她在下一叙事阶段对查尔斯的利用和向真正独立的蜕变。

　　"零次信"的出现对应着萨拉的过渡:从伪装的独立到开始想要真正
独立,从替他人写信到为自己写信。萨拉想要传递自己信息的迫切愿望
和没有能力去控制"信"之间的矛盾,对应着萨拉的自我想要真正的独立
而主体还未独立之间的对立。这些对立蚕食着萨拉的心智,并快要超出
她的承受范围。"我求你。我还没有疯。但是如果我得不到帮助,我会疯
的"(同上 143)。而且,自我和主体间的对立把她逼向精神分裂的边缘,
"我好像受到绝望驱使去思忖这些可怕的事情。他们把我弄得对自己都
感到害怕了"(同上 144)。所有这些都预示着,在下一个叙事阶段,萨拉
将利用"信"去引诱查尔斯进入并相信她的叙事,从而完成从他人和自己
叙事中的解脱以及主体向真正独立的蜕变。

四、"信"是型符——追求独立

　　第二个叙事阶段从第 16 章萨拉讲述她的过去到第 47 章萨拉承认一
切都是她的骗局,"信"在这个叙事阶段从单符转变为型符,仍作为质符的
载体发挥传递信息的作用。萨拉的主体在这一叙事阶段对独立的内化使
她有能力操控"信"并赋予"信"新的符号内容。因此,"信"在这一阶段变
成了一个符号载体,而萨拉赋予它新的符号内容——她想要独立的欲望,
使它从具体的单符转变为抽象的型符,即所有的"信"在这一叙事阶段传
递的都不再仅仅是信息,还有萨拉的欲望。本叙事阶段可以细分为三个
具体的心理历程:第一心理历程,萨拉能够操控"信"并开始传递自己的
信息;第二心理历程,萨拉摆脱了他人的和自己的叙事;第三心理历程,萨
拉完成了复仇和主体向独立的蜕变。这三个心理阶段可以分别通过瓦盖
讷的信和萨拉写的正式信、医生格罗根提供的心理案件中的信、萨拉寄给
查尔斯的最后一封只有三个词的非正式信体现出来。

　　在第二个叙事阶段的第一个心理历程，瓦盖讷的信和萨拉写的正式信表现出萨拉已经有能力操控"信"和传递自己的信息。这是萨拉的主体向真正独立蜕变的第一步。

　　小说始终没有揭露瓦盖讷写给萨拉信的内容，读者所知道的均是萨拉对信内容的转述。而萨拉对信的转述使她成功地将自己塑造成一个被男人玩弄和抛弃的堕落女人，并博得了查尔斯的同情。她告诉查尔斯："很久以前我收到过一封信。那位先生已经……"（同上124），"他已经结婚了！"（同上125）萨拉对信的操控体现了主体向独立的转变，并将查尔斯引入了她的叙事。

　　萨拉在安德克里夫崖寄出的正式信表明她已经有能力传递自己的信息。相比第一叙事阶段中一直在替别人传递信息，萨拉在第二叙事阶段已经开始传递自己的信息。她给查尔斯写到，"我求你最后见我一面。今天下午和明天上午我等你。假如你不来，我就永远不打扰你了"（同上205），"我已经等了你一整天了。我求你——这是一个濒临绝境的女人在向你求助。今天晚上我将不断祈祷，让你来到我身边"（同上208）。这些信让查尔斯坐立不安，并迫使他不得不采取行动。萨拉开始传递自己的信息表现出萨拉主体的进一步独立，并推动着故事情节向本叙事阶段的第二个心理历程迈进。

　　意图把萨拉同玛丽联系起来，医生格罗根拿给查尔斯一本精神分析案例，案例上记载了著名的埃米尔·拉隆西埃审判案。此案中，一位名叫玛丽·莫雷尔的少女利用"信"制造出她被拉隆西埃骚扰的假象，并成功把他送进了监狱。在第二个叙事阶段的第二个心理历程，心理案件中的"信"凸显了萨拉对"信"愈加娴熟的操控能力和主体向独立的第二步蜕变。此外，萨拉利用"信"成功地摆脱了医生格罗根对她的叙事掌控以及她对自己的叙事自欺。

　　查尔斯拒绝了医生格罗根安排的萨拉是玛丽的叙事关联。这意味着萨拉叙事对医生格罗根叙事的胜利，同时也预示着萨拉从他人叙事中的解脱。因不能理解萨拉的叙事，医生格罗根将它同玛丽·莫雷尔的叙事联系起来，并希望查尔斯能看清萨拉同玛丽一样在利用"信"达到某种目的。然而，在萨拉的叙事和医生格罗根的叙事之间，查尔斯最终选择了萨拉的叙事并决定去小石屋找她。因此，就查尔斯而言，萨拉摆脱了医生格罗根的叙事，并将自己堕落女人的形象牢牢刻在查尔斯的心里。

　　萨拉利用信成功地使查尔斯相信她的叙事并答应在信中的请求去见

她。这表明查尔斯已经完全沉醉于萨拉的叙事,并预示着萨拉将摆脱自己的叙事,进一步迈向真正的独立。如果查尔斯之前仍怀疑萨拉叙事的可靠性,那么在这个心理历程,他已彻底相信萨拉叙事的真实性,并因此将自己置于萨拉的绝对掌控下。查尔斯从此便代替了萨拉在原先叙事中的位置,并作为瓦盖讷的替身成为萨拉惩罚和复仇的对象。"她把查尔斯玩弄于一个谜一般的、雌雄同体的主人公位置上,因为他既重演了萨拉被放逐的场景,又重演了瓦盖讷的不耻之行(他抛弃了欧内斯蒂娜)"(Tarbox 1996:94)。因此,通过与查尔斯的位置交换,萨拉实现了从自己叙事中的解放,并推动着叙事向下一个心理历程迈进。

在本叙事阶段的第三个心理历程,萨拉写给查尔斯只有三个词的非正式信超越了通信代码的限制,并将对它的解读置于语境中。这预示着萨拉将完成主体向真正独立的蜕变并开始在第三叙事阶段的新生活。

如预料中的一样,萨拉利用"信"完成了她的复仇和主体向独立的蜕变。但与之前的信不同,这封信只有三个词,没有日期也没有姓名首字母。它已超越了通信代码的束缚,并将对它的解读置于语境。因此,萨拉用三个词迫使查尔斯不得不回想起所有关于她的记忆以确定这封信是她写的。于是,萨拉在不知不觉中唤起了查尔斯对她的欲望,并将他引到了恩迪科特旅馆。

> 我骗你的,在于分析那封只有三个词的信继续对她产生的影响。实际上,那封信让他备受折磨、六神无主、心乱如麻。他越想它,那封只寄地址——没有任何别的内容——的信就像是萨拉写的。这和她的其他一切行为完全合拍,只能用矛盾修饰法来形容:既勾引又退缩,既微妙又简单,既骄傲又乞求,既辩护又指控。(Fowles 1998:340)

萨拉利用这封只有三个词的信将查尔斯成功地引到恩迪科特旅馆,并通过把自己的贞洁给查尔斯完成了她的复仇。查尔斯为对萨拉负责,解除了与欧内斯蒂娜的婚约。查尔斯作为一个被抛弃、被引诱的受害者,坚定地认为自己是个负心汉和浪荡子,萨拉因此成功地实现了她的复仇并在下一叙事阶段开始了独立的新生活。"萨拉将他送入极端的绝境,在那里他同时占据了多个二元对立端的两极"(Tarbox 1996:94)。

五、"信"是单符——获得独立

第三个叙事阶段从萨拉承认一切都是她的骗局到故事的结尾。"信"

在这个叙事阶段从型符回到了单符,仍作为质符的载体发挥传递信息的作用。因为萨拉在这一叙事阶段已获得了独立,所以"信"在这一叙事阶段回到了仅作传递信息之用,萨拉已不需要再利用"信"来实现主体的独立。尽管和第一叙事阶段一样,"信"是单符,但"信"在这一叙事阶段因被萨拉赋予过新的符号内容而变得不同。在第三阶段,所有的信,包括查尔斯收到的最后一封写着萨拉地址的信,均非出自萨拉之手。而且,萨拉在这一阶段拥有了是否写信传递自己信息的选择权,她已成为一个新的、独立的维多利亚女性。

萨拉不同于在第一叙事阶段需要依靠他人的推荐信和替别人写信,也不同于在第二叙事阶段必须通过写信来实现独立,她在这一叙事阶段拥有了是否写信传递自己信息的选择权。在经历过了从未曾独立到追求独立后,萨拉在这一叙事阶段获得了独立。而且,同"信"的转变和萨拉的蜕变相呼应,小说的叙事也从传统的单结局情节转化为新颖的双结局情节[2]。重要的是,这两个结局可以看做分别对应于萨拉选择传递自己的信息和萨拉拒绝传递自己的信息。

萨拉在这一叙事阶段已实现独立并拥有决定是否传递自己信息的选择权。伴随着"信"从单符到型符再到单符,萨拉在"信"的转变中完成了主体从未曾独立到追求独立再到获得独立的蜕变。当萨拉得知查尔斯在找她时,她更改了住处和姓名。这表现出萨拉拒绝向查尔斯传递自己的信息。"我不想与他人分享,我想要保持现在的我"(Fowles 1998:450)。相比于第一叙事阶段中"仿佛我不是现在的我",第二个"我",即萨拉的主体,在这一阶段已经完成了向独立的蜕变。

如同萨拉反抗维多利亚时期规定的家庭女教师和妻子的角色,小说也发起了对传统维多利亚小说固定线性的挑战。霍姆斯(Holmes)评论道:"查尔斯和读者的位置与萨拉和叙事者的位置,如兰金(Rankin)所言,明显是平行的"(1981:195)。萨拉拥有是否传递信息的选择权,读者也有权在两个结局中挑选他们喜欢的结局。在萨拉选择写信传递自己的信息和选择不写信传递自己的信息之间存在着一种张力,而读者侧重于哪一种选择则取决于他接受哪一个结局。

尽管拒绝写信告诉查尔斯自己的地址,但当萨拉见到查尔斯后,她还是决定发出他们有一个女儿的信息,并在小说第一个结局和查尔斯生活在一起。这一结局或许会让人质疑萨拉的独立,有人可能会问:"既然萨拉想要保持现在的自己,为什么还要决定和查尔斯生活在一起?"虽然萨拉确实在第一结局和查尔斯生活在一起并在将来可能会成为查尔斯的妻子,但因萨拉是通过对"信"的操控获得了这段感情,所以她在这段婚姻里的地位将会和其他传统的维多利亚女性不同,她将占据一个更加独立、更加高贵的婚姻地位。"福尔斯确实给了我们一个烂俗的第一结局,但他却剥去了它传统的意义。这里矛盾的要点是,萨拉或许是一位非凡女性的原因不在于她宣扬了维多利亚的传统理念,而在于她是通过一种全新的方式实现了她的不同寻常"(Scruggs 1985:102)。

拒绝给查尔斯写信,同时也拒绝发出他们有一个女儿的信息,萨拉在小说第二结局展现了她要继续一个人生活的决心。在第二结局,萨拉不允许任何人分享她的生活,不允许任何事物阻挡她保持自身的完整。如同拒绝维多利亚时代规定女性所扮演的角色一样,她拒绝了查尔斯并坚定地保持自身的独立。小说以"深不可测的、带有咸味的、遥远的大海"结尾,证明了福尔斯更喜欢第二个结局(同上 105)。正如小说第 61 章的第二个题记所说,"真正的虔诚在于知道怎么回事就怎么做"(Fowles 1998:461),萨拉决心要保持自身主体的完整,因此她拒绝写信以及给查尔斯传递信息。不同于小说的第一结局,萨拉在第二结局中坚定地维护她的独立,并将它视为神圣不可侵犯的领地。然而,不管是哪一结局,萨拉都实现了主体对独立的内化,实现了主体向独立的蜕变,并掌握传递自己信息的主动权。她将以自己的方式过她独立的生活。

六、结语

通过分析《法国中尉的女人》中"信"的转变,本文揭示了萨拉主体的叙事建构历程。随着"信"从单符到型符再到单符的转变,萨拉的主体经历了从未曾独立到追求独立再到获得独立的三个叙事阶段。本文证明了符号分析法可以有效地呈现人物心理的变化,尤其是人物主体的叙事构建,并给文学作品的解读提供了新的思维方式和研究方法。不少作家都有意运用符号模型来刻画人物的心理变化,尤其是人物主体的构建历程。这给运用符号分析法分析文学作品增添了新的魅力与潜力。约翰·福尔斯将符号"信"的转变与萨拉主体的叙事建构相融合,使其不仅成为自己作品中的杰作,更成为英国文学乃至世界文学中的佳作。

注解【Notes】

① 查尔斯主张符号三分法,他将符号分为再现体(representamen)、对象(object)和解释项(interpretant)(135;赵毅衡118)。本文为保持文内翻译的一致性,采用赵毅衡在《符号学原理与推演》一书中的翻译。符号均体现在一定的事物里,对于这个符号的载体,皮尔斯起名为"再现体"(135)。符号所代表的客体指示物,查尔斯起名为"对象"(135)。符号在接受者脑中形成的同等符号或更高一级的符号,查尔斯起名为"解释项"(135)。

② 本文将第44章查尔斯和欧内斯蒂娜结婚权作查尔斯的想象,固小说仅有最后两章的两个结局。

引用文献【Works Cited】

Bailly, Lionel. *Lacan: A Beginner's Guide.* London: Oneworld Publications, 2009.

Boswell, Maia. "'Ladies' 'Gentlemen' 'Colored': 'The Agency of (Lacan's Black) Letter' in the Outhouse." *Cultural Critique* 41 (Winter 1999): 108 – 138.

Cohen, Philip. "Postmodernist Technique in 'The French Lieutenant's Woman'." *Western Humanities Review* 38. 2 (1984): 143 – 161.

Evans, Dylan. *An Introductory Dictionary of Lacanian Psychoanalysis.* London: Routledge, 1996.

Fowles, John. *The French Lieutenant's Woman.* New York: Back Bay Books, 1998.

Holmes, Frederick M. "The Novel, Illusion and Reality: The Paradox of Omniscience in 'The French Lieutenant's Woman'." *The Journal of Narrative* 11. 3 (1981): 184 – 198.

Johnstone, Douglas B. "The 'Unplumb'd, Salt Estranging' Tragedy of The French Lietenant's Woman." *American Imago* 42. 1 (1985): 69 – 83.

Lacan, Jacques., and Mehlman, Jeffrey. "Seminar on 'The Purloined Letter'." *Yale French Studies* 48 (1972): 39 – 72.

Landrum, David W. "Rewriting Marx: Emancipation and Restoration in *The French Lieutenant's Woman.*" *Twentieth-Century Literature* 42. 1 (1996): 103 – 113.

Landrum, David W. "Sarah and Sappho: Lesbian Reference in *the French Lieutenant's Woman.*" *Mosaic* 33. 1 (2000): 59 – 76.

Marais, Mike. "'I am infinitely strange to myself': Existentialism, the Bildungsroman, and John Fowles 'The French Lieutenant's Woman'". *Journal of Narrative Theory* 44. 2 (2014): 244 – 266.

McKee, Alison L. "She Had Eyes A Man Could Drown In: Narrative, Desire and the Female Gaze In *The French Lieutenant's Woman.*" *Literature/Film Quarterly* 20. 2 (2000): 146 – 155.

Michael, Magali Cornier. "'Who is Sarah?': A Critique of *The French Lieutenant's*

Woman's Feminism. " *Critique* 28. 4 (1987)： 225 – 236.

Noort, Kimberly Philpot Van. "The Dance of the Signifier： Jacque Lacan and Marguerite Duras's ' *Le Ravishement de Lol V. Stein*' . " *Symposium* 51. 3 (Fall 1997)： 186 – 201.

Noth, Winfried. Handbook of Semiotics. Indiana University Press, 1990.

O'Dwyer, Erin. "Of Letters, Love, and Lack： A Lacanian Analysis of Ian McEwan's Epistolary Novel *Atonemwnt.* " *Critique: Studies in Contemporary Fiction* 57. 2 (2016)： 178 – 190.

Peirce, Charles Sanders. *Collected Papers*. Vol. 2. Ed. Hartshorne, Charles. , and Weiss, Paul. Bristol： Thoemmes Press, 1998.

Rose, Gilbert J. " *The French Lieutenant's Woman*： The Unconscious Significance of a Novel to its Author. " *American Imago* 29. 2 (1972)： 165 – 176.

Scruggs, Charles. "The Two Endings of *The French Lieutenant's Woman*. " *Modern Fiction Studies* 31. 1 (1985)： 95 – 112.

Simonetti, Marie-Claire. "The Blurring of Time in *The French Lieutenant's Woman*, the Novel and the Film. " *Literature/ Film Quarterly* 24. 3 (1996)： 301 – 308.

Tarbox, Katherine. " ' The French Lieutenant's Woman ' and the evolution of the narrative. " Twentieth Century Literature 42. 1 (1996)： 88 – 99.

Weiss, Paul. , and Burks, Arthur. "Peirce's sixty-six signs. " *Journal of Philosophhy* 42 (1945)： 383 – 389.

Zare, Bonnie. "Reclaiming Masculinist Texts for Feminist Readers： Sarah Woodruff's *The French Lieutenant's Woman*. " *Modern Language Studies* 27. 3 (1997)： 175 – 195.

陈静. 在延异中被解构的萨拉——谈《法国中尉的女人》对人物的解构. 兰州交通大学学报,2008(5)：76 – 79.

郜丽娜,高鸿雁. 自然与女性的自由之旅——从生态女权主义角度解读《法国中尉的女人》. 湖北经济学院学报(人文社会科学版) ,2015(11)：101 – 102.

李幼蒸. 理论符号学导论. 北京：中国人民大学出版社,2007.

覃美静. 萨拉的神秘镜像：自我的遮蔽与反抗. 芒种(外国文学) ,2012(3)：167 – 168.

张敏. 论《法国中尉的女人》的现代叙事艺术. 外国文学研究,1999(4)：53 – 60.

赵恒毅. 符号学原理与推演. 南京：南京大学出版社,2016.

周丹. 神话原型与存在主义的结合——《法国中尉的女人》对神话原型的借用与改造. 丝绸之路,2013(8)：18 – 21.

作者简介： 魏远东,文学硕士；梁晓晖,文学博士,国际关系学院外国语学院英文系教授,主要从事英国文学、认知诗学研究。

　　本文系国家社科基金项目"英国编史元小说的可能世界研究"(16BWW010) 的阶段性成果。

书 评 与 视 角

空间维度的叙事学研究

——龙迪勇《空间叙事研究》述评

王　浩

内容提要：《空间叙事研究》一书集合了龙迪勇教授十余年来在空间叙事方面所做的研究，该书重点分析、阐述了空间叙事研究的学理基础和研究范围，文学叙事中的空间问题，以及跨媒介、跨学科中的空间叙事问题等。该书从"空间"维度对叙事现象予以扫描，发现了新的学术问题，开拓了新的学术领域，并得出了很多重要的结论。《空间叙事研究》是迄今为止国内外出版的第一部全面、系统地探讨"空间叙事"问题的学术专著，对叙事学研究具有重要的启示意义。

关键词：空间维度；空间叙事；述评

2014 年由生活·读书·新知三联书店出版的《空间叙事研究》一书，是 2013 年度"国家哲学社会科学成果文库"的成果之一，该书集合了龙迪勇教授十余年来在空间叙事方面所做的重要研究。我们知道，经典叙事学对叙事文本中的诸多元素给予了详尽的分析和探讨，例如文本、故事、叙述者，叙事的时间、视角、人称等，但对"空间"的关注却几乎是一片空白。自 20 世纪 90 年代以来，后经典叙事学的迅速发展令人瞩目，可谓异彩纷呈、应接不暇，但是在众多集结于"叙事学"大旗之下的各类研究中，我们仍然很少看到专注于空间维度的研究。龙迪勇是较早关注空间叙事的学者之一，他早在十多年前就开始不断发表专注于空间叙事的论文，迄今为止，他在这方面所做的研究已经达到相当的深度与高度，这在《空间叙事研究》一书中得到了充分的体现。总之，龙迪勇教授的《空间叙事研究》一书是从空间维度对叙事学的深入研究，是迄今为止国内外出版的第一部全面、系统地探讨"空间叙事"问题的学术专著。由于这项研究所涵盖的内容十分丰富,所以本文将首先对书中的主要内容予以述评,并在此基础上指出该书给叙事学研究带来的重要启示。

一、空间叙事研究的理论基础和研究范围

任何一项理论研究都必须首先回答两个问题:第一,这项研究何以成立? 第二,其意义何在? 作者在导论部分陈述了空间叙事研究的可行性和必要性。叙事的空间维度应当说是不言自明的,因为"任何叙事作品都必然涉及某一段具体的时间和某一个(或几个)具体的空间。超时空的叙事现象和叙事作品都是不可能存在的"(龙迪勇 2014:4)。如果再作更深层次探究的话,在哲学家、科学家的眼中,时间和空间历来是不可分割的统一体,例如康德、爱因斯坦、明可夫斯基分别从哲学、物理学和数学的角度对二者的密切联系加以阐述。时间与空间的关系如此密切,以至于我们不可能将其截然一分为二,甚至只关注其中一者而忽视另一者。但事实上,时间问题在叙事学研究中占据了重要的一席之地,而对叙事空间的关注仍然少之又少,因此作者指出:"如果继续对叙事与空间的关系问题视而不见……我们既无法达到理论上的完整与自治,更无法解释并解决20 世纪以来小说创作中出现的许多新现象、新问题"(同上 5)。

空间研究不仅在学理上有其依据,而且在现代知识和政治发展中显得尤为迫切,作者以叙事学研究的空间转向的文化背景来说明这一点。首先,事物的真实性受到了人们空间意识的遮蔽。叙事的时间性其实是一种不得已的选择,因为现实生活中在不同地点发生的各种事件具有某种共时性,并且事件之间并不存在必然的因果联系,但是在叙事中,这些事件必须以某种方式被有序地呈现出来,才能为人们所理解,这就使事物的真实性受到遮蔽。作者在此以博尔赫斯的短篇小说《阿莱夫》为例来说明为什么叙事无法穷尽我们记忆中的空间,因此只能以线性的方式来讲述具有前后因果关系的故事。第二,在现代理论研究中,空间问题逐步凸显。20 世纪以来,理论家对空间的重视日益增强,作者列举了米歇尔·福柯、加斯东·巴拉什、列斐伏尔等人的著作和观点来说明空间如何在哲学、诗学研究中成为令人无法忽视的现象。与此同时,20 世纪的小说创作使空间化的结构形式得到拓展,例如普鲁斯特、乔伊斯的作品和法国"新

小说"。这些作品力图突破"时间性"的叙述,摆脱时间轴线的束缚,把对空间的描述和空间的转换作为新的叙事线索。

作者在确立空间叙事研究的理论基础的同时,提出了空间叙事学的研究范围,即"问题域",这其中包括三个大的方面: ① 空间意识与叙事活动;② 空间维度上的叙事文学研究;③ 跨媒介、跨学科叙事中的空间问题。以上第一个方面的问题主要涉及作家的空间意识对其创作活动所具有的重要作用,可资参照的作品比比皆是,例如巴尔扎克、陀思妥耶夫斯基、狄更斯、乔伊斯的作品,中国古典小说《儒林外史》《红楼梦》《金瓶梅》都是绝佳的范例,这些作品都与作家的"存在空间"息息相关。如果没有自己熟悉的、具体的空间环境作为基础,一位作家的创作活动很可能受到极大的限制。空间维度上的叙事文学研究则主要包括五个方面的内容,如创作心理的空间特性,与叙事文本相关的空间问题,特殊的空间叙事形式,整体阅读与叙事作品的空间形式,以及作为人物形象塑造新方法的"空间表征法"。这五个方面又可细分出一些具体的问题,例如作为特殊的空间叙事形式的"主题—并置叙事"和"分形叙事"。谈到跨媒介、跨学科叙事中的空间问题,作者列出了可供探讨的两个方面,一是图像叙事,二是历史叙事的空间基础。图像作品内涵丰富,包括绘画、雕塑、摄影、电影、电视等,历史叙事的空间基础包括历史叙事的动机、历史书写的证据、历史的场所和结构等方面。

龙迪勇首先确立了空间叙事研究的理论基础,勘定了这项研究的基本范围,这是叙事学研究中的一项开创之举。诚如作者不断指出的那样,叙事中的时间问题得到了充分的研究,但是空间却始终没有引起足够的关注。这不能不说是叙事学理论发展中的一个特殊现象,导致这一现象的原因可能有很多,但我认为这与时间作为我们的"先验感性形式"具有重要关联。康德在他关于时间的著名论述中指出:"只有在时间中现象的一切现实性才是可能的。这些现象全部可以去掉,但时间(作为这些现象的可能性的普遍条件)是不能被取消的。"(康德 2004: 34)我认为这种先验感性形式对人类叙事方式所产生的影响是非常明显的。人们在现实生活中对时间和空间具有最直接、直观的感受,我们无时无刻不在各种空间里游走,我们看到、接触到的每一个物体都与我们的意识发生碰撞,形成我们对空间的认识,同时我们也在一呼一吸之间感受到时间一分一秒地流逝。但是在叙事当中,人们对时间的关注总是第一位的,作者、叙述者总要以某种方式交代叙事的时间,例如"从前","某年",或者某个时代,读者、受述者也总是先要从叙事中寻找到这样的时间标记,才能沿着时间的轴线去理解叙事。此外,人类的时间意识还以另一种方式在叙事中发挥作用。我们似乎可以找到时间的某种规律性:一方面是时间线性的延伸,人不可能两次踏进同一条河流;另一方面我们又发现时间似乎在循环往复,例如潮起潮落、月盈月亏、四季轮替,这就是俄国哲学家、基督教存在主义主要代表人物尼古拉·A·别尔佳耶夫所说的历史时间和宇宙时间的不同表现。相比之下,我们无法从空间中发现这两种特性,因此我认为这正是理论家得以在叙事中对时间进行形式归纳的一个重要原因。自热奈特在《叙事话语》中对叙事时间作形式化分析以来,时序、跨度、频率等概念已经成为当今叙事学教科书中的经典内容。而龙迪勇在空间叙事研究中的重要发现之一,就是时间性对真实性的遮蔽。由于人们不得不依循因果关系和时间方向来组织事件,因此使时间受到重视,空间遭到冷落。同时他还很敏锐地指出,一些现代派作家有意识地淡化了时间的结构,而突出空间化的结构形式。赵宪章先生在为此书所作的序言里指出:

> 语言叙事作为时间序列已经内含着被空间规整过的外物;否则,所谓"叙事"也就不可能成为时间序列……时间维度只是叙事的表征,空间维度作为时间维度的前提,本来就是叙事表征所内含的维度,是使时间维度成为可能的维度,对它的研究显然具有更加深层的意义。这就是迪勇另辟蹊径的学理基础,也是多年来他的研究备受关注的因由。

我们也可以说,从时间入手来研究叙事也是一种惯性使然,龙迪勇空间叙事研究的可贵之处就在于他看到了空间维度之于时间维度的重要性,因此能够打破这种惯性的束缚,把研究的目光投向空间,从而开辟了一个全新的视角,使对叙事的研究获得了一个全新的维度。在这个维度中,可供研究的对象难以胜数,可以说涵盖了与叙事相关的一切方面。龙迪勇试图厘定一个大致的边界,他列出的问题域具有很高的概括性,但目前还无法窥见这个全新领域的全貌,例如新闻叙事、音乐叙事、电影叙事等都完全可以纳入跨媒介、跨学科的空间叙事研究。当然我们并不能据此认为龙迪勇的研究不够全面,而是说他就自己的研究精力所及,把文学叙事作为主要的研究内容,同时对历史叙事和图像叙事有所展开,至于说更多的相关领域,则完全可以由其他学者来完成。这样的话,空间叙事就可能成为后经典叙事学研究中令人瞩目的一个分支。接下来本文将介绍作者着重展开的两个方面的研究,即文学叙事与跨媒介、跨学科的空间叙事问题。

叙事研究 第1辑

二、文学中的空间叙事研究

经典叙事学以虚构叙事文本为主要研究对象,作为一名长年从事叙事学研究的青年学者,龙迪勇在文学研究方面达到了相当的高度和深度,因此文学中的空间叙事研究构成了本书最重要的内容。这其中又可以分为五个方面:

(一) 创作心理的空间性

创作心理的空间性包括记忆和想象的空间性。就想象的空间性而言,作者坦言,由于其十分复杂,暂不展开(龙迪勇 2014:79),因此专辟一章用于探讨记忆的空间性问题。对记忆空间性的探讨基于对"原生事件"和"意识事件"的区分,前者指的是"在生活中实实在在、原原本本发生的事件"(同上 317),也就是历史上真实发生过的事件,后者"是指在叙事行为即将开始之际出现在叙述者意识中的事件"(同上 321)。毫无疑问,前者是后者的基础和蓝本,叙事行为的主体必须在亲历或以某种方式得知原生事件之后,才可以把他对这个事件记述下来。并且,原生事件只是一个理论上的、形而上的存在,人类卷帙浩繁的史书都只是对各类原生事件的记述,它们其实代表的是人们理解、记忆和阐释的历史事件。人类不可能通过叙述来还原原生事件,通过书写等方式留存下来的历史与史实相比,只是沧海一粟。由此我们也知道,文字是人类保存自身记忆的一种重要手段,但在现代媒体长足发展之前,古希腊人的"记忆术"也发挥着重要作用。这种记忆的艺术以对空间的记忆为基础,把各种背景与形象编排成一定的序列,从而帮助自身记忆所发生的时间,这就使记忆获得了一种空间性。记忆的空间性对叙事的影响十分明显,既表现在内容、主题层面,也表现在结构、形式层面。

(二) 与叙事文本有关的空间问题

作者在此所研究的叙事文本是小说文本,分别在第二、三章中予以展开。第二章主要通过对具体文本的分析来说明现代小说中的空间叙事问题,这里分别探讨了四部小说。每部小说中具有代表性的空间叙事问题正如标题所显示的那样一目了然,"《故园》:神圣空间"论述的是俄国作家伊·阿·蒲宁的中篇小说《故园》中的"神圣空间"。普通人眼中的空间是"均质"、广延的,但宗教徒眼中的空间则具有一种神圣特征。人们常见的石头和树木在宗教徒看来并不只是一块石头或一棵树那么简单,而是具有了神圣的属性。与神圣空间相对的世俗空间也并非完全是均质的,因为某些空间对普通人而言也具有某种非宗教的神圣性质,例如一个人的出生地、初恋的地方等对于个人来说具有特殊意义的空间。这些都充分表征了人对空间和世界所做的意义建构,因此叙事中的空间绝不仅仅只是一些简单的标志物,而是对文本的意义生成和阐释发挥着重要作用。"《献给爱米丽的一朵玫瑰花》:空间作为时间的标志物"意在说明作者如何用空间来标示时间。爱米丽小姐居住的古老的大木屋是 19 世纪 70 年代的产物,它标志着"过去",在周围的棉花车和汽油泵的映衬下,让人顿生时空穿越之感。大木屋所标志的并不仅仅只是一个过去时代,它就像一颗时空胶囊,其中封存的是永远生活在过去的爱米丽小姐。"《伤心咖啡馆之歌》:空间变易与叙事进程"论述的是作者卡森·麦卡勒斯如何通过对空间的描写来推动叙事的进程,不过作者同时也指出,空间描写有时也发挥着揭示人物内心的作用,例如爱米利小姐所居住的阁楼表征着她内心无法排遣的孤独与落寞。"《墙上的斑点》:意识流与叙事的支点"涉及小说中的意识流,弗吉尼亚·伍尔夫这部短篇小说围绕墙上的一个斑点展开,叙述者盯着这个斑点而产生了无数联想,小说的叙事完全由这个小小的斑点所支撑。

如果说以上分析和论述以挖掘具体文本的空间形式为主,那么接下来的第三章《空间形式:现代小说的叙事结构》则是对小说叙事空间的形式归纳,这里探讨的问题可以归纳为两个方面。第一,叙事的困境。作者再次引用了书中数次作为例证的博尔赫斯的小说《阿莱夫》。阿莱夫是一个直径二、三厘米的小球,但却包罗万象,甚至包括整个宇宙。它有具体的形体,但由于其包含的内容之丰富,超乎人的想象,因此根本无法对其加以描述。此外,伍尔夫的《贝内特先生与布朗夫人》、卡尔维诺的《寒冬夜行人》也都令人深刻感受到人类感知力和叙述能力的巨大局限。空间不可穷尽,但人类对事件的叙述又必须找到某种可以依循的方式,因此只能依照因果线性规律来建立叙事的秩序。第二,叙事中的空间形式及其类型。作者以博尔赫斯著名的《小径分叉的花园》来说明现代小说的创作如何努力突破传统的写作形式，并由此产生了不同的空间叙事形式，例如：① 中国套盒式叙事结构，表现为故事套故事。以这种方式形成的故事层理论上说是可以无限划分的，其结果是使叙事中出现多个不同的叙事空间。② 圆圈式结构，即故事的起点并不是现在，而是将来的某个点，随着故事的发展，叙事讲回到这个点上，给人以循环、往复的感觉。③ 链条式结构。典型的例子是卡尔维诺实践其"时间零"理论的《寒冬夜行人》。这是一部由十篇小说的开头组成的一部长篇小说，各部分之间紧密相连，形成一个链条式的空间形式。④ 此外还有"桔瓣式"、"拼图式"和"词典体"等空间形式。

（三）两种特殊的空间叙事形式

在广泛探讨了叙事中不同的空间形式之后，作者着重分析了两种特殊的空间形式，即"主题—并置叙事"与"分形叙事"。

龙迪勇研究发现，古今中外都有很多主题—并置叙事作品，但有关于此的专题研究却很少。这类作品的特征与内涵有四个方面：① 主题先行；② 多故事、多线索并置；③ 不同线索之间并无特定因果关系；④ 各个情节线索作为"子叙事"可以互换。以左拉的《人是怎样结婚的》和《人是怎样死的》这两部小说为例，前者讲述了四个婚姻故事，后者讲述了五个死亡的故事，不同故事在相同的主题下展开，以诠释和证明作者对婚姻和死亡的看法。但为什么说主题—并置叙事是空间叙事？龙迪勇通过对"主题"（topic）一词的词源学研究发现，这个词来自希腊语的"场所"（topos），因此主题的并置实际上是场所（即空间）的并置。一系列"子叙事"归并到同一个主题之下，就相当于归并到了同一个场所（空间）之中。由于"场所"的空间属性逐渐被抽象为"主题"，所以主题—并置叙事的空间性受到遮蔽，但究其根源而论，这是一种空间叙事。

分形叙事是一种典型的非线性叙事，事件总在某些关节点上分岔。阿莱夫呈现的世界的复杂性使人们感到无从下手，因此只能以因果线性规律来叙事，但这种叙事方式具有某种欺骗性。哲学家和科学家都以不同方式证明事物之间的因果关联绝非想象的那样单纯，并不是一对一的关系，而是一对多、多对一的关系，这就是分形叙事的理论基础。因此作家可以创作多因一果与面向过去的分形叙事，例如英国作家大卫·米切尔的《幽灵代笔》，也可以创作一果多因与面向未来的分形叙事，例如

《小径分岔的花园》。分形叙事不仅是一种形式上的探索,其内涵的深意也值得体味。面对现实生活中无数分岔的节点,我们只能选择一个方向前进,同时也关上了通向所有其他路径的门窗,而分形叙事却指向各种可能的世界和未来,用诗意化的方式让我们借助想象来尝试各种可能的未来。

(四) 整体阅读与空间叙事

从标题可知,这是一个涉及接受美学、阅读理论的问题,龙迪勇只是在空间叙事的问题域中列出了这个研究方向,但并没有更为具体地展开相关论述。他在这里所要说明的是,读者怎样才能有效地理解和阐释结构复杂的现代小说。空间叙事再现代小说中具有突出的表现,但传统的阅读方式让读者很难把握作品的内涵。读者需要从整体上把握作品才能有效地分析和欣赏小说的"立体效果",因此整体阅读策略显得十分重要。

(五) 空间表征法作为叙事作品塑造人物的新方法

福斯特在《小说面面观》中对"扁平人物"和"浑圆人物"的论说是至今仍不断提起的经典概括,但叙事学对小说人物的研究存在明显的不足。传统的人物塑造方式不少,例如外貌描写、行动展示、专名暗示等,但也有一些作家创造性地用地方、场所、环境等空间,使人物的性格特征与特定的空间意向结合起来,例如充满恐怖与神秘感的教堂。古今中外都可以找到用特定空间来塑造人物形象的典型文本,例如《远大前程》中哈维沙姆小姐衰败、腐朽的房屋对她的性格特征所起的暗示作用。用宅子、住地等空间形式表征人物特征固然是一种巧妙的叙事方式,但由此也不免引起公式化、模式化的问题,幸而"空间中的空间"对人物形象的塑造也可以发挥重要作用。所谓空间中的空间就是室内的陈设,这与作为"外在空间"的房屋相对,是一种"内在空间",例如《红楼梦》中秦可卿室内的装饰、摆设就是其风流的性格特征的一种表现。

以上五个方面就是文学空间叙事的主要内容,龙迪勇在这个方向所做的研究是他十余年来在空间叙事研究上成果最丰硕、观点最独到的部分。他在这里提出的很多概念和所做的归纳都具有原创性,令人耳目一新。其中有一些方面尤其值得回味：第一，把原生事件与意识事件区分开来，其目的是要说明记忆的空间性对叙事产生的影响，但同时这一划分对叙事学研究本身也具有重要意义。无论是真实叙事还是虚构叙事，作者所述之事都只是意识事件，即真实事件在其头脑中的记忆，再经过加工、编排之后付诸笔端，形成叙事，又或是作者纯粹在大脑中虚构出来并加以叙述。这不仅有助于说明叙事形成的过程，而且能够区分理解历史叙事和虚构叙事的发生学基础。第二，作者一方面从不同的文本中寻绎出典型的空间叙事方式，另一方面又对其加以高度形式化的总结，并着重分析了主题—并置叙事和分形叙事，这也是一项极具启发意义的研究。我们看到很多作家和艺术家都力求在叙事方式上寻求突破，在时间和空间的运用上推陈出新，以吸引读者和观众。除了典型的文学作品之外，采用这两种空间叙事的影视作品也不少见，例如墨西哥导演亚历桑德罗·冈萨雷斯·伊纳里图执导的《巴别塔》（*Babel*，2005），英国广播公司主打拍摄的纪录片《隐秘王国》（*Hidden Kingdoms*，2014）就属于典型的主题—并置叙事，美国影片《蝴蝶效应》（*The Butterfly Effect*，2004）、《预见未来》（*Next*，2007）则属于典型的分形叙事。不难看出，用经典叙事学理论来分析和解读这类作品并无不可，但是空间叙事分析能够使其基本特征更加突出，一目了然。第三，人物分析无疑是文学研究的一个重要构件，叙事学的发展为文学研究开辟了一条广阔的道路，但是笔者也发现从叙事学角度所做的人物研究很少，并在博士论文《论虚构叙事作品不可靠叙述的生成》中阐述了不可靠叙述与人物塑造的关系。空间叙事研究从另外一个向度上丰富了对人物的研究。

三、跨媒介、跨学科叙事中的空间问题研究

如前所述，龙迪勇的空间叙事研究主要集中在文学方面，但同时也荟萃了多年来他在其他领域内所做的空间研究，这包括两个方面：

（一）历史叙事的空间基础

历史叙事给人的印象似乎都是关于时间的叙事，但其中实际包含了很多空间因素。首先，历史叙事需要以古物、废墟和图像为动机和灵感，

例如陈寅恪在一棵红豆的促发下写作了《柳如是别传》，英国史学家爱德华·吉本写作《罗马帝国兴亡史》的灵感来自罗马的废墟。同时，古物、废墟和图像又是历史写作的重要依据，很多中外史学家的论著都概莫能外。第二，任何历史事件都发生在一定的空间当中，这些空间与历史事件和人们对历史的记忆密切相关。场所(topos)是一种特殊的空间，其中不仅储存着事件和经历，而且包含了语言和思维，它作为某种"容器"贮存着人们的记忆，在情感上总是起着统合和聚集的作用。由于自文艺复兴开始历史的书写方式逐渐以时间为纲，空间和场所居于次要位置，但合格的历史学家总是对历史事件发生的场所和空间了如指掌。第三，空间的无限性同样导致了历史叙事的困境。史学家和文学家一样，必须选择一种因果律来编排事件，这就无可避免地遮蔽了事件本身的状态，其结果是使历史成为海登·怀特所说的被情节化了的"故事"，因此更合理的历史书写方式必须赋予历史事件以空间结构，包括圣地、迷宫和地图。很多原始民族的历史事件都是围绕圣地组织起来的，他们可以根据神圣空间整理出事件内部的秩序。而作为核心的圣地与周围无数场所制作间会形成错综复杂的关系，这种关系就像一个庞大的迷宫，如果能把这个迷宫清晰地描述出来，则将形成一部完美的历史，但这显然是不可能的。因此历史学家可以诉诸第三种空间形式，即地图，北魏杨衒之所著的《洛阳伽蓝记》就是一部"地图式"的历史著作。

（二）图像叙事的空间问题

龙迪勇从三个方面阐述了图像叙事的空间问题：

（1）图像叙事的本质与基本模式。图像既有空间性也有时间性，其时间性是通过空间体现出来的。按美国艺术史家马克·D·富勒顿的观点，图像可分为"象征性"和"叙述性"两种，后者就是图像叙事的研究对象。图像正是通过使空间时间化来获得其叙述性，这就是图像叙事的本质。基本的图像叙事模式有两种，一种是单幅图像叙事，另一种是系列图像叙事。前者又可分为三种情况：① 单一场景叙述，其中凝固了"最富于孕育的顷刻"，让人既能联想到前一刻发生的事情，也能预见到后一刻将发生的事情，让人产生时间流动的感觉，从而达到叙事的目的。② 纲要式叙述与时间并置，即把不同时间点上的场景或事件要素择取重要者"并置"在同一画面上，再一个场景中表现不同时间段内发生的一系列时间，这在古希腊艺术中较为常见。③ 循环式叙述,就是把一系列情节融合在一起的一种叙述模式,而且不按时间顺序叙事,这样的例子显见于各类佛教壁画当中。系列图像叙事则是现代社会中人们最常见的图像叙事模式之一,例如电影就是最佳的代表,但由于系列图像叙事问题涉及面较广,内容复杂,因此龙迪勇暂未展开这方面的研究,只是指出了这个方向上具有的广阔空间和巨大潜力。

(2) 图像叙事与文字叙事的关系。在文字与图像的历史发展中,图像叙事在文字诞生之后便逐渐让位于后者,致使文字叙事始终占据着主导地位,仅在电影诞生之后,情况才发生了一些变化。文本与图画之间具有相互模仿的关系,且主要表现为图画对文本的模仿,这一点从古希腊的雕塑到中世纪的教堂彩绘,乃至文艺复兴时期的故事画,"可以说19世纪末20世纪初之前的西方艺术叙事史简直就是图像模仿文本的历史。"(同上 484)既然故事画在艺术史上占据了如此重要的一页,就可以对其叙事性加以分析。龙迪勇认为可以将美国实用主义哲学家皮尔斯的符号学理论和美国学者潘诺夫斯基关于图像解释的三层次理论结合起来,对图像意义进行卓有成效的阐释和解读。

(3) 图像与文字符号的特性。总的说来,文字始终在叙事中处于强势地位,图像的边缘地位十分明显,这是文字在叙事方面的天然优势使然。但图像与文字并非毫无关联,实际上文字是由图像发展而来的。可以说每一幅图画都具有潜在的文字内涵,当其图画性逐渐减弱,文字性就会逐渐加强,以至于最终蜕变为名副其实的文字。

以上历史和图像的空间叙事就是龙迪勇在跨学科、跨媒介空间叙事方面所做的研究。就历史叙事而言,无论从历史的书写还是解读来看,历史叙事的时间性都是十分明显的。但是,从空间的角度来分析历史叙事的缘起,以及空间、场所对历史写作的重要性和在具体史书中的体现,这无疑是观察历史叙事的一个全新角度,体现了研究者独到的理论视角,这个视角对历史和叙事研究的启发意义已经在论述过程中显现出来。图像叙事领域的研究在近年来已有很大发展,其中电影叙事学是发展较快、较成熟的一个分支。龙迪勇的图像叙事研究集中在单幅图像上,他对单幅图像的叙事模式的归纳,以及对图像的符号学解读方法都富于洞见,令人耳目一新。

本文以上部分只是对《空间叙事研究》所做的要点概括,所作的评论只针对作者在每个章节中提出的核心内容,下面笔者将就龙迪勇空间叙事研究的理论意义和启示谈谈自己的看法。

四、空间叙事研究的理论意义和启示

时间和空间在哲学、科学、历史、文学等领域内都是历久弥新的话题，在叙事研究方面，诚如龙迪勇不断指出的那样，对时间的重视远多于对空间的关注。以时间为纲的叙事学研究由来已久，热奈特在《叙事话语》这部开创性著作中用超过一半的篇幅来研究叙事文本的时间问题，他对时序、时距、频率的细致入微的分析令人折服，该书因此成为经典叙事学理论的重要组成部分。从前文提到的康德的经典论述可知，以时间为纲的叙事学分析是时间作为人类的先验感性形式所导致的自然结果，可以说是习惯使然。时间与空间的密不可分要求我们在研究中不可偏废任何一者，因此就有必要打破习惯，用不同的方式从另一个角度对叙事作一番审视。这样做的结果，正如龙迪勇的研究所展现的那样，让人深深体会到叙事学研究"横看成岭侧成峰"的妙旨。需要注意的是，空间叙事研究在强调空间维度的同时绝不排除、排斥时间的维度。如果说，时间和空间是一枚硬币的两面的话，那么，空间叙事研究只是力求把我们的注意力从时间的一面引向空间的一面。龙迪勇明确指出："强调叙事作品的'空间形式'，并不是要抛弃时间或者说要砸碎时间的链条"（同上 165）；相反，"小说的空间形式必须建立在时间逻辑的基础上，才能够建立起叙事的秩序"（同上 167）。因此，龙迪勇的空间叙事研究是从空间的维度对叙事现象所进行的有别于以往偏重时间维度的全面研究，它既重"空间"也没有忽视"时间"，从而有助于更新我们对叙事现象的系统认识和深入理解。

其实，对叙事的空间分析，不仅是可行的，甚至也是必要的。热奈特在对叙事时间的分析中发现了存在于《追忆逝水年华》之中的"无时性结构"，这表现为与事件的时间顺序毫无关系的叙事的插入，例如在《索多玛》的结尾处，在多个停车站引出的短小的叙述段，这些都是叙述者在经过车站时联想到的逸闻趣事。他总结道："事实上叙述者有最显而易见的理由不顾任何时序，把具有空间上接近、气候一致或主题上相近等关系的事件集中起来，因此比前人更高更好地表现出叙事时间自主的能力。"（热奈特 1990：51—52）他又在这段论述的脚注中补充道："把由空间、主题或

其他近似关系左右的时间倒错群称为时间集叙(集合现象)。"(同上 52)
虽然他在这里研究的是叙事时间,但我们可以看到这些"时间倒错群"被
编入叙事序列的根据是其在空间或主题上的近似性,而这正是龙迪勇所
探讨的主题—并置叙事。由于热奈特的关注点是叙事时间,因此他把这
一现象归结为"无时性",而"无时性"出现的时候也正是空间性展露的时
刻,是我们把握叙事的空间性的良机。热奈特没有从这一点上把他的叙
事研究导入空间研究的领域,如果说他在此发现了叙事时间"走向无时
性"的趋势,那么龙迪勇正好在这个问题上揭示了叙事走向空间性的
倾向。

　　"无时性"可以看作叙事的时间与空间研究的一个交汇点,此外叙事
时间的"停顿"也是二者的一个交汇点。"停顿"指的是"在其中故事时间
显然不移动的情况下的所有叙述部分"(谭君强 2008:141),这主要包括
叙述者的干预和描写,而描写就是对景物的描绘,巴尔扎克就是尤为擅长
景物描写的现实主义作家,他在《高老头》中对伏盖公寓的描写是一个典
型的例子。景物描写一般是叙述者对故事背景的交代,是插入情节序列
的无时性叙述段落,尤其是在不涉及人物和其他故事的景物的情况下,
我们看到的就是纯粹的空间描写,这显然也是一种空间叙事。并且,由
于空间本身就是被描述的对象,那么关于空间描写的空间叙事研究就可
以视为某种类型的"元空间叙事"研究。从叙事时间与叙事空间研究的
这两个交汇点上我们可以看出,龙迪勇的空间叙事研究既包含了与一切
叙事的空间性相关的宏观研究,也包括了与叙事文本中的空间形式相关
的微观研究。微观上的空间叙事研究可以称之为"叙事空间"研究,以
与"叙事时间"研究相对应。"叙事时间"研究自热奈特以来已经十分完
善,"叙事空间"研究则可由更多学者在龙迪勇所作的形式化归纳的基
础上不断前行。而宏观上的空间叙事研究则是一片辽阔的疆域,龙迪勇
不仅通过他的研究唤起了我们对它的重视,并且已经在这里竖起了几座
地标性的建筑。我们有充分的理由相信,无论是就微观层面还是就宏观
层面而言,龙迪勇所开辟的这一空间维度上的叙事学研究,都是一片充
满希望的学术领地。

引用文献【Works Cited】

龙迪勇. 空间叙事研究. 上海:三联书店,2014.

康德. 纯粹理性批判. 邓晓芒,译. 北京：人民出版社,2004.

热拉尔·热奈特. 叙事话语·新叙事话语. 王文融,译. 北京：中国社会科学出版社,1990.

谭君强. 叙事学导论：从经典叙事学到后经典叙事学. 北京：高等教育出版社,2008.

作者简介：王浩,云南大学国际学院副研究员,云南大学叙事学研究中心成员,主要研究方向为叙事学。

跨学科叙事的多元化
——评《叙事理论、文学与新媒介》

杨晓霖　蔡苏露

Narrative theory, literature, and new media: narrative minds and virtual worlds. Mari Hatavara［et al.］（Ed.）. New York: Routledge, 2016. 314 pp.

1. 引言

在认知叙事学、女性叙事学、修辞叙事学等众多后经典叙事学分支蓬勃发展的今天，更加宽泛的科学和哲学发展间接推动了跨学科叙事学的发展，尤其是认知理论的发展促使研究者们将更多的焦点投射到思维和世界的紧密联系之中。现今叙事研究者对于故事世界中的沉浸过程和读者导向性，以及故事世界、叙事和真实的阅读过程各个层面的定位比以往都有了更加深刻的理解，但是立足于不同媒介的叙事研究明显不足，同时叙事研究不同领域之间的理论和方法论的交流也比较浅显，缺乏对于跨学科研究来说非常关键的实证研究。

劳特利奇出版社在 2016 年出版了《叙事理论，文学和新媒介》（*Narrative Theory, Literature, and New Media*）这部跨学科叙事学专著。这部论文集的作者们从文学批评、社会学范式、语言研究和数码游戏等多维度对思维和世界建构的相关叙事学理论加以探讨和应用。本书关注的核心问题在于思维和世界是如何关联的。关于思维和世界的联结，归根到底是一个关于阐释的问题，因此，深层次而言，本书关注得更多的是多元化的阐释传统和方法论。编者最大限度地保留了不同研究领域的特性,最大限度地探讨了叙事对象和叙事研究的界限,使这场跨学科的对话致力于跨学科叙事的多元化发展研究。

2. 内容介绍

本书的编者是来自芬兰坦佩雷大学不同学科的精英团队,包括芬兰文学研究者玛丽・哈他瓦拉(Mari Hatavara)、社会学家马蒂・海韦里恩(Matti Hyvarinen)、比较文学学者玛利亚・马克拉(Maria Makela)和信息及交互媒体研究者弗兰斯・梅拉(Frans Mayra)。《叙事理论、文学与新媒介》重点研究"在不同叙事环境下跨媒介的和互动的思维和世界建构",换而言之,就是"思维与世界如何相互作用"(Hatavara 2016:1)。本书主要分为四大部分,每部分都与这主题的某一具体方面相关联。

第一部分主要讨论文本(text)、故事(story)以及叙事层次(narrative level)之间的界限。开篇玛丽-劳拉・瑞安(Marie-Laure Ryan)对虚构世界(fictional world)以及故事世界(story world)进行了客观全面的界定。瑞安选取了一些非常有代表性的文学作品作为研究对象,生动得体地阐释了文本、世界和故事,以及它们之间的对应关系①。作为认知叙事学领域领军人物之一,瑞安凭借自己的"认知地图"理论奠定了其在认知叙事学领域的影响力(申丹、王丽亚 2005:317)。近年来,瑞安的视线转向了跨媒介叙事研究这一叙事学最前沿领域,拓展了叙事学研究的范围及媒介,如计算机游戏、电影以及其他媒介等,并取得丰硕成果。第二篇列维・卢塔斯(Liviu Lutas)主要从跨媒介层面探讨错层叙事(metalepsis)和平层叙事(syllepsis)两种紧密相关的悖论叙事策略。卢塔斯认为两者的区别在于错层叙事中两个世界互相违背,而平层叙事中两个世界相互平行。接下来,格勒热・安德森(Greger Andersson)在他的文章中分别采用认识论和分离论探讨了读者如何做出推断并且填补空白,读者如何"置身"和"参与"到这些文学虚构当中等主要问题。

第二部分的作者开始关注不同媒介中的叙事和世界建构。首篇汉

---

① 关于瑞安的这篇论文可参照 2015 年叙事学年会会议辑刊中杨晓霖对全文的翻译。

娜-里卡·罗因(Hanna-Riikka Roine)以角色扮演游戏《质量效应三部曲》(*The Mass Effect Trilogy*)为例,详细解读数码游戏中的叙事。第二篇详细介绍了团队开发的交互型故事叙述游戏《毕业舞会周》(*Prom Week*),探讨了电脑游戏中产生可能世界(possible world)的巨大潜力,而且这些世界是被实现的、有意义的虚构世界。在科技迅猛发展的今天,网络游戏已经成为一个新兴的媒介不断壮大,数码环境的多元化和互动性特征改变了讲故事的方式,为叙事学的研究拓宽了视野,开辟了新的研究领域(卢红芳、高晓玲 2010:179)。汉娜-里卡认为未来叙事学面临的最大挑战之一就是认识到数码媒介对于故事讲述方式所产生的深刻影响。接下来J·图奥马斯·哈尔维艾宁(J. Tuomas Harviainen)的文章主要讨论性虐恋活动中的叙事,这一学者主要从事网络游戏中的性研究。他认为性虐恋是半脚本的叙事,它通常有一个明确的目标,但是过程中实践者可能做出即兴的、不同的选择来达成这一目标。第二部分最后一篇文章中社会媒体研究者阿格涅什卡·里昂(Agnieszka Lyons)主要关注短信中的叙事。作为短信叙事研究的先驱,里昂以两个具体例子重点讨论了短信中的顺序性以及故事世界建构,她研究了地点变换如何帮助建构叙事的顺序性、空间性和故事世界;她运用指示转移理论(DST)来透视短信中的心理空间的转变和对应。

本书第三部分主要聚焦思维表征(mind representation),重点讨论由体裁决定的思维以及作品中很难接近甚至无法接近的思维。开篇蒂蒂·兰塔宁(Tytti Rantanen)以杜拉斯(Marguerite Duras)的小说文本和电影为例,从修辞的角度分析小说中"个人的不可叙述的空间"(private unnarratable space)(Hatavara 2016:164)。第二篇布鲁默(Gero Brummer)主要分析恐怖小说中沉浸(immersion)叙事如何影响读者理解故事世界内的事件,以及沉浸如何在概念和情感层次上影响人物。瑞安(1994:122)曾极富创见地将虚拟现实技术中的"沉浸"术语作为隐喻资源扩充到叙事学研究中来,并在此基础上建立了沉浸诗学。这一学术延伸也进一步被应用到新兴的游戏学领域中去,并对游戏叙事理论产生积极影响(潘丽丹 2013)。第三篇汤米·卡科(Tommi Kakko)着重讨论幻觉叙事(即毒品文学)的一些叙事常规,延续前面两篇文章中涉及的不可解读的思维和超现实经历这两大主题。卡科认为人类语言在幻觉叙事这一极端背景,甚至其他神话背景下不足以自然化和叙事化。此外,此类叙事对他人思维的解读也存在很大的漏洞。第四篇艾伦·帕尔默(Alan Palmer)选取从 20 世纪 20 年代跨越至今的 50 首西方乡村音乐为研究对象,分别从叙事和认知方面进行研究,包括不同视角的叙事者、叙述者和角色之间的思维归属以及情感的呈现等。帕尔默认为乡村音乐中的叙事历史和小说中的叙事历史极为相近,有着深刻的研究意义。

　　第四部分集中比较文学和社会模型中的思维解读、思维建构、思维归属(mind attribution)以及它们与其他思维进行交互的潜力。第一篇文章马蒂·海韦里恩(Matti Hyvarinen)详尽分析伯恩塞德(John Burnside)的小说《溺亡之夏》(*A Summer of Drowning*, 2012)中复杂多变的思想解读。海韦里恩主要讨论主人公丽芙(Liv)如何通过思维阅读将自己和复杂痛苦的现实生活隔离开来。这部小说既阐释又挑战了当代的思维归属理论。第二篇文章中,玛利亚·梅克拉(Maria Makela)重点讨论了真人秀《幸存者》中的思维世界和思维归属。梅克拉认为不同媒介和文体有自己特有的主题化思维的方式。梅克拉通过分析得出以下结论:自白式访问的过度表达以及对他人心理状态和意图的过度揣测,给这一试图真实再现社会动态的媒介形式造成了一定的混乱。第三篇文章娅尔米拉·米尔多夫(Jarmila Mildorf)集中探讨网络采访叙事中叙述者如何控制观众的思维,并通过展现几个具体例子论述这些问题:叙事者如何通过聚焦来创造故事世界;它们如何塑造叙述者以及其他人物的思维以及叙述者如何传递信息给隐含观众等。米尔多夫强调"交感中的思维"(minds-in-interaction)(Hatavara 2016:273)对于对话式故事叙述的关键作用,紧密关注交感中的思维如何帮助我们更好地分析对话。最后一篇压轴文章由玛丽·哈塔瓦拉(Mari Hatavara)撰写,重点分析网络展览"芬兰冬日的一天"中不同方式和模式的思维表述。这个网络展览采用"虚构"或者说"虚构性"模式:叙述者使用不同的聚焦模式和视角来控制叙事并总结人物的思想、情感等,以此控制观众的思维。

3. 评价

　　本书在叙事学研究这一宏观旗帜下,积极融入文学、社会学、语言学以及交互媒体学等众多学科研究,这一研究方向正逐渐成为叙事学研究发展的大趋势。本书中叙事研究主要呈现以下几个特点:

3.1　研究目标涉猎范围广,折射当代世界的文化景观

从文学文本、影视作品到日常文本,从音乐体裁到数码游戏、真人秀电视节目,从性虐恋到口头历史数据库,从恐怖文学到幻想叙述,本书的研究对象体裁丰富,而且极具代表性,凸显了当代世界文化的多样性和典型性。作为跨学科叙事研究的专著,本书高度关注叙事研究跨媒介的趋势,选取了包括文学的和社会的文化作品,尤其是交互性媒介为研究对象。首先,不同媒介囊括了当今社会中日渐吸引大众注意的文化形态,如性虐恋、恐怖叙事、幻想叙事这些在快节奏社会中日益凸显的特殊体裁;如网络采访叙事、网络游戏、短信等这些在高科技急速发展中延伸出的特色媒介等等。其次,在不同媒介研究中,作者都选取了该领域中最突出、最具代表性的作品,如被誉为最经典的科幻类角色扮演游戏《质量效应三部曲》,汉娜-里卡通过对这一经典游戏的叙事解读得出结论"把故事看做是直线型、叙述者主导的演出是非常局限的,我们必须承认游戏者和设计者是故事的共同创造者,因此定位(positioning)能在数码角色扮演中提供新的视角,无缝衔接游戏目的和叙事目的";又如电视真人秀《幸存者》就是跨媒介叙事一个很好的研究个例,原因在于它丰富的思维世界充分展示了个人的情感以及对别人情感的情感。这些典型性充分保证了实证研究的说服力。

3.2　结构严谨,从世界建构到思维解读,各部分互相独立,又密切相关

本书分为四个部分,在思维和世界建构的大主题下,每个部分都有其核心关注的问题。第一部分主要由叙事领域的先行者莱恩等专家探讨虚构世界和故事世界的建构,这为本书后面实证研究的展开奠定了更加坚实的理论基础。第二部分开始关注具体的媒介中的世界建构,将理论和实践结合起来。第三、四部分过渡到思维建构和解读的重心,这一部分揭示了语言和叙事无法代表经验,也无从使经验变得有意义,这些研究进一步强调了文学和社会研究之间应该互通分析方法和研究理论。与此同时每个部分内的文章又呼应成章,如第二部分中《毕业舞会周》延续了上一篇《质量效应三部曲》的研究,进一步延伸了数码游戏的分析;又如第四部分思维解读主题中同时比较了纪实和虚构的文学体裁,

互为补充。特别值得注意的是,不同的章节间会交互引用一些概念框架以帮助读者克服不同领域研究中的理解障碍。由此可以看到在本书中的各部分互相独立,但又相互关联,共同服务于思维和世界这两大叙事核心问题的讨论。

3.3 超越与发展:对叙事学重要理论的再思考和再延伸

书中部分章节选取叙事学中一些基本和重要的概念,进行更加深入的探讨和研究,对这些理论进行了拓展和延伸。如在瑞安的文章里,她提出有关故事世界的定义还存在着很多争议,她关注几个亟待解决的问题,如这一定义是否适用所有的叙事文体,又如如何确定故事世界包含的信息和要素等。在这一基础上瑞安在文章最后尝试建构了一个叙事评价的模型,在"故事""世界"之外又加入"媒介"的元素,共同构成了叙事评价的三类标准。

卢塔斯在他的文章中提出错层叙事、平层叙事等悖论叙事手段在当代文化作品研究中越来越受到关注,但有关不同叙事手段的理论研究目前还没有得到足够的重视,因此对这些叙事手段的类型学研究有着非常积极的意义。卢塔斯以电影为例,从跨媒介层面去探索平层叙事和错层叙事的定义和形式,以期能够为传统的叙事手段分类提供新的视角。

从热奈特提出这一叙事策略以来,有关错层叙事的形式和作用一直存在着争议,而错层叙事的跨媒介实践研究一直是研究者的兴趣所在。列维·卢塔斯(2011,2013,2015)这一法国文学研究学者近几年来一直致力于错层等叙事策略的跨媒介研究,讨论了错层叙事在不同文本如侦探小说中的运用、错层叙事与历史小说的兼容性等。

国内叙事学研究学者唐伟胜教授早年已经开始关注错层叙事,并将其具体运用到后现代作品《大大方方的输家》的分析当中,认为在这一特定文本中,错层叙事模糊了嵌入叙事和框架叙事之间的界限,颠覆了现实、历史和生活的传统观念,建构了一个错乱的后现代世界(唐伟胜 2006:50)。此外他结合当代叙事理论发展的新趋势,指出不同的后经典分支如认知叙事学、修辞叙事学等也从各自的角度对叙事层次进行了重新阐释;他更预测我们可以从新兴媒体、具体作家文本、历时考察等多方面对叙事层次进行更加深入的研究(唐伟胜 2015:28)。

3.4　理论思考与实证研究紧密，讲究理论研究的互通性

在以往的叙事学研究中，不同媒介之间的理论研究和方法论的交互性比较浅显，并且没有实验基础。本书的研究者常常能以不同的研究方法作用于不同媒介，或在同一理论背景下比较不同媒介的文本，从而帮助读者多维度地理解理论方法，更真实地感受如何将理论分析与各种媒介相结合。

3.4.1　平行与比较

本书作者通常采用不同的方法论对某个具体问题进行深入的比较研究。如瑞安主要比较了认知论和本体论两种方法来认识叙事世界（narrative world），她探讨了本体论"世界"和认知论"故事世界"之间的对应关系，它们既不是相辅相成，也并非此消彼长，它们相互影响却又各自独立，有时一一对应，也有时以一对多；卢塔斯通过比较错层叙事和平层叙事如何破坏了叙事者世界和叙事的世界之间的界限，来进一步讨论两者在跨媒介背景下的定义和形式；格勒热·安德森通过比较认识论和分离论来分析读者和叙事虚构作品的互动，得出"认识论认为小说叙事是非小说叙事的第二变体，两者有很多共性，而分离论则认为两者存在很大的区别"的结论；J·图奥马斯在对性虐恋这一题材进行讨论时，也比较了它和即兴剧、心理剧等创作形式的不同，探讨了聊天文本中和虚拟世界中的性虐恋的不同，这些形式中脚本产生方式不一样，也导致不同叙事世界的产生，这些比较让读者更加熟悉这一特殊领域；在恐怖小说研究中，布鲁默详细比较了恐怖小说中尤其是怪物呈现时，不同的叙事距离化的方法如何形成概念式的（conceptual）和情感式的（emotional）不同沉浸。总的说来，通过这些比较研究，读者可以更加直观、客观和全面地理解不同领域的叙事研究。

3.4.2　独特与统一

本书涵盖的理论基础不拘一格，无论如何阅读，读者可以梳理出自己的阅读线索，可能是关注认知论的或者本体论的，可能是关注认识论的抑或是分离论的，可能是参考比较不同体裁和媒介的研究材料，或者是评判虚构和现实世界的交互作用等。不同体裁和领域的研究者都试图将基础

实例和理论结合起来,摸索出适合这一媒介或者体裁作品的叙事理论,甚至创造独特的叙事原型。

3.4.3　包容与开放

本书中不同研究者的实验和研究都在不断挑战叙事的界限,并没有一致的定论。本书的编者在最大程度上保留了各个研究者的异同,函盖充周,这有利于学科的进一步发展。如在卢塔斯的研究中,他提出目前悖论叙事手段的类型学在理论研究上仍然存在争议,应该通过跨媒介实践更加系统地对他们进行归类,让这些概念变得更加精准和清晰,但同时,目前的这些差异反过来为作品分析提供了更多更好的视角。又如在分析网络展览时哈塔瓦拉探讨了这个网络展览中记录性和虚构性之间的界限。通过作者的分析思维表述使得这一展览小说化,这种小说化的经验的确使得观众感受到芬兰冬日的一天是怎么样的,受访者是如何生活的,但同时也可能存在混淆人物真实意图之风险。

3.5　各领域的叙事学研究具有非常现实的社会意义

《毕业舞会周》就是基于社会人工智能系统的运用,这个研究也同样应该引起社会学家的关注。游戏开发者通过游戏的开发和使用已经看到《毕业舞会周》如何带给游戏者一种全新的虚构体验,看到在游戏中有一个故事生成系统能够投射不同的可能世界。本·赛缪尔(Ben Samuel)这个团队还在继续研发新的这一类型的游戏,希望他们的研究能够给游戏者带来更好的体验,能够为数码游戏中的叙事研究带来更多新视角。又如在阿格涅什卡·里昂的短信研究中,作者认为短信中的叙事性非常具有代表性,而且有很大的研究空间,因此有必要采取跨学科的方法来研究短信,充分掌握它的表达力,叙事学、认知语言学、交流研究、社会学以及多情态话语分析都能帮助我们更好地理解故事世界是如何在日常生活中建构的。此外,在米尔多夫分析网络采访叙事中得出结论,对话式故事叙述远远比我们想象中要复杂,应该积极采用社会语言学、叙事学、社会学以及心理学等跨学科的方法进行研究,尝试用更多叙事学的具体方法对其进行分析。再比如对杜拉斯颇具争议的文学代表作《溺亡之夏》的思维解读中,马蒂指出这个小说世界挑战了这个当今社会普遍的乐观概念:即"我们都在努力奋斗以达到最好的一种心理状态,这种状态正是社会的",

这正是当代社会人性发展的一种映射。由以上实例分析我们可以看到，叙事学在不同领域的研究中都有着非常现实的意义。

4. 结语

我们可以看到在本书中研究者们各显身手，议论精彩纷呈。当然，这也将是叙事学面临的一大挑战，研究者们对于新媒介和体裁的兴起有着不同的看法和思路，是相互融合还是与之抵触，经典叙事学与后经典叙事学能否包容这些异同之处，是否将发展出单媒介的叙事学分支等，这些都是叙事学现今亟待解决和关注的问题。本书可视为叙事理论在多元学科跨学科这一背景下的一场理性对话，它为叙事学的进一步发展提供了新的视角和维度，带来了新的机遇和挑战，对于文学研究、社会学研究、艺术、媒介以及交流等领域的学者和学生来说提供了非常宝贵的资源和数据。

引用文献【Works Cited】

Hatavara, Mari, Hyvarinen, Matti, Makela, Maria & Mayra, Frans. (Ed) *Narrative theory, literature, and new media narrative minds and virtual worlds*. New York: Routledge, 2016.

Lutas, Liviu. (2013). Metalepsis and History: The Example of Three Francophone Writers [C]. *The 3rd ENN Conference, Emerging Vectors of Narratology: Toward Consolidation or Diversification?*, Paris, 29 - 30 mars 2013/[Ed] John Pier, 2013, 59 - 70.

Lutas, Liviu. (2015). Metalepsis and the Past in Fiction: A Study Based on Francophone Literature [J]. *Universitatea Babes-Bolyai* 1(1): 13 - 35.

Lutas, Liviu. (2011). Narrative Metalepsis in Detective Fiction [C]. *Metalepsis in Popular Culture*/[ed] Kukkonen, Karin and Klimek, Sonja, Berlin: Walter de Gruyter, 2011, 41 - 64.

Ryan, Marie-Laure. (2009) From Narrative Games to Playable Stories: Toward a Poetics of Interactive Narrative [J]. *Story Worlds: A Journal of Narrative Studies* (1): 43 - 59.

Ryan, Marie-Laure (1994). Immersion vs. Interactivity: Virtual Reality and Literary Theory [J]. *Substance* 5(2): 110 - 137.

卢红芳、高晓玲. 故事世界_跨越与互动_跨媒介视域下的数码叙事. 河南社会科学，2010(6)：176 - 179.

潘丽丹. 玛丽·劳尔-瑞安的沉浸诗学研究. 广西师范大学，2013.

申丹、王丽亚. 英美小说叙事理论研究. 北京：北京大学出版社，2005.

唐伟胜. 错乱的世界　错位的叙述. 四川外语学院学报，2006(22)：46 - 50.

唐伟胜. 叙事层次：概念及其延伸. 外国语文，2015(1)：23 - 29.

《为健康而生的阅读：维多利亚时期小说中的医学叙事》评介

胡　蓉

　　近年来，将文学引入医学教育，以融合人类情感与身体的联系，填补文学与医学之间的鸿沟，引发了学者们热烈的关注。研究者们或对疾病叙事小说的题材与文体形态进行多层次分析，或对文本中疾病现象独特的隐喻意义给予"剥洋葱"般的解读，取得了不少有价值的研究成果，但大多散见于诸多学术期刊。因其不成体系，文学与医学仍然处于割裂状态。直到 2001 年，拥有文学与医学双博士学位的卡伦（Rita Charon）提出"叙事医学"，认为叙事医学中使用的诸如"细读"和"反思性写作"可以促使医生认真审视医学中四个重要的叙事关系，以提高医生在医疗实践中对患者的共情能力、职业精神、可信赖程度和对自己的反思（1897）。叙事医学给文学和医学提供了一个真正交融的平台。叙事医学研究者们更关注疾病、治疗与死亡，认为疾病因其动态性、复杂性等特点，更能推动叙事情节的发展。然而，需要注意的是，疾病与健康是相生相克的一对概念，疾病固然是叙事推动的主要力量，但健康在作品中的呈现模式及其对叙事文本前行的驱动作用不应被忽视。在此背景下，俄亥俄大学出版社于 2016 年出版的由美国学者埃利卡·赖特（Erika Wright）撰写的《为健康而生的阅读：维多里亚时期小说中的医学叙事》自然吸引了人们的眼球。该书选取了五位维多利亚时期著名作家的代表作，从定义健康出发，分析健康的叙事性，展现了英国 19 世纪小说模式以及医疗行为的发展，为叙事医学的研究，开辟了新视野、新境界。

1. 内容简介

《为健康而生的阅读：维多利亚时期小说中的医学叙事》一书除引言、结语部分以外，共分三个部分：本土化，隔离，职业化。本书的第一、二部分为平行结构，解读了叙事文本中所呈现的疾病预防与健康保健的医疗行为；第三部分则跳脱框架，剖释专业人士的医学叙事能力。三大部分下共分析了五位经典作家的代表作。下面我们不妨对这几章内容从总体上加以把握。

在引言部分，作者开篇即引用约翰·拉斯金（John Ruskin）所言，指出维多利亚时期小说作家们在创作中过多地描述疾病与死亡，呼吁作家创作"更加健康的文学"（2）。赖特注意到 20 世纪以来的学者们并没有关注健康在小说中发挥的作用，同时也很少有研究者仔细观察健康到底是如何在作品中发挥作用的。研究者们通常认为疾病是动态的，能够更好地推进情节的发展，而健康则是静态的，要么出现在小说的开头，要么是故事的结局，可读性低。赖特则认为健康包括卫生防疫与健康保养两个环节，同样也是"一个过程，一项运动，或者是一项会失去或得到的行为"（8），有其易读性和叙事性。阅读人群不能只关注有关疾病的叙写，而应该更多地关注有关健康的故事。

第一章"简·奥斯汀作品中的预防情节"中，著者将奥斯汀的小说与威廉·巴肯（William Buchan）1769 年发表的《家庭医疗》，以及托马斯·贝多斯（Thomas Beddoes）1802 年出版的《健康》进行对比，认为奥斯汀与其他两位专业人士一样试图教会读者如何去思考和面对会给人们带来健康的预防措施。赖特以奥斯汀的《理智与情感》为例分析这本小说的结构实际上是围绕预防与治疗两条线来推进的，奥斯汀在这本小说中试图传达"不善于管理家庭的人实际上对于预防也束手无策"（31），指出治疗和预防性质上的不同。前者针对的是过往，而后者则剑指未来。而小说《曼斯菲尔德庄园》则拒绝了治疗的叙事，仅将预防未来可能发生的事情扣入其叙事结构。未雨绸缪式的思考在小说中一直若隐若现地存在，以此促进叙事情节的发展。

第二章的标题是"《简·爱》中的健康、身份与叙事权威性"，聚焦于小说主人公简·爱是如何调动自己的预防本能，以此来摆脱小说中其他女人的命运,塑造一个独立的健康的自我。尽管小说中的一些人物认为简·爱是病态的,但主人公清晰明了地知道什么是健康,一直朝着健康的方向不懈努力。关于健康的认知对于人物性格的塑造至关重要。赖特认为健康实际上是对自我的定位,而此定位在故事的构成和叙事内容方面不可缺失。例如,简·爱认为自己是叛逆且浪漫的,那么,关于简·爱的故事则围绕着主人公的宣言设计出叛逆和浪漫两条叙事线索。《简·爱》文本的叙事权威性则来自主人公对健康叙述的权威性。与第一章中强调健康与家庭管理相关不同,赖特在本章中指出这个时期的医生认为维持健康需要饮食得当,新鲜的空气、适当的休息和适量的运动,并不是每一个人都可以做到这些来维持健康状态。赖特以作者本人的家庭背景为例证明健康并不易得。

如果说第一部分的重心在个人如何维持健康,那么,在第二部分,赖特则将目标移至公共卫生。尽管在狄更斯的小说中,健康、卫生总是缺失的,但赖特在第三章"隔离、社会理论与《小杜丽》"中仍将目光投放至《小杜丽》中公共卫生的预防话语。与奥斯汀对预防专家观点的态度相反,狄更斯完全拒绝专家对于防控传染病的建议,将自己倡导的卫生措施融入《小杜丽》的背景中。在狄更斯的叙事中,读者接触的是一个不合常理的充满矛盾的健康状态。作品中加入静态的隔离元素,认为长期隔离会促使生命保持健康状态,同时也可能会导致疾病。处于长期隔离中的人物也会产生与人接触的渴望和希望。狄更斯通过对隔离的描写整合情节,串联人物,叙述了一个健康动态的故事。

尽管在维多利亚时期的小说中,病残人士并非主角,但他们仍然是叙事推动力的核心角色。在第四章"哈里特·马蒂诺作品中病残的全知者"中,赖特继续讨论健康的定义,认为马蒂诺作品中的病残形象并不是社会地位的象征,而是一种叙事立场。主流文化乐于将病残融入健康这一更加广泛的话语背景,而病残人士也渴望宣示其在社会中已站稳脚跟。这两种思想通过各自对对方群体健康的理解交织在一起。在马蒂诺的作品中,病残者通常以全知的叙述显示其权威性,以此证明,病残者实际上就是健康的叙事者。

本书第三部分只有一个独立章节"盖斯凯尔夫人《妻子和女儿》中的家庭医生与叙事能力"。在本章的第一段,赖特援引乔治·切恩(George Cheyne)1724年著作中的一句话,认为保持健康的法则显而易见,触手可得,但如何遵循这些法则恰恰相反(139)。有医学背景的作家批评读者注重治疗,而忽视预防,也会通过讲述与医疗行为相结合的故事来说服读者遵循法则。盖斯凯尔夫人在其作品《妻子和女儿》中构思了一位善于讲述和倾听故事的医生形象。作家将医生的专业技能归结于医生应有的叙事能力,而这种能力可以在家通过文本细读的方式获取。

本著第五章将前四章从文学文本中得出的结论拉至现实世界,注重实用,分析医生应该具备医学叙事能力的必要性、方式、方法等。在结语部分,赖特对此作出进一步总结,认为叙事能力是连接医生和病人的桥梁。叙事医学的责任是融合讲述故事和提供医学建议于一体,因之,叙事能力的提高能促使医生重新审视医学中的人文性,与患者产生共情,帮助医生提高医疗服务的效率。

2. 简评

此书对维多利亚时期小说中的医学叙事的梳理有四个比较突出的特点:

其一,角度新颖。有关维多利亚时期小说的批评俯拾皆是,而有关叙事医学的"源头性"的研究成果,也难以超越。而本著作的论述重点则避开了前人研究比较充分的领域,打破19世纪小说以疾病—治疗为核心结构的传统观点,树立健康的叙事性,将关注的焦点由维多利亚时期小说中的疾病叙事转为医学叙事,为读者呈现19世纪英国的健康理念以及医疗措施等。

其二,非线性陈述。以往的评论家在展示事物的发展时,为方便起见,多采用线性或进行性的陈述。而该著弃用流水式展现,选用非线性的论说,强调健康叙事的递归性,多层次、多角度地将英国19世纪小说虚构模式以及医疗行为的发展在读者面前一一展开。

其三,资料详实,紧扣文本。在介绍小说中的医学叙事时,并未采取平铺直叙的方式,而是以严谨的态度搜集详实的资料,对小说的叙事模式做出精辟独到的概括和点评。例如,在评析奥斯汀的小说时,著者通过对比《理智与情感》与《曼斯菲尔德庄园》,认为前者更加强调治疗与预防的不同,而后者则将预防深嵌入作家叙事的深层结构中,无关治疗(38)。

其四,注重应用。文学与医学两个学科有其相似性,都有治疗功能。医学治病救人之效用无须多言。而文学的治疗作用早在钟嵘所作《诗品》

中被提到,"使穷贱易安,幽居靡闷,莫尚于诗矣"(21)。叶舒宪教授对此也有很精辟的解读,指出"由于'哲学终结',诊治文化痼疾和个体心理障碍的重任又向文学转移"(80)。但文学与医学这两个学科,因为前者看似温情脉脉,后者给人以冰冷严谨之感,一直无法顺利交融。赖特的这部学术著作给文学和医学的融合提供了具有可操作性的渠道,将小说阅读引入至医学专业人士的学习中,提高医生的叙事能力,以此提高医患沟通效率和医疗服务质量。

　　总体来看,《为健康而生的阅读:维多利亚时期小说中的医学叙事》既详尽地展示了英国 19 世纪的主要小说家及其代表作中有关健康的基本主张,向读者描绘了一幅 19 世纪英国医疗行为的全景图,又深入评析了健康的可读性与叙事性,从而刷新了叙事医学的研究视角。可以说,《为健康而生的阅读:维多利亚时期小说中的医学叙事》另辟蹊径,为读者了解叙事医学与维多利亚时期的医疗打开了一扇新窗口,是一本值得认真研读的学术精品力作。

引用文献【Works Cited】

Charon, Rita. *Narrative Medicine: Honoring the Stories of Illness*. Oxford: Oxford University Press, 2006.

Wright, Erika. *Reading for Health: Medical Narratives and the Nineteenth-Century Novel*. Athens: Ohio University Press, 2016.

叶舒宪. "文学治疗的原理及实践". 文艺研究 06(1998): 80 - 87.

钟嵘. 诗品译注. 周振甫译注. 北京: 中华书局,1998.

作者简介: 胡蓉,南方医科大学外国语学院讲师,中南大学文学与新闻传播学院 2015 级审美文化学博士生。

《叙事研究》征稿

　　《叙事研究》是中国中外文艺理论学会叙事学分会编辑的一部文集，江西师范大学傅修延教授任主编，广东外语外贸大学唐伟胜教授任执行主编，编辑部设在广东外语外贸大学英文学院。《叙事研究》包括六个板块：国外来稿、西方叙事理论研究、中国叙事理论研究、叙事作品研究、跨学科叙事学研究、书评与会议简报。竭诚欢迎叙事学界的广大同仁投稿！来稿请按中文标题、摘要、关键词、作者信息、正文、参考书目的顺序编排。论文的篇幅为 10,000 字左右，不超过 15,000 字。

　　本刊实行专家匿名审稿制。来稿请寄本刊编辑部（广州市白云大道北 2 号广东外语外贸大学英文学院《叙事研究》编辑部，邮编 510420）或通过电子邮箱投稿（xushiyj@ 163. com），勿寄个人，以免贻误。来稿不退，请作者自留底稿。审稿周期为 4 个月。本刊实行基于 MLA 格式的注释和引文规范（请参照《叙事理论与批评的纵深之路》一书的注释体例）。